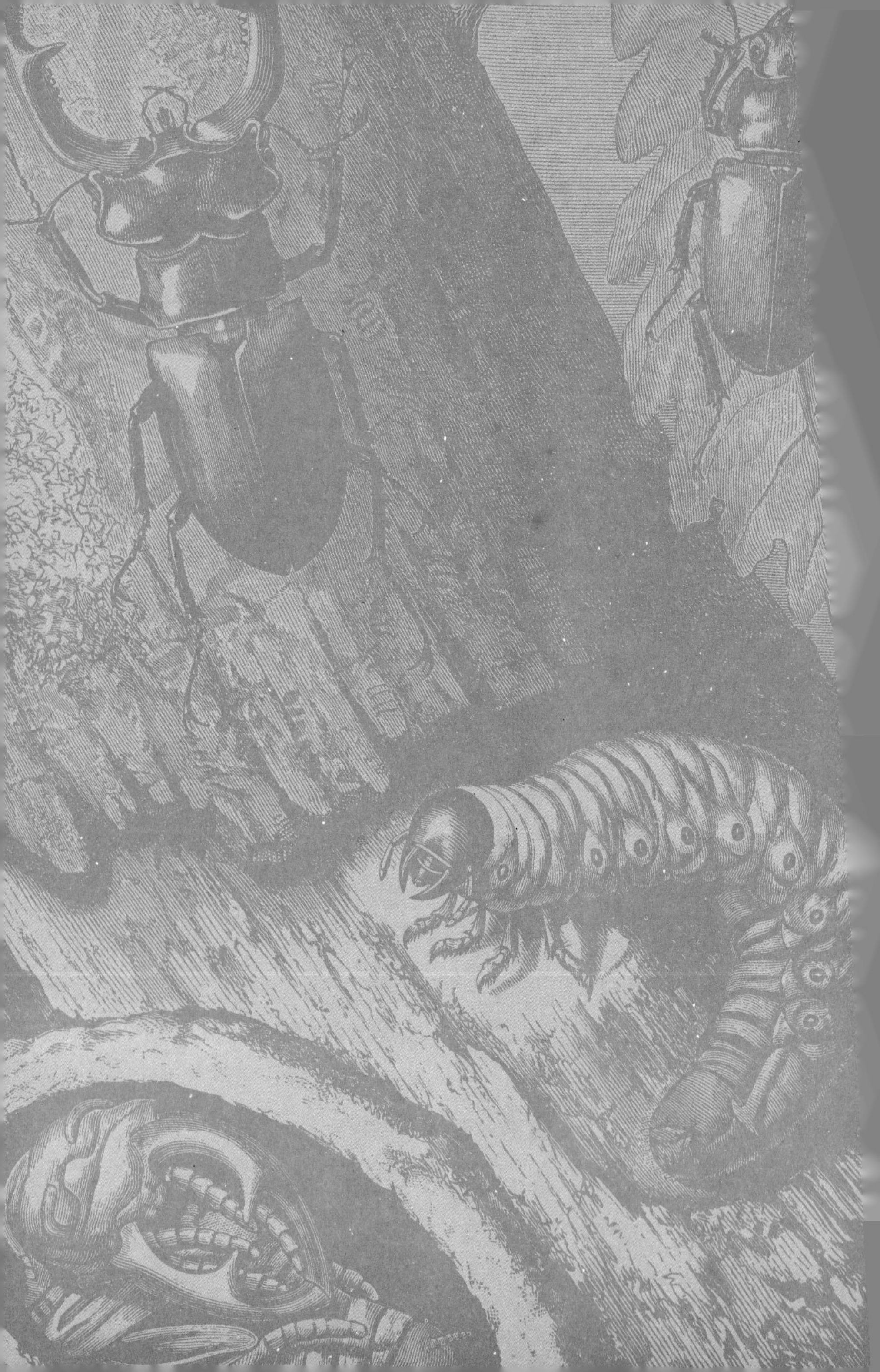

自然生活情報系列9

台灣昆蟲記

策劃・攝影◎潘建宏　撰文◎廖智安

序

年少時就喜歡在山林田間遊盪，在那看山看海的日子裡，在自然原野的懷抱中，撫慰了不少年少時的迷惘與徬徨。那時最喜歡做的事情，就是在溪邊傾聽流水的聲音，那涓滴細柔的流水聲是我心目中最美的樂音。在夏天伴隨著樹林間群蟬的鳴聲，更有如大自然的交響曲，其間偶有飛過的彩蝶，更是舞姿曼妙的舞者。這是我年少時對昆蟲的印象，既朦朧又浪漫。

與昆蟲進一步的結緣，應當是在考進中興大學昆蟲系的那一刻開始吧！在昆蟲系的四年裡，我有失落也有獲得，我本以爲這裡是溪水、蟬鳴與舞蝶的浪漫世界，但這裡卻是追求知識的殿堂，這樣的失落讓我開始拿起相機去追尋感性的昆蟲世界，那裡充滿了生命與美感。

在往後的漫長歲月中，透過鏡頭，我不但欣賞到了形形色色昆蟲造型的奇異與色彩的優美，也讓我看到了昆蟲世界的奧妙與神奇，在五萬分之一秒的「快門」速度下，展現了昆蟲飛行的美姿，夜裡螢火蟲閃動的螢光，爲黑暗的世界帶來了光明，蜂巢內工蜂舞蹈所傳遞的花蜜訊息，不禁令人讚嘆「小昆蟲的智慧」，還有形形色色的昆蟲在大自然裡求生存、繁衍的過程，都讓人爲牠們堅強的生命力而感動。

這些與昆蟲美好的際遇是應該和大家分享的，在大樹文化的支持下，請我的學弟廖智安爲本書撰文，我們開始製作本書。廖君有豐富的昆蟲觀察經驗，有他的參與本書才能順利完成。本書的第一章奇妙的昆蟲世界，主要是介紹各種昆蟲的形態與行爲；第二章野外賞蟲，是認識在不同環境下活動的常見昆蟲；第三章是昆蟲的分類與圖鑑，是依據昆蟲的分類體系來認識昆蟲的種類和相關的資料。透過這三個章節的敘述，讀者可以了解昆蟲行爲的奧妙、昆蟲與環境的關係，而最重要的則是可以查閱到想認識的昆蟲名字與特徵。

台灣的昆蟲種類有15000種以上，而本書只能呈現約1000種的昆蟲，所以在選擇昆蟲的種類上，我們以台灣常見的、美麗的與特殊的昆蟲爲對象，同時儘量廣泛地呈現不同類別的昆蟲，因此在第三章圖鑑的部份乃涵蓋了27個目、152科的介紹。我們認爲對於讀者而言，廣泛的認識不同的目與科的昆蟲，可能比認識到細微的種名還有價值。

本書製作過程所遇到的最大問題，就是蟲名的鑑定了，因爲在台灣只有一小部份的昆蟲有學者從事分類學的研究，因此我們儘量鑑定到所知的分類位階，有的到種名，有的則到科名。另外相關的資料，如某科昆蟲有幾種或是棲息的環境與分佈爲何？如非有確切的資料，我們儘量以謹慎的態度面對，而不隨意憶測，以免提供了錯誤的訊息，然而昆蟲的知識繁雜而深奧，書中內容的缺失在所難免，也希望本書能獲得先進與賞蟲朋友們的指正。

在此要感謝楊正澤老師對木書的審定，周文　、林春吉、林斯正、何健鎔等這一群熱愛昆蟲的年輕朋友們的傾力相助，中興大學昆蟲系與木生昆蟲館提供大部份的標本，使得本書更爲充實。還有徐偉精采的美術設計，使得本書所呈現的不僅是昆蟲的知識，也是昆蟲美的欣賞，張碧員的編輯使得本書的內容豐富而完整。另外楊仲圖老師、黃讚老師、林鼎祥老師、趙榮台老師、唐立正老師、楊曼妙老師與各位先進協助鑑定各目的昆蟲，幫我們解決了不少的難題。對於所有協助本書製作的朋友們，在此一併致上最深摯的謝意。

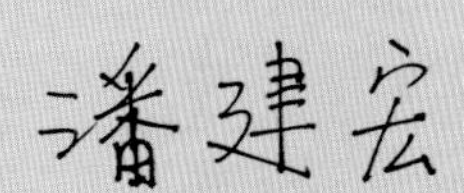

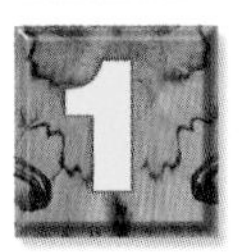

奇妙的昆蟲世界

野外賞蟲

3 昆蟲的分類與圖鑑

第一章

奇妙的昆蟲世界

昆蟲概說

昆蟲是地球上動物種類中數量最多的一群，假設全世界的動物有100萬種的話，那麼昆蟲就佔了其中的75萬種，也就是說昆蟲就佔了其中的75 %。在分類上，這群小動物是屬於節肢動物門的昆蟲綱，節肢動物門的特徵在於這一類的動物都具有外骨骼、身體分節、附肢分節、左右對稱等特徵，節肢動物門的成員除了昆蟲之外，還包括了蝦子和螃蟹（甲殼綱）、蜈蚣和蚰蜒（唇足綱）、馬陸（倍足綱）、蜘蛛和蠍子（蛛形綱）等等，想想看，牠們是不是都具有節肢動物門的特徵呢？

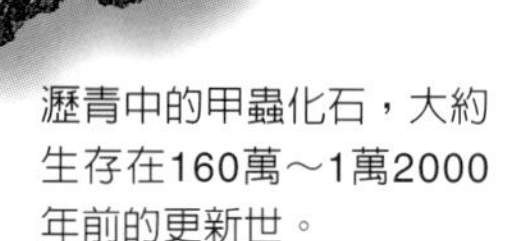

瀝青中的甲蟲化石，大約生存在160萬～1萬2000年前的更新世。

昆蟲在地球上存在的歷史到底有多久？我們可以由化石及琥珀得知昆蟲在古生代的時候，就已在地球的生物圈中佔有一席之地。根據古生物學家的研究指出，昆蟲應該是在古生代的上石炭紀開始出現，也就是說昆蟲比恐龍還早出現在地球上。遠古時候的昆蟲體型比現在大許多，根據化石的記錄，古生代的蜻蜓展翅可達2英呎（大約60公分），而現在的蜻蜓體長差不多只有10公分，大一點的種類展翅也還不到20公分；還有一種竹節蟲的化石體長更超過60公分，而現在最長的竹節蟲也才30公分左右。昆蟲在歷經了漫長時間的環境適應，才慢慢演化到現在我們所見到的體型，目前已知最早的昆蟲化石記錄是四億年前的彈尾蟲，而已知的最早的蝶蛾類化石發現於英格蘭，大約是一億九千萬年前的種類。

驚人的數量

現在的昆蟲綱通常被分爲32個目，其中家族成員最龐大的是鞘翅目，牠們是一般人熟知的金龜子、天牛這一類的甲蟲，大約佔已知昆蟲種類的40 %；另外鱗翅目的蝶蛾類和膜翅目的蜂蟻類，加上雙翅目的蚊子、蠅類合起來共佔40 %；剩下的家族種類總和佔20 %。根據學者的估計，全世界的昆蟲大約有250萬～3000萬種左右，而節肢動物門的其他種類，包括了蝦、蟹、蜈蚣、蜘蛛等等加起來大約是5萬到7萬種，由此可見昆蟲種類之多是多麼地驚人！

至於昆蟲的蟲口問題，牠們一共有多少隻？那更是無法作確實的估計，沒有人有辦法精確地計算這些無所不在的小動物，只能用一些統計的方法來約略估計。以蝗蟲爲例，許多地方都曾發生過蝗蟲大舉入侵的災害，土耳其地區的人民曾經在蝗蟲大發生的時期，3個月內蒐集到3噸的蝗蟲卵以及1,200噸的蝗蟲，而一隻大蝗蟲頂多不超過50公克，由此可見牠們的數量有多少。而在台灣的50年代，曾是香蕉假莖象鼻蟲大發生的時期，農林單位爲獎勵農民清除這些害蟲，一共收購了成蟲2,700多公斤，平均每公斤約有11,000隻的成蟲，所以一共收購了3,000多萬隻的成蟲。從以上的估計大概就可以瞭解到昆蟲驚人的數量了，當然不是每一種昆蟲的數目都是這麼多，否則地球上大概就沒有其他動物立足之地了。

大樺斑蝶
產在北美洲的一種斑蝶，形似台灣的黑脈樺斑蝶，但體型較大，每年都會從北美的加拿大長途跋涉到中南美去過冬，路程遠達六千四百公里，遷徙的數目多達上億，陣容之浩大真可以媲美非洲的動物大遷徙。

體型差異

昆蟲的體型大小、造型外觀，有的巨大如成

世界上最大的昆蟲

＊世界上最大的蝴蝶是亞歷山大鳳蝶，產於新幾內亞，雌蝶的翼展可以達到28公分，但雄蝶一般僅僅約17公分左右；最大的蛾是皇蛾，翅展約25公分。

＊以體長來說，最大的甲蟲是產在中南美洲的長戟大兜蟲，在記錄上是18公分，但因為長戟大兜蟲具有很長的犄角，所以實際的身體可能只有體長的一半多一點。

＊非洲地區有一類金龜子，稱為大角金龜，其中有些種類體長一般都將近10公分，甚至還有超過的，可以說是最大的金龜子。

＊最大的天牛是產在中南美洲的南美大薄翅天牛，體長約15公分，幼蟲的體長可達25公分。

＊最大的螽蟴是新幾內亞的大葉螽，約與成人的手掌一樣大。

＊最大的蟋蟀產在紐西蘭，是一種無翅的種類，體長可超過12公分。

＊最大的蟬是馬來西亞的獅蟬，體長約10公分。

＊最長的竹節蟲產在東南亞，體長將近30公分。

新幾內亞大葉螽
原產於新幾內亞，是世界上最大的螽蟴，體型約與成人的手掌一樣大，會捕捉小動物如老鼠為食。

白紋大角金龜
原產於非洲，是鞘翅目中金龜子家族的一種，體長約7～10公分。

長戟大兜蟲
產於中南美洲，雄蟲的背部有一根長角，頭部也有一根長角，翅鞘呈黃綠色，是世界上最大的甲蟲，體長可達18公分。

長牙天牛
產於南美洲，大顎發達呈剪刀狀，翅鞘上有圖騰狀的花紋，亦有人稱之為盾牌天牛，體長約12公分。

人的手掌、有的卻小到可以穿過針孔，有的看起來像一片樹葉、一朵花、甚至像披掛上陣的鐵甲武士，眞可以說是千變萬化，令人眼花撩亂。

體型的大小依種類而不同，世界上最大型的甲蟲是產於中南美洲的長戟大兜蟲，紀錄上體長可達18公分；另一種南美大薄翅天牛的體長也有將近15公分，而牠的幼蟲更長達25公分呢！東南亞產的南洋大兜蟲體長也有12公分左右。台灣產的皇蛾，雌蛾展翅後有24公分寬，是世界上翅膀面積最大的蛾類；新幾內亞島

皇蛾
又名蛇頭蛾，因其前翅端部有蛇頭狀的花紋，是世界上翅膀面積最大的蛾類，產地包括了台灣及東南亞。雌蛾的展翅約25公分，雄蛾較小，大約在18～20公分左右。

的亞歷山大鳳蝶，雌蝶翅膀展開後將近28公分，是世界最大的蝴蝶；同樣也產在新幾內亞的大葉䗛，身體和一個成人的手掌一般大。不過小型的昆蟲也有小到要用放大鏡才能看得清楚的，有一種卵寄生蜂僅僅只有0.08公分左大，肉眼幾乎無法看清楚。

南洋大兜蟲
東南亞特產的昆蟲，同時也是亞洲最大的兜蟲，雄蟲的頭部及前胸背部左右兩側各有一根長角，體長最長可達12公分。

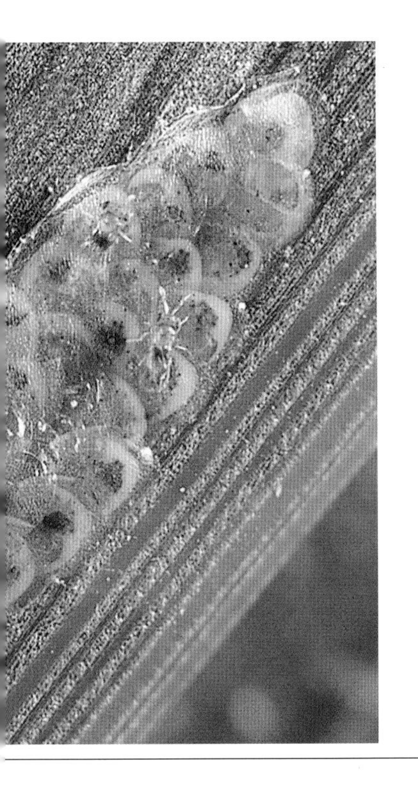

赤眼卵寄生蜂
膜翅目的昆蟲，成蟲的體型小於0.1公分，比一般蝴蝶的卵還小。因為其幼蟲寄生在蝶蛾類的卵中，以蝶蛾類的卵為食，所以稱為卵寄生蜂。在農業上便利用這個特性用來作為生物防治控制害蟲。

就像人有高矮胖瘦，同一種昆蟲的體型也會因爲分布的地區、季節、營養和性別而有差異。一般來說，雌蝶就比雄蝶要大，甲蟲類則是雄性比較粗壯。有些種類的昆蟲，彼此之間體型大小的差異可以到2～3倍，像最常見的扁鍬形蟲，雄蟲的體長最小的大約是2、3公分，最大的可到7公分左右，雖然彼此的體型差距如此懸殊，但是牠們可都是一家人。

獨特的生存方式

昆蟲所棲息的環境幾乎遍佈整個地球。從平地到海拔5,000公尺以上的高山都可以看到蝴蝶，甚至在北極圈也有昆蟲的蹤跡，砂漠地區、沼澤區、溪流，不乏昆蟲的出沒。昆蟲之所以能夠在生物圈中佔有生存優勢，主要的原因有下列幾種。

1.強大的繁殖力：如果一對家蠅在春夏的繁殖季中，所產生的後代都能發育成長，那將會有191乘10的18次方的後代；白蟻的蟻后一天可以產下3,000個以上的卵，而且蟻后可以存活

提燈蟲
同翅目蠟蟬科的一種，產於中南美，體長約10公分，前額突出呈花生狀，裡面常有螢光菌寄生，因為在夜間會發光，看起來像是頂個燈籠到處走，所以稱之為提燈蟲。

15年以上，這樣就可算算看蟻后的一生可以產下多少的卵。多數的昆蟲都擁有強大的繁殖力，這是牠們最大的優勢。

2.飛翔的優勢：昆蟲有了翅膀之後可以擴展生存的空間及領域，遇到敵害時可以增加脫逃的機會，同時也能提高覓食和生育的機會。

3.體型的適應：大部份的昆蟲體型都不大，相對地所需要的食物也較少，因此在食物的競爭上就小了許多，正因為體型小且善於偽裝，更易躲避敵害，同時也在尋覓棲息的處所上相對地比較容易。

4.昆蟲獨特的變態過程：完全變態的昆蟲，其幼蟲期與成蟲的生活環境及食物都不相同，所以不會有成蟲與幼蟲爭奪食物的情況發生，幼蟲生活在最適合生長、取食的環境中，成蟲則生活在最適於交尾的環境中。

5.為了適應環境而產生器官結構上的改變：取食的食物不同，所以昆蟲的口器有各種形式；由於生活的環境及行動的方式不同，所以足的結構及形狀不同。昆蟲因為這些特殊的地方而能在各種環境下生活，即使是生存在人類

扁竹節蟲
產於東南亞，雌蟲身體粗狀略呈菱形，體長約20公分，身體表面佈滿細刺，翅退化呈小片狀，飛行能力差，而雄蟲具翅能飛且身體瘦長呈暗褐色，體長不及雌蟲，約只有12公分。（圖為雌蟲）

社會的周圍，也具有相當的適應性。

一般人對於昆蟲的認識僅僅是蚊子、蒼蠅、蟑螂、螞蟻，這些在我們生活中常見的、甚至造成困擾的昆蟲。實際上在所有的昆蟲當中，與人類有關係或是會對人類帶來困擾的種類不到1 %，野外大多數的昆蟲，可以說與人類沒什麼直接的關係，但牠們可都是自然生態中的基礎生物，位於食物鏈的最底層或是負責著大自然中清除的工作。

蘭花螳螂
產於馬來西亞，成蟲的外型酷似一朵蘭花，全身呈淡粉紅色且有深淺不一的紅色斑紋 ，常隱身於花叢間趁機捕捉獵物。

但是目前這些昆蟲卻由於生存的自然環境在人類有意或無意的破壞下，種類及數量正在銳減當中，更有許多種類因爲人類的開採、濫墾、伐木，失去食物、棲所而步上滅絕之路。爲了讓我們的後代子孫還能有個豐富的自然環境，我們必須保護自然，不過在保護自然之前必須先要對自然有所認識和瞭解。現在就讓我們先從自然生態的基礎生物——昆蟲開始，認識並進入昆蟲的奇妙世界。

常見的昆蟲類型

由於陸續有新種被發現，也有一些種類已經滅絕,目前世界上到底有多少種昆蟲一直無法確知，只能大概地估計現有的昆蟲約250萬～3000萬種。根據這些昆蟲的身體結構與外形特徵、生活史等等，我們可以將常見的昆蟲大致分爲以下12個大類，這不僅幫助我們瞭解昆蟲的族群，也能初步理解分類上的依據。

甲蟲類：昆蟲中最大的家族，這一類昆蟲的第一對翅硬化（骨化）成翅鞘，可以保護身體和用以飛行的後翅，就好像劍鞘一般，所以稱之爲鞘翅。這類屬於鞘翅目的昆蟲，口器都是咀嚼式的。

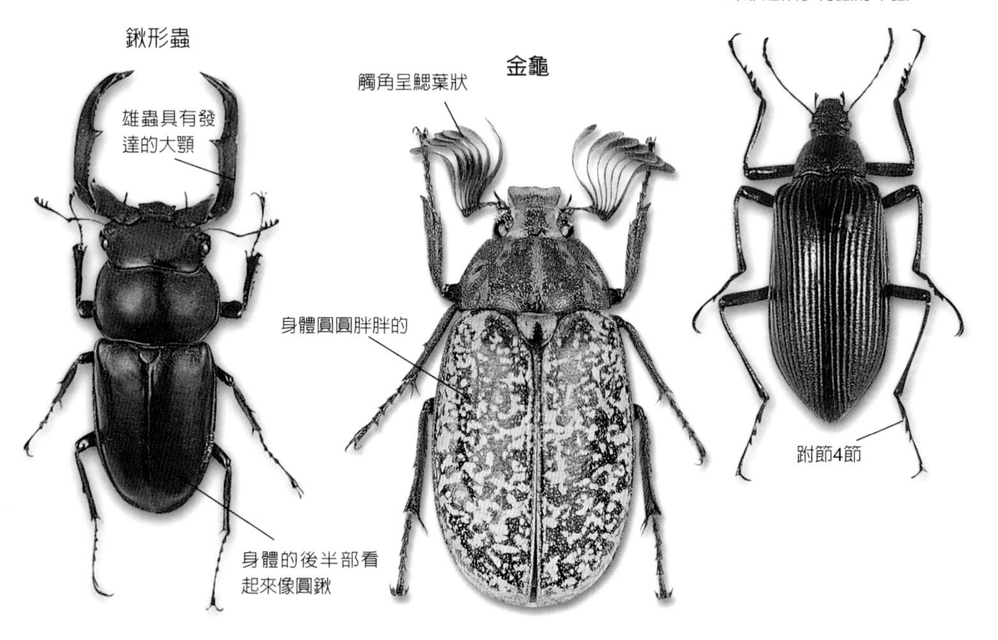

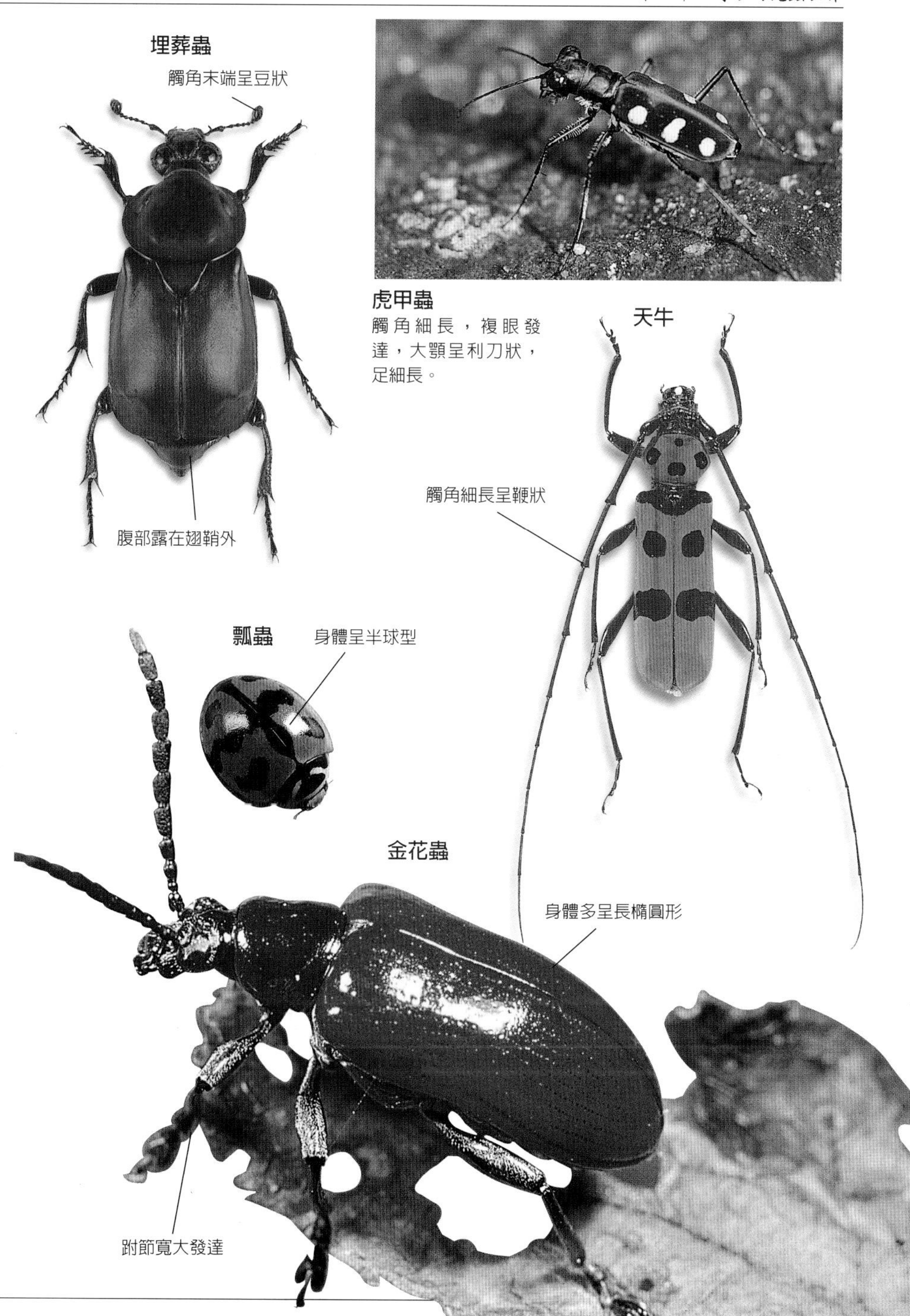
埋葬蟲
觸角末端呈豆狀
腹部露在翅鞘外
虎甲蟲
觸角細長，複眼發達，大顎呈利刀狀，足細長。
天牛
觸角細長呈鞭狀
瓢蟲
身體呈半球型
金花蟲
身體多呈長橢圓形
跗節寬大發達

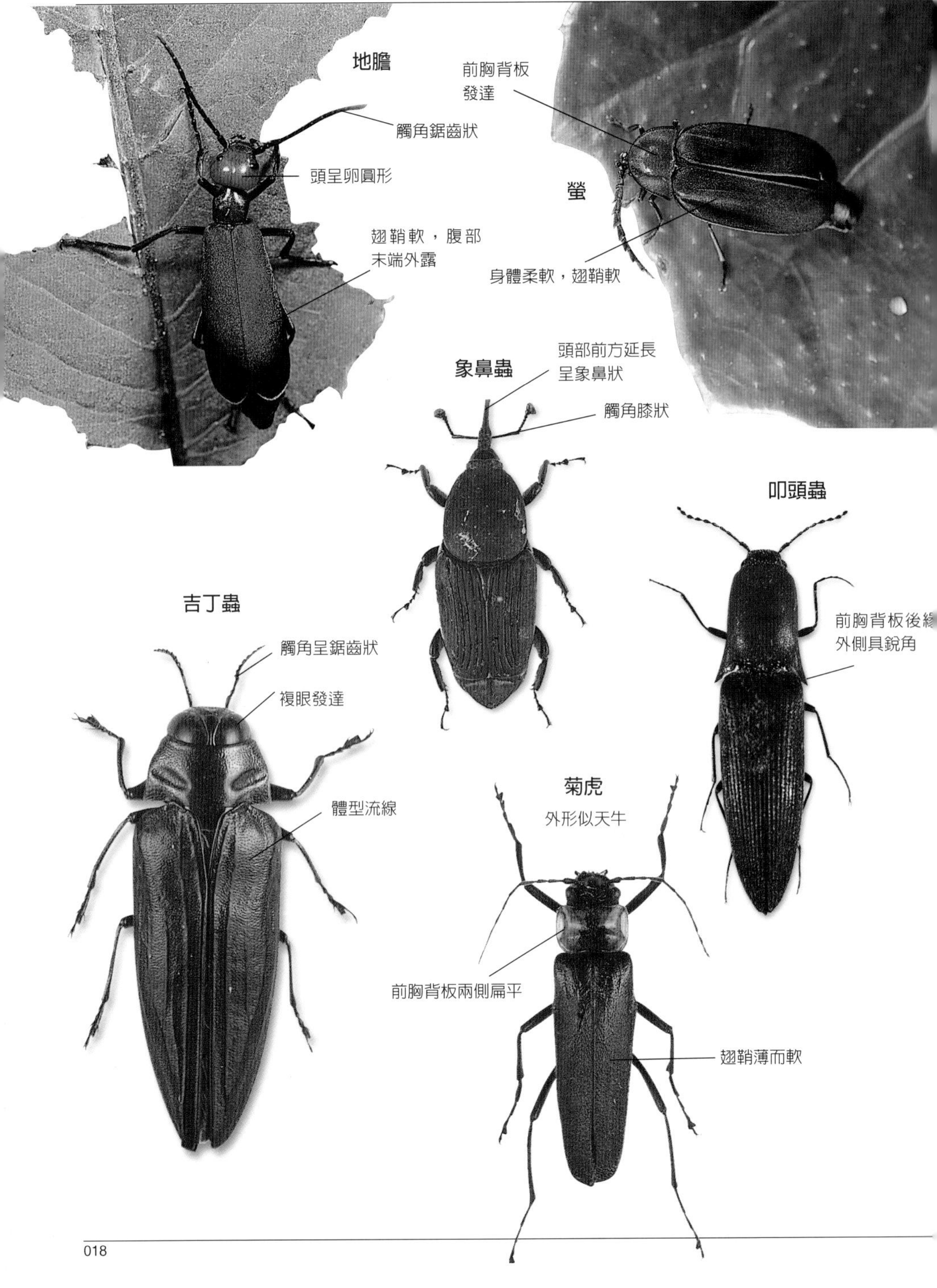

地膽

觸角鋸齒狀

頭呈卵圓形

翅鞘軟，腹部
末端外露

螢

前胸背板
發達

身體柔軟，翅鞘軟

象鼻蟲

頭部前方延長
呈象鼻狀

觸角膝狀

叩頭蟲

前胸背板後
外側具銳角

吉丁蟲

觸角呈鋸齒狀

複眼發達

體型流線

菊虎

外形似天牛

前胸背板兩側扁平

翅鞘薄而軟

鳳蝶
大型蝶類，身體多為黑色，後翅多具尾突。

粉蝶
中小型的蝶類，身體多為白色或黃色粉狀鱗片。

蝶蛾類：翅較爲寬大，翅上佈滿細小的鱗片，這一類是昆蟲中最顯眼的一個家族。雖然蝶類與蛾類的區分有各種方式，但是比較準確的區別方法還是以觸角的形式來判定，蝴蝶的觸角看起來像拉長的驚嘆號或是棒球棒；蛾類的觸角形式多變，有呈絲狀、羽狀、鋸齒狀的，但就是沒有棒狀，所以只要憑觸角的外形就可以區分蝶與蛾了。

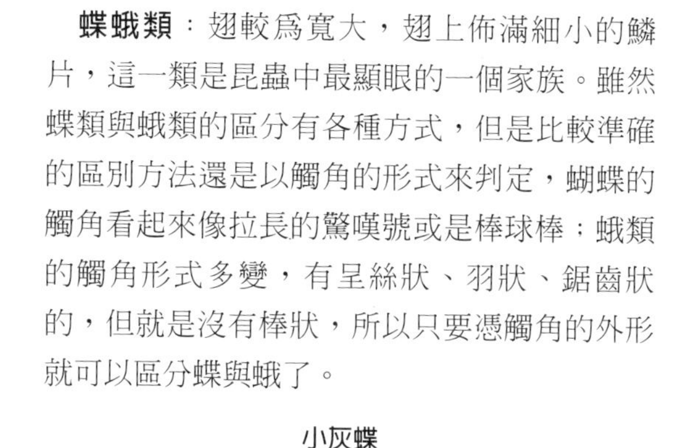

小灰蝶
小型蝶類

斑蝶

蛺蝶
前足退化

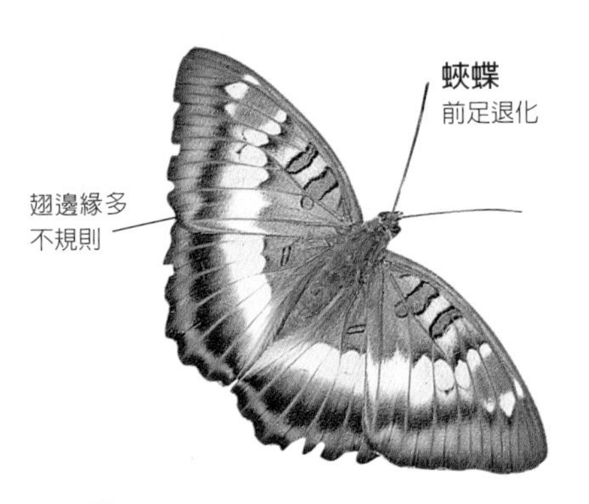

挵蝶
身體粗壯，觸角末端呈鉤狀。

蛇目蝶
前足退化，翅多灰暗具眼紋。

天蛾

天蠶蛾
大型蛾類
翅多具有大型
眼紋

尺蠖蛾
翅薄弱
外形及花紋多近似樹皮狀
擬燈蛾
腹部顏色多鮮明色彩，如黃、紅、白等。

蜂、蟻類：身體明顯地區分成3部份，有0～2對透明的翅，在分類上屬於膜翅目。其中最常見的就是螞蟻和四處尋找花朵的蜜蜂了，但是螞蟻平時都是沒有翅的，只有在交配時王族才會有翅的存在。這類的昆蟲多半是群居性，有社會性行為，但也有許多的蜂類是自己單獨生活的，例如葉蜂、鱉甲蜂等。

姬蜂
觸角細長，腹部側扁。

胡蜂
休息時翅縱摺

蟻
身體明顯分成3部份，觸角呈膝狀。

蟻類：胸腹間有兩個明顯突起。

蚊、蠅類：其中最具代表性的是蚊子、蒼蠅，這類昆蟲的後翅特化成平均棍，只能看到一對前翅，有些種類的平均棍也十分明顯，像是一對棒棒糖。有些種類的外形與顏色和蜂類或其他的有毒昆蟲相似，但是只要稍微注意翅的數目，就可以判定不是有攻擊能力的蜂類了。

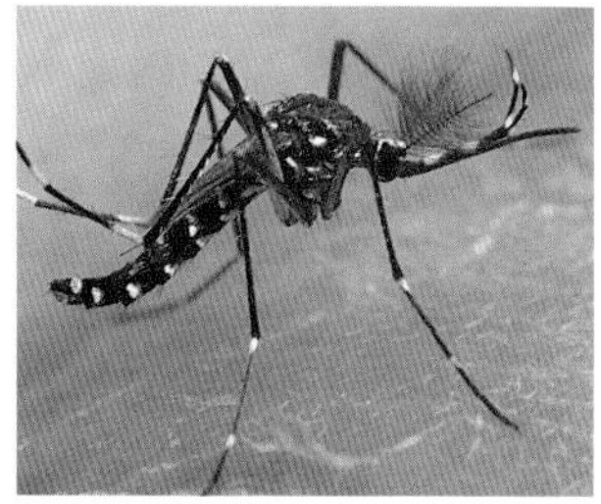

蚊
觸角有毛，雄蚊尤其明顯。

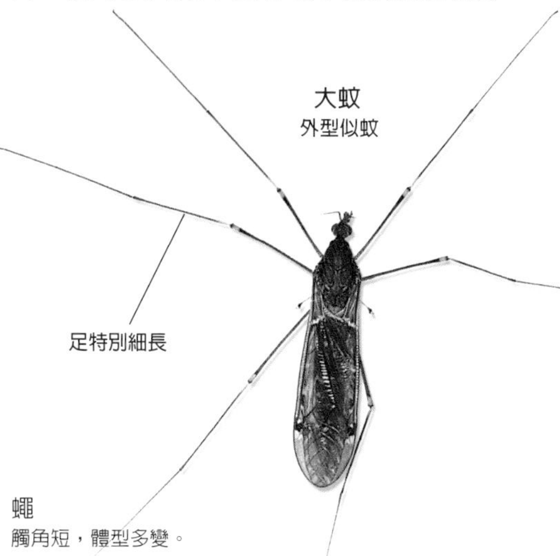

大蚊
外型似蚊

食蚜蠅
腹部有黑色橫紋，只有一對前翅。

蠅
觸角短，體型多變。

蟬類：蟬的種類很多，但只有蟬科的雄蟲才能發出聲音，雄蟲的腹部有發音器並且在腹面有兩片音箱蓋板，可以調整音量的大小，雌蟲的腹部則沒有這個構造。蟬以及牠的親戚都是以吸食植物的汁液爲生，有些種類因爲主要的吸食對象是農作物，所以被列爲害蟲，像是水稻黑尾葉蟬等。

蟬
雄蟲腹面具發音器

葉蟬
觸角生於複眼間，擅長跳躍，不會鳴叫。

蠟蟬
觸角生於複眼下，擅長跳躍，不會鳴叫。

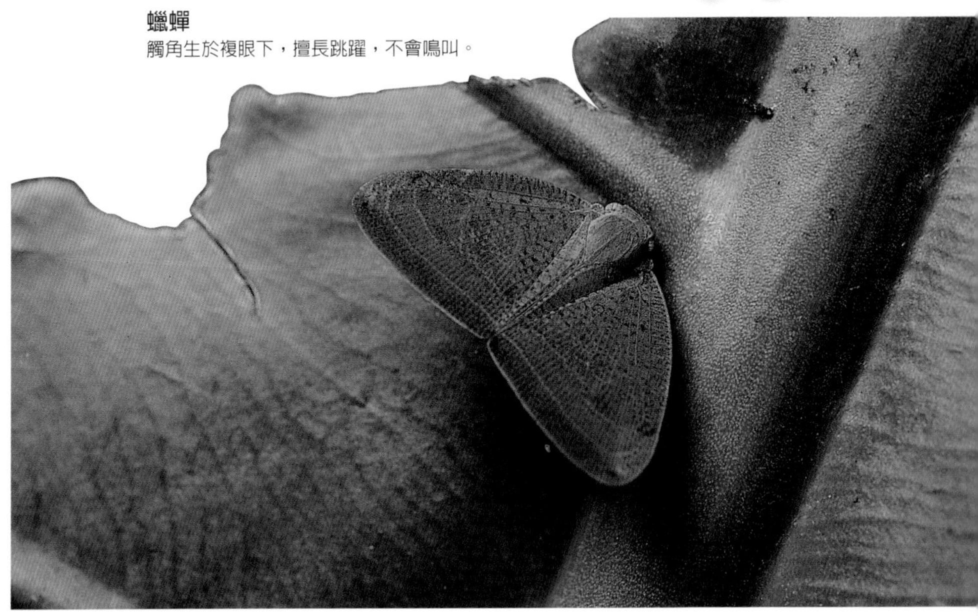

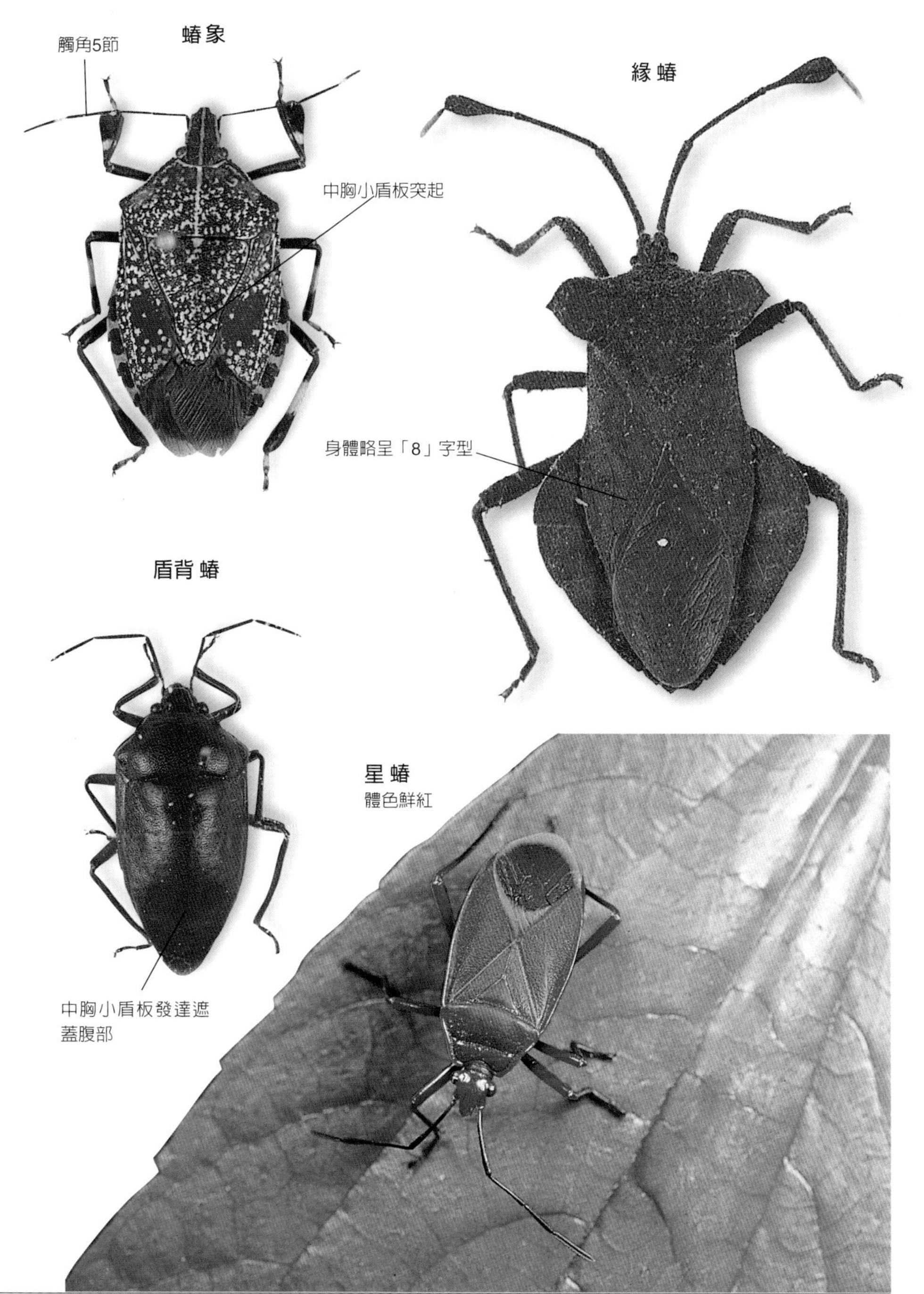
蝽象
觸角5節
中胸小盾板突起
緣蝽
身體略呈「8」字型
盾背蝽
中胸小盾板發達遮蓋腹部
星蝽
體色鮮紅

蝽象類：口器呈刺吸式，觸角多為4～5節，前翅基部革質化而端部呈膜質。可分成植食性及肉食性椿象，植食性者以植物的汁液為食，肉食性是以其他動物的血液為食。

蝗蟲、螽蟴類：俗稱的蚱蜢就是指這些在草叢中活動，善於跳躍的昆蟲，包括觸角細長的螽蟴及觸角粗短的蝗蟲，但這一類的昆蟲其實不只是「蚱蜢」而已，還有台語俗稱「肚白仔」的蟋蟀及「土猴」的螻蛄。這類所有的成員都能飛善跳，為雜食性昆蟲。

螳螂類：頭呈三角形，複眼發達，前足呈鐮刀狀，這是大多數人都熟悉的昆蟲。螳螂以捕捉其他的昆蟲為生，一般都常出現在草堆及灌木叢中，體色則視環境而異，有些呈鮮綠色，有些是枯褐色，但顏色與種類無關，即使同一種也會有兩個顏色。

蝗蟲

蟋蟀
觸角細長呈絲狀，雄蟲腹部末端有兩根尾毛，雌蟲除尾毛外另具劍狀或刀狀產卵管（圖為雌蟲）。

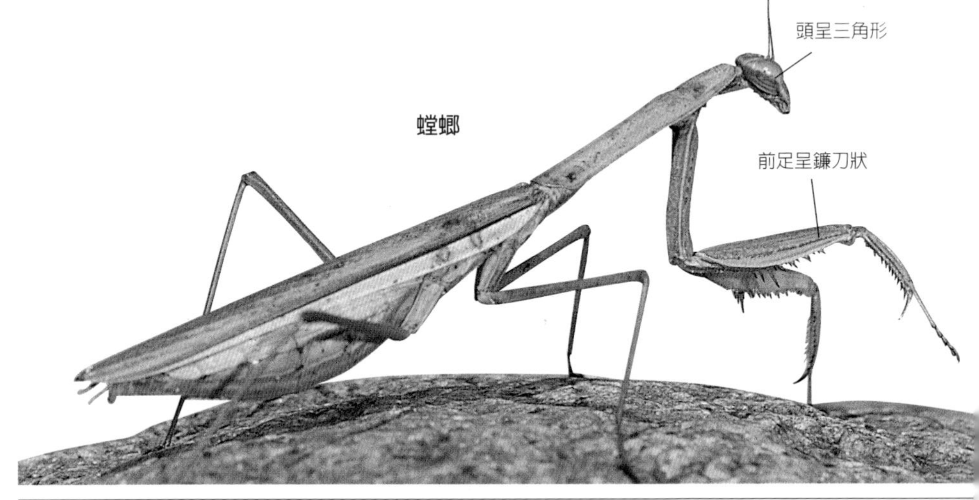

螳螂

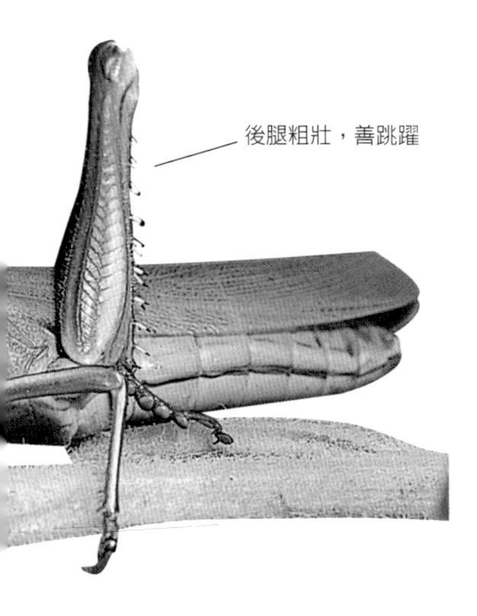

螽蟖

觸角細長呈絲狀，雌蟲具劍狀或刀狀產卵管。（圖為雄蟲）

螻蛄

前足呈挖掘足，觸角細短，雌蟲具長產卵管。（圖為若蟲）

竹節蟲類：身體細長如竹枝，足也細長，西洋俗稱「拐杖蟲」，以植物的葉子爲食，一般多生活在植物叢中，靠著外形與環境的相似來保護自己。

蜚蠊類：前胸背板發達遮蓋住頭部，觸角細長呈絲狀，家中令人厭惡的蟑螂即是這一類，在野外的蟑螂多以腐植質爲生，有時也不像家中出現的同伴那樣身具異味，甚至有些種類還十分漂亮。

蜻蛉類：這一類指的是蜻蜓與豆娘，牠們頭大、複眼發達，觸角短鞭狀，這是一般在水邊都可以發現的昆蟲。蜻蜓的飛行能力驚人，可以在空中自由捕食其他的昆蟲，甚至於在飛行中就可以一邊進食；豆娘在外觀上雖然較爲纖細，兇悍的程度卻絲毫不輸牠的親戚，只是豆娘的獵食對象個頭較小而已。

蜉蝣類：觸角細長，前翅發達，後翅短小或無，腹部末端具2～3根絲狀物。多出現在溪邊，夜間也常出現在路燈下，稚蟲時期在水中生活，經常被用來作爲魚餌。

竹節蟲
身體細長如樹枝

蜚蠊
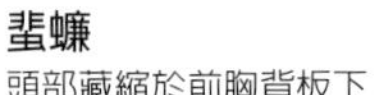
頭部藏縮於前胸背板下

蜉蝣
腹部末端具2～3根絲狀物

豆娘
複眼分離，腹部較細長。

蜻蜓

台灣昆蟲的來源與生活環境

擬食蝸步行蟲
早年普遍分佈在中低海拔的山區，但許多中低海拔的山區都已經開發成果園，加上農藥的施用，數量已不如以往。牠屬於台灣特有種、保育類昆蟲，體型類似葫蘆，成蟲及幼蟲均為肉食性，靠捕捉蚯蚓、蝸牛以及其他的小型動物為食。

台灣的昆蟲種類繁多，已知的種類就超過15,000種，每年還有許多的新種被發現，在這麼多的種類之中，更有許多是只有在台灣才能找到的特有種。

爲什麼在台灣這麼小的一塊土地上會有這麼多的昆蟲種類呢？根據學者的研究推測，台灣的昆蟲主要有幾個來源：第一，台灣高海拔地區的昆蟲相是由冰河時期孑遺的，和喜馬拉雅山系的昆蟲相相近。而低海拔昆蟲相則是冰河之後由菲律賓板塊所移來之昆蟲，主要分佈在西南及東南之低海拔地區。第二，有些昆蟲具有比較強的飛行能力，偶爾會順著氣流由鄰近的地方飛到台灣來，其中一部份的種類就在台灣定居並且繁衍下來。第三，現代的交通發達，一些經濟害蟲或是衛生害蟲，經由空運或是船運之便在無意間遷入台灣後，因無天敵同時移入而大量繁殖，比如說家中的蟑螂以及一些倉儲害蟲，都是遠渡重洋而成爲台灣的昆蟲種類之一。

以台灣原本的自然環境來說，台灣爲一海島，其地理位置橫跨亞熱帶和熱帶，氣候溫暖，同時又位在歐亞板塊與菲律賓板塊的接合處，因爲板塊漂移所引起的造山運動，使得小小的台灣囊括了從海平面到海拔3000公尺以上的高山地形，再加上豐沛的雨量，因此天然植被豐富，隨著海拔的升高，由闊葉林到針葉林，林相富於變化，因而提供了各種野生動物

台灣的地形富於變化，因此孕育的植物相及動物相都非常豐富。

良好的棲息環境，昆蟲便是其中之一。在平地及中低海拔地區有許多樟科、殼斗科等繁多的植物種類，於是孕育的昆蟲種類及數量也多。

但另一方面，台灣雖然四面環海，海邊附近的環境卻對昆蟲較為不適，所以在海邊所能發現的昆蟲種類較少，不過若仔細一點還是可以發現一些種類。沙灘上有時可以發現蟻蛳的陷

寬尾鳳蝶
保育類昆蟲，全世界僅有兩種，一種就是產在台灣的寬尾鳳蝶，另一種則是產在中國大陸。前翅呈黑色，後翅有白色的斑紋且尾突有2支翅脈穿過，幼蟲以擦樹為寄主植物，族群數量不多，每年僅在春夏間短暫出現，在北橫公路或宜蘭有機會看到。

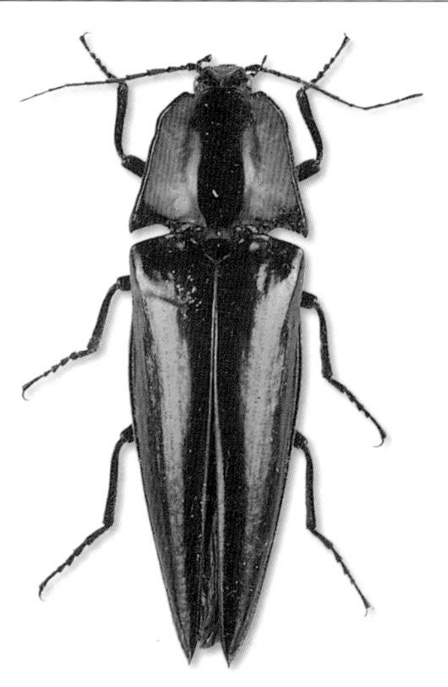

虹彩叩頭蟲
台灣特有種，也是保育類昆蟲，前胸兩側有橘紅色的斑紋，翅鞘呈金綠色，在中低海拔均可發現，目前的族群數量還不算少，在許多林相破壞不嚴重的地方都能找到。

阱，一些雙翅目的昆蟲也常出現在沙灘上，另外虎甲蟲也偶爾會在沙灘上現身。礁岩岸邊就很少看到昆蟲了，而海岸邊的紅樹林地上，昆蟲的種類就稍微多一些，像是星天牛就會出現在紅樹林，因爲牠的幼蟲也能夠以水筆仔的樹幹爲食，此外還有一些以葉片爲食的蛾類等等。

幾十年前，許多人可以靠著蝴蝶的加工製品外銷而維持家庭的生活開銷，那時每年所採集

津田氏大頭竹節蟲
台灣的保育類昆蟲之一，也是竹節蟲家族中比較特殊的一種，喜歡啃食林投的葉子，成蟲具翅，白天一般都躲藏在林投的葉基部中，夜間才出來啃食葉片，遇到敵人的時候會分泌出一種白色、有綠油精味道的液體，可以刺激敵人讓對方感到不適而放棄捕食，目前只有在南部墾丁國家公園的某些地方才有。本屬有6種，分佈於熱帶地區，包括印度、錫蘭、中南半島、台灣以及琉球群島。

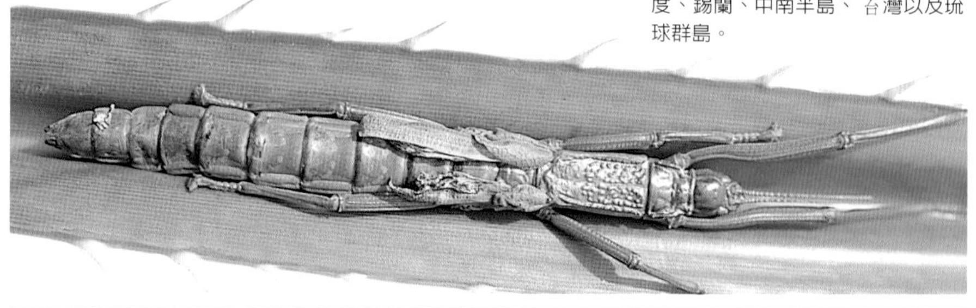

台灣山區林相豐富，雨量充沛，是野生動物及昆蟲良好的棲息地。

蠟蟬的一種

分佈在中海拔山區，以吸食植物的汁液為生。屬同翅目蠟蟬科，色彩鮮豔，在受到驚嚇的時候會跳躍逃生。

茶園、果園的開墾已嚴重改變了山林的原貌。棲息地的破壞，是動植物大量減少甚至滅種的原因。

製成標本的蝶類就有幾百萬隻，甚且年年如此，但蝴蝶的數量卻沒有因此變少。反觀現在，時代進步，科技發達，經濟狀況都比以前好了，但是昆蟲及其他仰賴森林的動物卻越來越難看到，這是因爲中低海拔的大量開發、林地的破壞以及農藥等化學藥品大量使用而造成環境的污染，已經對許多的昆蟲產生了嚴重的影響，許多原本普遍生活在中低海拔的物種，現在已十分少見，甚至可能有許多種類在還沒被發現之前就已經滅絕了。這對喜愛昆蟲的人來說，實在是一件令人扼腕的事情。

大紫蛺蝶

保育類昆蟲，大型的蛺蝶，翅呈紫色帶有金屬光澤，目前在野外的數量已不如以往，幼蟲以朴樹為食。大紫蛺蝶也分佈在大陸及日本，但卻是不同的亞種，在臺灣由於生活環境常遭破壞，寄主植物被砍伐頗多，所以數量逐漸減少。

昆蟲的形態特徵

所有的昆蟲在外部形態上都有相同的特徵，例如：

1. 身體區分成頭、胸、腹三個部份。最明顯的例子如螞蟻。

2. 都具有一對觸角、一對複眼及0～3個單眼。

3. 具0～2對翅。由於昆蟲以外的節肢動物都沒有翅，所以只要具有翅的節肢動

昆蟲的外部形態
（高砂深山鍬形蟲）

物，幾乎即可判定是昆蟲。

4.成蟲具3對足。昆蟲的運動器官都集中在胸部，胸部分成3節，每一個胸節有一對足。有翅的昆蟲其翅生於第二、第三胸節。

5.昆蟲的胸、腹部具有氣孔，而且以氣管連接構成呼吸系統。

只要完全符合以上的條件者，就可以判定牠是屬於昆蟲家族的一員。但是在野外或是居家環境的附近，常常會有一些讓人誤以爲昆蟲的小動物，例如蜘蛛、蠍子、鞭蠍、蜈蚣、蚰蜒、馬陸、鼠婦、海蟑螂、甚至於蝸牛以及水蛭等等，這些小動物到底和昆蟲有什麼不一樣的地方？

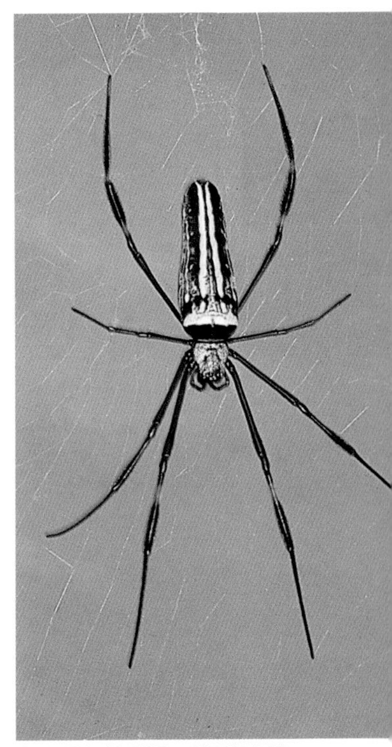

蜘蛛屬於蛛形綱，並不是昆蟲，圖為常見的人面蜘蛛。

擬似昆蟲的小動物

蜘蛛有八隻腳，是眾人皆知的事，但是卻很少有人去注意到牠的身體只分成頭胸部、腹部兩個部份，蜘蛛、蠍子和鞭蠍都屬於節肢動物

蛛形綱的特徵

身體分成頭胸部及腹部，有四對足位於頭胸部， 有單眼及觸肢。(圖為花蜘蛛)

蠍子也是蛛形綱的成員，觸肢特化成鉗狀，有四對足位於頭胸部，腹部末端具有毒鉤。

蚰蜒與蜈蚣同一家族，屬於多足綱（唇足綱），外形與蜈蚣相似但足較長。

蜈蚣屬於多足綱，每一體節具一對足 ，腹部末端有2根尾毛。

門蛛形綱動物的一員，蛛形綱的動物都是八隻足，身體分成頭胸部及腹部兩個部份。在台灣只有屏東半島才能找到蠍子，蠍子尾部的毒鉤和身體前方的兩個大鉗子是令人注目的招牌，而鞭蠍是一種長得很像蠍子的小動物，牠的尾部沒有蠍子的倒鉤，而是一根細長的鞭狀物，鞭蠍在遇到敵人的時候會釋放出一種刺鼻的酸味，使牠的對手無法忍受而離去。在野外也有許多常見的蜘蛛，例如人面蜘蛛和腹部有螢光色的螢腹蜘蛛。

蜈蚣則是屬於多足綱（又稱爲唇足綱），主要的特徵是：身體多節，每一節有一對足。另外在山上常見的一種長得像蜈蚣，但腳卻很長的蚰蜒，也是屬於唇足綱的一種，這些小動物都是肉食性，牠們都有一對毒牙，當遇到獵物時便以毒牙咬住獵物，同時將毒液注入獵物的體內，待獵物昏死後再大快朵頤一番。所以如果遇到多足綱的小動物時，千萬不要用手去捉牠們。

又稱爲千足蟲的馬陸，雖然體型與蜈蚣相似，但是每一節身體具有兩對足，所以是屬於另一個家族：倍足綱，而當馬陸遇到危險時常常會將身體捲縮，把比較柔軟的腹面藏起來，以避

馬陸屬於倍足綱，有一對觸角，每一個體節具有兩對足。

海蟑螂在海邊礁岩上十分常見，具7對足，腹末端有3根絲狀，是螃蟹與蝦子的親戚。

蝸牛是屬於軟體動物門腹足綱的小動物。

寄居蟹也是甲殼綱家族的一員。

蝦屬於甲殼綱十足目，頭胸部具有5對步足，腹部各節還有游泳足一對。

鼠婦常出現在陰暗潮濕的地方，遇到危險時會捲縮成團狀。

螃蟹為甲殼綱十足目的動物，身體分成頭胸部及腹部，但腹部摺疊緊貼在頭胸部的腹面。

免敵人的攻擊。一般在腐植質比較多的地方或是林間道路的邊緣，很容易發現馬陸的蹤影。

海邊常見的海蟑螂，雖有蟑螂之名卻不是蟑螂的親戚，而且和昆蟲只能算是遠親，因爲牠有七對腳，是屬於甲殼綱等足目，也就是螃蟹與蝦子的親戚。

蛞蝓即所謂的無殼蝸牛，也是屬於軟體動物門腹足綱。

身體的構造

昆蟲的腹部緊接在胸部之後，由幾個環節組成，在腹部中主要容納消化器官、生殖器官及其他的內臟，同時也是主要進行呼吸作用的地方。一般昆蟲的腹節大致由10到11節組成，但

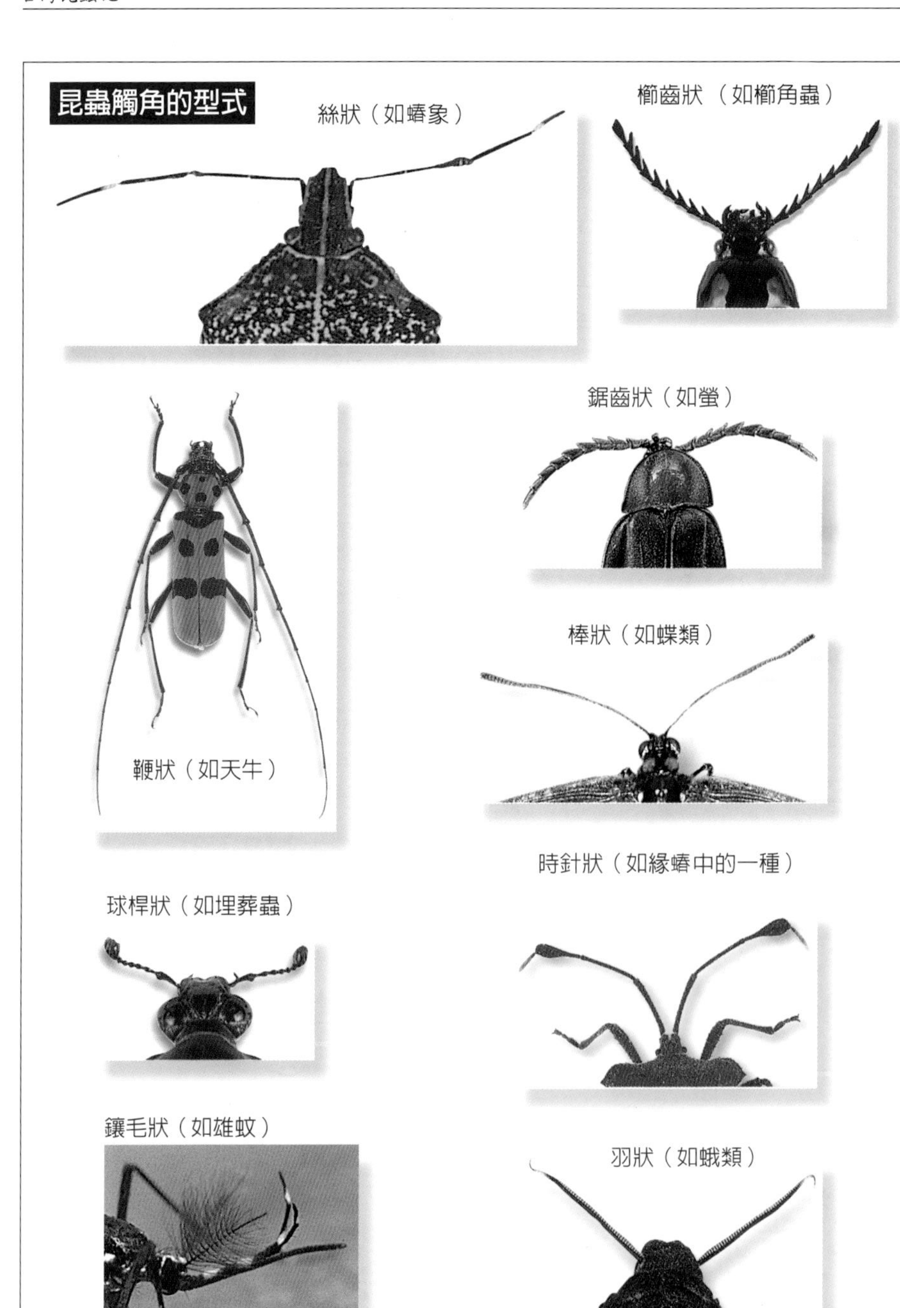
昆蟲觸角的型式
絲狀（如蟠象）
櫛齒狀（如櫛角蟲）
鋸齒狀（如螢）
鞭狀（如天牛）
棒狀（如蝶類）
時針狀（如緣蟠中的一種）
球桿狀（如埋葬蟲）
鑲毛狀（如雄蚊）
羽狀（如蛾類）

膝狀（如象鼻蟲）

念珠狀（如條脊甲）

鰓葉狀（如金龜）

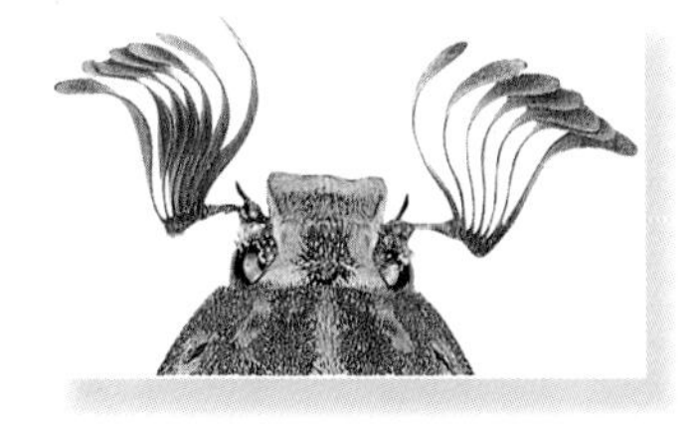

雙櫛齒狀（如天蠶蛾）

是實際上可以看得到的只有其中的一部份。昆蟲的腹部末端有肛門開口，生殖孔位於肛門的下方，但也有些昆蟲的肛門和生殖孔相合爲一而形成泄殖孔。

另外，昆蟲和其他動物不一樣的地方，是利用氣管來進行呼吸作用，氣管的開口稱爲氣孔，氣管呼吸的效果比利用血液運送氧氣的效果差，因此身體的大小就受到相當限制。許多人認爲昆蟲沒有血液，其實昆蟲也是有血液，但因爲牠們沒有紅血球，所以顏色不是紅的。

昆蟲也有心臟，但心臟卻是管狀的，同時昆蟲沒有微血管，心臟只負責讓血液在身體內持續的流動，所以昆蟲身體內的器官都是浸泡在血液中，我們把這種形式的體腔稱爲血體腔，而這種血液的循環方式稱作開放式循環，相對地，其他有微血管的動物，血液都是在血管內流動，就稱爲閉鎖式循環。

堅固的外骨骼

昆蟲到底有沒有骨頭？許多人都不太確定，其實所有的昆蟲都有骨骼，而且和脊椎動物的不一樣，是屬於外骨骼。

昆蟲外骨骼的成份是由一種叫作幾丁質的醣類所構成，昆蟲的這層盔甲質輕、堅固、耐酸鹼，又可以保護自身，避免水份的散失，眞可說是完美至極，不過卻還是有一個壞處，那就是會限制自身的長大，所以昆蟲在幼期的時候常常需要脫皮，才能持續生長，不過一旦長到成蟲以後就不會再長大了。

有一些恐怖電影描寫巨無霸的昆蟲肆虐人間，踐踏車子、房子，在現實生活中那是不可能發生的，因爲昆蟲沒辦法長得如此巨大。昆蟲的體型不會像大象一樣巨大的原因是，如果長到這麼大的時候，身體是原來體型的好幾千倍，而體重會變成好幾萬倍，這時骨骼與肌肉會無法協調，結果不是骨骼的結構不能支持自身的體重而被自己的體重給壓扁了，就是骨骼變得太重，肌肉的力量不夠，而無法控制移動身體，而且氣管系統也無法在如此巨大的體內提供維持生命所需要的氧氣。所以基於相同的理由，世界上也不會有一隻像大象一樣大的螃蟹出現。

如何辨別昆蟲的雌雄

由於昆蟲的種類實在是太多了，所以沒有一種方法能適用於辨認所有昆蟲的性別。在此僅提供粗略的區分方式。

需要採用武力來競爭異性的種類，通常都是雄性的體型比較大，或是擁有一些武裝，像是犄角、強大的獠牙等等，例如甲蟲中的鍬形蟲，大部份的雄蟲都具有發達的大顎，雌蟲則沒有；兜蟲及一些金龜子的雄蟲則是頭部具有犄角等武器，雌蟲就沒有。

另外，有些則是雄蟲具有特殊的構造，用來達到交尾的目的，例如雄性長臂金龜的前足特長，可以維持交尾時的平衡，不至於從樹上跌落；雄性龍蝨的前足具有吸盤，在水中可以牢牢的吸附在雌蟲的背上而完成交配；蜻蜓的雌雄在外觀上十分相似，但是雄蟲在腹部末端也有一具像鉗子般的構造，稱為把握器，是用來夾住雌蟲的頸部以完成交配。

蝶類中大部份的種類都是雌蝶的體型比較大，可能因為雌蝶需要較大的體型來容納足夠的卵，同時雌蝶的顏色也會比雄蝶深或是比雄蝶灰暗。

兩點翅鍬形蟲的雌蟲（左）與雄蟲（右）。

昆蟲的運動

蜂類在飛行的時候，前後翅之間靠著後翅前緣的一排細鉤勾住前翅，而使得前後翅的動作一致。（圖為熊蜂）

昆蟲的運動能力十分優良，步行、游泳、跳躍、挖掘、飛行，樣樣難不倒牠們。許多昆蟲都具有十分優秀的飛行能力，可以在空中固定，可以任意上、下、左、右。

翅的功能

昆蟲的翅上有一條條的翅脈，翅脈是支撐翅的支架，有了這些細細的翅脈，昆蟲的翅才能負擔飛行的壓力。具有兩對翅的昆蟲中，爲了達到飛行中的協調，大部份的昆蟲在前後翅之間，都有一些構造可以互相連繫，讓前後翅的活動一致，比如蜂類的後翅前方有一排小鉤，可以勾住前翅後方一條硬化的摺壁，使得前後

蜻蜓在飛行的時候，前後翅之間沒有相連而是各自拍動。

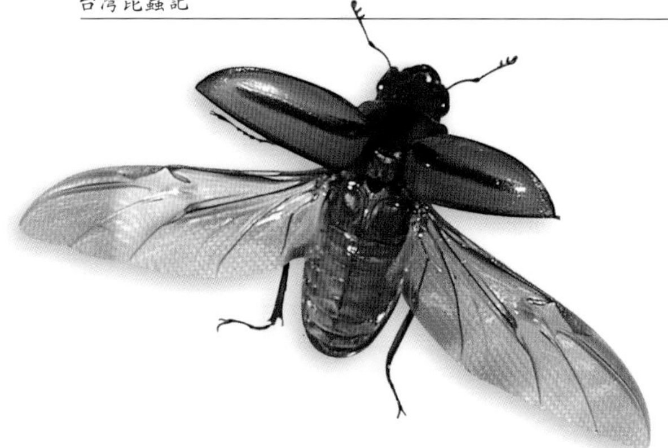

甲蟲在飛行的時候，必須將前翅舉起張開，讓摺疊的後翅伸展出來，靠著後翅的振動飛行；前翅則可以幫助平衡以及保護柔軟的腹部。（圖為豔細身赤鍬形蟲的雌蟲）

翅的動作可以上下一致，一些蛾類的翅上也有特殊的構造以達到前後翅的連繫。

不過脈翅目、等翅目以及蜻蛉目的昆蟲，前後翅是單獨活動的，也就是說前後翅並不會同時拍動。根據研究顯示，昆蟲中飛行最快的，時速大約40公里，是一種蠅類所創的紀錄，蜻蜓也不慢，大約時速35～40公里左右，而且蜻蜓還可以邊飛行邊進食。但儘管如此，並沒有一種昆蟲能飛得比鳥還快。

雙翅目的昆蟲，後翅特化成平均棍，在飛行的時候可用來平衡身體。（圖為食蚜虻）

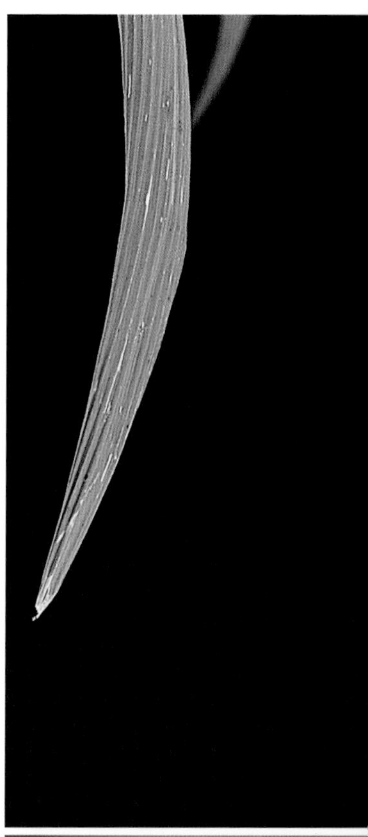

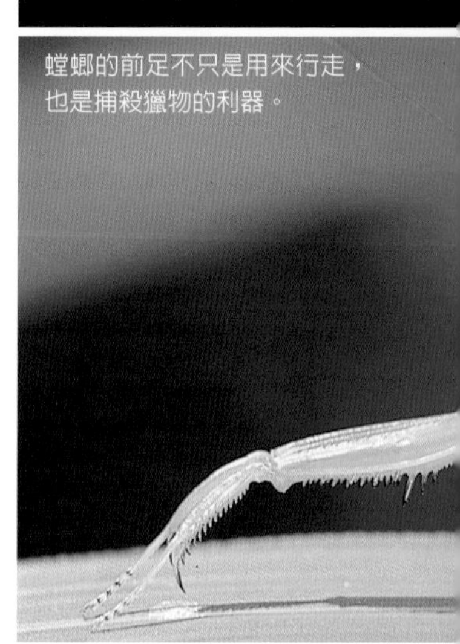

螳螂的前足不只是用來行走，也是捕殺獵物的利器。

蝗蟲在飛行的時候，前後翅會同時振動。

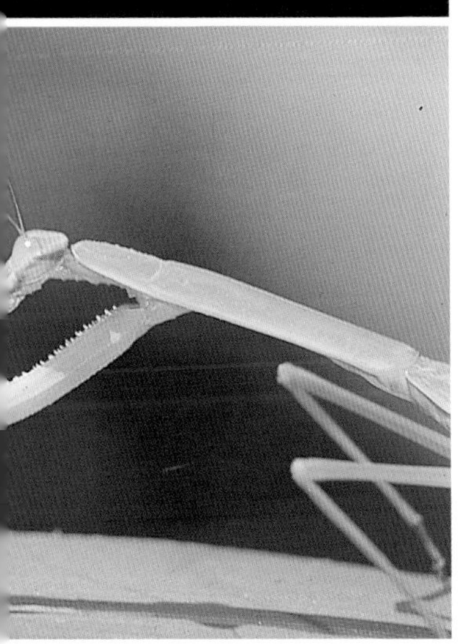

有些昆蟲的翅除了飛行之外，還有特殊的結構及功能，例如甲蟲家族的昆蟲，前翅骨化變成像蓋子一樣，用來保護後翅和腹部；蚊子和蠅類這些雙翅目家族的昆蟲，後翅退化，變成像一根棒子一樣，在飛行的時候用來幫助平衡。蝶蛾類的翅上覆蓋了許多細小的鱗片，這些鱗片還兼具保護翅的功能，可以防水而使翅不會潮濕。我們所見到蝶蛾翅上的花紋就是這些不同顏色的鱗片所組合的，這些鱗片據說也是蛹期所產生廢物的堆積處。

奇妙的足

昆蟲除了能飛之外，還有許多種類擅於游泳，牠們的某一對足變成像船槳一般，幫助牠們在水中自由活動，例如龍蝨、牙蟲的後足，扁平且長滿了細毛，使牠們在水中只靠後足即可自在活動。跳蚤的彈性比其他任何動物都好，如果人類能有像跳蚤一般的跳躍能力，20

松藻蟲的後足扁平延長成槳狀（游泳足），長有剛毛，讓牠們在水中能夠隨心所欲地游動。

層的樓房也可以輕鬆一躍而過，跳蚤的跳躍能力即靠著牠粗壯的後腿。除了蚤族之外，直翅目家族的蝗蟲、螽蟴、蟋蟀個個也都是跳遠高手。

除了跳躍的能力，許多昆蟲還是飛簷走壁的高手，例如蠅類的腳上有特化的吸盤，能在玻璃上行走自如。昆蟲的足除了運動之外還有許多特殊的功能，像是螳螂有著像鐮刀一樣的前足，專門用來捕捉獵物，所以又稱作捕捉足；蜜蜂的前腳上有個特殊的構造，一個剛好和觸角一樣粗的凹陷，觸角可以放到這個凹陷中，把觸角上的污物清潔掉，所以又稱作清潔足，另外，蜜蜂的後腳上有許多的毛，可以用來攜帶花粉，又叫作攜粉足。螻蛄能在土中鑽洞，靠的是牠像挖土機一般的前足，所以又把牠的前足稱作開掘足。雄龍蝨的前足特化成吸盤狀，可以在水中吸住雌蟲的背而完成交配，所以稱爲把握足。水黽能在水面上漫步，就是因爲長腿上的細毛及足的構造不會破壞水的表面

水黽能夠在水面漫步是靠著長長的中後足，這兩對足的跗節長且密佈細毛，使得水黽能利用水的表面張力讓自己浮在水面。

正在採集花粉的熊蜂。蜜蜂類的後足扁平且長有許多彎曲的長毛，可以用來攜帶花粉，所以稱作攜粉足。

尺蠖蛾幼蟲的行走姿勢就好像在測量物體長度一般。

張力。蝨子能在動物的毛髮之間攀爬，是因爲牠的足部末端有一根彎曲的爪子，並且在另一邊還有一個突起，合起來好像一付鉗子一樣，可以牢牢地勾住毛髮，所以稱爲攀緣足。在樹上常常看到用絲織成隧道在裡面活動的足絲蟻，牠的絲是由前足分泌出來的，又稱爲紡織足。

尺蠖蛾幼蟲行走的姿勢和其他的蝶蛾類幼蟲完全不同，一般的幼蟲除了胸部的3對足之外，在腹部還長有腹足，所以在行走的時候是移動這許多對足來前進，而尺蠖蛾的幼蟲僅在腹部的末端有尾足，所以在行動的時候必須要將身體弓起，輪流利用胸足及尾足來固定身體，彷彿在丈量東西的長度，所以才被稱爲尺蠖。

六腳朝天的捲葉象鼻蟲正在努力地翻身。

蝴蝶與蛾的鱗粉有毒嗎？

蝶與蛾是屬於鱗翅目的昆蟲，這是因為牠們的翅上由細小的鱗片所覆蓋，只是這些鱗片太細小了，所以看來像是一些粉末。這些細小的鱗片可以提供昆蟲對翅的保護，在台灣這些翅上的鱗片都是無毒的，只是有些人會對空氣中的一些物質過敏，所以在遇到空氣中有蝴蝶的鱗片飛舞的時候，就會產生過敏反應，但並不是中毒。

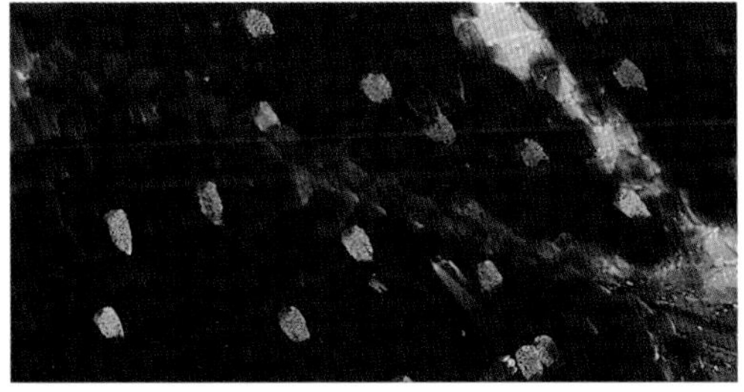

許多人誤以為蝶蛾類的翅上有許多粉末，實際上蝶蛾的翅是由許多細小的鱗片所覆蓋。

求偶、交配與生殖

求偶的手段

昆蟲求偶的方法千奇百怪，有些雄蟲會以禮物來吸引雌蟲，例如舞蠅、蠍蛉會先捕捉獵物，然後交給雌蟲當作禮物，以避免互相殘殺，而雌蟲也會選擇禮物比較大的雄蟲作爲交尾的對象。有些雌蟲會散發出一種引誘雄性的味道，可以把幾公里以外的雄蟲吸引過來，例如天蠶蛾的雄蛾就可以在3公里外聞到雌蛾所散發的味道而前往尋找。有些昆蟲則是藉著在覓食的時候雌雄相遇，像金龜子就常常在取食的時候遇到雌蟲而開始交配。而蝴蝶的雄蝶當遇到異性的時候，更會展開一場求偶的舞蹈，繞著雌蝶飛舞以獲得雌蝶的青睞，有時還會發現好幾隻雄蝶圍繞著一隻雌蝶飛舞，互相追逐；像這種求偶之舞，雄果蠅也相當擅長。

有些蛺蝶具有很強的領域性，會占領一處等待雌蝶，而將其他進入領土的動物趕走，即使來者是一隻小鳥，也一樣會奮勇驅敵。另外蜻蜓與豆娘的雄蟲會佔領一個適合產卵的地方，或是一根枝條，等著雌蟲前來交配，一旦有任何其他的雄蟲進入領土的時候，就會和侵入的對方展開一場追逐戰，直到將對方驅離爲止。

斑蝶類的雄蝶，腹部末端生有兩叢黃色的毛，我們稱之爲毛筆器或發香鱗，這部份會散發出獨特的氣味以吸引雌蝶，同時當遇到敵人或被攻擊時，這兩叢黃色的發香鱗也會突然伸出，讓掠食者嚇一跳，便能趁機逃走。

白線斑蚊的生活史

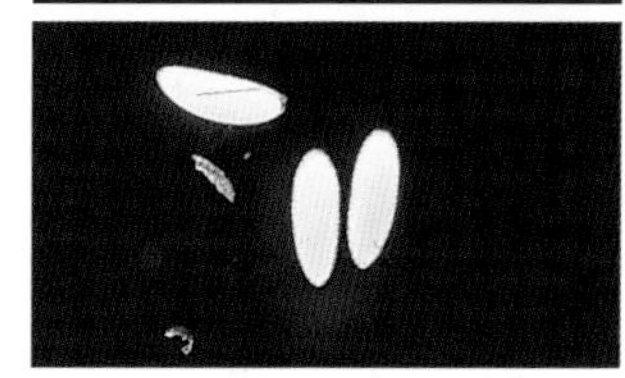

卵：所有的蚊子都會將卵產在水中，有些蚊子會將卵一個個排成卵塊，像是瘧蚊類，而斑蚊類的卵是散生的。白線斑蚊剛剛產下的卵是白色。卵期為1～2天。

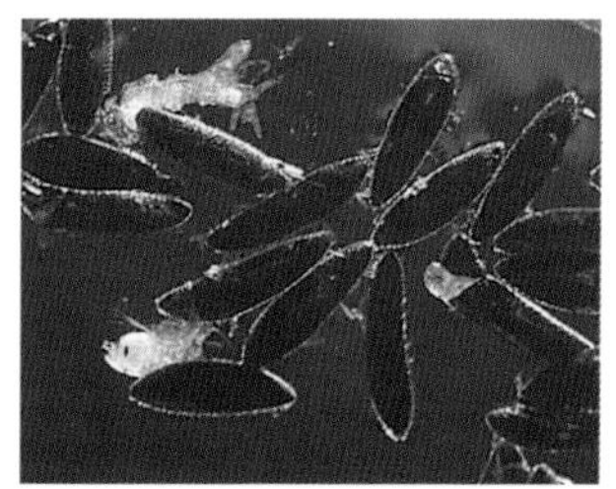

孵化：卵在成熟後顏色會變黑，就代表幼蟲將要孵化了。

1齡幼蟲：幼蟲剛孵化時是半透明的，以水中的有機物為食。每脫一次皮增加1齡。

末齡幼蟲：當成熟幼蟲身體的顏色變成乳白不透明的時候，就表示牠快要化蛹了。幼蟲期為6～7天。

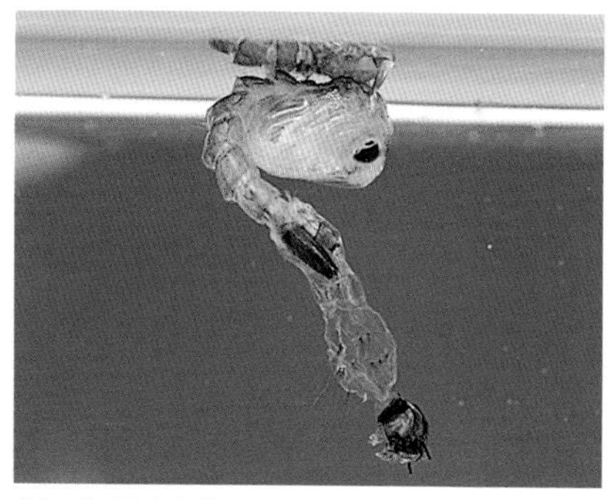

蛹：化蛹時會將舊的幼蟲皮脫掉；老熟的蛹顏色會變深。蛹期為1～2天。

羽化的過程

蛹的背部裂開，成蟲就從這條裂縫鑽出來。雄性成蟲期15天，雌性約30天。

大部份的身體都已經離開蛹皮。

完全離開蛹皮後，會在水面上靜待身體及翅乾燥，之後才能飛行。

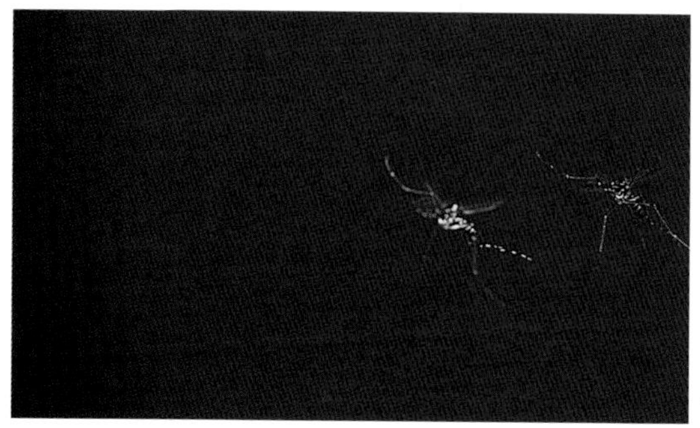

蚊子在飛行的時候僅靠著前翅的振動， 而後翅棒狀的平均棍用來幫助平衡。雄蚊在飛行中追逐雌蚊，以達到求偶交配的目的。

交配

求偶行動並非每次都會成功，有些種類的雌雄數量比例相差十分懸殊，所以雄蟲可能一輩子也無法遇到雌蟲。雖然在人工飼養的情況下，雌雄的比例將近1：1，但在野外的情況則差異頗大。所以雄蝶一旦尋找到雌蝶的時候，一定會盡力爭取，甚至會在雌蝶的蛹旁等待雌蝶羽化，然後立刻和正在羽化的雌蝶交尾，但有時雌蟲也會對身旁的雄性不滿意，而不願意交尾。

有些昆蟲的雄蟲則是趁雌蟲在進食的時候霸

王硬上弓，像獨角仙的雄蟲就常常使用這種方式。一些鍬形蟲的雄蟲甚至會用觸角量量女主角的身高（體長），看看能不能相配；鬼豔鍬形蟲的雄蟲在找到配偶的時候，會保護著雌蟲，讓雌蟲先行進食而自己站在旁邊，並且對任何在附近有不軌意圖的其他雄蟲，都會加以攻擊。紅頭地膽在交配時，雌雄蟲的觸角還會纏繞在一起，看起來一副恩愛狀。

夜間活動的昆蟲多半靠著氣味尋找伴侶，但螢火蟲就不同了，牠們會藉著彼此的燈號來尋找伴侶，而且不同種類的螢火蟲其燈光的顏色及閃爍的頻率也不同，一點也不會搞錯對象。不過螢火蟲中有些種類卻會模仿別人的訊號，目的是爲了把別種螢火蟲引誘過來吃掉。

提起昆蟲婚禮中最血腥的，許多人都會認爲是螳螂，因爲一般人的印象是雌螳螂會把交配的對象吃掉。其實並非所有種類的螳螂都會如此，某些種的螳螂，由於雄蟲的腦在交配時會抑制射精，所以雌蟲要把雄蟲的頭部給吃了以後，才能完成交配的程序，另外一方面也是因爲雌螳螂在交尾後需要大量的養份，用來供應體內受精卵的發育和成長，所以任何可以捉到的獵物都不會放過，這時如果雄螳螂不夠小心的話，很可能在交配時被雌螳螂給吃了。

昆蟲交配的姿勢依種類也有所不同。像蝗蟲交配時，雄蟲在雌蟲的上方，但是雄蟲的腹部卻從下往上與雌蟲交接，看起來有如8字形。另一類是雌雄成一直線，也就是一般尾對尾的姿勢，如蝴蝶和蛾類。還有一種是雄蟲在雌蟲的背面，如金龜子和蠅類。還有些昆蟲是邊飛邊交配的，像蜜蜂、蚊子。而蛾類中的避債蛾，雌蟲一輩子都以幼蟲的樣子棲息在自己用枯

蚊子的交配

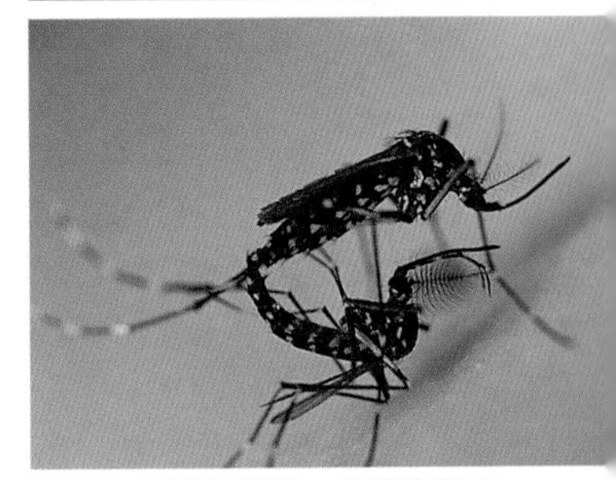

蚊子在交尾的時候，雌雄會腹面相對。

雌蚊正在產卵。

果蠅的求偶舞。雄果蠅在求偶的時候會繞著雌蠅團團轉，表現各種舞姿，以獲得雌蠅的青睞。

斑蝶科蝶類雄蟲的腹部末端都具有毛筆器，可吸引雌蟲前來交尾。

螢火蟲在求偶的時候是利用發光來作為溝通的訊號，不同種類的螢火蟲，發光的顏色及頻率都不相同。

枝、枯葉編織的袋子裡，雄蟲找到雌蟲以後，會停在雌蟲的袋子外伸長自己的腹部進入袋子裡與雌蟲完成交配。

蜻蜓的雄蟲在腹部末端有一種像夾子一樣的把握器，在交配時把握器可以夾住雌蟲的頸部，而雌蟲會將牠的腹部往前伸，和雄蟲腹部第二節的生殖器交接，看起來像一個心形一樣，有時完成交尾以後，雄蟲還會夾住雌蟲的脖子，維持這種姿勢四處飛行去尋找產卵的地方。鍬形蟲中的深山鍬形蟲屬，這一族的雄蟲在交配的時候會用大顎夾住雌蟲。蚊子的交配是雌雄採腹面相對而尾部相連的方式進行。

象鼻蟲的交尾。

樺斑蝶的交配。

大蚊交尾的時候，雌雄腹部末端相連成一字形。

虎甲蟲交尾時雄蟲會用大顎將雌蟲夾住。

蝗蟲在進行交配的時候，雄蟲在雌蟲的背方，但腹部會從下往上伸與雌蟲交尾，形成「8」字形。

雄鹿角金龜在找到配偶後，會謹慎地守護著雌蟲。

甲蟲類交配時多半都是雄蟲在雌蟲的上方。（圖為白條尖天牛）

交尾中的黃腳深山鍬形蟲。深山鍬形蟲類在交尾的時候，雄蟲會用大顎夾住雌蟲，幫助固定以便進行交尾。

正在交配的大琉璃金花蟲，上方體型較小的是雄蟲。

紅頭地膽在交尾時，雌雄的觸角會互相捲在一起。

產卵

昆蟲在交配後最主要的工作就是產卵，以及盡量地保護卵的安全，讓卵能逃過掠食者的捕食，於是牠們運用了各種方法來保護自己的卵。

有些昆蟲在產卵時會很周到地設置保護措施，例如一些天牛的雌蟲會在樹皮上小心地咬出一個ㄇ形的傷口，然後把卵產在樹皮下，產完卵之後會分泌一些黏液把樹皮再黏回去，並且還會把樹皮壓平，盡量復原後才會離開。草蛉在產卵時會先分泌出一些物質在葉片表面，然後把腹部抬起來，將分泌物拉成一根絲狀，

盾背蝽 在交配時尾部相連成一字形。

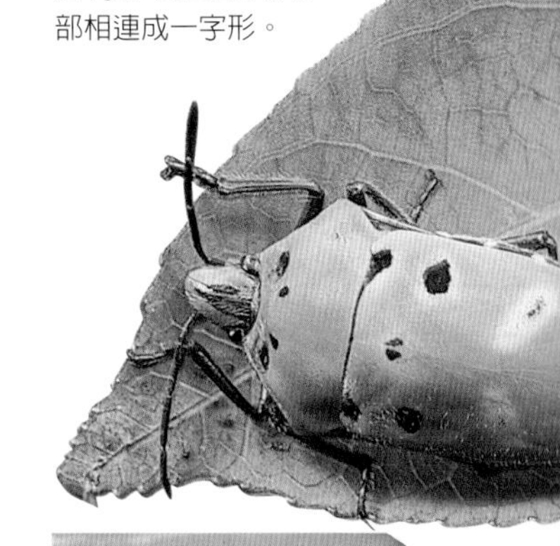

雌性盾背蝽產卵以後會待在卵的附近，直到若蟲孵化。

正在產卵的無霸鉤蜓。

蜻蜓和豆娘在交尾的時候，雄蟲會用腹部末端的把握器夾住雌蟲的頸部，雌蟲會將腹部往前伸與雄蟲的腹部第二節相連，形成一個心形。

剛孵化的椿象若蟲會群集在一起。

等到這絲狀的分泌物凝固後，才將卵產在這絲的末端，這樣卵離開了葉表面，可以避免卵被螞蟻等其他的昆蟲給吃了。水生的負子蟲就採取比較簡單的方式，雌蟲直接把卵產在雄蟲的背上，雄蟲就背負著自己的小孩，直到若蟲孵化才會把空卵殼丟棄。許多的蛾類在產卵時還會分泌一些黏液，並黏附一些腹部末端的鱗毛在卵塊上，作爲掩飾。竹節蟲的產卵方法是最隨便的，因爲竹節蟲的卵長得像植物的種子，雌蟲邊走邊產卵，卵就混雜在地面的草堆、枯枝爛葉之中，任其自生自滅。

昆蟲產卵的數目不一定，有些種類的產量驚人，以量取勝，而有些昆蟲對自己的卵會小心照料，相對地數量就比較少。一隻蝴蝶一生大概可以產下大約100～200個卵，獨角仙只有幾十個，蜜蜂的蜂后甚至一天可以產下3,000個卵，而且可以持續相同的產量達數日之久。昆蟲就像自然界所有的生物一般，對後代照顧得越周到的，子代的數目越少，而對後代沒什麼照顧的，就會採取大量生產的方式，一次產下很多很多的卵，總會有一些沒被吃掉而能長大成蟲的。

另外還有一些昆蟲更特別，牠們不需要交配也能產卵繁殖後代，稱作孤雌生殖。例如一些竹節蟲因爲沒有雄性，或是雄性的數量極少，所以不需要交配也能產卵，而且所產下的卵一樣能孵出後代。

昆蟲的幼蟲是所有獵食者的最愛，因爲大部份的幼蟲行動十分緩慢，身體柔軟而且營養豐，富同時幼蟲一般也 比較沒有可以防衛的武器，自卵孵化以後就要靠自己求生。於是，許多幼蟲便發展出各式躲避捕食者的方式，有些

螳螂的卵了一一螵蛸，是由雌螳螂所分泌的海綿狀物質所構成，卵規則地排列在內部。

雌避債蛾的翅退化，羽化後仍會攀附於蟲巢上與飛來的雄蟲交配，而幼蟲均躲藏於蟲巢之中。圖為蟲巢。

盡量使自己和環境或是食物融成一體，模仿成樹葉、樹枝或是花朵，有些會在身上長出一些刺毛，使自己看起來十分不可口的樣子，以降低掠食者的興趣，還有的乾脆模仿一些危險的生物，例如使自己看起來長得像條蛇，可以讓一些比較弱小的掠食者不敢輕易攻擊而增加活命的機會。不過也有一些昆蟲的幼蟲本身就是一個殺手，專門尋找其他的生物作為食物，像水池中的水蠆就十分兇悍，連一些比較小的魚都難逃牠的毒手。

白波紋小灰蝶將卵產在野薑花的花萼上。

成長與變態

無變態

衣魚在成長的過程中，外部的形態並沒有改變，只有腹部的節數增加而已，所以稱之為無變態。

不同的成長變態方式

依昆蟲的成長方式，可以將昆蟲的生長過程區分爲無變態、不完全變態以及完全變態。其中不完全變態又分成漸進變態和半變態。

無變態是指昆蟲在成長的過程中，外部的形態並沒有改變，最典型的代表即是家中蛀食衣物書籍的衣魚，衣魚小時候的形態與長大以後完全相同，在成長的過程中僅僅只是數次脫皮，增加身體的節數而已。

不完全變態中漸進變態的昆蟲，有蝗蟲、螽蟴等，牠們幼期時的外形與成蟲相似，只缺少了翅膀，翅膀會在長大的過程中慢慢地出現，直到脫完最後一次皮的時候，翅膀才會完全成熟，這一類的昆蟲因爲幼時與成蟲的外形相似，所以稱牠們的幼期叫若蟲。另外，半變態的昆蟲如蜻蜓、豆娘和蜉蝣，雖然牠們的幼期和成蟲的外形及生活環境均不相同，但是卻缺少了蛹的時期，所以我們稱呼牠們的幼期叫稚蟲。而完全變態則是指在成長的過程中經歷了

不完全變態

螽蟴和蝗蟲的成長過程是屬於不完全變態中的漸進變態，若蟲的外形與成蟲相似，剛孵化的若蟲是無翅的，之後漸漸會出現翅芽，直到最後一次脫皮後才會有完整的翅出現。

沫蟬的成長方式屬於漸進變態

❶沫蟬在枝葉間結的泡沫巢。因若蟲都躲在泡沫中，所以無法看到牠們蛻變的過程。
❷泡沫是由若蟲分泌一種液體，經過後足攪拌後形成，蟲體就躲在裡面。
❸正在羽化中的紅胡麻斑沫蟬。

蜻蜓的成長過程，是屬於不完全變態中的半變態；幼期在水中生活，稱為水蠆。

水蠆是蜻蜓的幼期，但因為水蠆的外形與蜻蜓不同，所以稱為稚蟲。

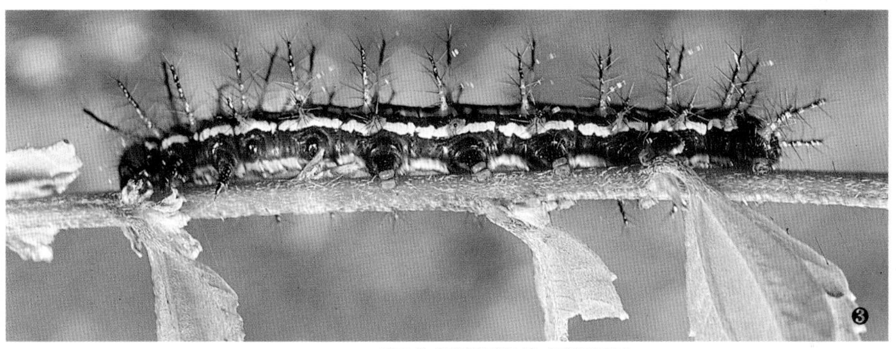

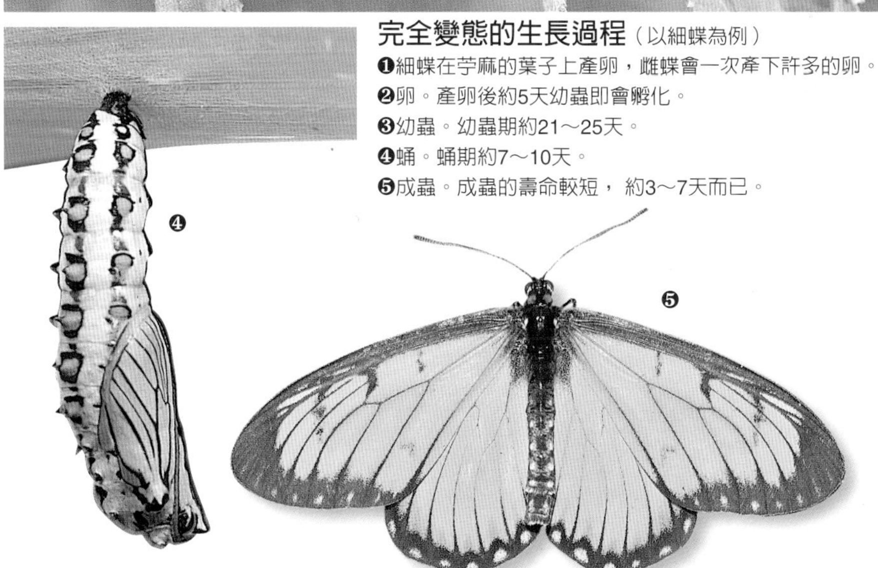

完全變態的生長過程（以細蝶為例）

❶細蝶在苧麻的葉子上產卵，雌蝶會一次產下許多的卵。

❷卵。產卵後約5天幼蟲即會孵化。

❸幼蟲。幼蟲期約21～25天。

❹蛹。蛹期約7～10天。

❺成蟲。成蟲的壽命較短，約3～7天而已。

❶

❷

❸

羽化過程（圖為端紅粉蝶）

❶端紅粉蝶的蛹由一條絲將胸部固定在樹枝上，稱為帶蛹。

❷蛹皮開始裂開。

❸成蟲努力地爬出蛹殼。

❹展翅中的端紅粉蝶。成蟲爬出蛹殼後，將體液擠進翅脈中讓翅伸展開，然後等待翅的硬化。

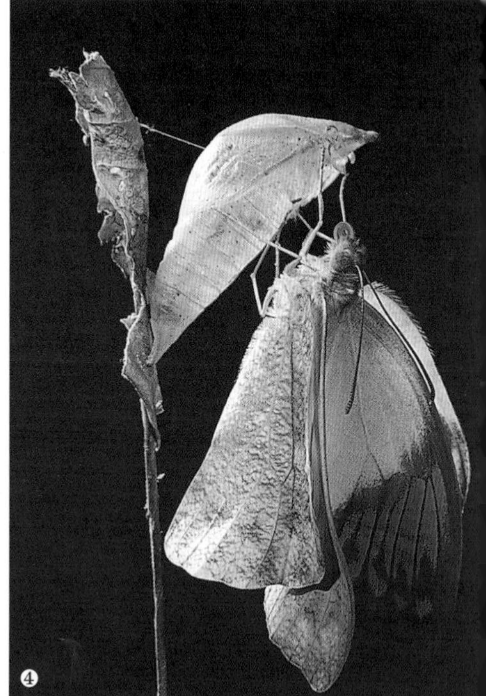
❹

瓢蟲的成長方式也屬於完全變態。圖為正在捕食蚜蟲的瓢蟲幼蟲。

錨紋瓢蟲的成蟲。

卵、幼蟲、蛹、成蟲四個時期，如鱗翅目的蝴蝶和蛾。

完全變態的昆蟲在蛹期的時候，我們可以依照蛹的形態及構造，分成可以看到足、觸角及各部器官的裸蛹，以及外皮平滑的被蛹。這類昆蟲牠們在蛹期靜止、不吃東西也無法活動，所以對自己的蛹就要想辦法保護，像蛾類會吐絲結繭把蛹包在裡面；天牛在末齡幼蟲的時候就會在樹幹中蛀出一個蛹室讓自己安全的躲在裡面；許多蝴蝶的蛹，牠的顏色和形狀都長得像枯枝或者是枯葉的樣子，這樣一來便可以躲過掠食者的搜尋，不過像斑蝶類其本身具有毒性，而且牠的蛹也具有金屬光澤，好像提醒掠食者：小心！我有毒，不要吃我。

幼期與成蟲的任務

昆蟲主要進食的時間是在幼期，這段期間牠們會不斷地吃，以儲存養份來供應長大脫皮的需要。依據一些科學家的研究，老熟幼蟲的體重比起剛孵化的時期要增加很多，而且不同種

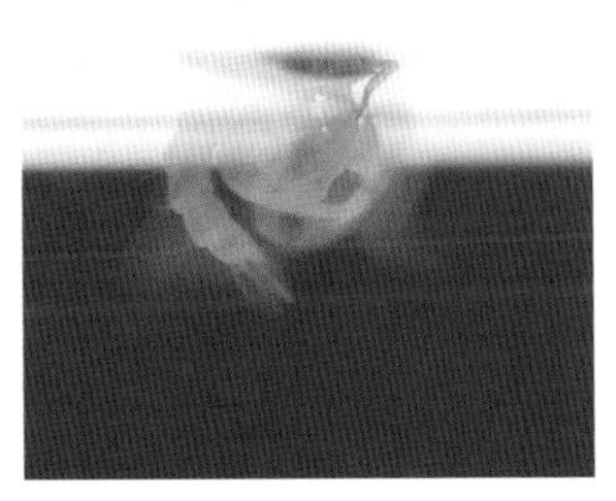

蚊子的蛹。蚊子在化蛹以後，蛹還能活動游泳，其他許多昆蟲的蛹頂多只能扭動而已。

大白斑蝶的蛹呈金黃色，十分明顯；由於蛹是以腹部末端固定，頭下腳上，所以稱作垂蛹。

甲蟲類的蛹從外觀就可以很清楚地看到觸角和足部等附器，所以稱作裸蛹。（圖為天牛的蛹）

類的昆蟲體重的增加程度不同。例如家蠶從孵化到成長，體重增加了9,100～10,500倍；一種木蠹蛾在三年的幼蟲期間體重可以增加72,000倍；另外一種天蛾的幼蟲從小到成熟，體重增加了9,976倍。當長為成蟲以後，成蟲的體型大小是不會再改變了，但如果幼蟲時期營養不足，成蟲的體型就會比較小，所以常可以發現同一種昆蟲的體形大小差異極大，這就是所謂的個體差異。

成蟲活著的主要目的就是交配繁殖後代，有些種類的昆蟲，成蟲會四處覓食以供應本身在產卵、交配時所需的養份和能量，這種成蟲的取食行為稱做後食性；另外一些種類昆蟲的成蟲因為口器退化，所以就不吃東西，只專心尋找配偶以繁殖下一代。具有後食性的昆蟲壽命

黑角舞蛾的成蟲停棲在蛹蛻上。

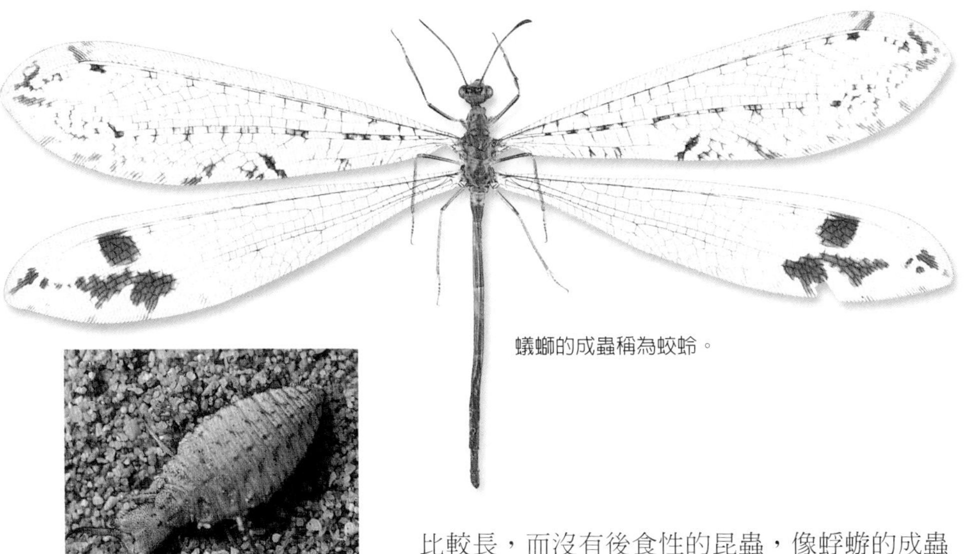

蟻蛳的成蟲稱為蛟蛉。

蛟蛉的幼蟲——蟻蛳俗稱「沙豬」，會在沙灘上挖個小坑洞，躲在其中等待獵物經過。

比較長，而沒有後食性的昆蟲，像蜉蝣的成蟲只有不過幾天的壽命，在交配產卵後就會死亡。

昆蟲自卵開始到完成交尾、產卵，稱爲一個世代，不同的昆蟲種類其世代時間長短不一，有些只需要兩、三個星期，有些卻需要好幾年的時間。以甲蟲之中的獨角仙來說，幼蟲需要脫皮3次才會變成蛹，幼蟲期大約要10個月左右，蛹期大約是1個月，成蟲的壽命就不一定了，不過大概在1～2個月之間，而蛾類之中的鳥羽蛾科的蛾類，完成一個世代卻僅僅只需要2～3週。

把昆蟲生活期間各個時期的經過、習性詳細地敘述記載下來的，就是昆蟲的生活史，在進行昆蟲的各種研究時，生活史是十分重要的，各種昆蟲的幼期要經過多久，生活在什麼樣的環境，或是吃些什麼樣的東西⋯，有了這些完整的資料以後，才能針對目標昆蟲採取保育或是控制數量的行動。

黑角舞蛾的蛹。繭的外表還留有一些幼蟲時期的表皮。

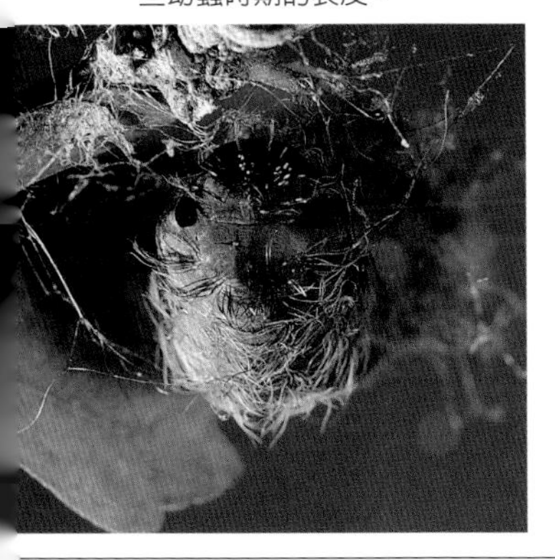

擬態與僞裝

昆蟲屬於自然環境中的基礎食物，許多動物像各種鳥類、爬蟲類、蛙類、魚類等等，都以牠們爲食物，甚至昆蟲彼此之間也是虎視眈眈。

生活在如此險惡的環境中，在天擇的壓力下，昆蟲爲了保護自己，演化出許多方式可以避免被別的動物吃掉，以增加自己的生存機會。例如有些昆蟲產生了毒性，有些昆蟲則使自己和環境融合在一起而不被發現，有些昆蟲是利用自己的武器如螯刺、利牙來保護自己。

然而大部份的昆蟲都沒有主動攻擊的能力，所以牠們多採用保護色、擬態的方式讓本身不被敵人發現，甚至可以藉由隱蔽自己來獵食其他的昆蟲。

灶馬成了黃口攀蜥捕食的佳肴。

各種昆蟲的天敵

黃胸青鶲捕食食蚜蠅。

被小毛氈苔黏住的小蝗蟲。

昆蟲也會捕食昆蟲。（圖為食蟲虻捉到一隻粉蝶）

被蜘蛛網黏住的蟬。

被寄生的蝶類幼蟲。旁邊這些白色的小繭是已經成熟的寄生蜂幼蟲鑽出被寄生幼蟲身體後所結的。

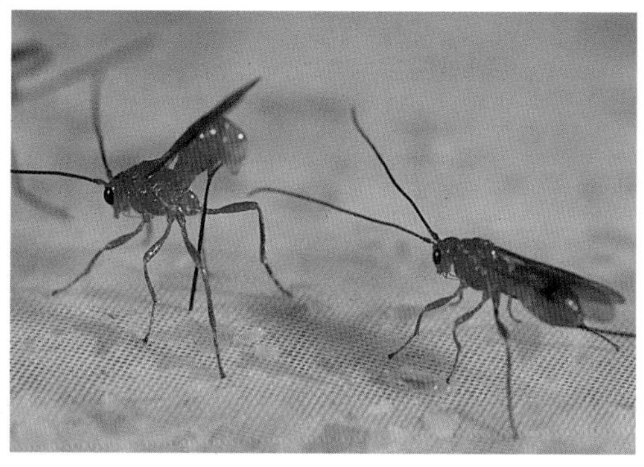

有許多種微小的寄生蜂專門將自己的卵產在一些特定寄主的卵或幼蟲上，當這些寄生蜂的幼蟲孵化之後，就以寄主為食。（圖為寄生蜂）

被真菌寄生的蝗蟲。昆蟲除了被天敵捕食之外，還會感染許多的疾病，像冬蟲夏草實際上也就是被真菌寄生的一種昆蟲的幼蟲。

模擬環境的形態

擬態的昆蟲中，大致可以分成以環境爲師和以其他有毒昆蟲爲模仿對象等兩大類。模擬環境的昆蟲中，最知名的應該是竹節蟲以及枯葉蝶了，當牠們靜止不動時，幾乎無法發覺牠們的存在，枯葉蝶的翅上甚至還有好像被蛀食過的痕跡。除了這兩個知名的例子之外，尺蠖蛾的幼蟲也是一個僞裝高手，某些尺蠖蛾的幼蟲會挺直身體站在枝條上，加上酷似樹皮的顏色，不注意的話還眞看不出來這是一隻蛾的幼

枯葉蝶的翅形及顏色就像一片枯葉一般，甚至上面還有被蟲蛀過似的透明小孔。

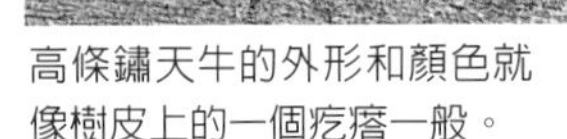

高條鏽天牛的外形和顏色就像樹皮上的一個疙瘩一般。

竹節蟲是偽裝大師，當牠靜止不動時就像一段枯枝。

尺蠖蛾的幼蟲在靜止的時候，會用腹部末端的足捉住樹枝，然後將身體挺直，偽裝成一根小枯枝。

蠟蟬的若蟲長得像枝芽。

蟲。尺蠖蛾的成蟲在外形及翅的花色上，看起來也和樹皮一樣，當牠平貼在樹皮上休息的時候，還眞是難以辨別。

甲蟲家族的化妝高手也十分眾多，一些天牛的顏色外表就好像樹皮的疙瘩一樣，還有的象鼻蟲外形顏色就像鳥糞，讓掠食者興趣全無。同翅目中也不乏隱藏的高手，比如角蟬就是其中的代表，牠們長得好像植物莖幹上的刺一樣，加上身材又十分袖珍，就更難以在枝條之間發現到牠們了。在東南亞還有一種蘭花螳螂，牠的外形和顏色就和一朵鮮豔的蘭花一樣，當牠靜止不動的時候，即使靠近觀察也不一定能發現牠的存在。

當然，也不是所有的昆蟲都有如此出神入化的化妝術，許多昆蟲只是身體的顏色近似所生活的環境而已，我們將這一類的昆蟲稱之爲具有保護色。假設當掠食者在較遠的地方經過時，身上的顏色就足以提供掩護了，當掠食者靠得越近時，越容易拆穿這些昆蟲的把戲，就

尺蠖蛾的成蟲靠著翅形與翅上的花紋與樹幹融為一體，讓天敵不容易發現。

尺蠖蛾成蟲

連那些竹節蟲也一樣，當牠靜止時眞是難以發現，可是只要牠一移動，很容易就會被發覺，而變成獵食者的美食了。

模擬有毒的動物

擬態的另一種方法是化妝成其他有毒的動物或昆蟲的樣子，企圖利用別人的樣貌來恐嚇敵人，以求活命，蜂類和蛇就是最常被模仿的對象，例如食蚜虻、鹿子蛾以及一些甲蟲，身上的花紋顏色就像蜜蜂或胡蜂一樣，一節黑一節黃的，讓人誤以爲是蜂類而不敢靠近；端紅粉蝶的幼蟲背上有兩個眼斑，身上還有許多像鱗片一樣的花紋，看起來就像一條小蛇一樣。另外許多蛾類的幼蟲也模擬小蛇的外形，甚至連動作都學得很像，讓獵食者望而生畏，如此一來就可以增加活命的機會。

而一些無毒的蝴蝶就只好模仿有毒的蝶類，所以斑蝶就成了大家模仿的對象，例如雌紅紫蛺蝶、白條斑蔭蝶都是以斑蝶爲師。這些有毒昆蟲的身上大都有鮮明的色彩，像是黑色、紅色和黃色，這種鮮明強烈的顏色就好像在提醒別的動物：我是有毒的，我很危險，別惹我！。所以我們把這類鮮明強烈的顏色稱爲警戒色，可以警告其他的動物。

可是，一旦小鳥吃到了無毒的蛺蝶時，會不會就認爲斑蝶是好吃的呢？其實這個問題的答案，在於無毒的仿冒者與有毒者之間的數量比例是多少？如果仿冒者的數目比有毒者多的時候，掠食者就很可能認爲這種顏色花紋代表著好吃，但是這種情形在自然環境中是不會發生的，即使是仿冒者與有毒者一樣多也是不會發生的，因爲果眞如此，大家被捕食的機會一樣

黑脈樺斑蝶幼蟲以有毒的馬利筋為食，成蟲的體內也含有毒性。

雌紅紫蛺蝶的雌蝶雖然無毒，體型和顏色卻酷似有毒的樺斑蝶。

毒蝶互相模擬，以增加掠食者的印象。

黑端豹斑蝶無毒，外形也酷似樺斑蝶。

多，又何必去模仿別人。

另外一種情形，是有毒者的互相模仿，既然大家都長得差不多，這樣子可以讓掠食者少記一些顏色花紋，只要是這樣子的就是不能吃，反而能讓敵人印象更爲深刻。

模擬強者

一些大形的蛾類則採用另一種方式：誇大自

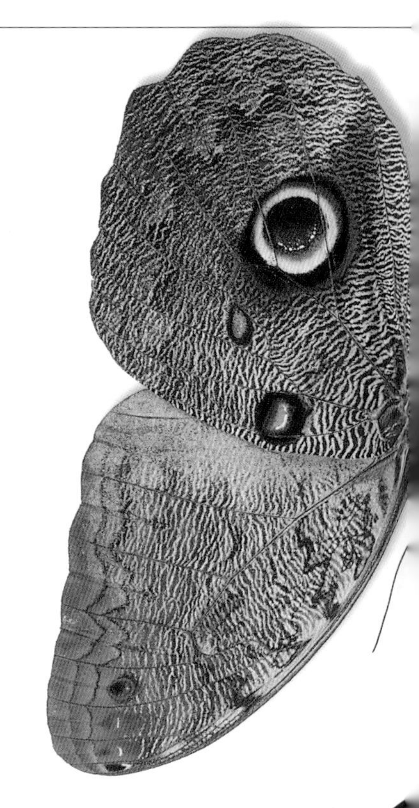

己的體型，例如一些天蠶蛾類在後翅上有大型的眼紋，當遇到騷擾的時候，會突然的將後翅的「大眼睛」露出來，讓攻擊者嚇一跳，誤以爲牠們是十分巨大的動物而不敢輕舉妄動。在中南美洲還有一個蝴蝶家族，我們稱作貓頭鷹蝶，牠們的翅展開以後，簡直就像一隻貓頭鷹，一般中小型的獵食者都不太敢輕易挑釁，寧願另外尋找其他比較不兇悍的獵物。

翅上的眼紋除了恐嚇敵人之外，另一個功用是轉移敵人攻擊的目標，一般掠食者都習慣攻擊獵物的頭部，對蝶蛾來說翅的破損並不影響到自身的生存，但是頭部可是萬萬不可以失去的，所以寧願失去一小部分的翅，來換取逃生的機會。

蝴蝶中的小灰蝶僞裝的方式也是如此，許多種的小灰蝶在後翅上有好像眼睛一樣的花紋，同時後翅的末端還有細長的尾突，牠們在休息的時候，會不斷地搓動後翅，使那兩根尾突看起來好像觸角一樣，利用這種方法可讓許多獵

端紅粉蝶的幼蟲為翠綠的顏色再加上鮮紅的眼紋，背上又有鱗片狀的紋路，看起來就好像一條小蛇一般，讓敵人不敢輕舉妄動。

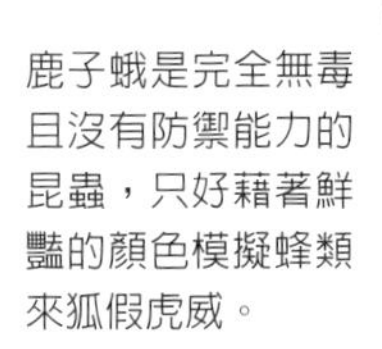

鹿子蛾是完全無毒且沒有防禦能力的昆蟲，只好藉著鮮豔的顏色模擬蜂類來狐假虎威。

貓頭鷹蝶產於南美，翅的腹面有大型眼紋，看起來就像一隻貓頭鷹的頭一樣，令掠食者不敢輕舉妄動。

水蠟蛾也具有大型的眼紋，同時身上的紋路能讓牠們隱身在枯枝落葉之間而不被捕食者發現。

食者誤以爲搓動的後翅是頭部，而加以攻擊，雖然小灰蝶的翅被咬破了，但並不影響小灰蝶的飛行能力，反而能趁機逃之夭夭，保住小命一條。

除了以上介紹的化妝大師之外，昆蟲中善於隱藏自己的實在太多了，就像先前提到的角蟬，通常都是無意中採集到之後才發現牠們的存在。所以在野外時，可得多花點時間來觀

食蚜蠅的外形、顏色與蜜蜂十分相似，企圖混淆掠食者的印象而逃過被捕食的命運。

察，試試能否破解這些自然界中化妝大師的隱藏技巧！

昆蟲除了以各種擬態的方式來逃避敵人之外，另外還有一種方式也是許多昆蟲都常常利用的絕招- -假死。很多種類的甲蟲在受到驚嚇時，會馬上六腳一收，任自己跌落在草叢之中，一動也不動地裝死，讓掠食者找不到牠們或誤以爲牠們已死而失去捕食的興趣。有些蝶類也會採用這種手法，就在獵食者誤以爲牠已死亡時，卻突然地展翅高飛，讓敵人措手不及。而蛾類的幼蟲還有一招是三十六計走爲上策，當這些幼蟲在葉片上受到干擾或驚嚇時，會利用自己分泌的絲線，讓自己隨絲而下，暫時離開植物的葉片，以逃避敵人。

三星雙尾燕蝶的後翅有絲狀的尾突以及眼紋，看起來就像頭部一般。

許多昆蟲會躲在樹洞中，或是利用樹洞作為築巢產卵的地方。

沫蟬的若蟲會分泌一種液體，經過自己的攪拌後形成泡沫，若蟲就躲在自製的泡沫裡面，彷彿有了安全的防護罩。

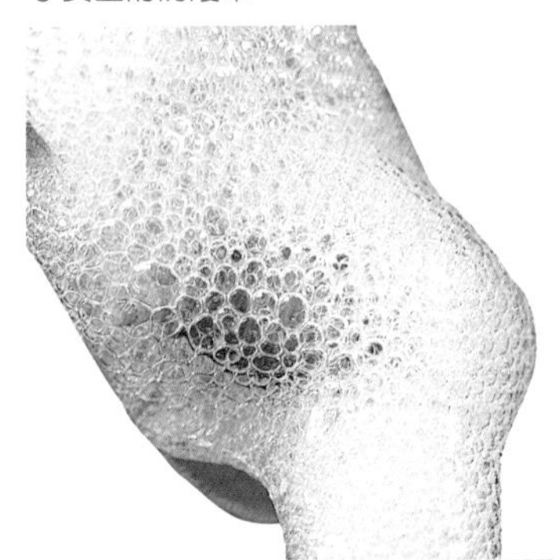

避債蛾會利用絲將自己所能收集到的材料如枯枝、枯葉等黏合起來變成一個「睡袋」，然後躲在裡面。

許多蛾類的幼蟲在受到驚擾的時候，常會離開葉片並利用絲線作為逃生索，懸掛在半空中，以避免被捕食。

全身長滿細毛的燈蛾幼蟲。有些蛾類的幼蟲像是毒蛾、刺蛾、枯葉蛾的幼蟲等，身上長有毒毛，如果不小心去碰觸到這些細毛，會造成皮膚的紅腫不適。

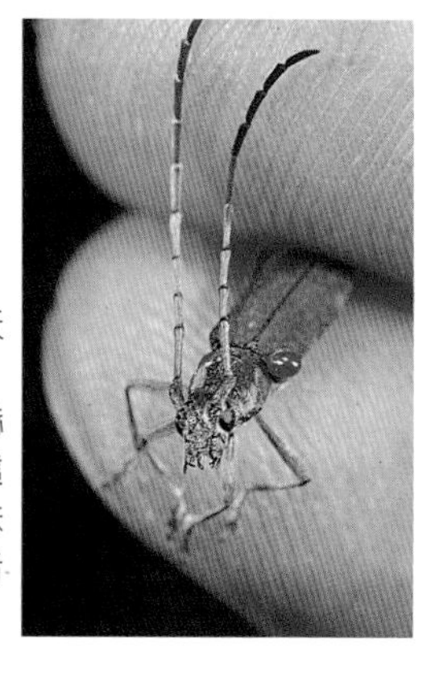

擠出紅色體液的淡黑紅天牛。有許多種昆蟲像瓢蟲、斑蛾等，在受到攻擊或驚嚇的時候會將體液擠出，而這些昆蟲的體液具有不好的味道或十分黏膩，使得掠食者只好放棄獵物。

假死的象鼻蟲。昆蟲常藉假死來逃避敵人，而使掠食者失去捕食的興趣。

伸出「臭角」的鳳蝶幼蟲。鳳蝶科的幼蟲在頭部及胸部之間都有兩根顏色鮮艷的肉角，平時是收在身體裡，當受到驚擾的時候會突然外翻伸出並且釋放一種特別的氣味，聞起來臭臭的，所以稱為臭角。

哪些昆蟲有毒？

台灣有毒的昆蟲大致可分成幾類，第一類是會主動攻擊人的蜂類，包括了蜜蜂、虎頭蜂等，蜂類的毒性對不同的人反應不太一樣，有些人的體質比較容易過敏的，後果會比較嚴重，例如造成呼吸困難、暈眩以及休克，而體質比較強壯的，可能被蜜蜂螫了好幾針也沒什麼感覺。

第二類是如果不小心碰到或觸摸到，會對皮膚造成傷害的，例如一些蛾類的幼蟲和成蟲身上長了許多毒毛，不小心碰到了會使皮膚紅腫潰爛，像毒蛾科、刺蛾科以及一些燈蛾科的蛾類都是。但是像天蛾、尺蠖蛾等體表光滑的蛾類幼蟲都是沒有毒的，而台灣所有的蝴蝶幼蟲也不具有毒性。

第三類是有毒液的昆蟲，如果無意中打死這類昆蟲又沾到牠的體液時，也會對皮膚造成不良的影響，但如果只是碰觸到這些昆蟲而沒有接觸到牠的體液，就完全沒有影響，隱翅蟲就是其中的代表。

第四類的有毒昆蟲對人類比較沒有影響，因為這一類是要把牠吃下肚子才會產生毒性，比如斑蝶就是其中的代表，斑蝶類的幼蟲吃的植物具有毒性，但是卻可以將這些毒物堆積在自己的身體裡，而且一直保留到成蟲，如果鳥類不小心吃到這些斑蝶，就會嘔吐、腹瀉，以後就不會再去碰這些斑蝶了。在熱帶地區，有毒的種類就比較多了，中南美洲及非洲有一類的蝴蝶稱之為毒蝶，毒性就比斑蝶強得多。

另外還有一些昆蟲保護自己的方法是噴出一些強酸的液體，如果用手去捕捉牠們，很容易被牠的酸液噴灑到而產生灼傷，比如步行蟲家族以及一些蟻類都是。

其實各種昆蟲都有保護自己的方法，以上這些昆蟲雖然有牠的危險，但是只要我們不去騷擾這些昆蟲，牠們並不會對人主動地造成傷害，而且牠們在自然環境中一樣地扮演著重要的角色，所以在野外就算遇上了，也不要傷害牠們，因為人類其實才是外來的侵入者。

胡蜂

昆蟲的吃食百態

咀嚼式口器是最基本的口器模式，由上下唇及一對大顎、一對小顎所組成，用來咀嚼固體的食物。

蝗的頭部前面觀。

虎甲蟲頭部前面觀。

昆蟲的嘴和一般動物的構造不同，稱之爲口器。基本的構造包括上唇、一對大顎、一對小顎和下唇等六個部份。由於不同種類的昆蟲所吃的食物不一樣，取食的方法也不同，所以口器的型式也就不一樣。依據食物的類別及昆蟲取食的方法，可以將口器區分成下列的幾種型式：

1. **咀嚼式**：以葉片和其他動物等固體食物爲食的昆蟲，都具有一對發達的大顎，可用來切割、磨碎食物，其中最具有代表性的就是蝗蟲。在植食性的昆蟲中，因爲植物的組織比較粗硬，所以大顎比較短、闊，內側具有鈍齒的咀嚼面，可以切磨植物的纖維；而肉食性的昆蟲，大顎通常比較彎曲細長，像把刀一樣，有些昆蟲的大顎邊緣還會有細齒像鋸子一樣，例如虎甲蟲的大顎就像兩把牛排刀，可用來切割獵物的身體。

2. **刺吸式**：口器的形式變得像根針一般，這一類的口器適合用來刺穿動植物的組織，吸取汁液，如蟬、椿象的口器可以刺穿植物的表皮以吸食植物的汁液，而蚊子、虱子、跳蚤這類昆蟲，則是利用牠們針一樣的口器刺入動物的皮膚內吸食血液。

3. **曲管式**：顧名思義，就是說口器變得像一根彎曲的管子，這種口器在不用時可以捲曲成鐘錶內的彈簧一般，是蝴蝶與蛾特有的口器，這支管子實際上是由一對小顎合成的食管。由於不同種類的取食喜好不同，牠們的口器長短也就不相同，有些蛾類的吸管甚至可以比身體還長。

4.舐吮式：這種口器是屬於蠅類的專利，牠們的口器像一塊可以自由伸縮的海綿，蠅類在發現美食的時候，習慣先吐出消化液，讓食物在體外先消化一番，再吸回到肚子裡，因爲這種消化方法常會將上一餐的食物殘渣污染到下一餐的食物，所以當蠅類在我們的食物上大吃一頓的時候，就可能把上一餐的垃圾吐在食物上了，因此蠅類沾過的食物最好不要再吃。

5.咀吸式：這是屬於蜜蜂的口器，這種口器可以咀嚼與吸收並用，大顎與上唇的結構和咀嚼式相同，可用來切碎及搬運物體，小顎及下唇則變成可以吸取食物，所以蜜蜂的口器可以吸食花蜜也可以咬食花粉。

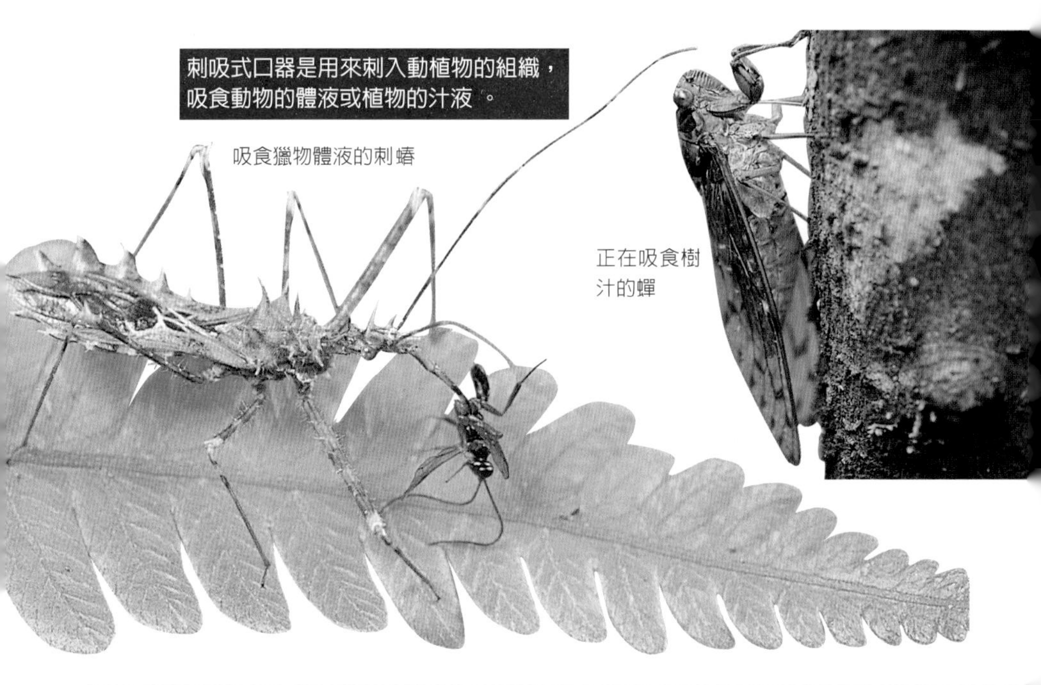

刺吸式口器是用來刺入動植物的組織，吸食動物的體液或植物的汁液。

吸食獵物體液的刺蝽

正在吸食樹汁的蟬

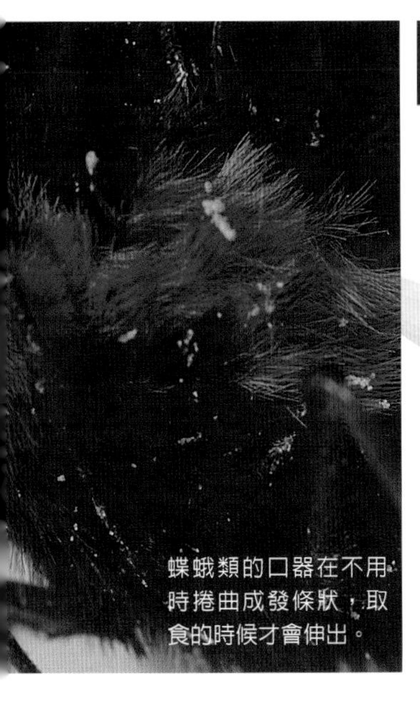

蝶蛾類的口器在不用時捲曲成發條狀，取食的時候才會伸出。

曲管式口器是由一對小顎延長併成的管子，用來吸取樹液、花蜜等汁液。

取食中的挵蝶。

咀吸式口器是蜜蜂類所特有的，不但可以咀嚼花粉還可以吸食花蜜。

食蚜蠅的幼蟲口器特化成管狀，以用來吸取蚜蟲的體液。

家蠅的口器稱為舔吮式口器，平時是縮在頭部裡面，取食的時候才會伸出，可以吸收液體及小顆粒的固體食物。

6.銼吸式：這一類獨特的口器屬於一類小型的昆蟲——薊馬，牠的大顎左右不對稱，右邊的退化，左邊的成針狀，但不能刺入植物的組織，只能銼碎表皮的一部份，然後吸食流出來的液體，所以稱之爲銼吸式。

在自然環境中，昆蟲每一次的覓食不一定都能獲得充足的食物，所以昆蟲耐餓的能力也很強，但只要找到適合的食物，牠們就會盡量地飽餐一頓。以上的口器型式只是一些比較標準的型式，有些種類的昆蟲會稍有例外，可能是混合其中的兩種，比如一些幼蟲具有吸收顎，牠們有發達的大顎但卻無法咀嚼食物，而是利用大顎中的管子吸食獵物的體液。

吸食鱗翅目幼蟲的蝽象。肉食性蝽象的口器銳利，可以刺入獵物的體內。

捉到松藻蟲的豆娘稚蟲。豆娘及蜻蜓的下唇發達可用來捕捉獵物，捉到獵物後，再慢慢咀嚼。

啃食植物葉片的瓢蟲用牠們的大顎切磨植物的葉片。這些植食性的瓢蟲顏色較為灰暗，體表覆有短毛。

捕食蚜蟲的赤星瓢蟲。

正在進食的螳螂。

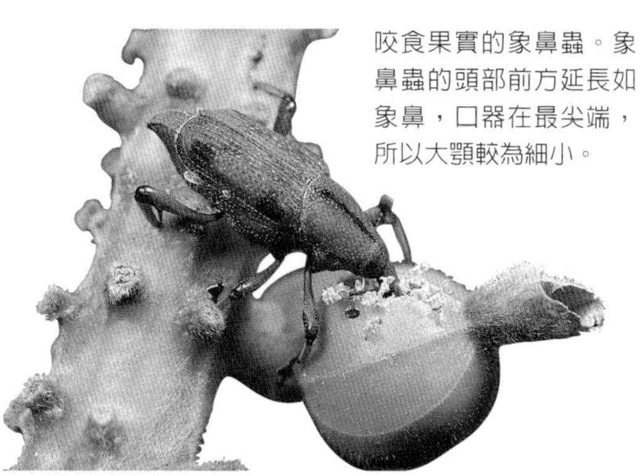

咬食果實的象鼻蟲。象鼻蟲的頭部前方延長如象鼻，口器在最尖端，所以大顎較為細小。

細腰蜂捕捉到一隻螽蟴，帶回所挖掘的地洞中，準備將獵物作為後代的食物。

咬食青蛙的龍蝨。

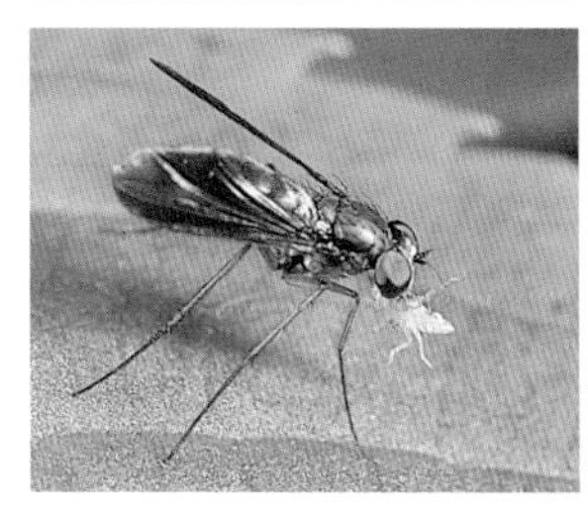

長腳蠅吸食同翅目若蟲的體液。

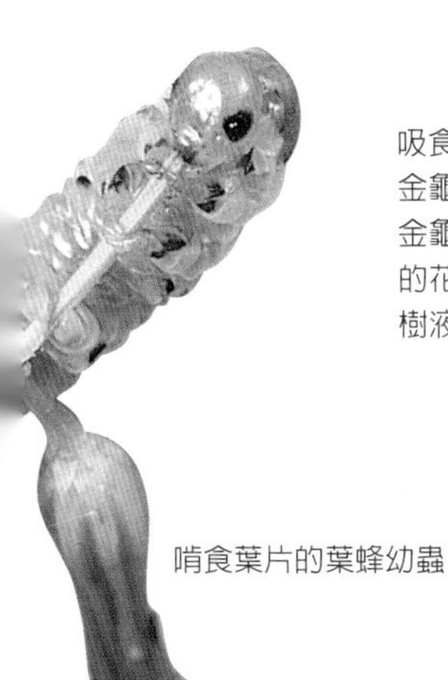

啃食葉片的葉蜂幼蟲

吸食樹液的橙斑花金龜。花金龜類的金龜子會取食植物的花粉，也會舔食樹液或甜汁。

昆蟲的感官

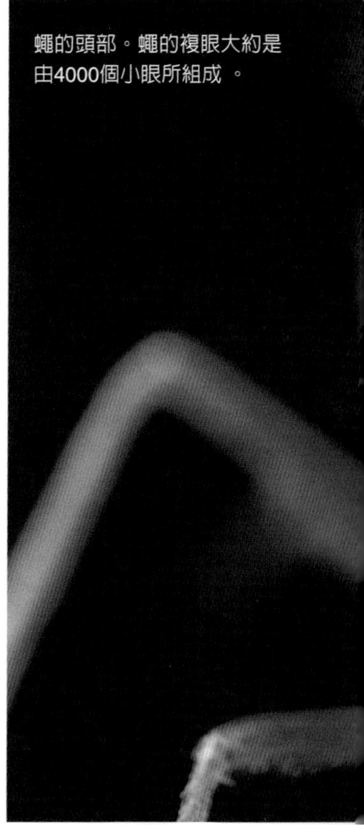
蠅的頭部。蠅的複眼大約是由4000個小眼所組成 。

視覺

昆蟲的眼睛是複眼，在放大鏡下可以發現是由一個個小格子組成的，每個小格子成六角形，這些組成複眼的小格子稱作小眼。不同種類的昆蟲小眼數目不一樣，最常見的螞蟻，牠的複眼大約是由100～600個小眼所聚集的，家蠅的複眼大約有4,000個小眼，小眼數目最多的就是蜻蛉目的昆蟲了，牠們的複眼是由12,000～28,000個小眼所構成。

另外，昆蟲還有單眼的構造，單眼可以輔助複眼判別物體的距離及移動。雖然昆蟲有這麼多的眼，但是牠們的視覺並不好，只能在很近的距離才能看到靜止的物體，不過昆蟲對活動的物體則稍微敏感一點。蜜蜂對於活動物體的辨識能力大概只限於0.4～0.6公尺以內，家蠅是0.4 ～0.7公尺，蝶類大概有1～1.5公尺，某種蜻蜓有1.5～ 2公尺。

在夜間活動的昆蟲，牠們的複眼內部還有一種構造可以聚集光線，使得這些昆蟲在夜間活動的時候可以看得比較清楚。雖然昆蟲的視覺不是很好，不過昆蟲其他的感覺器官十分靈敏，可以彌補視覺的不足。

聽覺

除了直翅目的昆蟲以外，大部份的昆蟲都沒有明顯的聽器。直翅目的昆蟲有明顯的鼓膜，如蝗蟲的聽器在腹部的第一節，而螽蟴、蟋蟀

蜻蜓的頭部。複眼發達，大約由10000～28000個小眼所組成。

則是在前足脛節近關節的地方。其他的昆蟲雖然沒有鼓膜，但是在身上有感覺毛能感應到聲波的振動，許多昆蟲的觸角上有一種器官，稱爲蔣氏器，蔣氏器可以感受到聲波、氣流、水流的振動，例如蚊子、豉甲等昆蟲都有蔣氏器，而豉甲蟲的蔣氏器還可以在游泳時感受水的波動。昆蟲所能聽到的聲音和我們人類聽到的聲音有許多不一樣的地方，許多昆蟲可以聽到高頻的聲音，而這些聲音對人類來說是一點都聽不見的，例如一些蛾類就可以聽到蝙蝠所發出的高頻音波，這些蛾類一聽到蝙蝠的音波，馬上就會垂直掉落，擾亂蝙蝠的反應，以免自己成爲蝙蝠的口中美食。

觸覺、嗅覺與味覺

在昆蟲的感覺中，觸覺和嗅覺是十分重要的，牠們身體各處都有許多微小的孔或毛，可以用來感覺空氣中一絲絲的異動。一些蛾類的嗅覺可以在3公里以外聞到異性的味道而飛來尋找；糞金龜也可以在大老遠就知道那裡有一團新鮮的「蛋糕」在等著牠。

嗅覺在昆蟲的覓食、歸巢、辨別同類上更佔有十分重要的地位。植食性的昆蟲在尋找食物的時候，會被植物所散發出來的精油味道所吸引，於是才有辦法在樹林中找到牠的最愛。螞蟻、蜂類對自己的家人十分友善，但對不同窩的同類則十分地敵視，而這完全就是靠著嗅覺來區分敵友的。一些寄生性的昆蟲也是靠著嗅覺來尋找寄生的對象，甚至還可以判斷這個對象是否已經被別人寄生了。

昆蟲也有味覺器官，這類器官大多數以在口器上的比較發達。有的昆蟲則是在腳上或是觸角上有味覺的感受器，例如蒼蠅習慣性地搓動前足，就是爲了要維持味覺器官的清潔。

昆蟲對於溫度以及濕度也是十分敏感的，有些昆蟲全身都能感應外界的溫度，大多數的昆蟲對溫度的感覺器在觸角前半或是中後足的附節。每一種昆蟲都有其最適合生活的溫濕度，昆蟲會利用這些感覺器來尋找最適合自己生活的地方，因爲溫度及溼度對昆蟲的活動、壽命、發育的時間以及生殖能力都有很大的影響。

蜜蜂能夠靠著觸角的碰觸進行彼此的溝通。

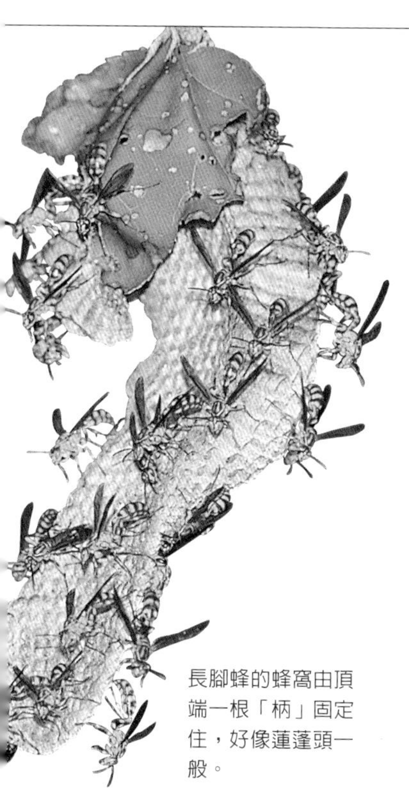
長腳蜂的蜂窩由頂端一根「柄」固定住，好像蓮蓬頭一般。

社會行爲

社會行爲是昆蟲行爲中比較特別的，而且只有少數的昆蟲才有，這其中最知名的是蜜蜂，還有胡蜂，也就是俗稱的虎頭蜂，此外白蟻、螞蟻也有類似的社會結構。而社會行爲對這些昆蟲有什麼好處呢？社會性昆蟲牠們能彼此精密地分工合作，讓整個家族在覓食、禦敵、照顧後代等方面都能有更佳的成果。

蜜蜂的社會

蜜蜂的社會結構主要是由一隻蜂后開始，所有的成員都是這隻王后的兒女，彼此之間都是兄弟姐妹。在蜜蜂家庭中可以分成蜂后、工蜂以及雄蜂三種成員，其中雄蜂的主要任務就是交配，其他的工蜂都是雌性，但只有蜂后才具有生殖的能力。

蜂后在產卵的時候可以自己決定卵的性別，因爲蜂后在交配後會將雄蜂的精子留在體內，待其排卵時再決定是否讓卵受精，受精的卵會發育成爲工蜂，而沒有受精的卵則發育成雄蜂。工蜂在羽化後會隨著年齡而調整工作，剛開始牠們只負責巢內的工作，例如照顧幼蟲、清潔、防禦等，到了成熟一點之後，才會外出尋覓食物。

每年的秋天蜜蜂會發生分家的情形，蜂巢中會培育好幾隻新一代的蜂后，老蜂后會帶著一批工蜂另外去尋覓築巢的地方，建立一個新巢，而留在舊巢的工蜂則照顧這些新一代蜂后的幼蟲，直到第一隻幼蟲羽化。第一隻羽化的

蜜蜂的社會行為

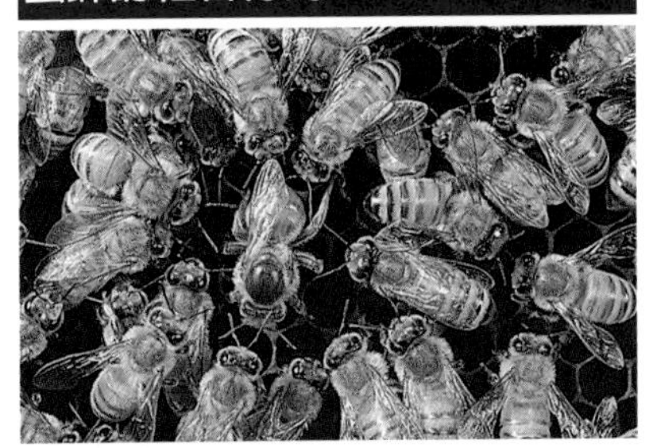

蜂后產卵的時候，一群工蜂圍著蜂后。

蜜蜂靠著觸角進行彼此之間的溝通。

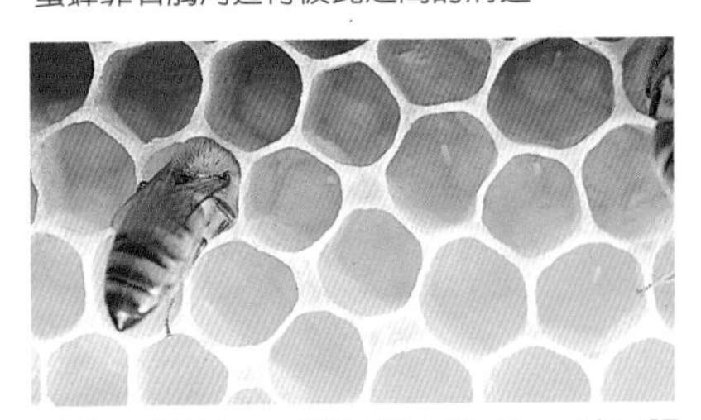

工蜂餵食幼蟲。工蜂在巢中的時候，除了照顧幼蟲之外也要照顧蜂后的飲食起居。

工蜂正在築巢。蜜蜂的巢是由蜜蜂本身分泌的蜂蠟所築成的。

工蜂找到食物回巢以後，會藉著舞蹈來告訴其他工蜂食物的方向及距離。

如果蜂巢裡面的溫度太高，工蜂群就會集體拍翅搧風，以降低巢內的溫度。

胡蜂常常會到蜜蜂巢中劫掠，這時負責守衛的工蜂群就會團團地將胡蜂圍住，盡全力來抵抗。

工蜂外出時，除了採集花蜜、花粉之外，有時巢內溫度過高，還會帶些水回去吐在巢中，幫助降低溫度。

被蜂螫該如何處理？

如果隨身攜帶醫藥箱的話，可以使用其中的氨水暫時消腫，然後儘速送醫。如果沒有醫藥箱，可以尿液充當氨水使用。

由於蜜蜂的螫刺上有倒鉤，在螫刺了人之後，會連腹中的毒囊一起扯出，所以如果是蜜蜂螫傷，千萬不可以用手指捏取，以免將毒囊中的毒液擠到傷口裡，反而加重傷勢，可以用細針或鑷子小心把螫針挑出，再塗上藥品，必要時趕緊送醫，因為有些人的體質容易過敏，很可能會有比較嚴重的反應。

如果是被胡蜂類螫傷，因為胡蜂的螫針沒有倒鉤，不會像被蜜蜂螫傷會有螫刺殘留，但因胡蜂的毒性通常都比蜜蜂強，產生的反應也會比較嚴重，最好盡快送醫。

在郊野常會遇上一些外出覓食的蜂，有時會在人的周圍打轉，這個時候千萬不要用手揮來揮去地趕牠，如此反而容易被攻擊，比較好的方式是靜止不動，或是緩慢地離開，因為這些覓食的蜂只是想確定你是不是食物?當牠發現你並不是牠們的食物時，就會離開。總之，郊遊的時候，不要身有異味或噴香水，或是穿著太鮮豔的衣服，以免招蜂引蟲。

正在採集花粉的工蜂。

蜂后會把其他還沒羽化的蜂后殺死，如果有兩三隻同時羽化，就會經過一場激烈的戰鬥，直到只剩最強的蜂后為止，這時新一代的王朝就正式開始了。

螞蟻的社會

螞蟻以及白蟻的社會則和蜜蜂稍有不同。蜜蜂的社會只有兩個階級，而白蟻及螞蟻除了后及工族之外，還多了王族及兵族，王族到了交配的時候，會離開巢穴在外面完成交配，然後自行尋找築巢的地方。在下雨前家中常常會看到飛蟻，那正是白蟻的王族外出交配。交配過的蟻后會尋找一個適合的地方，然後建立一個基本的蟻窩，並先產下一部分的卵，等這些卵孵化長成後，第一代的工族就會開始擴建蟻窩、尋找食物、照顧蟻后，於是一個新的王朝開始欣欣向榮。

兵族是專門負責攻防的，通常體型都比工族大，而且大顎發達可以用來攻擊敵人，有些兵族會分泌一種酸性物質噴灑在入侵者身上，使入侵者疼痛難耐而逃跑。

另外有一些蜂類的社會組織並不像蜜蜂、螞蟻這麼的緊密、完整，而是由許多的個體組成，共同生活，但還沒有確實地分工，所以稱作半社會性，以表示牠們已經有一點社會化了。膜翅目的昆蟲中，並不是每一種都有這種社會型的組織，大多數的蜂類都還是獨行俠，由雌蟲自行尋覓適合產卵的地方繁殖後代。

築在樹枝上的舉尾蟻蟻窩。在郊外比較粗的樹枝上，常常會發現這種呈橢圓形包住樹枝的窩巢，這些蟻巢都是由工蟻的唾液混合泥土築成的。

螞蟻的有翅王族。有翅王族是指有交配能力的族群到了交配的時候，這些王族就會離開蟻窩飛到外面去尋找異性，進行交尾。

工蟻正在支解一隻蜜蜂的屍體，螞蟻發現食物以後，如果食物體積較大，工蟻會將食物分解成小塊再帶回巢中。

螞蟻和白蟻

螞蟻（膜翅目）和白蟻（等翅目）是完全不同家族的昆蟲 。螞蟻的身體很明顯地分成三個部份，而白蟻的身體則較為圓粗，另外螞蟻的觸角是呈彎曲的膝狀，而白蟻的觸角是念珠狀的 ；在食物上，這兩類昆蟲也是完全不同，大部份白蟻只吃食朽木，而螞蟻的食物可就多樣化了，有些螞蟻是植食性的，有些螞蟻則任何能吃的都吃，在熱帶地區甚至還有會種植作物（養菌）的螞蟻呢！

白蟻

第二章

野外賞蟲

野外觀察與記錄

喜愛自然的人，一定常在書本上欣賞精彩的圖片，閱讀許多動植物特殊的生態、行為。但野外的觀察不同於書本，所有自然界中生物原本的樣貌都必須親自去探索、觀察。野外的實地觀察最讓人期待的是不知道下一刻能發現什麼？最讓人興奮的是親眼看到了書本上所記載的行為生態，或者是看到比書上更精彩的一幕。所以關於自然知識，不只是可以從書本上獲得，經由實地的野外觀察，所獲得的可能更多。

進行野外觀察不只是用眼睛看而已，隨時將所觀察到的記錄下來，也十分重要，因為人的記憶有一定的限制，如果沒有記錄的輔助，可能過了一段時間就不記得或者是印象模糊了。

通常記錄的內容也應記載許多資料，例如日期、地點、海拔高度、食物的種類等等，這些資料不僅可以作為往後的參考，從這些資訊中更能瞭解該種生物的分佈範圍、活動時期，食物的種類及偏好，也可以作為飼養時的依據。

賞蟲裝備

野外賞蟲適合穿一套舒適的衣物，最好是長袖、長褲，以防蚊蟲叮咬，也可以噴些驅蟲藥。寬邊的帽子既可以防日曬，也可以防樹上的小蟲掉落在頭上。一雙舒適的高筒球鞋或登山鞋，可以防水、防蛇。

在白天進行觀察時，不宜穿著顏色鮮豔的衣物及噴香水，以免招蜂引蟲，因為許多昆蟲會

野外觀察充滿了發現的驚喜。

採集高處的昆蟲時，必須使用較長的網子才搆得到。

帽子、長袖衣褲、高筒球鞋（登山鞋）、放大鏡、筆記本、筆、照相機、蟲網、水壺、鑷子、急救藥品等都是進行野外觀察或採集時的裝備，穿著適當的衣物可以保護身體。

對紅、黃、黑和深藍色及具有異味的物體有興趣；而夜間外出觀察時則不要穿淺色的衣物，因爲蛾類有趨光性，一旦穿淺色的衣物站在路燈下，便很容易吸引蛾類往身邊聚集，而一些蛾類身上的刺毛是有毒的，不小心接觸到皮膚，會造成紅腫或是起泡。

另外，記錄的手冊和筆也十分重要；如果有20～30倍的放大鏡也可以帶著，好觀察昆蟲細微的特徵；欲撿拾不知名的小昆蟲時，可以用鑷子而不要用手直接觸摸。此外，一小瓶酒精或氨水可在必要的時候作爲急救之用!

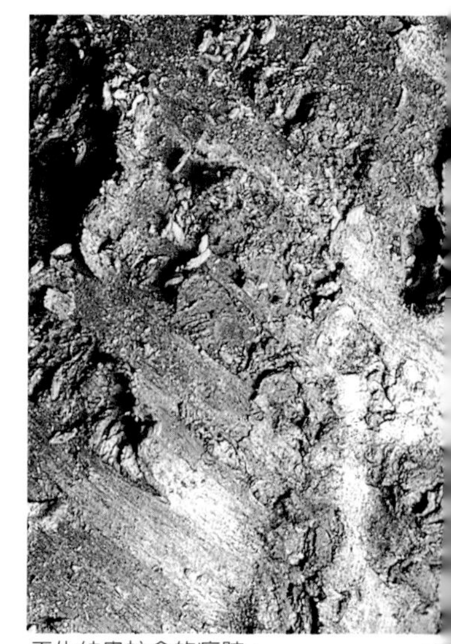
天牛幼蟲蛀食的痕跡。

注意事項

野外觀察最重要的是安全問題，所以對有毒的生物以及如何趨避都需要事先瞭解，以免措手不及。戶外觀察須要有充裕的時間，要細心、有耐性，並時時記住自己只是自然環境的外來者，唯有儘量不要打擾到這些動物，才可以看到更多精彩有趣的畫面！

1. 觀察時如需接近身邊的草堆或低矮的灌木叢，需要先仔細看清楚落腳的地方是否有蛇躲藏，或先用棍子碰觸打草驚蛇一番。

2. 在步道上常會遇到蜂類，有時蜂類會繞著人飛來飛去，這時千萬不可以做出大動作，以免讓蜂類誤以爲你要攻擊牠而對你先下手爲強，只要靜靜地站著不予理會，牠自然會離去。

3. 如果需要倚靠樹幹，請先看看樹幹上是否有毛蟲等小動物，有時樹幹上會有一些有毒的毛蟲，這些有毒的毛蟲常會造成皮膚的過敏與潰爛。

4. 發現精采鏡頭時，不要太激動以免不小心

在樹幹上塗上一些糖水或腐爛的水果，這樣可以吸引昆蟲前來取食，以達到採集或觀察的目的。

一隻躲藏在枝條間的闊腹螳螂，由於身體的顏色與所棲息的環境相融合，所以不容易被發現。許多種類的昆蟲都具有保護色，觀察時就要多一點耐心與細心。

跌倒。

5.路線的安排及路況十分重要，有些地方的路況不佳或是常有落石、崩塌，不要強行通過。

6.天候也要時時注意，高山的氣溫晝夜溫差頗大，要準備禦寒衣物及雨具。

7.規劃行程時要考慮是否有充足的時間可當天來回，如須過夜，是否已安排好住宿的地方，對於陌生的環境不要獨自深入前往，以免迷路。

如何發現昆蟲

進行戶外觀察時，要如何尋找觀察的目標呢？

植物提供昆蟲食物與生活的環境，所以要觀察昆蟲可以依昆蟲的食性、喜好的環境來尋找。要觀察植食性的昆蟲，就可以在各種植物的花上發現前來取食花蜜和花粉的蝶類、蜂類、蠅類及一些甲蟲，同時也可以找到一些在花上獵食訪花昆蟲的肉食者，像螳螂、郭公蟲等；在植物的葉片上可以發現吃食葉片的蝗蟲、螽蟴、各類蝶蛾的幼蟲、金花蟲、金龜子；在植物的莖幹上可以找到吸食樹汁的蚜蟲、 蟬、蝽象等，但是要如何才能發現這些昆蟲呢？我們可以憑下列幾種線索來尋找。

1.食痕：所謂食痕就是吃過的痕跡，如果在葉片上發現一些新鮮的食痕，就表示附近躲著造成這痕跡的主人，食痕的不同也代表著不同類型的昆蟲，例如金花蟲、蝗蟲、蝶蛾的幼蟲、椿象、葉蟬等，所造成的食痕各不相同。

2.捲葉：在樹上常會發現一些葉片捲起來，而附近其他的葉片有被啃食的痕跡，這表示捲起的葉片內可能有住戶躲在裡面，像一些蝶蛾的幼蟲、象鼻蟲等等，都會把葉子捲起來，自己躲在裡面。

3.流出樹汁的樹幹傷口：流出樹汁的地方常會有許多嗜食樹汁的昆蟲聚集，例如金龜子、鍬形蟲、蛺蝶等，牠們常聚集在樹液附近交配、爭食等等。

4.葉背、枯葉堆：在盛夏日正當中的時候，許多昆蟲會躲在葉背或枯葉堆中以躲避酷熱，而寒冬時則躲在石縫樹洞中過冬，一些蝶類的蛹也會結在葉背。

香蕉挵蝶的幼蟲會將葉子捲起來，然後把自己藏在裡面。

毒蛾的幼蟲會共同築巢棲身。

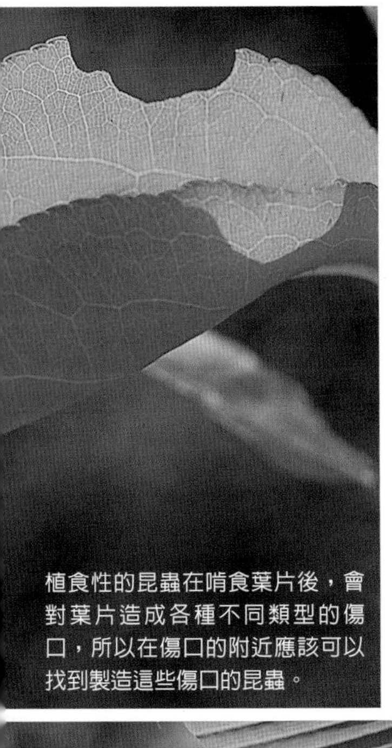

植食性的昆蟲在啃食葉片後，會對葉片造成各種不同類型的傷口，所以在傷口的附近應該可以找到製造這些傷口的昆蟲。

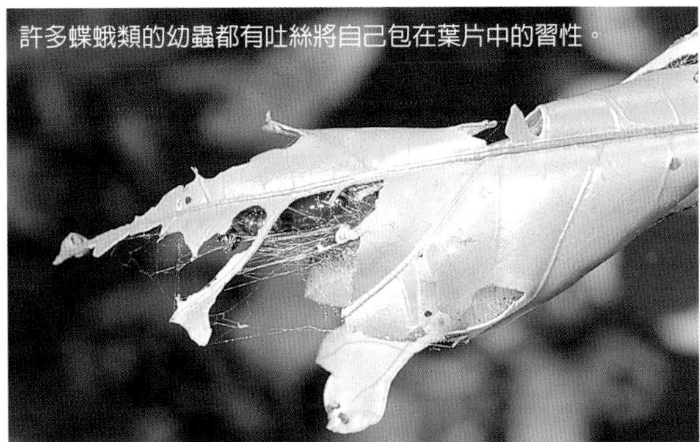

許多蝶蛾類的幼蟲都有吐絲將自己包在葉片中的習性。

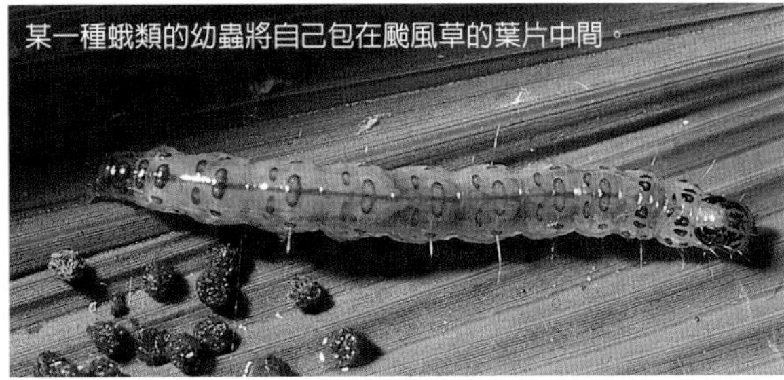

某一種蛾類的幼蟲將自己包在颱風草的葉片中間。

夜間的燈光下可以找到許多被光線吸引過來的昆蟲。

動物的糞便中也可以找到許多的昆蟲。

5.動物的屍體及排泄物：在郊外的道路上，有時會看到一些被車壓死的蟾蜍、蛙類，在屍體周圍通常可以看到一些埋葬蟲、閻魔蟲等吃食屍體的甲蟲。翻翻步道上的牛糞，也可以找到許多的糞金龜、牙蟲等。

除了以上這些常出現的線索之外，在植物的枝條上或嫩芽附近，常可發現一些昆蟲建造的巢，例如蟻窩，或是沫蟬在枝條上做的泡沫窩。只要花一點耐性與時間，在野外、林間，一定會有許多意想不到的收穫。

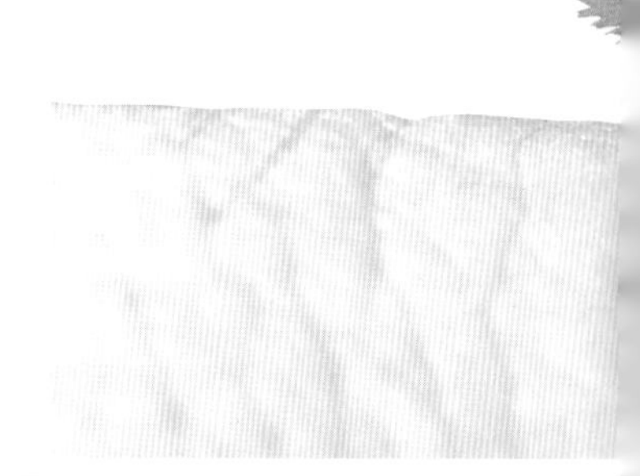
許多昆蟲都需要礦物鹽，所以也可以用鹽水作為吸引昆蟲的誘餌，圖為小灰蝶正在吸食人類手上的汗水。

記錄的內容

1.特徵：包括昆蟲的體型大小、外形、顏色和花紋，如果能把牠簡單地畫起來更好，如此依據特徵便能查知昆蟲的類別、種名，是屬於甲蟲、蝴蝶、還是�東象。

2.行為：亦即昆蟲正在作什麼，取食？交配？還是產卵？牠的動作如何等等。

3.環境：包括觀察地點、氣候、出現的位置在樹幹上還是葉片上，如果可以的話，把發現牠的植物也一併加以記錄，這株植物是不是牠的食物，牠所取食的部位等等，如果能夠的話，海拔高度也是一項不錯的記錄，當然日期也是不能少的。日後憑著這些記錄就可以知道這種昆蟲的分佈、出沒的季節、牠的習性、食物等等有趣的資料。

記錄的方式

記錄的方式因人而異，並沒有固定的格式，每個人可以依據自己的喜好來設計，但以攜帶方便的小手冊爲宜。在進行野外記錄時，常常會發生才看了一眼就飛走了的情形，此時不需要太在意來不及記錄，否則容易錯失一些細節或精采的部分。野外記錄有時也可以利用小型錄音機免得手寫太慢，待回家後再加以整理成筆記，有些部份採用繪圖的方式，會比文字更清楚，例如以文字描述外形、顏色以及花紋，還不如用畫來得簡單明瞭，只要稍加註解就清清楚楚。當然攝影也是很好的方式，只是攝影需要較多的裝備及技術，對一般人來說可能比較麻煩。

如果是飼養的記錄，就需要每天花一點時間進行觀察，記錄牠的身高、體重、取食的方法或成長的情形，如脫皮的次數、生活史的過程，或是設計一些小實驗，例如提供多種食物，觀察其偏好的食物種類。這種飼養記錄需要預先經過設計，列出觀察的項目，再逐一記錄，才不會有漏失的地方。

樹花上常見的昆蟲

野外有許多不同種類的樹木，如果仔細觀察這些植物的樹冠、樹枝、樹幹甚至樹底下，都會發現許多不同的昆蟲出沒。尤其當樹開花的時候，更可以發現各種蝶類、甲蟲在花朵上覓食。

這些大樹所開的小花，遠看可能看不到什麼，但是如果使用望遠鏡觀察，就會發現這些小花叢就像一個熱鬧的菜市場般，各種蝶類、蛾類都聚集在上面忙碌地進食，除了蝶、蛾類之外，還有許多的甲蟲類，例如花天牛類、姬花天牛類、各種花金龜、菊虎、郭公蟲等，牠們主要以花粉爲食，或者是捕獵訪花的其他小蟲，由於這些甲蟲很少在草花上取食，所以如果想要找到牠們，就只有留意開花的大樹了。

藤蜂科的一種
膜翅目藤蜂科
中大型的蜂類，體型圓胖，身體為黑色，與蜜蜂相似，表面長有許多細毛；翅呈藍黑色有金屬光澤，邊緣呈波浪狀，喜歡採食花粉、花蜜。全島普遍可見。

雜木林的林相豐富，不論開花或落葉期，都會出現大量昆蟲。

烏鴉鳳蝶

鱗翅目鳳蝶科

屬於中大型的鳳蝶，全身漆黑，但翅的表面有藍綠色的金屬光澤，在陽光下飛舞時十分漂亮。牠飛行迅速，幼蟲以芸香科的植物（主要為賊仔樹）為食。有時會發現牠們在路邊的濕地上吸水，夏季也常見於林邊的草花叢上，如金露花、冇骨消等。

紅腹鹿子蛾

鱗翅目鹿子蛾科

鹿子蛾是蛾類中少數在白天活動的昆蟲，紅腹鹿子蛾因其腹部呈紅色，其間有黑色橫紋而得名，翅則呈黑色有透明斑塊，牠的飛行能力不佳，常在花間出沒，分佈於南部低海拔山區。

黃斑扁花金龜

鞘翅目金龜科

小型的金龜子，體長約0.5～1公分，身體呈黑色，翅鞘中央有黃色斑紋，足細長，腹部末端有黃色絨毛。成蟲出現於5～7月，多見於樹花上啃食花粉。

黑斑陷紋金龜

鞘翅目金龜科

體長約1.5～2公分，腹面黑色具金屬光澤，前胸背板及尾節均為黑色，但也有帶青綠或暗紅色的個體，成蟲出現於春夏之間，多於花上取食花粉，夏秋間數量頗多，中低海拔山區都有分佈。

長喙天蛾

鱗翅目天蛾科

蜂鳥是美洲特有的鳥類,而在台灣卻有一種昆蟲常讓人誤以為是蜂鳥,牠就是長喙天蛾；長喙天蛾是日行性的蛾類，體型與蜂鳥相似，飛行的速度非常快，而且會一邊飛行一邊伸出長長的吸管吸食花蜜，於是讓人誤以為是蜂鳥。牠的翅略成三角形，體色深，後翅上有黃色的斑紋。

黃肩長腳花金龜

鞘翅目金龜科

前胸青綠色，翅鞘上有黃色的花紋，六足細長，當食茱萸、青剛櫟等大樹開花的時候，是花上十分常見的種類。春夏季出現，廣泛分佈於中低海拔山區。

綠豔白點騷金龜

鞘翅目金龜科

花金龜的一種，體色金綠有白色的小點，春夏之間常在樹花間出現，成蟲喜好吸食樹液或訪花吸食花蜜，飛行快速，受驚嚇時會假死，在中低海拔的山區十分常見。

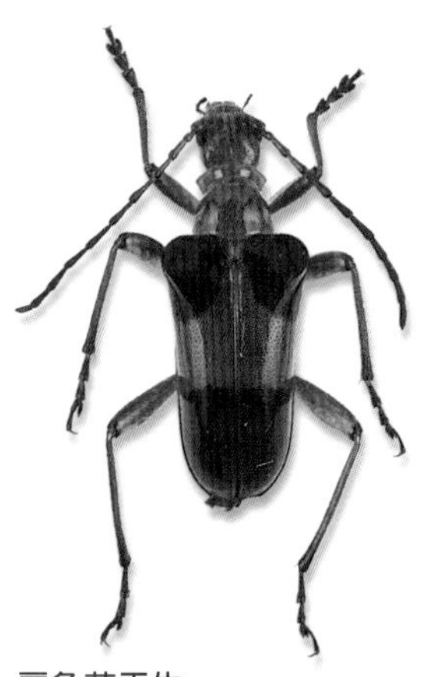

菊虎的一種

鞘翅目菊虎科

中小型的甲蟲，身體及翅鞘柔軟，前胸背板扁平、略呈方形，觸角細長，常出現在花上捕食其他的小昆蟲。幼蟲也是肉食性，多在森林底層活動。成蟲於夏季最多，中低海拔山區十分常見。

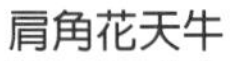

肩角花天牛

鞘翅目天牛科

花天牛的一種，體長約0.5～1公分，前胸淡黃色；翅鞘呈藍色，中央有黃色橫紋，有些個體翅鞘全部呈藍色，喜訪花取食花粉，成蟲於春季出現。

叩頭蟲的一種

鞘翅目叩頭蟲科

叩頭蟲的前胸略呈四方形，與中後胸之間有鉸鏈狀關節存在，能前後用力擺動並發出喀喀的聲音，就像在對人叩頭一般，當牠們遇到危險時，就用這種「叩頭」的彈跳本領脫身。在台灣，叩頭蟲是極常見的昆蟲，而中小型的叩頭蟲常常會在花上出現，取食花粉或舔食花蜜，有些出現在花上的小型叩頭蟲，身體大約僅0.3公分，但全身金綠，十分漂亮。

高砂紅天牛

鞘翅目天牛科

天牛中有一類以花粉為食的中小型天牛，稱之為花天牛，牠們種類頗多，在台灣除了高砂紅天牛外，以樟紅天牛、金毛四條花天牛、肩角花天牛等最為常見，春夏季常可以在樹花上發現牠們的蹤跡，有時也會出現在較低矮的灌木花上，但一般較常在高大樹木的花朵間覓食。高砂紅天牛體長約1～2公分，體色鮮紅，前胸兩側有黑點，觸角呈黑色，成蟲於春夏間出現。

螳蛉的一種

脈翅目螳蛉科

螳蛉的前足與螳螂一樣成為捕捉足，又稱為蜂螳螂，一般喜歡在葉間或花間捕食其他的小昆蟲，體型的大小不一，體型大的種類長約3～4公分，小型的螳蛉體長只有1公分左右。

食茱萸的花朵往往吸引大量昆蟲，透過望遠鏡即能欣賞昆蟲的各種行為。

郭公蟲的一種

鞘翅目郭公蟲科

中小型的甲蟲，頭部發達，觸角呈球桿狀，以其他的小昆蟲為食，成蟲會捕食天牛等其他昆蟲的幼蟲；幼蟲也是肉食性，靠捕食其他昆蟲的幼蟲為生。

樹幹上常見的昆蟲

蟬喜歡在樹幹上吸食樹汁，雄蟬停棲在枝幹上高聲鳴叫以吸引雌性來交配。許多樹幹上的傷口常會有一群甲蟲聚集，吸食流出的汁液，有時在林間的樹幹上會發現許多種的昆蟲聚集在同一個傷口上，包括了一些蛺蝶、鍬形蟲、獨角仙、金龜子、胡蜂、舞蠅等，偶而獨角仙和鍬形蟲為了搶食還會大打出手呢！白天在樹幹上也可能找到一些天牛，這些天牛可能就是來產卵的。

雌天牛會在幼蟲的寄主植物上出現，最常見的就是柑橘樹上的星天牛以及皺胸深山天牛了；另外在中高海拔的櫻花樹上，偶爾也可以發現來產卵的霧社深山天牛。而一些蜂象也會在樹幹上休息。朽木幹上常可看到許多的小洞，那是天牛、擬步行蟲、叩頭蟲等吃食朽木的昆蟲，從朽木裡鑽出來後所遺留的痕跡。

一些體型較小的昆蟲，常常會躲在樹皮的裂縫中，例如象鼻蟲、步行蟲及擬步行蟲等，蟬的卵也是產在樹皮的裂縫中。天氣較冷的時候，許多昆蟲也會聚集在樹皮縫中越冬或是避寒，此時若留心樹皮的裂縫，可以發現不少種類的昆蟲。

鬼豔鍬形蟲

鞘翅目鍬形蟲科

台灣產的鍬形蟲中，鬼豔鍬形蟲屬於大型又常見的種類，體長可達10公分，雄蟲的眼後有一刺狀的突起，翅鞘具有光澤，大顎長短不一，可以分為長齒型、中齒型及短齒型。白天常可在流出樹汁的樹上發現。成蟲於盛夏出現，全台灣的中低海拔山區均有分佈。圖為雄蟲正在護衛雌蟲。

雙尾蛺蝶

鱗翅目蛺蝶科

中型的蛺蝶，翅的背面為白底鑲黑藍色的花紋，後翅有兩根尾突。成蟲喜好吸食樹液或腐果汁，也常常出現在溪邊吸水，在中低海拔的山區頗為常見。幼蟲以墨點櫻桃為寄主植物，頭部長有四根犄角，身軀光滑呈綠色，造型頗似恐龍。圖為雙尾蛺蝶與鬼豔鍬形蟲在樹幹的傷口上吸食樹汁。

臺灣小紫蛺蝶

鱗翅目蛺蝶科

中型的蛺蝶，雌雄的外觀完全不同，雄蝶的翅呈紅褐色且參雜著黑色的花紋，雌蝶的翅背呈褐色而在中央有一直條狀的花紋，常可在樹幹流出樹液的地方發現。成蟲也喜愛腐爛的果實，幼蟲以臺灣朴樹為寄主植物。圖為正在吸食樹液的雌性臺灣小紫蛺蝶。

雜木林的植物種類繁多，所以昆蟲的種類也就相對的豐富。

紅圓翅鍬形蟲

鞘翅目鍬形蟲科

這是臺灣產的鍬形蟲中唯一翅鞘與身體顏色不同的種類，成蟲全身呈黑色，翅鞘暗紅色，帶有光澤，雌雄蟲大顎差異較小，大型個體的雄蟲大顎尖端有向上的突起，小型個體則似三角形。多分佈於低海拔山區，成蟲於八、九月間出現。

扁鍬形蟲

鞘翅目鍬形蟲科

數量相當多，廣泛分佈於全臺灣，雄蟲的體長3～7公分，差異頗大，成蟲可以存活數年，十分害羞，只要稍有風吹草動，馬上就六腳一縮，落地假死，當牠不得已得用大顎攻擊時，也是一咬就放，不像有些鍬形蟲會直咬著不放。扁鍬喜歡躲在樹洞中吸食樹汁，也喜歡腐爛的水果，尤其是鳳梨，所以用熟透的水果常常可以引誘到扁鍬。

霧社深山天牛

鞘翅目天牛科

這是台灣原產的大型天牛，屬於保育類昆蟲，每年四、五月間出沒，體長大約5～7公分，成蟲的全身有紅色的絨毛，觸角基部膨大呈黑色，十分美麗。成蟲的飛行能力頗佳，正午前會在高處飛行。幼蟲蛀食櫻花樹，有時會造成櫻花樹的乾枯。

皺胸深山天牛

鞘翅目天牛科

中大型的天牛，體長大約4～7公分，身體瘦長，前胸有許多皺紋，雄蟲觸角長度超過體長，雌蟲觸角的長度約和體長相等。幼蟲以柑橘樹的活木為食，幼蟲蛀食樹幹並於樹皮附近化蛹，羽化出來以後會造成柑橘樹上很大的傷口，果樹有時會因天牛過度蛀食而死亡。

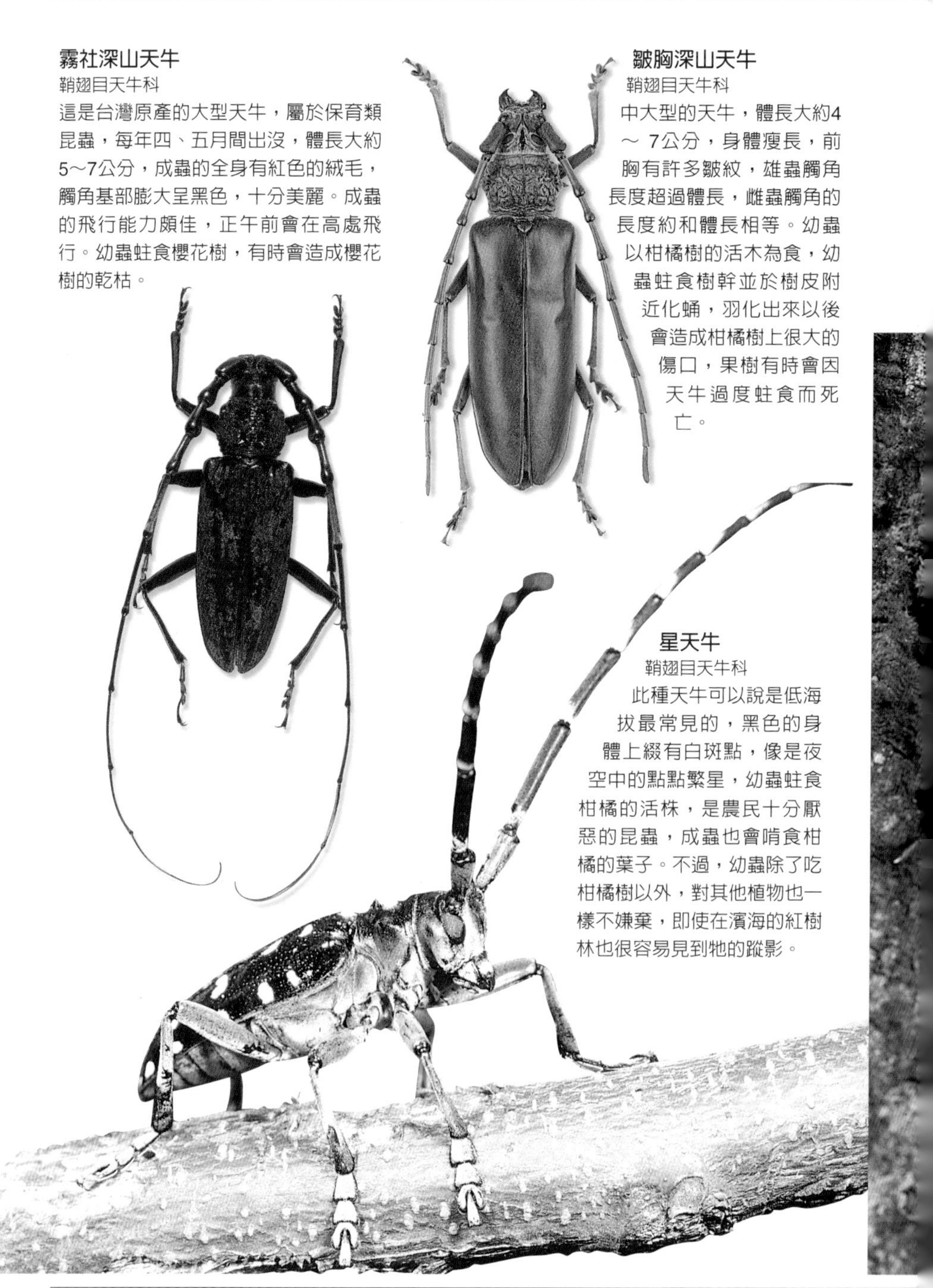

星天牛

鞘翅目天牛科

此種天牛可以說是低海拔最常見的，黑色的身體上綴有白斑點，像是夜空中的點點繁星，幼蟲蛀食柑橘的活株，是農民十分厭惡的昆蟲，成蟲也會啃食柑橘的葉子。不過，幼蟲除了吃柑橘樹以外，對其他植物也一樣不嫌棄，即使在濱海的紅樹林也很容易見到牠的蹤影。

鹿角金龜

鞘翅目金龜科

雄蟲頭部長有一對鹿角般的犄角，雌蟲則無。身體扁平長滿咖啡色的絨毛，每年的春末夏初開始出現，雄蟲會保護雌蟲，並互相以犄角爭奪食物及異性，有時還會以中後足站立，揮舞前足來恐嚇敵人。

金豔騷金龜

鞘翅目金龜科

春夏之間在中低海拔的樹林中都可以見到，體型扁平，身體呈金綠色，飛行能力強，常常群聚在腐爛的果實或是樹幹流出汁液的傷口附近吸食，除了綠色之外，還會出現紅色及藍色的個體。

橙斑花金龜
鞘翅目金龜科
全身暗黑色，翅鞘上有淡色碎斑並覆有細毛，於春、夏季出現，喜於花間訪花或是在樹幹上吸食樹液，飛行能力強，一受到驚嚇就馬上飛離。

竹子大象鼻蟲
鞘翅目象鼻蟲科
俗稱筍龜，成蟲身體呈紅褐色，口吻部延長，觸角呈膝狀，常出現在低海拔山區的竹林，幼蟲在竹子裡面蛀食。除冬季以外，幾乎終年可見。

黑廣肩步行蟲
鞘翅目步行蟲科
體長約4公分，前胸寬闊，體型呈葫蘆狀，全身漆黑，翅鞘上有細條紋，常在樹梢間尋找蝶蛾類的幼蟲為食。春夏時出現，中低海拔山區常見。

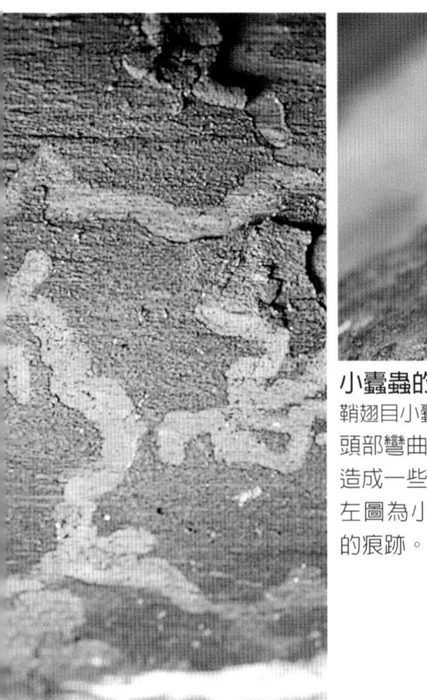

小蠹蟲的一種

鞘翅目小蠹蟲科

頭部彎曲，前胸背板隆起，幼蟲蛀食木材，同時幼蟲在蛀食的過程中會造成一些特殊的圖樣。有時在家中一些舊的木製家具上就可以發現。左圖為小蠹蟲幼蟲蛀食後造成的痕跡。

尺蠖蛾的一種

鱗翅目尺蠖蛾科

尺蠖蛾是蛾類中的一個大家族，幼蟲會偽裝成小樹枝，成蟲的翅與身體的花紋一般都十分像樹皮，是擅於隱藏的高手。

彩豔吉丁蟲

鞘翅目吉丁蟲科

體長約4～5公分，體色金綠，前胸及翅鞘有兩條紫紅色的縱條，飛行能力強，常在樹梢上飛行，偶爾會停在樹幹上休息，幼蟲以朽木為食。分佈於低中海拔山區，成蟲於春夏間出現。

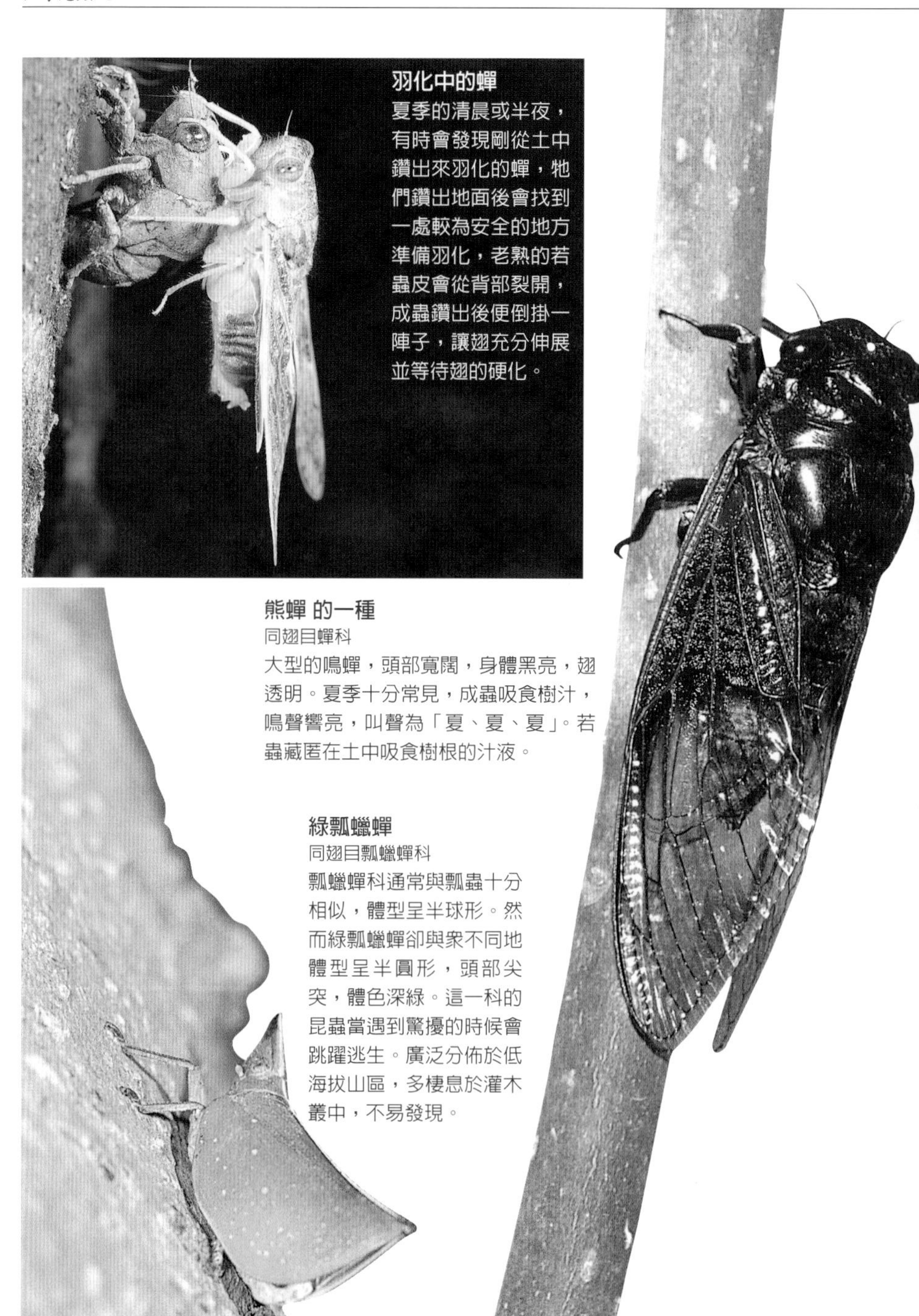

羽化中的蟬

夏季的清晨或半夜，有時會發現剛從土中鑽出來羽化的蟬，牠們鑽出地面後會找到一處較為安全的地方準備羽化，老熟的若蟲皮會從背部裂開，成蟲鑽出後便倒掛一陣子，讓翅充分伸展並等待翅的硬化。

熊蟬 的一種

同翅目蟬科

大型的鳴蟬，頭部寬闊，身體黑亮，翅透明。夏季十分常見，成蟲吸食樹汁，鳴聲響亮，叫聲為「夏、夏、夏」。若蟲藏匿在土中吸食樹根的汁液。

綠瓢蠟蟬

同翅目瓢蠟蟬科

瓢蠟蟬科通常與瓢蟲十分相似，體型呈半球形。然而綠瓢蠟蟬卻與衆不同地體型呈半圓形，頭部尖突，體色深綠。這一科的昆蟲當遇到驚擾的時候會跳躍逃生。廣泛分佈於低海拔山區，多棲息於灌木叢中，不易發現。

蟪蛄

同翅目蟬科

中小型的鳴蟬，體長大約3公分，身上及翅都有暗色的斑紋，十分常見。由於體色與樹皮十分相似，有時即使是近在咫尺也不易被發現。叫聲為唧、唧、唧，較少有變化。

騷蟬

同翅目蟬科

中大型的鳴蟬，體型瘦長，頭部為暗綠色，腹部略為透明，雄蟲在腹部有兩塊長圓型的音箱蓋板，雌蟲則無。在中低海拔的樹林間十分常見，夏季最為活躍，聲音非常響亮。

竹緣蝽

半翅目緣蝽科

在竹子上十分常見，是一種較為大型的蝽象，觸角上有黃色的紋路，體色呈深褐色，後足腿節膨大，以吸食竹子嫩莖的汁液為生。受攻擊時會釋放出臭味，掠食者可能因厭惡而將牠丟棄。

草花上常見的昆蟲

草本植物的花朵是野外最明顯的目標，由於高度適中且鮮艷的顏色常會吸引人們的目光，對於剛開始進行昆蟲觀察的人來說，在花叢中的各種蝴蝶和蜂類是最容易注意到的。一般在郊野或是山區的路邊，咸豐草、冇骨消、金露華、馬纓丹、鳳仙花等，都是十分常見的開花植物，只要稍加注意就可以發現不少種類的昆蟲。

訪花的昆蟲主要是前來覓食，有些昆蟲以花粉爲食，有些則是吸食花蜜，蛾類的天蛾科（如透翅天蛾）中，有像蜂鳥一般的蛾，會邊飛邊伸長口吻吸食花蜜，有些訪花的金龜子會把花瓣當菜餚吃，還有的昆蟲是來捕食其他在花上出現的昆蟲。昆蟲除了在花上解決民生問題之外，有時也可以完成終生大事，因爲在覓食的時候，會遇上許多同類，也就增加了找到配偶的機會，那些在花叢中互相追逐的蝶類，常常就是正在進行求偶。

♂

孔雀青蛺蝶
鱗翅目蛺蝶科
一種中小型的蛺蝶，喜歡在有陽光的開闊處活動，翅的顏色以深藍色為主，前翅內有兩個眼紋，後翅呈寶藍色，有兩個紅色的眼紋。幼蟲以路邊的小草──爵床為食，身上長有許多肉棘，但並沒有毒性，摸起來軟軟的有如橡膠。廣泛分佈於中低海拔山區。

♂

曙鳳蝶
鱗翅目鳳蝶科
台灣特有種，也是台灣保育類的蝴蝶之一，身體呈紅色並有細絨毛，前翅全黑，後翅的腹面有一塊大型的桃紅色斑紋，十分容易辨別。分佈以中部地區較多，每年的七、八月間是數量最多的時候，在中橫公路一帶常可發現。幼蟲以馬兜鈴類的植物為食。

黑端豹斑蝶

鱗翅目蛺蝶科

中小型的蛺蝶，雄蝶翅的表面以橙色為底，有黑色的豹紋，雌蝶的花紋則完全不同，反而模擬具有毒性的樺斑蝶，這是一種擬態的保護方式。牠們喜歡在比較開闊的地方活動，幼蟲以各種堇菜為食。廣泛分佈於中低海拔山區。

♂

大鳳蝶

鱗翅目鳳蝶科

是柑橘園附近的野花叢中十分常見的一種大型鳳蝶，雄蝶全身漆黑，後翅腹面基部有紅色斑紋；雌蝶後翅有白色及紅色的斑紋，常常可以在柑橘的葉背上找到牠的幼蟲，幼蟲的樣子長得像綠色的蠶寶寶，背上還有一對眼紋，一旦受到驚嚇，還會從背上伸出兩支紅色的臭角，釋放出一些怪味來把敵人趕走。大鳳蝶的蛹長得像一片葉子。

黃裳鳳蝶

鱗翅目鳳蝶科

屬於保育類的大型鳳蝶，前翅呈黑絲絨般的顏色，雄蝶的後翅呈鮮黃色並且鑲著黑邊，雌蝶的後翅則以鮮黃色為底色，點綴著黑色的斑紋，飛行十分迅速，可說是台灣產的蝶類中最美的之一。幼蟲以港口馬兜鈴為食，但因幼蟲的食量頗大，且常會對食草進行環狀剝皮，而造成植株的枯死，所以在野外的族群數不是很多，分布的範圍由墾丁直到北部的汐止。

黃裳鳳蝶的幼蟲

紅蛺蝶

鱗翅目蛺蝶科

翅展大約5～6公分，前翅翅端呈黑色，有白色的小碎斑，後翅大部份呈褐色，但邊緣有橙色的斑紋，在夏秋季節頗多，常在路邊的蜜源植物上出現。幼蟲的寄主植物是苧麻，幼蟲會吐絲並且將葉片捲起，然後躲在裡面，只有用餐時間才會外出。

台灣黑星小灰蝶

鱗翅目小灰蝶科

翅背黑褐色，翅腹面呈灰白色有小黑點，後翅有細尾突。中低海拔山區廣泛分佈。小灰蝶一族可以說是最小的蝴蝶，牠們常會在路邊的蜜源植物上出現，不過因為體型較小，所以常讓人不經意就忽略了牠們的存在。

端紅粉蝶的幼蟲

端紅粉蝶

鱗翅目粉蝶科

為台灣產粉蝶中最大型的一種，廣泛分佈在中低海拔山區。前翅尖端呈紅色，身體其他部份都是白色的，雌蝶的翅邊緣還鑲有一圈黑邊。飛行速度很快，一般都飛得很高，常在朱槿上停留吸食花蜜。幼蟲以白花菜科的魚木為食，身體的顏色是青綠色的，背上還有兩個大眼睛似的花紋，看起來就像小蛇一樣，受到驚擾的時候，還會抬起前半身恐嚇敵人，在蝶類的幼蟲中可以說是偽裝高手。

台灣粉蝶

鱗翅目粉蝶科

翅呈白色，有黑色的邊框，後翅腹面呈淡黃色，常會出現在溪邊溼地上吸水，飛行速度快。幼蟲以魚木的葉片為食。分佈於中低海拔山區。

斑粉蝶

鱗翅目粉蝶科

大型粉蝶，翅背面以白底為主，上面有黑色的花紋，後翅腹面以黃色為底色，飛行十分迅速，常在溪邊溼地吸水。分佈於中低海拔山區，以中部地區較多。

鸞褐挵蝶
鱗翅目挵蝶科
鸞褐挵蝶的翅呈黃褐色，是山林步道、馬路邊緣之蜜源植物上的常客。挵蝶科是蝴蝶家族中體型最粗壯的一群，牠們的飛行快速，此類蝴蝶最大的特徵是觸角的末端呈尖銳的鉤狀。

黑脈樺斑蝶
鱗翅目斑蝶科
中小型的斑蝶，翅呈橘紅色，前翅尖端有黑白色的斑紋，翅脈呈黑色，幼蟲以馬利筋為食，蛹呈青綠色，懸垂在葉背。中低海拔山區廣泛分佈，幾乎終年可見。

青斑蝶
鱗翅目斑蝶科
十分常見的斑蝶，五、六月間在陽明山地區的各個步道都可以看到，尤其在大屯山區更可看到群蝶飛舞的美景。牠飛行緩慢，經常在澤蘭的花叢間出現。中低海拔山區廣泛分佈，幼蟲以蘿藦科植物（如牛皮消）為寄主植物。

黑點大白斑蝶的幼蟲。

黑點大白斑蝶

鱗翅目斑蝶科

是台灣產的斑蝶中體型最大的一種，底色為白色再配上黑點花紋，飛行緩慢近似滑翔，有「大笨蝶」之稱。在東北角的金山、野柳及南部的墾丁等地比較多，幼蟲以濱海植物——爬森藤為食。

咖啡透翅天蛾

鱗翅目天蛾科

只有在夏天比較常見，喜歡邊飛邊吸食花蜜，常有人誤以為是蜂鳥，但是台灣並不產蜂鳥。透翅天蛾的身體呈黃色，上面有紅黑色的條紋，尤其特別的是翅透明沒有鱗粉，是天蛾中十分漂亮的一種，飛行相當迅速。幼蟲會吃食山黃梔的葉片。

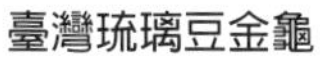

臺灣琉璃豆金龜

鞘翅目金龜科

小型的金龜子，體長大約1公分左右，白天常常可以發現牠們鑽在朱槿之類的花中努力地取食。身體卵圓形，有的綠色，有的藍色，具有金屬光澤，受到驚嚇的時候會假死。

黃守瓜

鞘翅目金花蟲科

體色鮮黃，體長約0.5公分左右，體型橢圓形。金花蟲類都是以植物為食，牠們的族群龐大，常被視為瓜田裡的害蟲。取食的對象很多，就連花朵也不放過。

胡蜂的一種

膜翅目胡蜂科

胡蜂家族的成員包括熟知的虎頭蜂和長腳蜂兩類，其中長腳蜂類性情較為溫和，常在家中附近築巢，巢為蓮蓬狀；而虎頭蜂類較為兇悍，多於山中的大樹洞中或樹上結巢。胡蜂一般體色深褐，飛行時後足拖在身後，成蟲會捕獵毛毛蟲和其他的小昆蟲，帶回巢中餵食自己的幼蟲。低海拔山區廣泛分佈。

蟻的一種

膜翅目蟻科

螞蟻一族也是常常在花上可以看到的，牠們會在花朵中取食花蜜，先儲存在胃中之後，再帶回巢中吐出，供同伴食用。

螽蟴的一種

直翅目螽蟴科

體色青綠，觸角細長，雌蟲具有長劍般的產卵管，只有雄蟲翅上具有發音器，常在夜間高聲鳴唱，雌蟲則不會發聲。一般生活在草叢中或灌木叢間，主要以植物葉片為食，偶爾也會到花上取食花瓣，全島廣泛分佈。

蜜蜂

膜翅目蜜蜂科

這是最常見的蜂類，體長大約1～2公分，觸角膝狀，腹部有黑黃相間的條紋，一般蜂農所飼養的品系是蜜蜂中的義大利蜂。蜜蜂科比較不具攻擊性，但牠們的螫針有倒鉤，不慎被螫到的時候要小心處理。

信義熊蜂

膜翅目蜜蜂科

體型圓胖，身上大多覆有金黃色的絨毛，常在花叢中訪花採蜜，中低海拔山區廣泛分佈，終年可見。

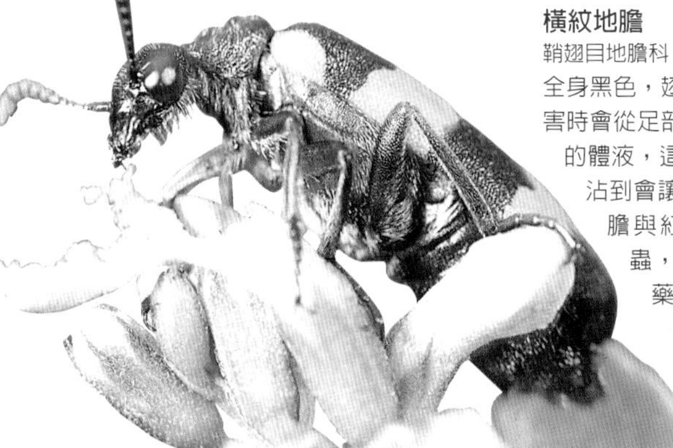

橫紋地膽

鞘翅目地膽科

全身黑色，翅鞘上有黃色橫帶。遇敵害時會從足部關節的地方流出黃褐色的體液，這些體液是有毒的，如果沾到會讓皮膚起泡紅腫。橫紋地膽與紅頭地膽這些有毒的甲蟲，常被中醫師拿來作為中藥材，名為斑貓或芫菁，但正因為牠們具有毒性，一般人最好不要隨便服用。

葉片上常見的昆蟲

許多昆蟲都是以植物的葉片爲食，我們可發現葉片上有許多被啃食的痕跡。在葉片上常有鱗翅目的幼蟲，一些身上長了許多刺毛的是蛾類的幼蟲，而且通常這些幼蟲的體毛都有毒；另外，有些蛾類幼蟲的體表光滑但尾部多了一根角，這是天蛾的幼蟲，不過牠可就沒有毒了。至於台灣產的蝶類幼蟲都對人無害，即使一些蛺蝶的幼蟲身上帶有棘刺，也是無毒的。

葉片上常可發現各種昆蟲的卵，有時在自家種植的柑橘盆栽上也可以發現幾顆鳳蝶的卵。一般蝶類的卵都產在葉背，而且一片葉子上就只有1～2顆，如果發現一片葉子上有很多卵排在一起，那多半是蛾類及椿象的卵。金花蟲更是葉子上的常客，各種植物的葉片上幾乎都有金花蟲在吃食，牠的幼蟲長得肥肥胖胖的，常會把植物的葉片吃得千瘡百孔。

地膽也是葉上常見的昆蟲，通常整群同時出現。在植物的嫩芽上，可找到蚜蟲聚集在上面吸食，找到了蚜蟲，附近應該就可以發現瓢蟲，這些俗稱淑女蟲的甲蟲吃起蚜蟲來可一點都不淑女，牠的幼蟲更是蚜蟲大吃客。在葉片上也可以看到草蛉的幼蟲背著蚜蟲的屍體來僞裝，跑來跑去尋找蚜蟲吃。鱉甲蜂類也常會在葉間穿梭，擺動著長長的觸角尋找牠的育兒食品——蜘蛛。我們也可以發現螳螂躲在葉間伺機捕食倒霉的路過者。日正當中的時候，許多昆蟲會躲在葉背或是葉叢中避暑，像是一些天牛、葉蟬等等。

柄眼蠅的一種
雙翅目柄眼蠅科
小型的蠅類，體長大約在0.5公分左右，頭部小但在左右兩方有細長的眼柄，複眼在眼柄的末端，十分特殊。中低海拔山區廣泛分佈，在步道邊的葉片上，常可發現牠們的蹤跡。

大蚊的一種
雙翅目大蚊科
外形和家中惹人厭的蚊子一樣，但體型較大，足的比例較長，在郊外或是公園十分常見，常被人誤認為是蚊子而遭擊斃。其實大蚊對人類無害，牠是不吸血的素食主義者。幼蟲偶而在草皮上可以發現，牠的皮十分堅韌，在國外有皮坦克的俗稱。

美翅蠅的一種
雙翅目美翅蠅科
在路邊的植物葉片上常常看得到，翅上有深色的斑紋，腹部寬短。

無霸勾蜓

蜻蛉目勾蜓科

大型的蜻蜓，體長約10～12公分，複眼呈金屬綠，體色黑，有鮮豔的黃綠色斑紋。飛行能力強，常可在山邊小徑或步道上發現無霸勾蜓來回巡曳。中低海拔山區廣泛分佈，成蟲於夏秋間出現。

青黑琵蟌

蜻蛉目琵蟌科

成蟲體長約5公分，稚蟲生活於中低海拔的清澈溪流中，成蟲較常出現在溪流邊陰暗處的植物上，夏秋間出現於中低海拔的山區。

鼎脈蜻蜓

蜻蛉目蜻蜓科

中型的蜻蜓，體長約4～5公分，胸部呈黑色，翅基部黑色，全島廣泛分佈於1500公尺以下的山區，成蟲於夏秋間出現，稚蟲可在水田、池塘等靜水區出現，適應力強，比其他種類的蜻蜓稚蟲耐乾旱，所以數量頗多。

竹節蟲的一種

䗛目

竹節蟲一般躲藏在植物的枝葉間，體型瘦長有如竹竿一般，在枝葉叢中很難被發現。部份種類有翅，行動緩慢，以植物的葉子為食，但食性較廣，並不只吃某一種植物。

蟲癭

植物的葉片上長有一些奇怪的突起，這些突起稱作蟲癭，蟲癭是因為一些種類的昆蟲刺激植物，使植物產生增生的組織所形成的，而這些製造蟲癭的昆蟲多半躲在裡面取食，牠們不但得到了蟲癭所提供的保護，同時也滿足了取食的需要。

若將蟲癭剖開，就可發現裡頭的寄主。圖為雙翅目癭蚋科的幼蟲。

潛葉的痕跡

雙翅目或鱗翅目的幼蟲，有的喜歡潛在葉肉中挖掘吃食，造成葉片上許多白色或透明的條紋，好像在畫地圖似地。

蠼螋的一種

革翅目

頭部呈卵圓形，尾部有鉗狀的尾毛，有的具翅，有的無翅。常在泥土中、石頭下、或在枝葉間穿梭，是雜食性的昆蟲。當牠在地面活動時往往不易發現，通常只有出現在葉面上時，才比較能引人注目。

蠍蛉的一種　♀

長翅目蠍蛉科

蠍蛉一般的體型大多在1～2公分之間，體型瘦長，身上有深色的條紋，因口吻延長所以頭部呈鳥喙狀，腹部由粗而細且會往上抬起，所以又稱作舉尾蟲。雄蟲的腹部末端有一顆球狀如蠍子毒針的構造，這個球狀物是雄蟲的生殖器，並不會螫人，也可憑此區別雌雄。

紫蛇目蝶

鱗翅目蛇目蝶科

蛇目蝶科的成員比較喜歡在樹林間活動，常可在林間的步道上發現。一般蛇目蝶的顏色都較為灰暗，而紫蛇目蝶是其中比較漂亮的少數，牠們生活在低海拔的樹林間。幼蟲常出現在棕櫚植物的葉子上。

瘤緣蝽

半翅目緣蝽科

體型約1～2公分，後足粗壯扁平，體黑褐色，成蟲擅飛，遇到敵人時會釋放臭氣，常出現在茄子的莖葉上吸食汁液，被菜農列為危害茄子的害蟲。中低海拔山區廣泛分佈。圖為產完卵的雌蟲在一旁守護。

琉璃星盾背蝽

半翅目盾背蝽科

小型的半翅目昆蟲，背上具有一片盾甲蓋住腹部，體色金綠，上有黑色斑紋，以吸食植物的汁液為生。盾背蝽有許多種類，在野桐上常可發現另一背甲呈紅色，有碎花紋的種類。這一類的昆蟲在若蟲期不具背甲。

刺蝽的一種

半翅目刺蝽科

肉食性的半翅目昆蟲，身體瘦長，有棘刺，常在枝葉間穿梭，尋找蝶蛾的幼蟲以及其他較小的昆蟲，找到獵物以後，先利用銳利的口器刺入獵物體內吸食體液，有時會發現一些幼蟲被吸食得只剩一層皮，有些種類的刺蝽唾液甚至還有毒，如果不小心被牠叮到了，會痛得在地上打滾，所以最好不要去招惹這些殺手級的蝽象。

捲葉象鼻蟲與搖籃

有時在樹上會發現許多葉片被捲起來，有些直直地捲，有些沿著葉片邊緣切割一部份再捲起來，但無論捲法如何，所有捲葉象鼻蟲製作的幼蟲搖籃都像個春捲。

甲蟲中的象鼻蟲家族有一部份會製作捲葉，又稱為搖籃蟲。通常雌的搖籃蟲會尋找一片適合的葉片，然後從中橫切一半，再把葉子對摺，在葉片尖端產卵，然後將葉子慢慢捲起，作成一個像春捲般的葉捲。有些搖籃蟲還會在完工後，把連接搖籃的葉脈剪斷，讓搖籃落地。

搖籃蟲的幼蟲孵化以後，就吃食葉捲裡面的葉片，等到幼蟲成熟後，在裡面直接化蛹，隔年就會有一隻新生的搖籃蟲羽化出來了。

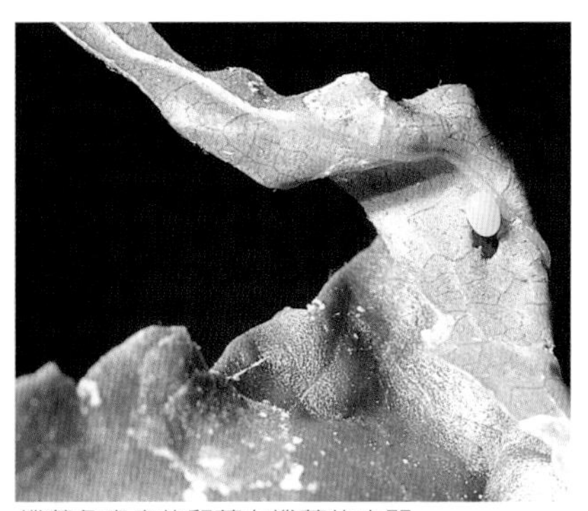

捲葉象鼻蟲的卵藏在捲葉的中間。

捲葉象鼻蟲製作的捲葉搖籃 。

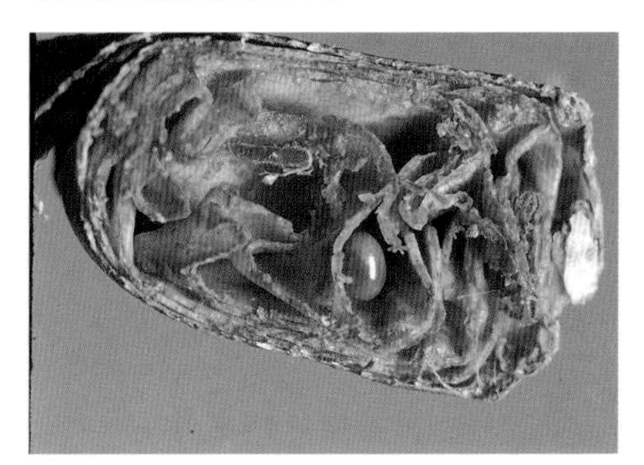

捲葉的剖面

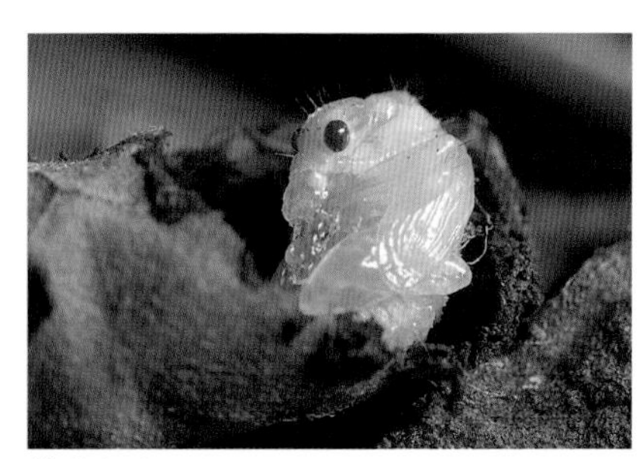

捲葉象鼻蟲的蛹

成蟲

擬叩頭蟲的一種

鞘翅目擬叩頭蟲科

常見的小甲蟲，身體瘦長呈藍綠色，觸角呈球桿狀，末端膨大，前胸呈橘黃色，植食性，常在咸豐草的葉片上出現。

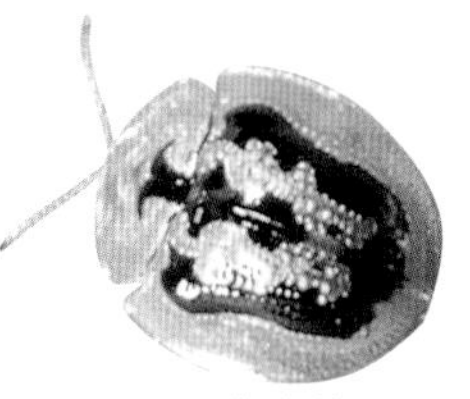

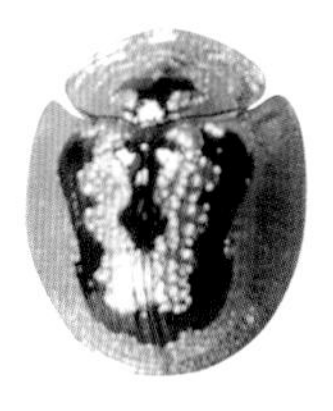

甘藷龜背金花

鞘翅目金花蟲科

翅鞘的一部份呈半透明，身上有各種花紋，有些種類背甲花紋呈鮮綠色的長條，像小西瓜一樣。體型大小不一，有些大約2公分左右，有些不到0.5公分。

錨紋瓢蟲

鞘翅目瓢甲科

幼蟲的身體瘦長，體表有刺狀突起，行動活潑，因為成蟲與幼蟲常在葉片間到處尋找獵物，捕食蚜蟲、介殼蟲等小型的昆蟲，所以牠們被大量養殖後釋放在農田中，以防治蚜蟲、介殼蟲對農作物的危害。成蟲的身體呈紅色，前胸有一對白斑，翅鞘上有一錨狀的花紋，食物也和幼蟲相同，體型約0.5～1公分。

紅頭地膽

鞘翅目地膽科

頭部紅褐色，身體其他部份呈黑色，觸角鋸齒狀，體型有如一長三角形，遇敵害時會從足部關節的地方流出黃褐色的有毒體液。夏天常成群出現在冇骨消或蕨類植物上。

臺灣吹粉金龜

鞘翅目金龜科

體色呈褐色，體型圓胖，雄蟲具有特大的觸角，一般在夜間活動，喜啃食樹葉，有時會將一棵樹的葉片吃個精光。幼蟲為土棲性，在土中以植物的根及有機物為食。

隱翅蟲的一種

鞘翅目隱翅蟲科

小型的昆蟲，體長約1公分，體液有毒，頭部呈卵圓形，翅鞘短小僅約身體的三分之一長，後翅摺疊在翅鞘下，看起來好像沒有翅一樣。常出現在花上或動物的糞便中，捕食其他的小昆蟲。

草蟬

同翅目蟬科

小型的鳴蟬，全身翠綠，翅透明，翅脈呈綠色，體長大約3公分左右，常棲息在芒草堆中，雄蟲腹部有兩片較大的音箱蓋板。草蟬身體雖小，但是所發出的聲音卻蠻大的。

青羽衣

同翅目蛾蠟蟬科

體色青綠，翅寬大似蛾，但卻是蟬的親戚。體長約1～2公分，常停在植物的嫩枝上吸食汁液。低海拔山區廣泛分佈。蛾蠟蟬科的昆蟲翅晶瑩剔透，因而有「羽衣」的別稱，有些種類便以此命名，例如青羽衣、紅羽衣等。

蠟蟬科的若蟲

同翅目蠟蟬科

蠟蟬的若蟲在腹部末端常有由蠟質形成的細毛或絨毛，這些蠟毛可以提供保護的功能，當敵人攻擊時，可能只咬下一嘴的蠟絲而不會對蟲體造成傷害。

條紋廣翅蠟蟬

同翅目廣翅蠟蟬科

又稱為廣翅蠟蟬或羽衣，翅寬大、半透明，翅上有褐色的條紋，在野外的芭蕉葉下可以發現牠們，往往在葉片的中肋上排成一直線吸食汁液，受到驚擾的時候會跳走。低海拔山區廣泛分佈。

紅胡麻斑沫蟬

同翅目沫蟬科

沫蟬又名泡沫蟲，在野外常可在長梗紫麻上發現沫蟬若蟲的泡沫，一坨一坨好像口水一樣，若蟲就在裡面避敵同時吸食汁液，此泡沫巢同時也兼具維持環境濕度的功能。若蟲成熟以後會離開泡泡而在外面羽化，成蟲的顏色紅底黑斑，十分漂亮，受到驚擾的時候會跳躍逃生。

黑尾大葉蟬

同翅目葉蟬科

體型大約在1～2公分之間，全身淡黃綠色，翅末端呈黑色，後足發達擅於跳躍，飛行速度不快。葉蟬科的昆蟲都是以吸食植物的汁液為生，部份種類以水稻為主食，在以前常造成危害，現今卻因族群的數量銳減，已不再構成威脅。

夾竹桃蚜

同翅目蚜科

蚜蟲又稱為螞蟻的乳牛，牠的尾部有兩根會分泌甜汁的尾管，因螞蟻喜歡甜汁常會前往索食，所以螞蟻會保護這些蚜蟲，有時還會把蚜蟲遷往天敵較少的枝條上，或是把瓢蟲給趕走。蚜蟲的種類很多，各個種類喜好的植物不同，常常因為數量太多而造成植物的疾病傳播。

介殼蟲

同翅目介殼蟲科

同翅目中的小蟲，一、二齡若蟲會自由活動，三齡後便行固著生活，將身體包在自行分泌的蠟質外殼下，以吸食植物的汁液為生。由於有蠟質外殼的保護，所以不易被消滅而常常危害植物，比較常見的有吹棉介殼蟲等。牠的天敵是瓢蟲等肉食性昆蟲。

葉蜂的一種

膜翅目葉蜂科

植食性的蜂類，體型與蜜蜂有點相似，但是腰比較粗，喜歡在葉間出現，會將卵產在葉背上，幼蟲孵化後就以葉片為食，常在葉片上造成一個個的缺口。

姬蜂的一種

膜翅目姬蜂科

雌姬蜂會四處尋找獵物，然後將卵產入獵物的體內，此時獵物還是活的，孵化後的幼蟲在寄主的身體裡慢慢取食，直到將要化蛹為止，姬蜂最容易區別的特徵是牠的腹部側扁，從背部往下看時，腹部十分纖細。

黑棘蟻

膜翅目蟻科

常見的大型螞蟻，體長約1公分，體色黑，腹部有灰色的橫紋，因牠的胸部後方背側有尖銳的棘刺，所以稱為棘蟻。常常會發現牠們在植物的葉片上活動，尋找食物。

絨蟻蜂

膜翅目蟻蜂科

外觀看起來很像螞蟻，雄蟲具翅，但雌蟲無翅，胸部呈紅色，腹部黑色，觸角彎曲呈膝狀。蟻蜂科的昆蟲身上多具有絨毛，在野外發現的蟻蜂通常都是雌蟲，常見牠在草叢中爬行，因雌蟲具有螫針（由產卵管特化而成），切勿徒手捕捉。

奇葉螳螂

螳螂目螳螂科

成蟲體型大約為7公分，身體呈暗褐色，頭部有一尖角，腿節有葉狀的突起，外形與一般常見的螳螂有些不同，常常出現在灌木叢中或草堆中，夜間有時在路燈下，也會看到牠們伺機捕食飛來的蛾類。

鱉甲蜂的一種
膜翅目鱉甲蜂科
觸角細長彎曲，後腿很長且超過腹部，常在枝葉間出沒，擺動著觸角四處尋找幼蟲的食物。鱉甲蜂幼蟲的食物是蜘蛛，但不同種類的鱉甲蜂所捕獵的蜘蛛種類也不同。

鱉甲蜂與蜘蛛

鱉甲蜂專門喜歡挑戰昆蟲的殺手──蜘蛛。鱉甲蜂在膜翅目中自成一族，成員個個驍勇善戰，每一個成員都有專屬的挑戰對象，有些喜歡會結網的對手，有些尋找在地上出沒的對象，絕對不會弄錯。

鱉甲蜂的身上會分泌出一種油質的東西，可以預防自己被黏在蜘蛛網上，每當找到了獵物，牠會先飛在網子旁邊確定有沒有找錯對象，然後很仔細地把全身都塗上油質，接著就衝上網子吸引那隻以為食物上門的蜘蛛過來，當不知情的蜘蛛被吸引過來的時候，再伺機用尾部的螯刺往蜘蛛的身上螫上一針，讓蜘蛛被麻醉昏倒，再將牠拖走帶到一個適當的地方，挖個地洞藏起來，並且在蜘蛛的身上下蛋，孵化出來的幼蟲就以這隻倒霉的蜘蛛為食物。

至此，被當成食物的蜘蛛還活著，只是被麻醉了不能活動而已，因為如果蜘蛛死亡的話，鱉甲蜂的幼蟲也會因為食物的腐爛而死亡，實際上鱉甲蜂的螯刺主要是為了麻痺獵物，雖然也會用來攻擊敵人，不過除非必要，牠們絕不會浪費獵食的工具。

鱉甲蜂準備將已螫昏的蜘蛛拖回洞中。

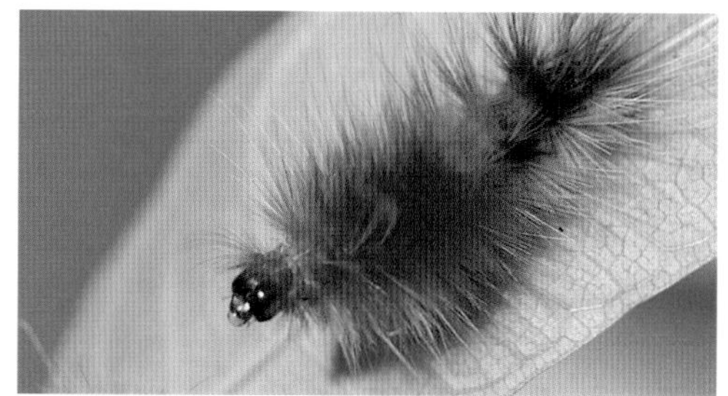

燈蛾科的幼蟲
鱗翅目燈蛾科

燈蛾科的幼蟲全身都有細毛，看起來十分可怕，在許多植物的葉片上都能看得到，不過，其他一些有毒的蛾類幼蟲，外形也和燈蛾十分相似，所以還是小心一點的好。

葉子上常見的蝶類幼蟲

挵蝶科的幼蟲
頭部卵圓形，身體光滑，習慣將寄主植物的葉片以絲線黏著製成葉苞，多以禾本科植物為食。

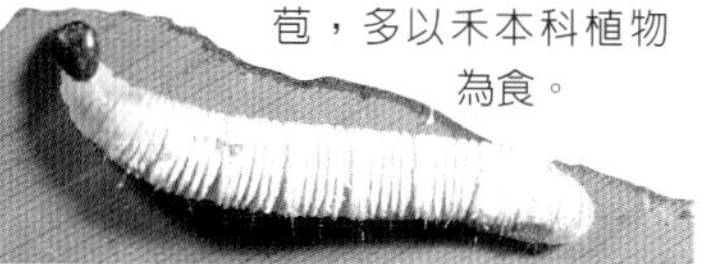

蛺蝶科的幼蟲
形式多變，一些種類頭部或尾端常有一對突起，已知的寄主植物多為禾本科的植物。

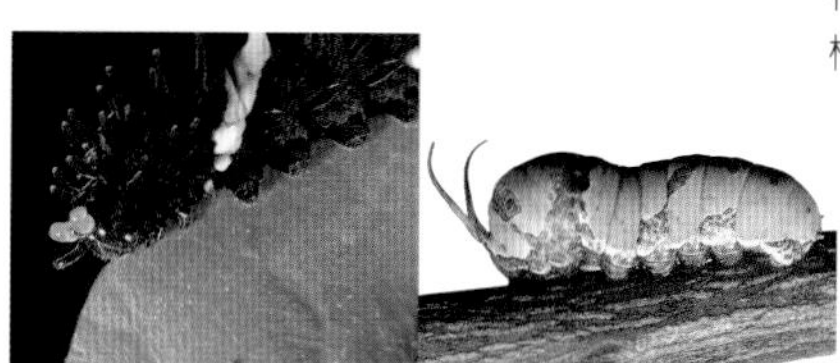

鳳蝶科的幼蟲
鳳蝶幼蟲的外形有兩類，一類看起來就像是蠶寶寶一般，但多半是綠色的，像是大鳳蝶、無尾鳳蝶等。另一類看起來像海參，全身長滿肉棘，例如大紅紋鳳蝶，黃裳鳳蝶等。但是所有的鳳蝶幼蟲都有一個共同的特徵：臭角。

粉蝶科的幼蟲
粉蝶類的幼蟲多數是綠色的，身上沒有任何突起，一些種類身上有細毛，圖為端紅粉蝶的幼蟲。

斑蝶科的幼蟲
體色較為鮮艷，身體上有幾對長肉棘，肉棘的數目依種類而不同。

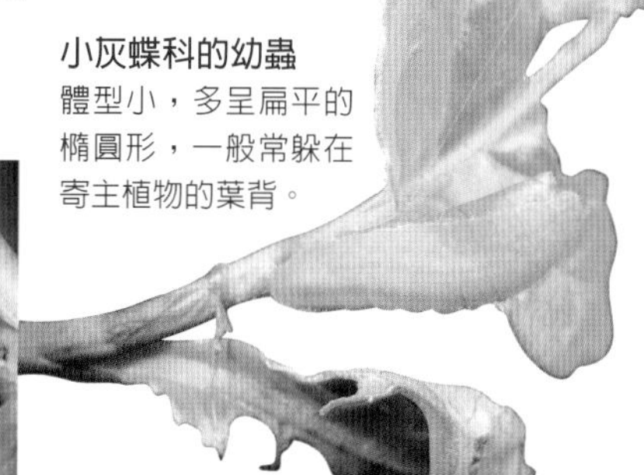

小灰蝶科的幼蟲
體型小，多呈扁平的橢圓形，一般常躲在寄主植物的葉背。

地面上的昆蟲

在郊外林地上也有許多昆蟲出沒，例如在樹林間的步道上，就常可以發現步行蟲和鍬形蟲；蛇目蝶類也常出現在樹林底層，牠們常常會停息在林間的地面上；另外，有一些昆蟲習慣在較為開闊的草地上活動，像是各種蝗蟲、蟋蟀、一些蛺蝶等等。而有些昆蟲卻喜歡在溪邊的砂地上尋找食物，例如虎甲蟲或是在砂地上製作陷阱的蟻蛳。此外，號稱蜘蛛殺手的鱉甲蜂也常會在地面四處搜尋獵物。所以野外的地面上是很好的搜尋對象，也許你也能發現一些特別的昆蟲。

通常在野外的地面上，還可以找到被來往車輛壓死的動物屍體，許多自然界的清道夫，例如埋葬蟲、閻魔蟲、糞金龜會躲在動物的屍體底下，只要稍微留意，就有可能目睹這些清道夫如何處理大自然的「垃圾」。

泥圓翅鍬形蟲

鞘翅目 鍬形蟲科

泥圓翅鍬形蟲經常在地面上爬行，而較少飛行，在林間的碎石地常可見到牠的蹤影或已被曬乾的屍體。外形與紅圓翅鍬形蟲相似，但全身都是黑色或是深褐色的，雄蟲的大顎較短，雌雄的分別不若其他種類的鍬形蟲明顯，大型的雄蟲大顎尖端有分叉，小型的個體則沒有，本種於每年的七、八月間出現。

石蛃

總尾目石蛃科

外形與家中的衣魚相似，可說是野生的衣魚，但顏色呈深灰色，腹部有彈器，所以會跳，常常可以在地面的落葉堆下或是樹洞中找到牠們，是一種非常原始的昆蟲。

地面上的雜草和落葉堆是許多昆蟲隱身的好地方，在地面上活動的昆蟲除了蟻類之外，還有步行蟲、糞金龜等。

銀蛇目蝶

鱗翅目蛇目蝶科

蛇目蝶科的昆蟲喜歡在樹林底層較陰暗的地方活動，牠們體色灰暗，翅上有眼紋，停棲在枯枝、落葉上時不易被發現。幼蟲多以禾本科的植物為食。

眼紋擬蛺蝶

鱗翅目蛺蝶科

中小型的蛺蝶，翅呈暗褐色，前翅尖端有眼紋並有白色的小白點，後翅各有一個眼紋，多在開闊的短草地上活動，在低海拔山區十分常見，幼蟲以台灣鱗球花的葉片為食。

紅胸埋葬蟲

鞘翅目埋葬蟲科

腐食性的甲蟲，專門以其他動物的屍體為食，觸角呈球桿狀，末端好像豆子一樣，前胸背板呈紅色，翅鞘上有縱條，腹部末端會露出來，帶有一身的腐屍味，身上常有一些紅色的小蜘蛛寄生。

瓢簞步行蟲

鞘翅目步行蟲科

大部份的步行蟲當遇到敵人時，會從腹部末
霧，這種水霧的成份是一種類似硝酸的強酸
到時，會被這種強酸性物質灼傷，就好像被
如果是哺乳類的眼睛被噴到，甚至可能因此
是蜘蛛也受不了這類步行蟲所噴出的酸霧，
步行蟲乃俗稱炮甲蟲。然而瓢簞步行蟲是少
霧的，牠的大顎發達，觸角呈鍊狀，前胸
形。平地至低海拔山區廣泛分佈，成蟲於夏季

蜚蠊的一種

蜚蠊目

蜚蠊俗稱蟑螂，在野外還有許多不同的種類。野外的蜚蠊以腐植質為生，多在森林的下層活動，在樹林中的落葉堆下、朽木中都可能發現牠們。這些蟑螂的近親，不知是否因生長在野外的緣故，身上似乎沒有家中蟑螂的怪味。

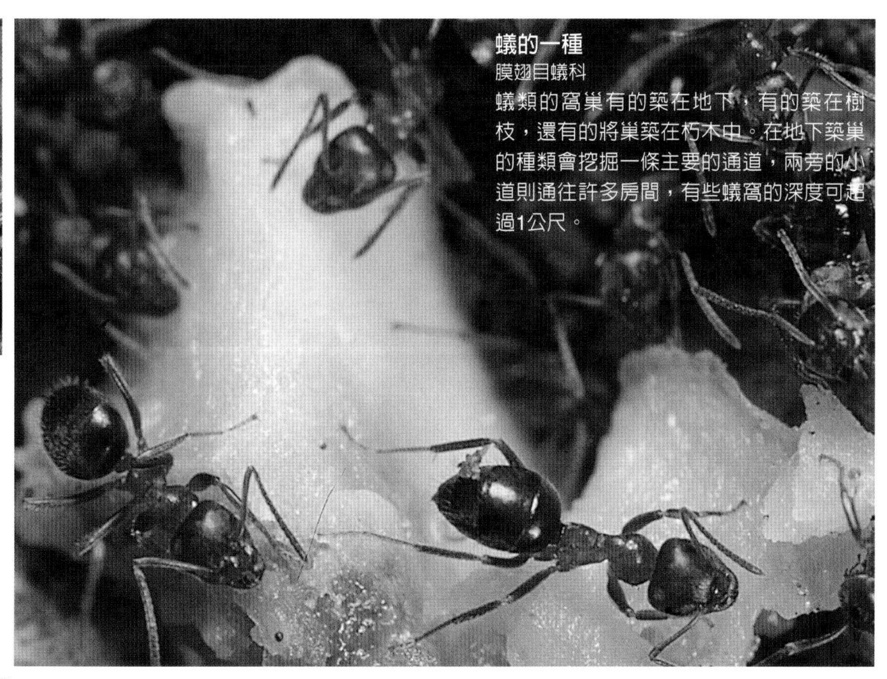

蟻的一種

膜翅目蟻科

蟻類的窩巢有的築在地下，有的築在樹枝，還有的將巢築在朽木中。在地下築巢的種類會挖掘一條主要的通道，兩旁的小道則通往許多房間，有些蟻窩的深度可超過1公尺。

黑扁糞金龜

鞘翅目金龜科

在林間的步道上常可發現糞金龜賣力地滾著糞球，將糞球運送到適當的地方後再挖個洞掩埋，作為幼蟲的食物。黑扁糞金龜的體型圓扁，足長，頭部前方扁平得像鑵子一樣，觸角末端膨大呈黃色。中低海拔山區十分常見。

眉紋蟋蟀

直翅目蟋蟀科

大部份的蟋蟀都屬於雜食性，除了植物之外牠們也吃所有能吃的東西，就連同類的屍體也不放過。眉紋蟋蟀十分常見，頭部有兩條彎彎的黃色眉紋，體型中等，大約3公分，夏天的夜間也可以在郊外的路燈下發現牠們。

埋葬蟲與屍體

埋葬蟲在自然界中擔任了清道夫的角色。牠們以動物的屍體為食，名稱的由來，是因為牠們會在動物的屍體下挖個坑洞，讓屍體落下並掩埋起來，或者會將屍體拖到適合的地方再加以處理。埋葬蟲掩埋屍體是為了自己吃以及提供後代食物，成蟲還會將消化過的食物吐出來餵食幼蟲，對幼蟲的照顧可說十分周到。

埋葬蟲在餵飼幼蟲的時候，如果食物的份量不足，而幼蟲的數量又太多時，成蟲會吃掉一些幼蟲，讓其他的幼蟲能夠有充分的食物成長。曾經有研究人員對埋葬蟲作過些實驗，研究人員把一隻死老鼠的尾巴綁在一根樹枝上，觀察埋葬蟲的反應動作：當埋葬蟲聞香而來以後，急急忙忙地開始挖掘，想要把屍體拖走卻屢試不成，於是埋葬蟲會在老鼠的身上爬來爬去，結果當牠發現是因為老鼠尾巴被綁在樹枝上而不能拖動時，牠會很迅速地把尾巴咬斷，然後把鼠屍給拖走。之後，研究人員又重覆作了多次的實驗，結果每次埋葬蟲都能破解新招，可見其聰明程度。

糞金龜與太陽

糞金龜在大自然中扮演清道夫的角色，專門清理動物的糞便，牠們清理糞便的方法十分簡單：直接食用。不只是成蟲以糞便當作食物，幼蟲也是。

糞金龜的嗅覺靈敏，可以在很遠的地方就聞「香」而來。非洲大草原上的糞便，通常在三、五個鐘頭之內就會被這些辛勤的工作者給清理乾淨。糞金龜處理糞便的方法大致上可以分成三種：腿長的種類會先將糞便分割成球狀，再推到選好的地方挖個洞加以掩埋，並且在糞球內產卵，幼蟲孵化後就在球內吃食，幼蟲長大要化蛹的時候，糞球內部已經被吃出一個空間，可以當成蛹室，幼蟲就在這個自己吃出的蛹室裡化蛹。

第二種方式是直接從糞便上往下挖一到數個隧道，再從地面上把糞便運到地下填放，好像在灌香腸一樣，然後在每一節產下一個卵。第三種方式是前兩種的混合，先在地下挖一條隧道，隧道的末端有一個房間，再從地面上把材料運送到地下的房間內作成梨形的糞球，把卵產在糞球上包起來。雌糞金龜還會待在洞穴中照顧糞球，以避免糞球發霉，有些種類所挖掘的隧道可以超過1.5公尺深。不同種類的糞金龜對選擇的材料也各有偏好，有些喜歡草食動物的糞，有些喜愛肉食類的，甚至還有些對人類的情有獨鍾。

在古埃及時期，人們崇拜太陽神，而糞金龜推動糞球的動作，讓古埃及的人們連想到太陽的運行，認為太陽也是由巨大的神聖甲蟲所推動，所以糞金龜在那時期可是被當成神來膜拜，連法老王的戒指、頭冠、神廟內的壁畫、到處都有糞金龜的造型，可說是所有昆蟲中最被人類推崇的。

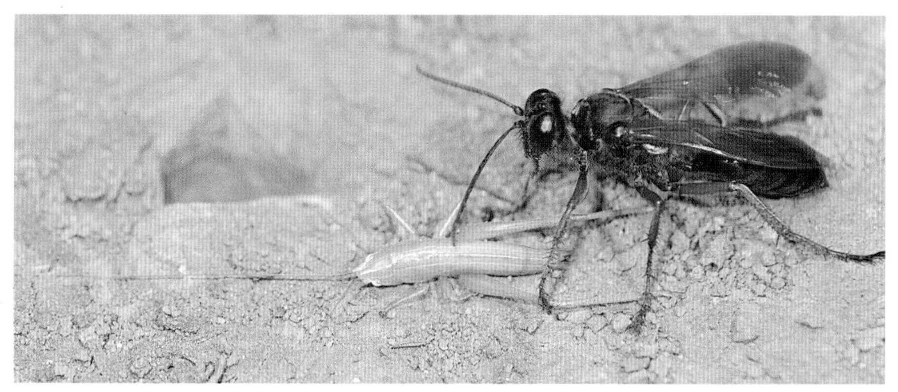

細腰蜂的一種

膜翅目細腰蜂科

細腰蜂、土蜂及鱉甲蜂都是屬於會外出狩獵的蜂類，牠們會將捕獵到的獵物螫昏後，帶回預先挖掘的地洞中，再將卵產在獵物的身上，幼蟲孵化後就以獵物為食。而這些不同的蜂類所偏好的獵物種類也不同，鱉甲蜂以蜘蛛為對象、土蜂則多以甲蟲類為對象，細腰蜂則捕獵直翅目的昆蟲。圖為捕獲螽蟴正準備帶回洞穴作為幼蟲食物的細腰蜂。

蟻蛃

脈翅目蛟蛉科

海邊或溪邊的沙地上常常會發現許多漏斗狀的小坑（如上圖），如果小心撥開細沙，可以發現裡面躲著一隻身體肥胖而長著兩根獠牙的小蟲，碰一下還會裝死，這就是蟻蛃，也就是蛟蛉的幼蟲，有些人則稱牠們為「沙豬」。牠們躲在沙坑的底部，等待路過的小蟲不小心滑落，滾到牠的嘴邊時，便用那兩根長牙刺進獵物的體內，把獵物的體液吸光。有時風比較大時，會把這些砂坑給吹平了，蟻蛃等待風平砂靜以後，便再用自己的身體當成鏟子，重新作一個砂坑。這些幼蟲長大以後會吐絲，用砂子作成球一樣的蛹室，然後在裡面化蛹，羽化後的成蟲外型長得很像蜻蜓，但觸角比較粗大。

朽木與泥土中的昆蟲

朽木中常見的昆蟲

山林中常可發現一些腐朽的樹木倒在路邊或是林地的底層，這些朽木有的是樹木自然死亡，有的是枝條因遭受外力而掉落地面，經過風吹、日曬、雨淋而腐朽，有些朽木還可以看到有蕈類生長在上面，這些蕈類可以幫助木頭的分解。

除了蕈類之外，在朽木內部可就熱鬧了，這裡有不少房客棲身，這些住戶都是以朽木爲食，大多爲鞘翅目中鍬形蟲、金龜子、天牛等的幼蟲──蠐螬，亦即俗稱的「雞母蟲」。另外還有白蟻，牠們可以說是大自然的分解者與清除者，藉由牠們的加工可以讓朽木加速分解，同時樹木中所含的養分還可以回歸自然。如果沒有這些生活在朽木中的昆蟲，那森林中可就要堆滿死亡或是倒塌的樹木了。

偽步行蟲的蛹
朽木中常常可以找到各種甲蟲的幼蟲及蛹，偽步行蟲便是其中之一。初期的蛹呈白色，在成熟的過程中顏色會直逐漸變深，將要羽化的蛹外皮會有點透明，看得到蛹皮內深色的頭部及胸部的足。

鍬形蟲的幼蟲
鍬形蟲是深受許多人喜愛的甲蟲，雄蟲威武的造型令人愛不釋手，但是牠們的幼蟲卻是在朽木中啃食，長得和一般的金龜子一樣，身體彎曲肥胖，六隻細短的足似乎不太管用，要如何來分別鍬形蟲及金龜子呢？很簡單，只要看看屁股就成了，鍬形蟲的肛門開口是縱裂的，金龜子、獨角仙這一類則是橫的。

自然環境中的樹木死亡後，經過菌類及其他微生物的加工就變成了朽木，朽木可以提供許多昆蟲食物和蔽護。

扁甲

鞘翅目扁甲科

扁甲是一種身體扁平的甲蟲，翅鞘上有縱條，頭大且大顎發達，常在朽木間出現。牠的幼蟲也生活在朽木中，以朽木為食。

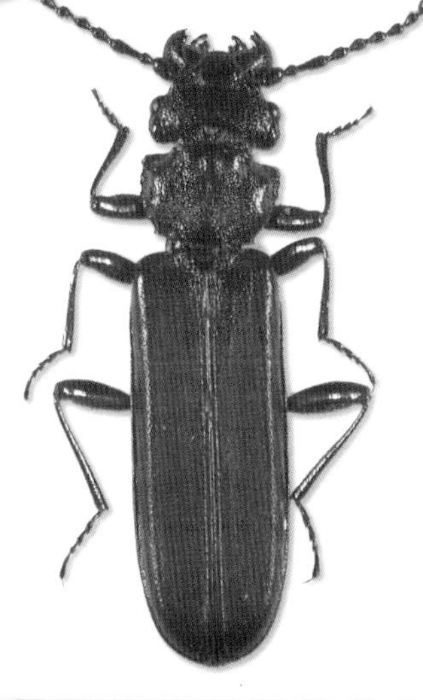

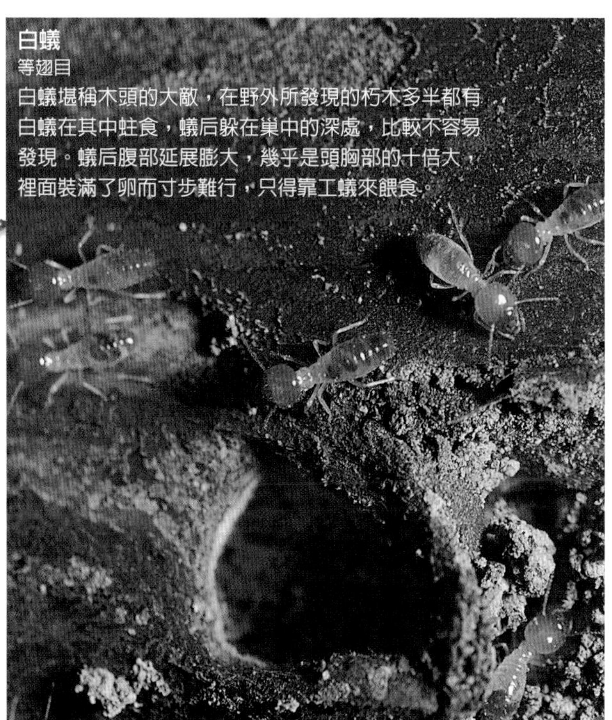

白蟻

等翅目

白蟻堪稱木頭的大敵，在野外所發現的朽木多半都有白蟻在其中蛀食，蟻后躲在巢中的深處，比較不容易發現。蟻后腹部延展膨大，幾乎是頭胸部的十倍大，裡面裝滿了卵而寸步難行，只得靠工蟻來餵食。

泥土中常見的昆蟲

在土中除了蚯蚓之外，其實還有許多的昆蟲住在裡面，例如蟋蟀和螻蛄喜歡在土裡挖隧道；還有一些金龜子的幼蟲，也可以在土中或是落葉堆下發現。

土中還可以發現一些長得很像麵包蟲的幼蟲，那是擬步行蟲的幼蟲，一些蝽象也會躲在土裡越冬，此外在比較肥沃的土中常常可發現獨角仙的幼蟲，還有一些捕食性的蝽象也會潛入土中捕食這些幼蟲。

獨角仙的幼蟲

獨角仙的幼蟲頭部大，呈紅褐色，身體彎曲呈英文字母「c」狀，肛門口橫裂。幼蟲以腐植質為食，成熟時可以和十元銅板一樣粗，末齡幼蟲會用木屑組成一個蛹室好保護自己並在裡面化蛹。整個幼蟲期約十個月。

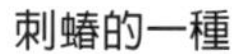

刺蝽的一種

半翅目刺蝽科

刺蝽科的昆蟲都屬於肉食性，性情兇猛，口器銳利呈釘狀，以吸食其他昆蟲的體液為生，又稱「食蟲蝽象」。牠也會出現在朽木中獵食其他的昆蟲。

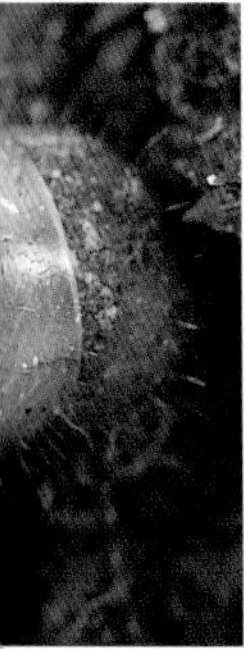

螻蛄

直翅目螻蛄科

擅長挖掘地道，頭部較尖，前足像挖土機的鏟子一樣，成蟲具有翅也能飛行，習慣在地下啃食植物的根莖，所以有些農民認為牠是田中的害蟲。

蟻的洞穴

地面上常可發現一些洞穴，有些是螞蟻巢穴的入口，可以看到工蟻忙碌地進進出出，搬運食物進入自己的地下公寓。

台灣大蟋蟀

直翅目蟋蟀科

台灣最大的蟋蟀，體色黃褐色，頭部大呈圓形，觸角細長，身體粗狀，腹部末端有兩根尾毛，雌蟲有長劍狀的產卵管，常會在地面挖掘洞穴以供躲藏用，低海拔常可發現。蟋蟀與螽蟴都會摩擦前翅而發出聲音，這是雄蟲為了吸引雌蟲前來交配，但同時也會引來天敵。

水面上與溪邊的昆蟲

水面上常見的昆蟲

在水面上活動的昆蟲種類並不多，許多昆蟲可能幼期生活在水中，但到了成熟的時候便浮在水面上羽化，不過是暫時地停留在水面上而已。其他的昆蟲雖然能浮在水面，但是水的表面張力卻會讓這些失足的昆蟲被困在水上直到溺斃。豉甲蟲與水黽是少數眞正能在水面上活動的昆蟲，牠們各自都有一套特殊的方法以適應水面上的生活，完全可以在水面上自由活動、覓食而不受影響。

豉甲

鞘翅目豉甲科

豉甲蟲是一種肉食性的甲蟲，以落水的小昆蟲為食。豉甲蟲的複眼分成上下兩部份，可以同時看到水面上下，上面的複眼查看有沒有食物，下面的複眼則看看有沒有敵人。此外，牠還會表演特技：在水面快速地轉圈圈，造成許多水波。豉甲也會躲藏在水邊的挺水植物叢中。牠的幼蟲也是肉食性，常攀附在水中的植物上捕食其他的小昆蟲。

溪邊常見的昆蟲

由於飛舞中的蝶類會因地面上同伴的顏色而降落，因此，在溪邊常能發現蝴蝶群聚在一起吸水的情景。

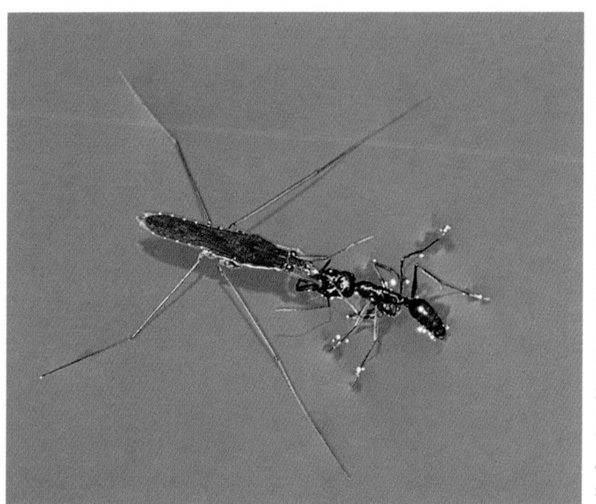

水黽

半翅目水黽科

在池沼或溪邊水流較緩的地區，常可發現水黽。當看到水黽會聚集在落水的其他昆蟲身邊時，許多人覺得水黽滿有同情心的，竟然會去援助同伴，但實際上水黽是感應到了落水的昆蟲在水面上掙扎時所產生的振動，這個訊號代表的是：開飯了，因為水黽就是以這些落水者為食。牠們收到訊號後會迅速集合在落難者身邊，伸出銳利的口吻刺入落難者的身體內開始享用美食。水黽的成蟲有翅能飛，牠的腹面有一些銀白色的毛，那些毛是有毒的，不小心觸摸到會使皮膚刺痛。

溪流中除了石塊以及魚蝦之外，還有許多的昆蟲生活在其中，只是這些昆蟲的體型較小，同時又都躲在石塊之間，所以不容易看到。

寬青帶鳳蝶

鱗翅目鳳蝶科

飛行迅速，翅比較瘦長，翅中間有一縱條半透明的寬帶，後翅有長尾突。夏天常可看到雄蝶在溪邊吸水。鳳蝶中的青斑鳳蝶、青帶鳳蝶、寬青帶鳳蝶在外型及習性上都十分相似，牠們也常混雜在一起，不過從名稱便可區別這三者的異同。

飛舞中的蝶類會因地面上同伴的顏色而降落，因此在溪邊常能發現蝴蝶群聚在一起吸水的情景。

成群的粉蝶
鱗翅目粉蝶科
中南部較為常見，夏季常常整群在溪邊吸水，圖中左起第二隻是雌白黃蝶的雄蝶，左起第三隻則是淡紫粉蝶。

台灣白紋鳳蝶
鱗翅目鳳蝶科
大型的鳳蝶，前翅全黑，後翅有白色的斑紋，常在樹林邊緣的蜜源植物上出現，也常常會在溪邊的濕地上吸水。

姬黃三線蝶
鱗翅目蛺蝶科
中小型的蛺蝶，翅背面為黑色，有三條金黃色的花紋，翅腹面呈淡黃色，上面有黑色的零碎斑紋，成蟲常在花間出沒或在溼地吸水。幼蟲以水麻的葉片為食。

紅邊黃小灰蝶

鱗翅目小灰蝶科

這種蝴蝶當翅合起時最容易辨別，明顯的黃底紅邊。翅的背面則呈深藍色，雄蝶在前翅有藍色的金屬光澤；雌蝶的前翅則顏色較暗，有紅色的斑紋。在溪邊的植物上常可以發現牠們張開翅曬太陽。幼蟲呈扁平的橢圓形，以火炭母草為食。

雙環鳳蝶

鱗翅目鳳蝶科

雙環鳳蝶因發現於北埔，又名北埔鳳蝶，族群數量不是很多，偶而可以在溪邊發現雄蝶吸水，牠的翅背面花紋與烏鴉鳳蝶相似，但後翅的腹面邊緣有兩層紅色的弦月狀花紋，極容易區別。幼蟲以芸香科中的台灣黃蘗的葉片為食。

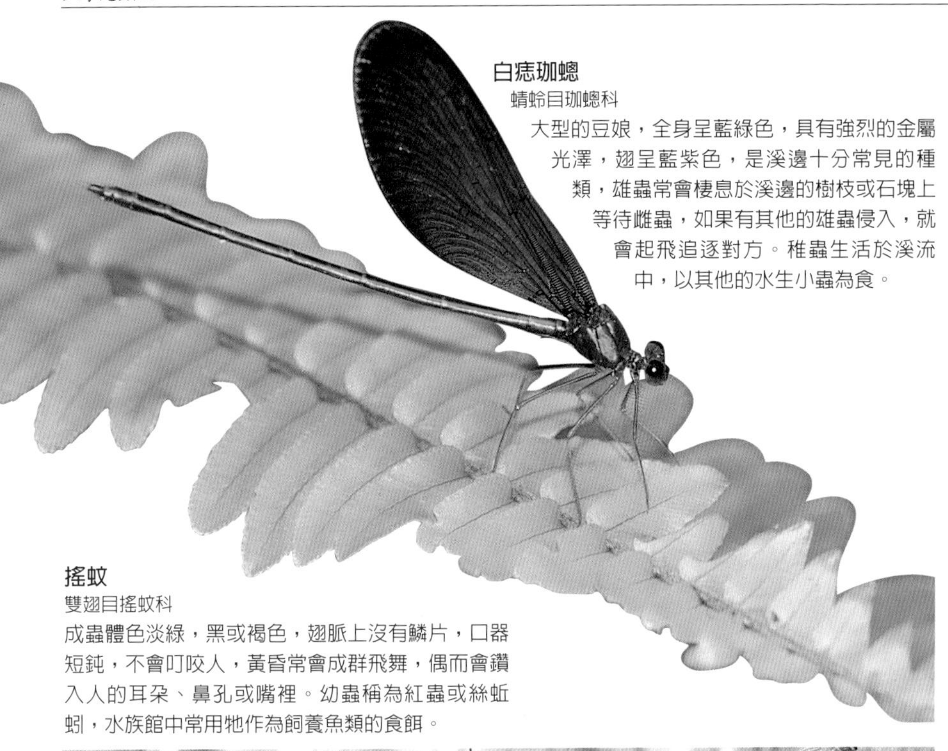

白痣珈蟌

蜻蛉目珈蟌科

大型的豆娘，全身呈藍綠色，具有強烈的金屬光澤，翅呈藍紫色，是溪邊十分常見的種類，雄蟲常會棲息於溪邊的樹枝或石塊上等待雌蟲，如果有其他的雄蟲侵入，就會起飛追逐對方。稚蟲生活於溪流中，以其他的水生小蟲為食。

搖蚊

雙翅目搖蚊科

成蟲體色淡綠，黑或褐色，翅脈上沒有鱗片，口器短鈍，不會叮咬人，黃昏常會成群飛舞，偶而會鑽入人的耳朵、鼻孔或嘴裡。幼蟲稱為紅蟲或絲蚯蚓，水族館中常用牠作為飼養魚類的食餌。

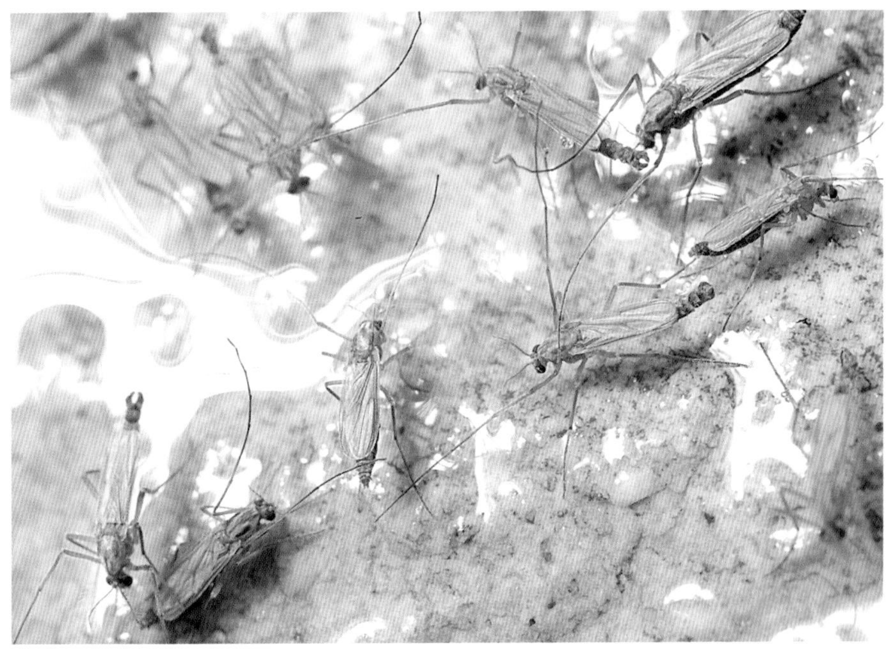

八星虎甲蟲

鞘翅目虎甲蟲科

八星虎甲蟲是最常見的虎甲蟲，青亮的身軀上有六個白斑，複眼發達，常在水邊草地或溪邊沿岸出現，飛行能力強，性情兇悍，會捕食蒼蠅之類的小蟲。幼蟲也是捕食性，會在土中挖掘一條垂直的隧道，躲在中間等待，當有小蟲路過時，便突然地衝出來將獵物拖回洞穴中吃掉。

石蠅的一種

襀翅目

身體柔軟，觸角細長，休息時翅平置於身體背方，腹末有兩根尾毛，幼期生活在清澈的溪水中，比較大的個體常被用來作為魚餌。

蜉蝣的一種

水邊的岩壁上常常會找到這種小蟲，休息的時候會把翅豎在背部，前翅較大，後翅較小或無，腹部末端有2～3根細長的絲狀物。幼期在溪水中的石塊間生活，成蟲口器退化不吃東西。有句話說：「蜉蝣朝生暮死」，其實蜉蝣的成蟲壽命大約一星期，而牠的幼期生活在水中，必須要經過一段時間才能長成，有些種類甚至要經過好幾年才會變成成蟲。

水面下的昆蟲

水生昆蟲依照棲息的環境，可以分成生活在池沼中與溪流中兩種類型。在池沼中活動的昆蟲比較常見的有水蠆、負子蟲、紅娘華、松藻蟲、水螳螂、龍蝨、牙蟲等；在溪中較為常見的有石蠶蛾、石蛉、蜉蝣、石蠅等。水生昆蟲對水中的含氧量、水溫以及忍受水質污染的程度依種類而不同，因此，我們也可以利用溪流中出現的昆蟲種類，來判斷溪流受污染的程度。

負子蟲

半翅目田鱉科

負子蟲的雌蟲在交配以後，會將卵產在雄蟲的背上，而雄蟲就背負著卵一直到若蟲孵化，才會把卵殼丟棄，所以才有負子蟲之名，也有人稱牠為最有父愛的昆蟲。由於雌雄的外形相似，只有在交配季的時候才有辦法一眼就分辨出負子蟲的性別。一般在水溝、水田、小池都可以找到負子蟲的蹤跡，體長大約1～2公分，身體扁平略呈菱形，土黃色，常常需要浮到水面呼吸空氣，以捕食水中的小昆蟲為生，如孑孓、松藻蟲等，行動相當迅速。

水蠆

蜻蜓和豆娘的稚蟲通稱水蠆，又叫水乞丐。但是豆娘的稚蟲在腹部末端有三片像葉子一樣的鰓，而蜻蜓的稚蟲則沒有，蜻蜓稚蟲的鰓在肚子裡，稱為直腸鰓。水蠆在水中靠著發達的下唇來捕捉其他的小動物，幾乎水中所有的小動物像小魚、蝌蚪以及其他的水生昆蟲，都是牠們菜單上的美食。水蠆通常都是攀爬在水中的植物上，等待獵物經過，再突然伸出牠的下唇捉住獵物。

水螳螂

半翅目水螳螂科

體型瘦長像根竹竿，前足和紅娘華一樣也是捕捉足，腹部末端也有一根呼吸管，可以伸出水面呼吸空氣。牠喜歡攀爬在水中的枯枝上，以吸食獵物的體液為生，獵物包括了其他的水生昆蟲以及小蝌蚪。

大田鱉

半翅目田鱉科

這是水生的半翅目昆蟲中最大型的一種，成蟲的體型相當於成人的手掌大小，身體呈土黃色，腹部末端有一粗短的呼吸管，前足發達呈鐮刀狀，多以水中其他動物為食，甚至連蛙類也難逃一劫。目前在台灣僅分布在恆春半島、岡山、三峽、北新莊等有限的幾個地方。

密佈水草的池沼中有許多水生昆蟲躲藏在水草之間，例如紅娘華、負子蟲、龍蝨等都是池沼中十分常見的水生昆蟲。

松藻蟲
半翅目松藻蟲科
由於這種蟲習慣仰泳，所以又稱為仰泳蝽。牠的體型較小，後足特別長主要用來划水，以捕捉靠近水面的孑孓等水蟲為食，行動迅速活潑，時常會浮到水面換氣。通常在水田、水池或水溝中都可以找到。

龍蝨

鞘翅目龍蝨科

龍蝨在水中活動靈敏，流線的體型，後足扁平長滿細毛，好像船槳一樣可用來游泳，以捕食小動物或啃食其他動物的屍體維生。幼蟲也是肉食性，身體瘦長頭部發達，有一對長牙可以捕獵水中其他的動物，並吸食這些獵物的體液，幼蟲成熟以後，會鑽到水邊的泥地中化蛹。

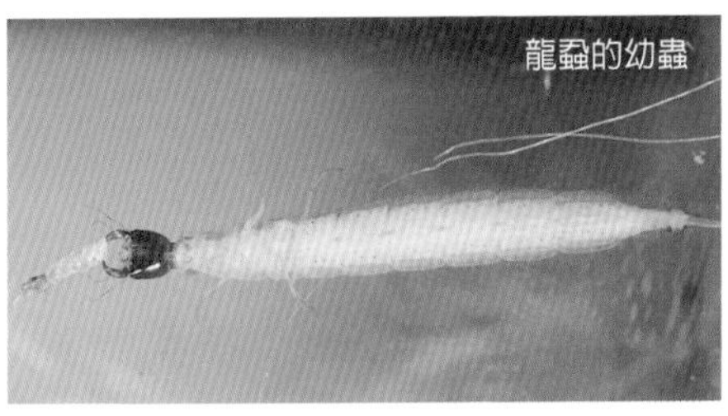

龍蝨的幼蟲

牙蟲

鞘翅目牙蟲科

外形和龍蝨相似，也是水生的甲蟲，但腹面中央有一根突起，是龍蝨所沒有的。牠的後足發達成槳狀，在水中活動敏捷。幼蟲也是水生，頭部發達具有兩根長牙，身體呈長紡錘形，常攀附在池中的水草上。

紅娘華

半翅目水螳螂科

體型扁平，前足發達成鐮刀狀，口器為刺吸式，腹部末端由尾毛形成呼吸管，可以伸出水面呼吸。紅娘華屬於肉食性，喜歡在水田或小水池的邊緣活動，牠用前足捕捉其他的小動物後，吸食獵物的體液；一遇到敵害就假死，六隻腳伸得直直的，好像一片枯葉在水中漂浮一樣。紅娘華成蟲也會飛，當水塘的水乾涸或食物不夠的時候，牠們就會飛走，另外尋找一個水塘過活。

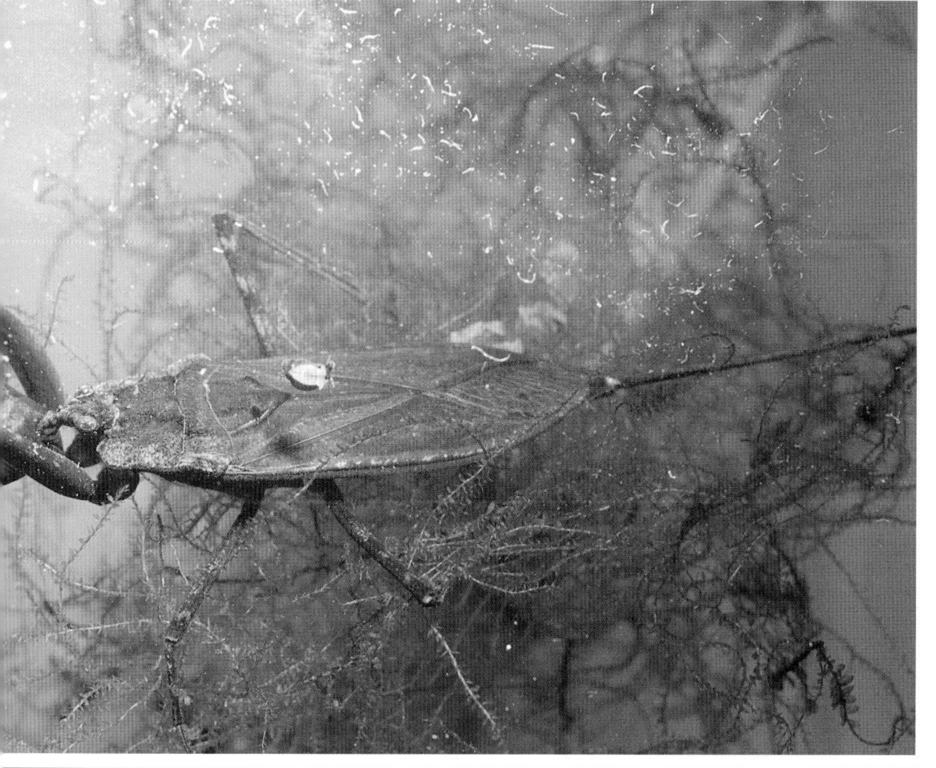

菱蝗的一種
直翅目菱蝗科
菱蝗是水邊常見的昆蟲，以苔蘚及藻類為食。牠的背板延長遮蓋腹部，略呈菱形。菱蝗不只是善於跳躍，當遇到驚擾的時候也會潛入水中，以避敵害。

紅蟲（絲蚯蚓）
雙翅目搖蚊科
又稱為絲蚯蚓，是池塘、溝渠中十分常見的昆蟲。當然，牠並不是蚯蚓，而是雙翅目搖蚊的幼蟲，因其體內含有血紅素所以才呈紅色。在水中棲息時會不斷地擺動身體。

將溪流中的石塊翻開就可以找到石塊上附著的各類昆蟲。

溪流中有許多種的昆蟲躲在石塊底下，可以找找看到底有那些昆蟲。

石蛉的幼蟲（水蜈蚣）

廣翅目石蛉科

石蛉幼蟲的大顎發達，身體瘦長，腹部各節有細長的氣管鰓，看起來好像蜈蚣一樣，所以釣魚的人稱之為水蜈蚣。牠喜歡在石縫間捕食其他的水生昆蟲，幼蟲老熟以後，會爬到岸邊鑽入泥地中化蛹。無論幼蟲或成蟲，牠那銳利的大顎都令人招架不住。

石蠅的稚蟲

襀翅目

石蠅的稚蟲喜歡藏匿在溪中的石塊間，牠的腹部兩邊有氣管鰓，常趴在石塊上讓水流通過，在一般的溪流中都可以找到。

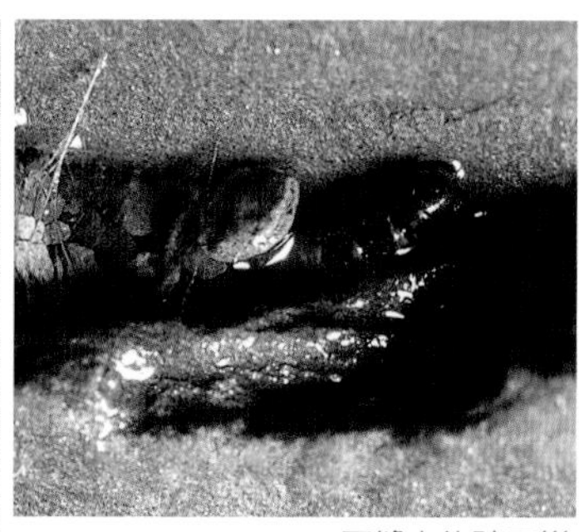

石縫中的碎石巢

石蠶蛾的幼蟲

毛翅目

毛翅目石蠶蛾的幼蟲，頭部細長而身體粗胖。牠們在石縫間用絲將碎石、枯枝組成巢，利用自己的巢來過濾食物，通常牠們喜歡將巢築在水流湍急的石塊下，在污染較少的溪流中數量較多，有些種類也會在池沼中出現。

石蠶蛾成蟲

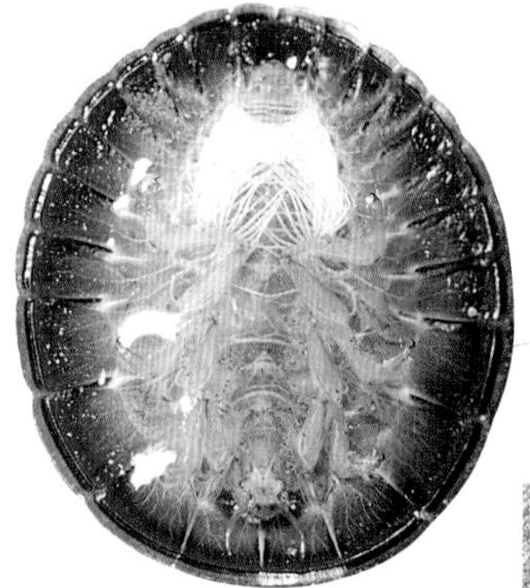

扁泥蟲的幼蟲

鞘翅目扁泥蟲科

扁泥蟲也屬於甲蟲家族的一員，成蟲在地面上活動，體型有點像金龜子。幼蟲在水中生活，通常比較乾淨的溪流中才能找到，由於體型扁圓，平貼在石頭上，也有人稱牠們叫水錢，成熟的幼蟲會鑽入土中化蛹。因為牠的幼蟲喜歡清潔的溪水，所以可以用牠們來作為水源污染的指標生物。

獨角仙雌蟲頭上沒有犄角

獨角仙
鞘翅目金龜科
獨角仙雄蟲頭上長著長犄角，是小朋友的最愛，造型十分威武。雌蟲則沒有角，外型像一般的金龜子。每年六、七月在郊外的路燈下常常可以看到，牠們喜歡吸食樹汁或是腐爛的果汁，爛鳳梨更是牠的最愛，幼蟲以腐植土、堆肥為食，幼蟲期大約十個月左右。

夜晚常見的昆蟲

喜歡在夜晚活動的昆蟲稱之爲夜行性昆蟲。多數的蛾類喜歡在晚上出來尋找食物，另外還有一些甲蟲，像小朋友十分喜愛的鍬形蟲、獨角仙還有天牛，牠們也會在夜晚出來活動、覓食、尋找配偶。

大多數的夜行性昆蟲都具有趨光性，所以我們可以在明亮的路燈下找到許多夜行性的昆蟲。一般來說，如果希望能在路燈下找到比較多的種類，最好是在比較靠近山區，而附近的樹林較少受到破壞的地方，會有比較好的收穫。當然，不同種類的昆蟲出現的環境海拔高度也不同，有些昆蟲比較常出現在中高海拔的山區，較少出現在低海拔或平地，例如鍬形蟲中的高砂深山鍬形蟲。有些種類的昆蟲只在低山或是平地出沒，像是獨角仙就很少能在1500公尺以上的山區發現。

這些路燈下被燈光吸引來的昆蟲，有的會停在地面上，有些會停在燈光旁的植物上，所以想要找尋牠們，只有一個方式：用手電筒仔細的尋找。

夜間活動的昆蟲並非都具有趨光性，其中有的只出現在黑暗的角落，也就是負趨光性的昆蟲，那就是螢火蟲了，所以想要找螢火蟲，就要到黑漆漆的地方才能看得到。

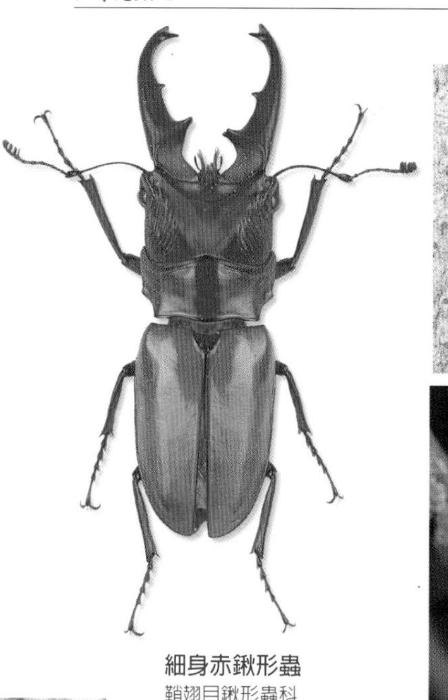

小兜蟲

鞘翅目金龜科

體長約2公分，體色黑，前胸背板有一凹陷，雄蟲頭部有一小角，夜間在路燈下常常可以看得到，夏秋季經常出現。

細身赤鍬形蟲

鞘翅目鍬形蟲科

中小型的鍬形蟲，體色呈黃褐色，頭部較前胸寬闊，眼後有幾條皺紋，夏秋時出現在中海拔的山地。

核桃象鼻蟲

鞘翅目象鼻蟲科

大型的象鼻蟲，背上有瘤狀突起，身體呈灰褐色，夜間有趨光性，常會飛到路燈附近。幼蟲蛀食松樹的樹幹。廣泛分佈在中低海拔山區。

台灣深山鍬形蟲

鞘翅目鍬形蟲科

台灣特有種，體長可以達到8.5公分，雄蟲的頭部有方方的耳狀突起，大顎的尖端有分叉，同時在大顎的中間還有一根叉狀的突起，是中海拔山區十分常見的種類之一。

螢火蟲是夜間最為特殊的昆蟲，牠們和其他在夜間活動具趨光性的昆蟲不同，只會聚集在黑暗的地方，稱之為負趨光性。

金毛天鵝絨天牛

鞘翅目天牛科

雄蟲觸角長約身體的1.5倍，全身被覆著金色絨毛，夏季夜間常出現在中低海拔山區的路燈下。

黃星姬深山天牛

鞘翅目天牛科

體色黑、綴有淡黃色的碎斑點，前胸兩側有縱條，觸角十分長，在低中海拔山區是是常見的種類。

雙紋褐叩頭蟲

鞘翅目叩頭蟲科

中大型的叩頭蟲，體色為深灰色，翅鞘上有兩塊黑斑，當牠停息在朽木或樹幹時，不易被發現，白天多靜靜地停息在樹幹或朽木上，夜晚具有趨光性，會飛到路燈下。中低海拔山區廣泛分佈。

青胸步行蟲

鞘翅目步行蟲科

夜間在郊野的燈光下，常常可以在路燈附近的植物上找到一些小型的步行蟲，步行蟲的體型一般都可以用葫蘆來形容，牠們具有發達的大顎和細長的觸角，極容易辨認。

黑豔甲

鞘翅目黑豔甲科

這種甲蟲外型與鍬形蟲十分相似，也具有發達的大顎，但是觸角可以捲曲，與鍬形蟲的膝狀不同。遇到危險時會磨擦胸部的板片發出唧唧的聲音，以嚇走敵人。成蟲於夏秋之間十分常見。幼蟲也是以朽木為食，成蟲常會在朽木中照顧幼蟲。

雙斑埋葬蟲

鞘翅目埋葬蟲科

屬於腐食性的甲蟲，以其他動物的屍體為食，觸角呈球桿狀，末端好像豆子一樣，翅鞘大約只有體長的三分之二，腹部末端會露出來，身上常有一些紅色的小蜘蛛寄生，帶有一身的腐屍味。埋葬蟲中除了紅胸埋葬蟲之外，幾乎都有趨光性。

大迴偽步行蟲

鞘翅目偽步行蟲科

體長約3公分，體色暗綠有金屬光澤，翅鞘上有縱條，夜間具趨光性，幼蟲以朽木為食。春夏間常出現在北部郊野山區附近有燈光的枯樹上。

長臂金龜

鞘翅目金龜科

台灣產的金龜子中最大型的一種，體長大約有5～7公分，一般要在中海拔林相比較好的地方才看得到。雄蟲的前足特別長，前胸為金綠色，翅鞘上有許多細碎的花紋，腹面有許多絨毛，十分特殊；雌蟲的外型則與一般的金龜子相似。長臂金龜也是台灣的保育類昆蟲，6～9月間出現較多。

白麗刺蛾

鱗翅目刺蛾科

全身有毛，足部也密布細毛，夜間在燈光下頗為常見。

黃豹天蠶蛾

鱗翅目天蠶蛾科

中大型的蛾類，翅呈淡黃色，前後翅都有紅褐色的眼紋，翅展約12公分，屬於天蠶蛾類的一種，秋季多出現於中高海拔山區。

烏麗燈蛾

鱗翅目燈蛾科

烏麗燈蛾的翅呈黑色有白色的碎斑點，有金屬光澤，燈下十分常見。燈蛾是蛾類中的一個大家族，種類繁多，在路燈下一年四季均可發現，成蟲的體色鮮明，腹部多為紅色或是黃色的。

青枯葉蛾

鱗翅目枯葉蛾科

在夜間的路燈下十分常見，看起來圓圓胖胖的，身上及翅都有細毛，停息的時候，後翅會露在前翅的邊緣，翅呈青綠色，體型中大，夏秋時較多。

四眼綠尺蛾

鱗翅目尺蠖蛾科

夜間在路燈下十分常見的蛾類，翅薄呈淡綠色，前後翅各有一黑色的點紋，翅邊緣不規則。分佈於中低海拔山區。

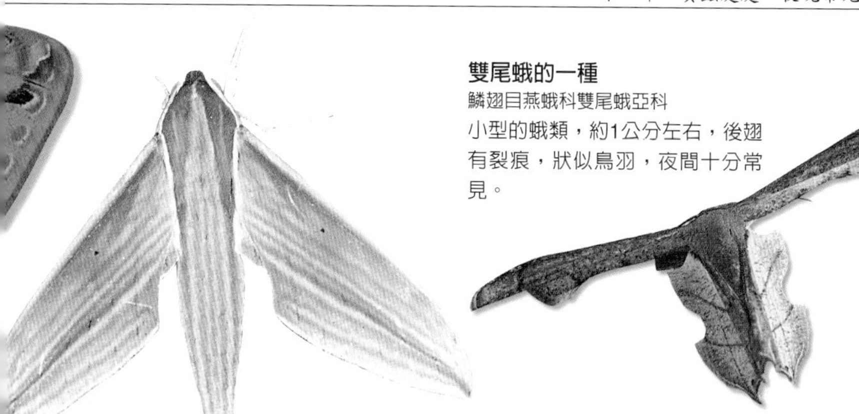

雙尾蛾的一種

鱗翅目燕蛾科雙尾蛾亞科

小型的蛾類，約1公分左右，後翅有裂痕，狀似鳥羽，夜間十分常見。

泛綠背線天蛾

鱗翅目天蛾科

身體流線形，身體粗壯，翅狹長，飛行迅速，以吸食花蜜為生，翅呈淡綠褐色有綠色的條紋，背部呈綠色。夜間十分常見，具強趨光性。

四黑目天蠶蛾的幼蟲

長尾水青蛾

鱗翅目天蠶蛾科

天蠶蛾的一種，身體白色有密毛，翅呈青綠色，後翅有長尾狀突起，四月開始出現，幼蟲取食楓香的葉子，成熟的幼蟲會在樹幹或靠近基部的地方結繭，廣泛分佈於中低海拔山區。

赤星蝽象

半翅目星蝽科

鮮紅的體色上，背方有兩個黑點，這是赤星蝽象最大的特徵。牠以吸食植物的汁液為生，夜間有趨光性，常聚集在燈下。

黃石蛉（大齒蛽）

廣翅目石蛉科

廣翅目的代表性昆蟲，幼蟲時期在水中為生，也就是一般人所稱的水蜈蚣，成蟲在夜間具有趨光性會飛到燈下，飛行時前後翅並不連接，且飛行速度緩慢。由於成蟲具有發達的大顎，因此又名大齒蛽，是夜間十分常見的昆蟲。

大蚊的一種

雙翅目大蚊科

外形與蚊子相似，但大蚊的足部特別長。因具有趨光性，夜間常出現在路燈下，但不會叮咬人類，對人無害。有些大型的種類足長約5、6公分，十分可觀。圖為交配中的大蚊。

草蛉的一種

脈翅目草蛉科

複眼相當發達，觸角細長如絲，身體細瘦，翅呈長卵圓形，飛行時前後翅並不相連。主要以捕捉其他小昆蟲如蚜蟲、介殼蟲等為食。其肉食的特性，在國外已被用在生物防治法的推廣上，國內也有相關的研究。

提燈的小精靈——螢火蟲

發光中的雄螢

大多數的昆蟲都無法自行發光，即使能發光，也是藉由一些寄生在身上的發光菌。但是火金姑，也就是螢火蟲，是昆蟲中能靠自己發光的。

螢火蟲的腹部末端具有發光器，雄蟲有兩節而雌蟲只有一節，發光器的表皮透明，裡面有許多像葉片一樣的小葉，是由發光細胞所組成，內層可以反射光線，又稱作反射層。螢火蟲的發光是靠著發光器裡的化學物質加上水，經過氧化的反應而產生的。

螢火蟲的發光可以引誘異性，傳遞雌雄之間的訊號，也可以威嚇敵人，有些種類的螢火蟲還會模仿其他種類的發光訊號，把別種螢火蟲吸引過來，再抓起來吃掉。

在台灣，螢火蟲一般依幼蟲時期生活的環境，大致分成水生、陸生、半水生三大類。其中水生的黃緣螢，幼蟲在不受污染的水稻田、山溝，甚至小溪中都能找到，牠們在水中捕食田螺等螺類為生，等到成熟以後，會離開水中鑽入岸邊的土中化蛹；而陸生的螢火蟲幼蟲，則是在山壁、草叢中捕食蝸牛為生。

目前台灣的螢火蟲會變少，農藥的大量使用是一大因素，另外光害嚴重也會讓螢火蟲無處可去，找不到異性，因為牠們的光和路燈相較之下，實在太微不足道了。如果希望能再看到往日遍地螢火蟲的光景，那麼整治被污染的環境便是刻不容緩的課題了，只有還給牠們一個乾淨的地方，才能讓後代子孫不再只是從書上看到這些提著燈籠的小精靈。

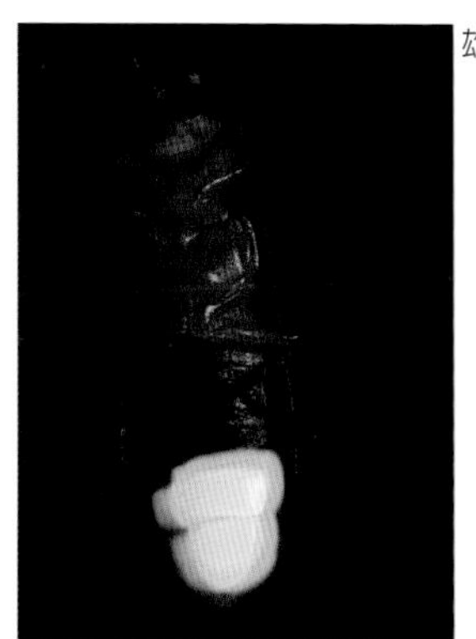
雄螢的發光器有兩節，雌螢的發光器只有一節。

黃緣螢是最常見的水生螢火蟲，圖為正在吃食螺類的幼蟲。

農田與菜園中的昆蟲

田中比較常見的昆蟲多數都是以農作物爲食，另一部份則是以這些「害蟲」爲食的捕食者，田間的昆蟲相一般都是種類少而數量多。許多的昆蟲本來可能一輩子也不會和人類有任何的關係，但是因爲人類不斷地開發土地，種植各種作物，使得一些昆蟲的食物減少了，於是這些爲了塡飽肚子的昆蟲到處尋找新的食物，突然發現人類種植的作物十分可口美味，就把農作物當成新的目標，於是一種新的害蟲就出現了，同時，由於充足的食物供應，這些昆蟲開始大量地繁殖並且造成農民的損失，於是農民便使用農藥來殺死這些害蟲，但是一些原本以這些 「害蟲」爲食的天敵，卻不敵這些農藥而死亡。

然而，這些害蟲因其生命周期較短，很容易對農藥產生抗藥性，於是乎農民又用了更強的農藥來對付這些害蟲…，如此循環下去，使得害蟲抗藥性越強，天敵越來越少，反而造成農民更多的損失，不僅沒有達到除蟲的效果，反而要花費更多的金錢，更嚴重地傷害了我們居住的環境。

有些時候總不免讓人產生疑問，到底這些昆蟲是人類的「害蟲」，還是「被人類害的蟲」。

台灣紋白蝶
鱗翅目粉蝶科
全身粉白色，後翅有黑色的斑點，幼蟲以十字花科的植物為食，高麗菜、花菜、油菜都是牠們的最愛。

油菜是十字花科的植物，而十字花科的植物是紋白蝶的最愛，所以在油菜田中，整年都可以看到翩翩飛舞的紋白蝶。

二化螟的幼蟲

二化螟

鱗翅目螟蛾科

為害水稻，幼蟲以水稻的葉片為食會吐絲將稻葉捲起，並躲在其中，於夜間外出啃食葉片。由於每年成蟲發生兩代，所以稱為二化螟。

以玉米為食的昆蟲往往成為農民的大敵，像是玉米螟等都是玉米中常見的害蟲。

外米綴蛾

鱗翅目螟蛾科

成蟲體長約1～2公分。幼蟲會蛀食穀粒，常造成危害。由於繁殖力強，農政單位常用來作為培養寄生蜂的食餌。

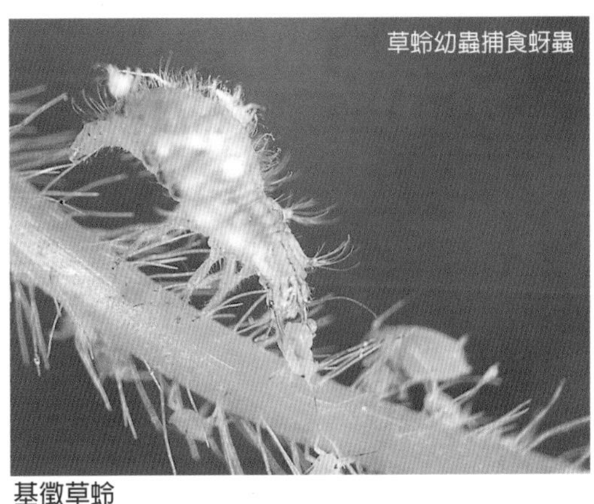

草蛉幼蟲捕食蚜蟲

基徵草蛉

脈翅目

身體呈青綠色，複眼發達，觸角細長呈絲狀。肉食性，以捕捉小昆蟲為食，因其常捕食蚜蟲及介殼蟲等田間害蟲，所以被視為益蟲，農林單位常大量繁殖草蛉並於田間釋放以控制害蟲的數量。

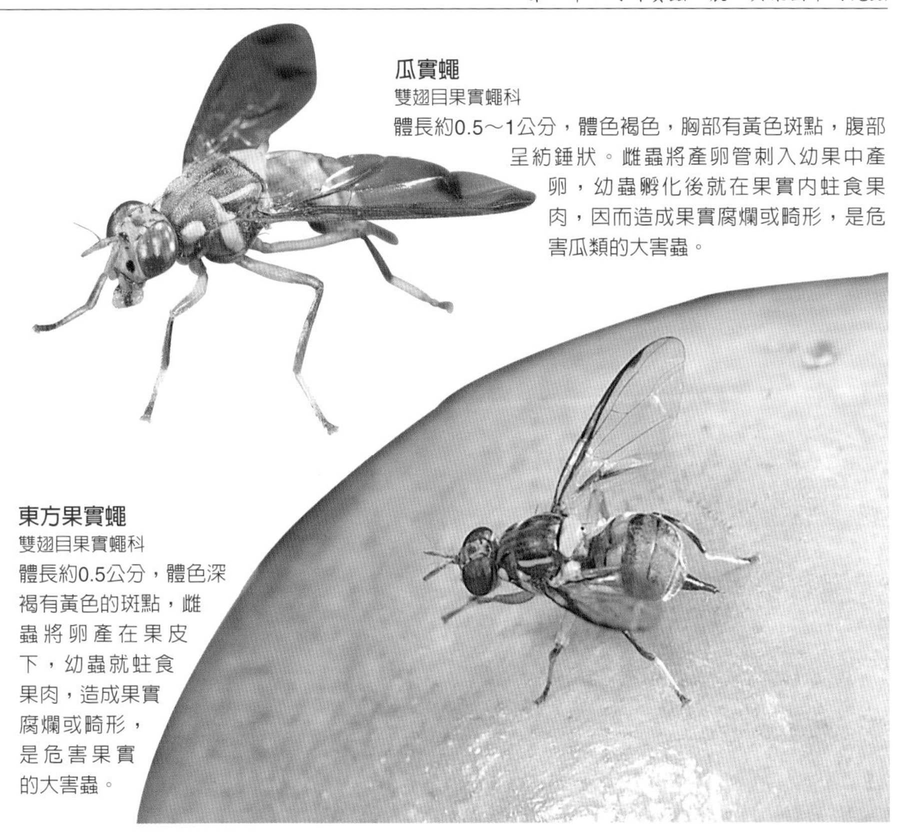

瓜實蠅

雙翅目果實蠅科

體長約0.5～1公分，體色褐色，胸部有黃色斑點，腹部呈紡錘狀。雌蟲將產卵管刺入幼果中產卵，幼蟲孵化後就在果實內蛀食果肉，因而造成果實腐爛或畸形，是危害瓜類的大害蟲。

東方果實蠅

雙翅目果實蠅科

體長約0.5公分，體色深褐有黃色的斑點，雌蟲將卵產在果皮下，幼蟲就蛀食果肉，造成果實腐爛或畸形，是危害果實的大害蟲。

芭樂園中常可看到農民用套袋將芭樂套起來，目的就是阻止瓜實蠅及果實蠅在果實上產卵。這些蠅類是果園中常見的害蟲。

褐飛蝨的若蟲

同翅目飛蝨科

小型的昆蟲，體型僅約0.5～1公分左右，以吸食植物的汁液為生，在田間常因數量過多而造成作物的發育不良，同時牠們在吸食汁液時所造成的傷口還會使作物傳染一些疾病。

昆蟲可以吃嗎？

許多昆蟲都是可以食用的，在東南亞、非洲等熱帶地區，對當地的土著而言，昆蟲是最容易獲得的動物性蛋白質，像一些天蠶蛾、天牛的幼蟲，都是當地人心中的美食。在泰國的市場上，也常常把水生昆蟲中的大龍蝨、田鱉作為食品販售。在中藥上，也常常利用昆蟲作為藥材，例如蟬蛻、地膽（就是所謂的斑蝥）、紅娘子（黑翅蟬）等。依據一些學者的分析，昆蟲所含的蛋白質、維生素等的比例極高，同時脂肪的含量不高，是十分營養的食物來源。

關於益蟲與害蟲

瓢蟲是大家所熟悉的益蟲，因為牠會捕食蚜蟲、介殼蟲這些為害農作物的害蟲，幫助農夫控制這些害蟲並減少損失。蠶寶寶會吐絲，我們可以利用牠們吐的絲製作許多物品，比如衣物、絲被、降落傘，所以蠶寶寶也是一種對人們很有幫助的益蟲。蚊子會吸血並傳播許多的疾病，所以是大害蟲，蟑螂在家中偷吃我們的食物並且傳播許多的病菌所以也是大害蟲。

其實益蟲與害蟲的分別並沒有一定的規則，完全因人類的立場而異，對人有好處的就稱作益蟲，相反的就稱作害蟲了。例如螳螂對種植稻作的農夫來說是益蟲，因為牠捕食了許多吃食稻葉的昆蟲，但是對一個養蠶的人來說，螳螂可能就不太受歡迎了，因為養殖的蠶蛾可能會填了螳螂的肚子。

都市中常見的昆蟲

都市中大多數的植物都是人工栽種的，所以昆蟲的種類自然也就比不上郊野的豐富。但是長久以來依然有一些能夠適應這種環境的昆蟲，甚至有些種類的昆蟲在城市中比在郊外的數量還多，只是生活在都市中的人比較忙碌，沒有留意到這些身邊的小動物而已。

黃腰胡蜂
膜翅目胡蜂科
頭部及胸部呈暗褐色，腹部前半呈鮮黃色，後半呈黑色，常出現在垃圾場尋找食物。常築巢於建築物上，並常出現於人口密集的區域，是胡蜂中較特殊的一群。

青帶鳳蝶
鱗翅目鳳蝶科
可說是最常見的鳳蝶，常可看到牠們在市區出現。青帶鳳蝶的體型較小，飛行十分迅速，翅比較瘦長，前後翅黑色，中間有一條青色的帶狀斑紋，所以稱之為青帶鳳蝶。幼蟲以樟樹的葉片為食。

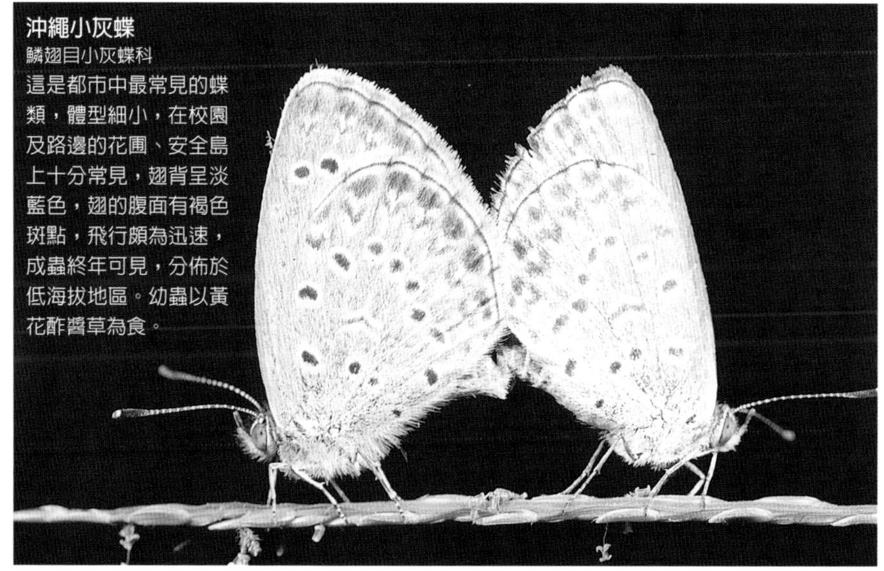

沖繩小灰蝶
鱗翅目小灰蝶科
這是都市中最常見的蝶類，體型細小，在校園及路邊的花圃、安全島上十分常見，翅背呈淡藍色，翅的腹面有褐色斑點，飛行頗為迅速，成蟲終年可見，分佈於低海拔地區。幼蟲以黃花酢醬草為食。

變側異腹胡蜂
膜翅目胡蜂科
胡蜂家族中的長腳蜂成員，常在市區出現，有時會在家中的陽台或走廊的屋頂築巢，巢呈蓮蓬狀，基部有柄，這種蜂的性情較為溫和，攻擊性不強，可放心觀察。

小十三星瓢蟲

鞘翅目瓢甲科
瓢蟲體表的斑點常被作為分類的依據，斑點的大小、位置、顏色都可以作為辨認特徵，但也有些種類在不同個體間花紋差異蠻大的。小十三星瓢蟲體長約1公分左右，身體呈紅色，上有十三個黑點，多以蚜蟲或介殼蟲為食，在學校或公園中的灌木叢都可以找到。

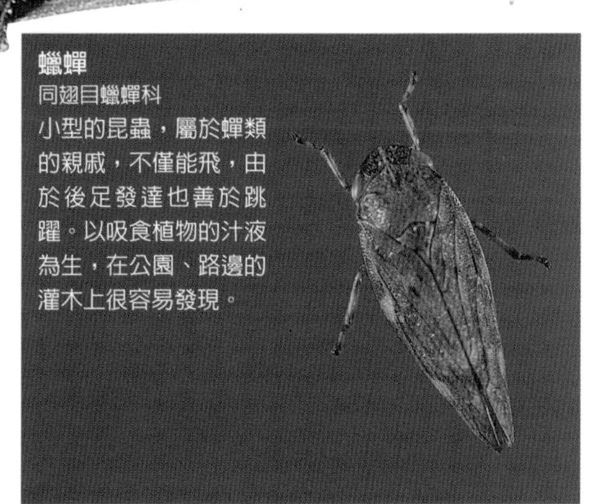

蠟蟬
同翅目蠟蟬科
小型的昆蟲，屬於蟬類的親戚，不僅能飛，由於後足發達也善於跳躍。以吸食植物的汁液為生，在公園、路邊的灌木上很容易發現。

馬纓丹是都市公園中十分常見的蜜源植物，當馬纓丹開花時可以在上面找到許多前來覓食的昆蟲。

無尾鳳蝶

鱗翅目鳳蝶科

都市中很容易見到的鳳蝶，體型中等，翅的花紋是淡黃色的底配上黑色的斑紋，幼蟲以柑橘類的葉子為食，所以只要家中的庭園或陽台有一盆柑橘類的盆栽，很容易就會發現無尾鳳蝶飛來產卵。但是這些蝴蝶的幼蟲常被胡蜂捕獵，能羽化的機會不多。

蝗的一種

直翅目蝗科

中小型的蝗蟲，身體青綠色，有褐色的條紋。是水稻的害蟲但也常出現在公園及學校的草叢中，以啃食植物的葉片為生，是一般俗稱的蚱蜢。

暮蟬

同翅目蟬科

腹部半透明略似中空，體長約五公分，鳴聲響亮，是郊區樹上十分常見的中大型蟬類，盛夏時數量最多。

寬腹螳螂

螳螂目螳螂科

大型的螳螂，身體多為草綠色，也有褐色的個體，成蟲的腹部寬闊，雌蟲的體型較雄蟲為大。若蟲時期腹部會向上翹起，在公園或校園中的植物上常可發現牠們，以捕食其他的昆蟲為食。圖為寬腹螳螂的若蟲。

居家常見的昆蟲

蟑螂、蚊子、螞蟻、蒼蠅等等都是家中常見的昆蟲，其中最令人無法忍受的通常是蟑螂和蚊子，而蒼蠅已經較少在家中出現了。

蟑螂

「蟑螂」是一般的俗稱，牠正式的名稱叫蜚蠊，一般家中出現的多半是舶來品，像體型較小、呈灰色的德國蜚蠊、咖啡色的澳洲蜚蠊以及美洲蜚蠊等。這些蟑螂經由人類的旅遊、貨運，可說幾乎遍佈全世界的城市了，尤其在人類的廚房，更是這些蟑螂大量繁殖的天堂，如果廚房的食物沒有處理好，牠們立刻就會聞香而來，家中的廚餘垃圾更是牠們聚集的餐廳，這些一身細毛、黝黑油亮的東西又帶著一身的異味，被牠們爬過的食物也會留下那種奇異的怪味，加上刺毛上攜帶的病菌會傳染許多疾病，眞是令人欲除之而後快。

然而，蟑螂也不失爲方便的觀察對象。有時會看到蟑螂尾部帶有一顆紅豆形的東西，那是蟑螂的卵筴，每一個卵筴裡面有15～ 20顆卵。剛孵化或是剛脫皮的蟑螂是白色的，過一段時間顏色就會變深。家中的蟑螂成蟲有翅會飛，喜歡躲藏在陰暗的狹縫中或是下水道裡，晚上才出來覓食。蟑螂的生命力很強，可以很久都不吃東西，也可以忍受許多極嚴重的污染，所以曾經有人開玩笑說：以後人類可能會被蟑螂所取代。實際上蟑螂眞是十分古老的昆蟲，甚至比人類還早出現在地球上。據考證，在恐龍

家中常見的蟑螂

澳洲蜚蠊，體色呈咖啡色，前胸背板邊緣橙黃色，翅基部兩側有黃色條紋。

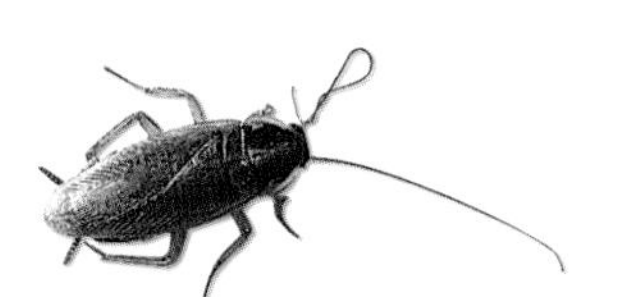

德國蜚蠊，小型的蟑螂，體長大約1～2公分，體色灰褐，前胸背板有兩條黑色縱紋。

美洲蜚蠊， 體色呈咖啡色，前胸背板後半顏色較淺。

時期，蟑螂就已經在地球上到處遊蕩了；而在原始人時代，蟑螂就已經發現人類是個很好的生活伙伴，早如影隨形地生活在人類生活的周遭，享受著人類的食物、安全的生活環境，而人們和蜚蠊的戰爭大概就是從那時候開始的。

螞蟻

另外家中常見的昆蟲還有螞蟻，包括了小黃家蟻、大頭家蟻、琉璃蟻等，這些螞蟻的體型都不大，但只要一不小心打翻了果汁，掉了糖果餅乾，這些不速之客馬上就會把這些食物包圍，打包準備帶走。螞蟻是屬於膜翅目的昆蟲，和蜂類是親戚，發達的頭部、彎彎的膝狀觸角、結實的胸部以及鎚狀的腹部，是牠們最大的特徵。

吸食腐果的蒼蠅

蟻族的社會分工健全：外出打探的偵察部隊，四處尋找任何可以吃的東西，一發現食物時立刻回報，大隊工蟻馬上尾隨著偵察兵留下的味道，尋找到食物所在的地點，將食物運送回巢，另外還會有一些體型比較大的兵蟻當隨隊保鑣，預防其他巢的蟻族出來搶奪食物。

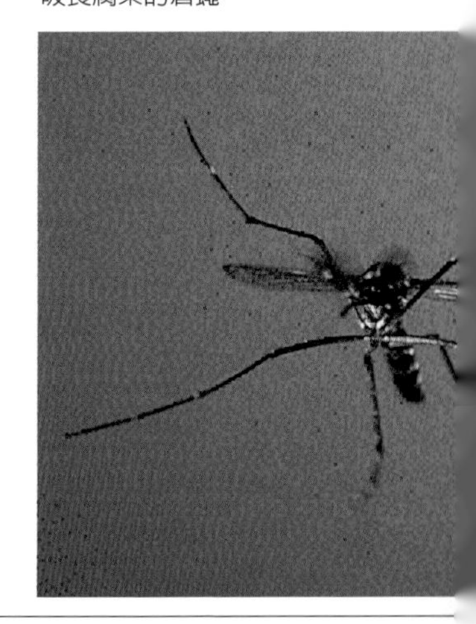

螞蟻在家中的住所不一，有些在牆縫築巢、有些在地板或天花板的空隙間築巢，當牠們發現沒有收好的菜餚或糖果餅乾時，就會大隊出馬把食物搬回家，這時候會發現牠們總是順著一條隱形公路前進，如果在隊伍的中間噴灑殺蟲劑，常常會造成一陣混亂，好像牠們突然找不到路了，這是因爲螞蟻在行進間會分泌一些化學物質，作爲標記，提供自己的同伴各種訊息並作爲記號，當牠們循著記號前進時，一旦記號突然被殺蟲劑所取代就會產生騷動。另外，螞蟻也是大力士，別看牠們小小的身軀，

紅眼睛的大頭麗蠅

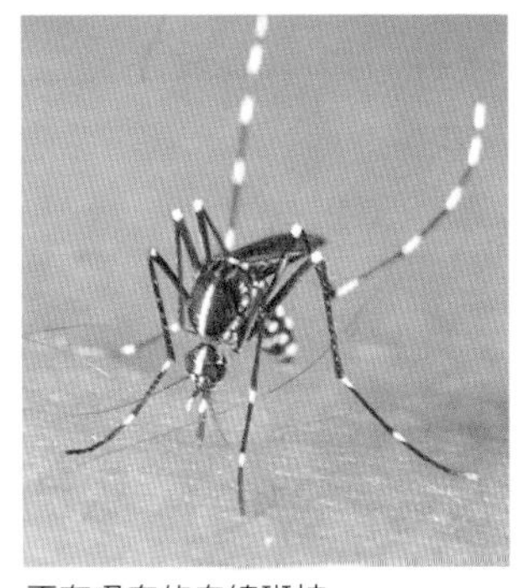
正在吸血的白線斑蚊

飛行中的蚊子

卻能抬起比自己重幾十倍的食物，等於一個人可以隨手舉起一輛汽車呢！

有些時候市面上許多的殺蟲劑對螞蟻好像起不了作用，這時候可以試試一些廚房的清潔劑，效果還不錯，不過最好是家中各種食物都妥善收藏，使得螞蟻沒有辦法在家中找到食物，這樣牠們自然就會另覓一個食物比較豐富的地方作爲築巢的地點。

蚊子、蛾蚋

蚊子也是許多人厭惡的昆蟲，除了太多的疾病是由蚊子所傳播，而且被叮咬後會造成皮膚紅腫搔癢之外，還有一個很重要的原因是：在睡眠中被牠的嗡嗡聲所驚擾，使人徹夜難眠。

一般在家中對人造成困擾的是雌蚊，因爲雌蚊需要吸血才能提供自身產卵所需要的養份，而雄蚊則不會叮人，雌蚊在交配後會獨自尋覓產卵的地方，以躲避雄蚊的打擾。市面上有一種驅蚊器就是利用這種方法製造雄蚊的鳴聲，使會叮人的雌蚊遠離，但這種器具不是對所有的蚊子都有用。

家中常見的蚊子有斑蚊、家蚊、瘧蚊等好多種，不同的蚊子其停息和吸血的動作、角度，還有產卵的環境都不一樣，所以我們可以依據這些不同的地方加以辨認。停息時身體抬起的角度比較大的是瘧蚊，家蚊與斑蚊在停息的時候，身體都和接觸面呈平行。斑蚊比較喜歡室外的環境，目前最引人注目的就是登革熱的媒介：埃及斑蚊和白線斑蚊，要除去這類的蚊子，只要維護居家環境的清潔，室內外都不要讓蚊子有產卵繁殖的處所，也就是注意不要有積水的容器，並且隨時清除廢棄物，不讓牠們

蛾蚋屬於雙翅目蛾蚋科，是廁所、廚房等潮溼的地方常見的小蟲。

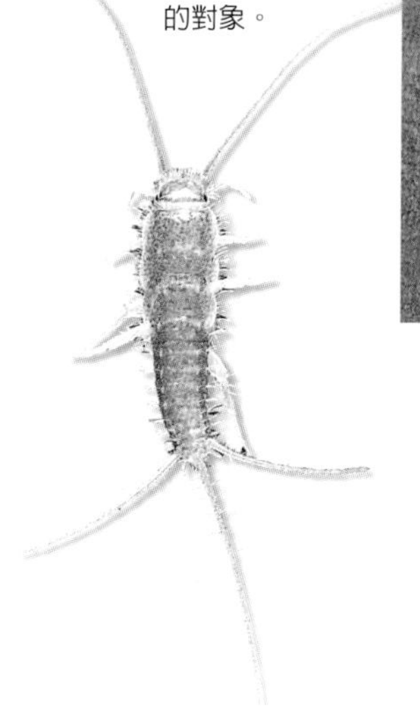

衣魚
總尾目
一種古老的昆蟲，在家中的舊衣物、書籍中常會發現這些銀白色的小蟲，牠們以澱粉為食，舊書及舊衣物都是牠們取食的對象。

有躲藏的地方，就可以減少牠們的危害。在家中浴室及公共場所的洗手間有時會發現一些長得像蛾的小蟲，寬寬圓圓的翅，身體黑黑的，但是牠不是蛾而是蚊子的親戚，叫蛾蚋。蛾蚋對人類是無害的，頂多讓人覺得不喜歡而已。

瘦蜂、米象鼻蟲

瘦蜂是偶爾會在居家環境出現的蜂類，細瘦

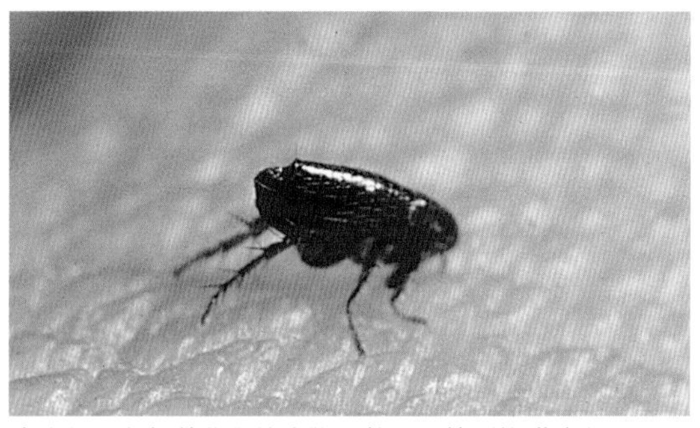

家中如果有飼養貓狗等寵物，就必須特別維護清潔，否則跳蚤常常是令人頭大的困擾。

甘藷象鼻蟲
鞘翅目象鼻蟲科
身體瘦長，前胸呈紅色而翅鞘呈藍綠色的小甲蟲。幼蟲在地瓜中蛀食，羽化後的成蟲會鑽出來交配。

米缸中時常出現的米象鼻蟲

的身體、不停上下敲動的腹部、修長的足，就是牠的特徵。瘦蜂在家中出現只是爲了要尋找瘦蜂寶寶的食物：蜚蠊，瘦蜂會去尋找蜚蠊的卵莢，然後把自己的卵產在裡面，瘦蜂的幼蟲孵化以後，就會把蜚蠊的卵給吃光光，然後在卵莢裡化蛹，所以有時會發現怎麼有一隻蜂從蜚蠊的卵莢裡跑出來，那種蜂就是瘦蜂。瘦蜂是蜚蠊的天敵，對人類最大的幫助就是除去令人討厭的蜚蠊，所以下次看到瘦蜂時可要手下留情。

有時在米飯之間會發現一些小小、黑黑的小蟲，如果稍微注意一下，會發現這些小蟲有著一根長鼻，牠們是象鼻蟲的一種，稱之爲米象鼻蟲。幼蟲住在穀粒中，吃食稻穀，並且在裡面化蛹。有時還是可以在米缸中發現這些小甲蟲。

同樣在米缸中出沒的還有一種小小灰灰的蛾類，身體瘦瘦長長的，牠是屬於螟蛾的一種，牠們和米象鼻蟲一樣，小時候都是以穀粒爲食，如果家中的米買來以後，放置的時間太長沒吃完，就很容易發現到這些以米爲生的小蟲，所以最好的方法是不要一次買太多的米存積在家中，或者是購買眞空包裝的米糧，並且儘快吃完。

另外，甘藷存放太久時，會看到一些身體瘦長的紅綠色小甲蟲從甘藷中爬出來，這種小甲蟲是一種象鼻蟲，牠們是甘藷象鼻蟲，專門以地瓜爲食，在一、二十年前，牠們曾是十分嚴重的害蟲呢！只是現在一般的人都不認得牠們了。

會發聲的昆蟲

昆蟲家族中有一些會發出聲音，以作為彼此間溝通的訊號。依照昆蟲發音的方法，大致可以分為由磨擦發音以及振動發音兩種。

直翅目昆蟲的雄蟲都能發出聲音。螽蟴及蟋蟀是利用翅和翅的磨擦發出聲音；蟋蟀和螻蛄雄蟲的前翅翅脈變成弦器和彈器，並且一部份還可以產生共鳴，當牠們發音的時候，會把前翅舉起來利用弦器與彈器互相磨擦而發出聲音；螽蟴的彈器只有右前翅有，弦器只有在左前翅上；而蝗蟲是用前翅上的弦器和腿上一排突起物的磨擦來發出聲音。另外一些甲蟲如天牛也會發出唧唧的聲音，但那是利用前胸與中胸骨板磨擦而產生的。雄蟬在腹部有一個發音器，並且有兩片音箱蓋板，音箱裡面有一片鼓膜，上面連著一些肌肉，蟬的發音就是利用筋肉的收縮振動鼓膜以及腹部的共鳴所產生，音箱蓋板的開合還可以控制音調的高低。

一些蛾類也會發出聲音，一種鬼面天蛾遇到敵害、被捉住的時候，會利用口器的急速伸縮而發出類似嬰兒哭泣的聲音，在夜晚聽起來真是十分恐怖，敵人也會被這種奇異的聲音所驚嚇，於是天蛾便有機會可以逃走。

正在鳴唱的雄蟋蟀

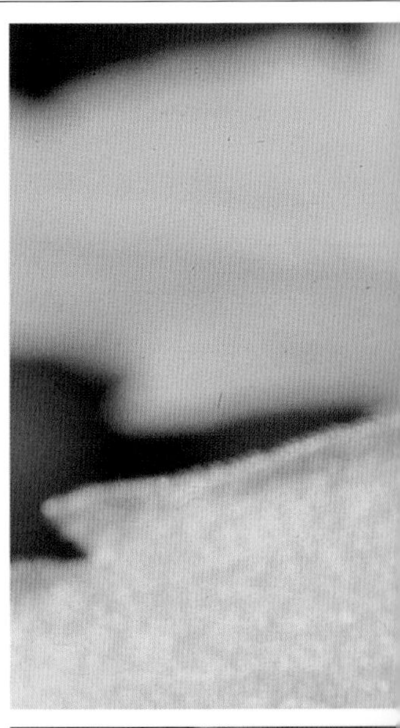

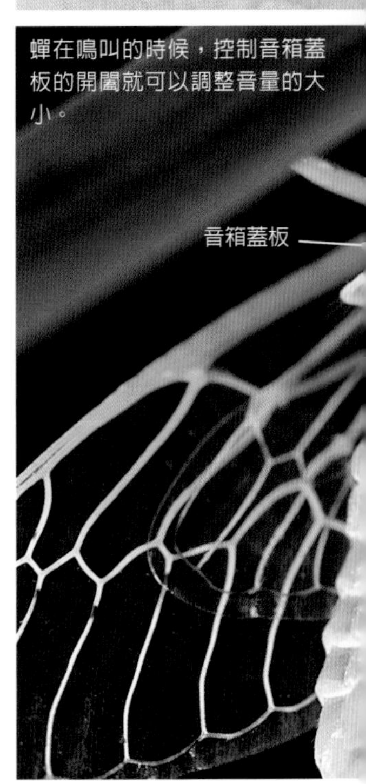

蟬在鳴叫的時候，控制音箱蓋板的開闔就可以調整音量的大小。

正在發音的草蟬

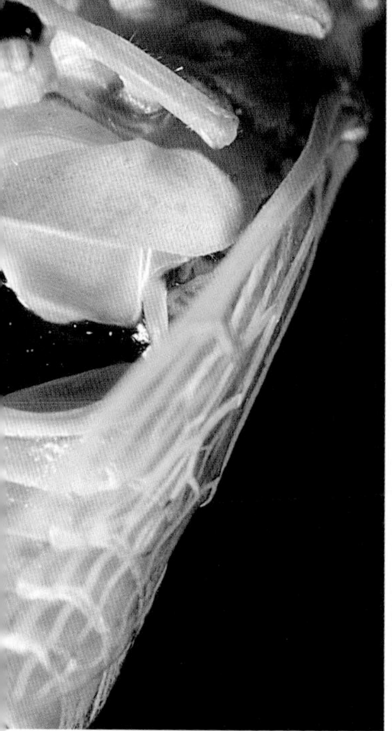

螽蟴及蟋蟀這一類的直翅目昆蟲只有雄蟲能發出聲音，圖為正在磨擦前翅發音的螽蟴。

昆蟲的飛行

白天在天上飛來飛去的昆蟲中，最常見的是各種蜻蜓、蜂類以及蝴蝶。此外還有許多的金龜子、天牛和一些蛾類在四處飛行尋找食物。不同類別的昆蟲，其飛行姿勢也不同，所以只要看看這些昆蟲的飛行姿勢，就大概可以判定牠是屬於那一類的昆蟲了。

甲蟲家族的昆蟲在飛行的時候，前翅不會拍動，只靠後翅的振動來飛行，而且甲蟲在飛行時身體都會有點傾斜，六腳伸張作為平衡。

吉丁蟲的飛行能力很強，一般都飛得很高，但是卻不善於步行，所以很少看到吉丁蟲在地面上散步，一般吉丁蟲的體型比較瘦長，所以在飛行時可以看到牠的兩片比較窄的翅鞘伸在兩旁。

在林間的步道或是山區的稜線附近，常可以看到天牛飛過，在高處的花上也可以看到一些天牛飛舞，要辨別飛行中的天牛不是件困難的事，因為天牛在飛行的時候，除了張開的翅鞘外還可以看到兩根十分明顯的長觸角。

蜂類是最常在空中見到的昆蟲，牠們的飛行速度快，會四處尋找食物，通常後足都會拖在腹部下方，振翅的嗡嗡聲也可以作為一種標幟。

此外，像是蟢象類的昆蟲在飛行的時候看起來和甲蟲十分相似，而蝶蛾類的飛行方式就十分獨特，比較不容易和其他的昆蟲混淆。

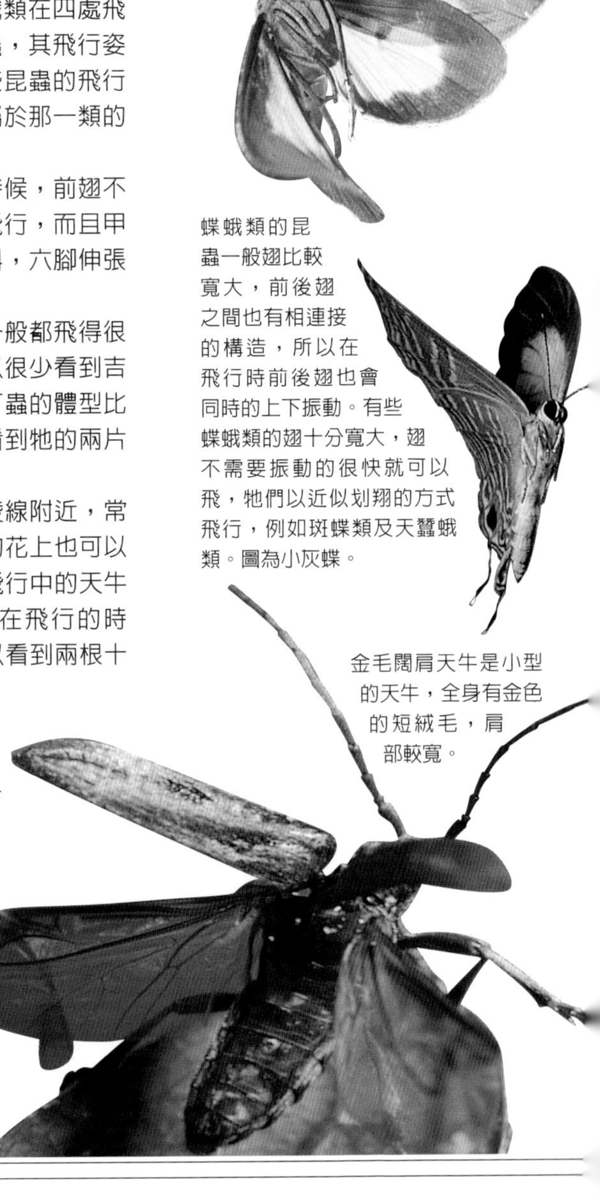

蝶蛾類的昆蟲一般翅比較寬大，前後翅之間也有相連接的構造，所以在飛行時前後翅也會同時的上下振動。有些蝶蛾類的翅十分寬大，翅不需要振動的很快就可以飛，牠們以近似划翔的方式飛行，例如斑蝶類及天蠶蛾類。圖為小灰蝶。

金毛闊肩天牛是小型的天牛，全身有金色的短絨毛，肩部較寬。

黃豔色金龜

鞘翅目金龜科

體型圓厚，翅鞘呈亮黃綠色，體長約1公分左右，為夜行性昆蟲，族群的數量很大。

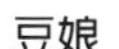

豆娘

蜻蜓與豆娘的前後翅之間沒有任何的構造相連接，所以在飛行的時候，前後翅是各自振動，前翅下拍時後翅上揚。

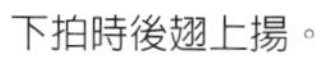

長吻白蠟蟲

同翅目蠟蟬科

保育類昆蟲，台灣產最大型的蠟蟬，體長約5～6公分，成蟲的前額長有一根長角，翅呈白色上有淡灰色斑紋，身體被有蠟粉。分佈於中低海拔山區。牠的翅寬大，飛行能力弱，僅作短距離的飛行，飛行的姿勢與蝶蛾類相似。

黑翅螢

鞘翅目螢科

前胸橘紅色，頭部及翅鞘呈黑色，體長約0.5～1公分，常出現在夏秋之時。

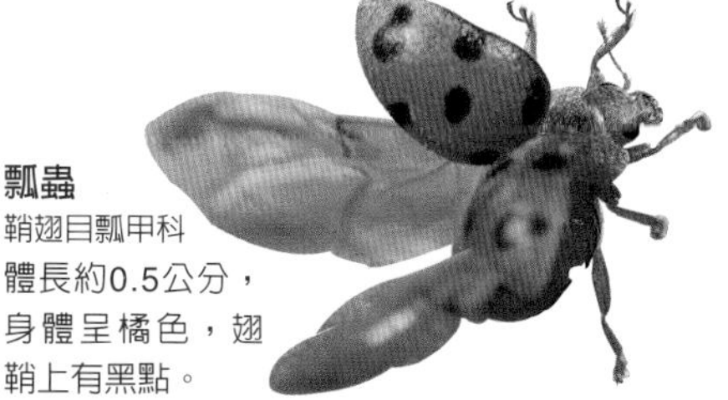

瓢蟲

鞘翅目瓢甲科

體長約0.5公分，身體呈橘色，翅鞘上有黑點。

蜜蜂

膜翅目蜜蜂科

觸角膝狀，胸部有細毛，腹部淡褐色有黑色的橫紋，隨處可見，是最常見的蜂類，蜜蜂在飛行的時候會整理自己身上的花粉，將這些花粉集中在後足的花粉籃上。

蜂類的前後翅之間有一列細小的鉤子相連，所以在飛行的時候前後翅會同時上下振動，如此可以增加飛行的效率。

圖鑑編輯與使用說明

❶本圖鑑介紹了約1000種台灣的昆蟲，乃廣泛取自27 個目152 個科。由於昆蟲的種類龐雜，而從事分類與研究的工作尚在起步中，未命名的昆蟲仍佔絕大部份，但為了使讀者能充份認識各科昆蟲的多種面貌，對於常見卻未命名的昆蟲，也列入圖鑑中，僅以科名或屬名標示。此外，學名中種名為sp.者，如 *Scarites* sp.乃表示屬名為*Scarites*，種名不詳。

❷部份標本的顏色有些微褪色，在辨認特徵的說明上，乃以活體昆蟲的實際顏色標示，以方便比對。

❸圖鑑在可能範圍內均以標本的實際大小呈現，若有縮小或放大的情形，均有標示。例如「×0.5」即表示標本實物大小為圖鑑大小的0.5倍。

❹每一種昆蟲的中名前均有一個顏色圓點，讀者可從此圓點的顏色，找到該頁右上角所標示的科別，也可以索引到每個目一開始的該科簡要說明，以閱讀此科昆蟲的共同特徵及習性。

第三章

昆蟲的分類與圖鑑

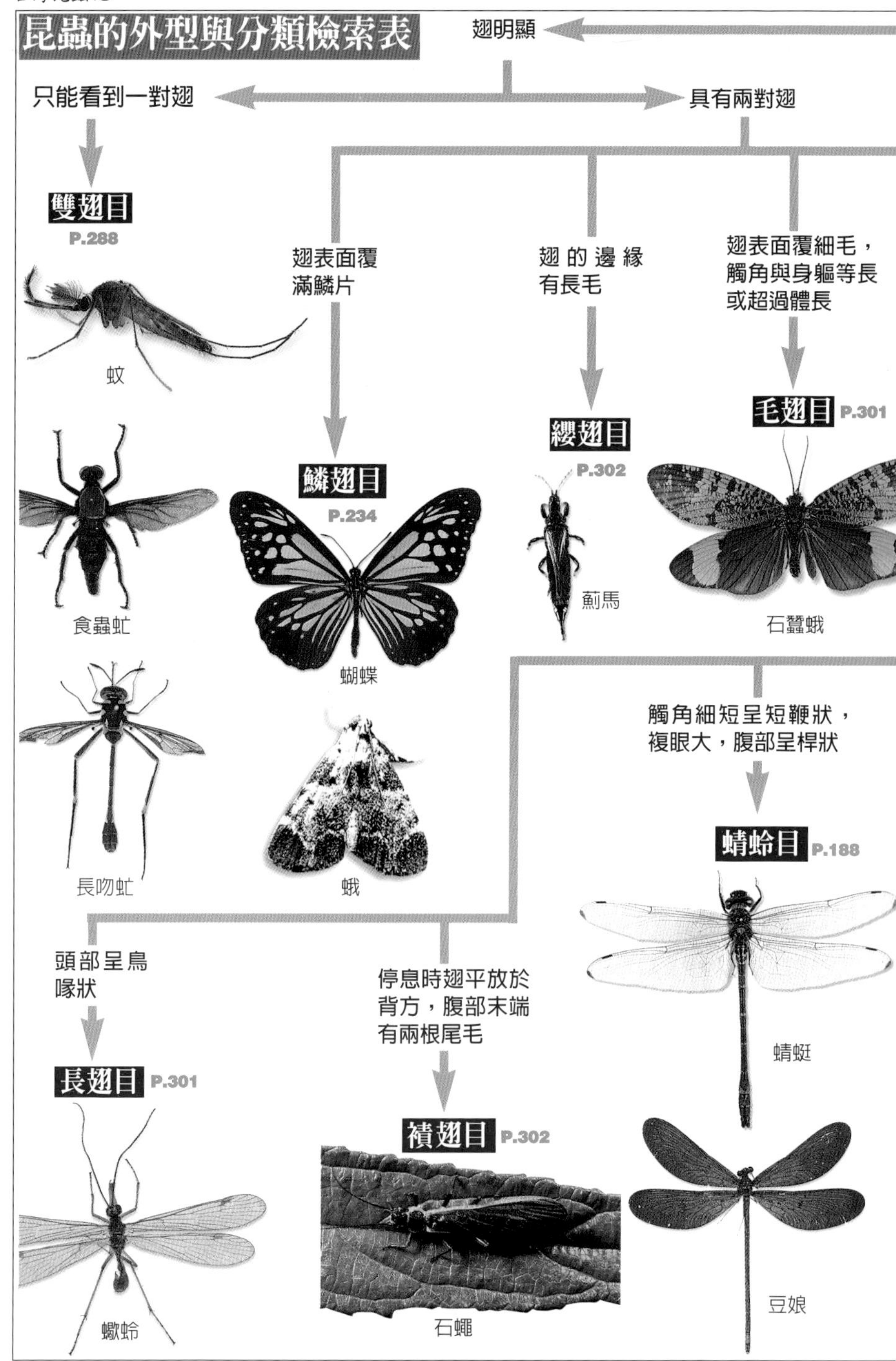
昆蟲的外型與分類檢索表
翅明顯
只能看到一對翅
具有兩對翅
雙翅目
P.288
蚊
食蟲虻
長吻虻
翅表面覆
滿鱗片
鱗翅目
P.234
蝴蝶
蛾
翅的邊緣
有長毛
纓翅目
P.302
薊馬
翅表面覆細毛，
觸角與身軀等長
或超過體長
毛翅目
P.301
石蠶蛾
觸角細短呈短鞭狀，
複眼大，腹部呈桿狀
蜻蛉目
P.188
蜻蜓
豆娘
頭部呈鳥
喙狀
長翅目
P.301
蠍蛉
停息時翅平放於
背方，腹部末端
有兩根尾毛
襀翅目
P.302
石蠅

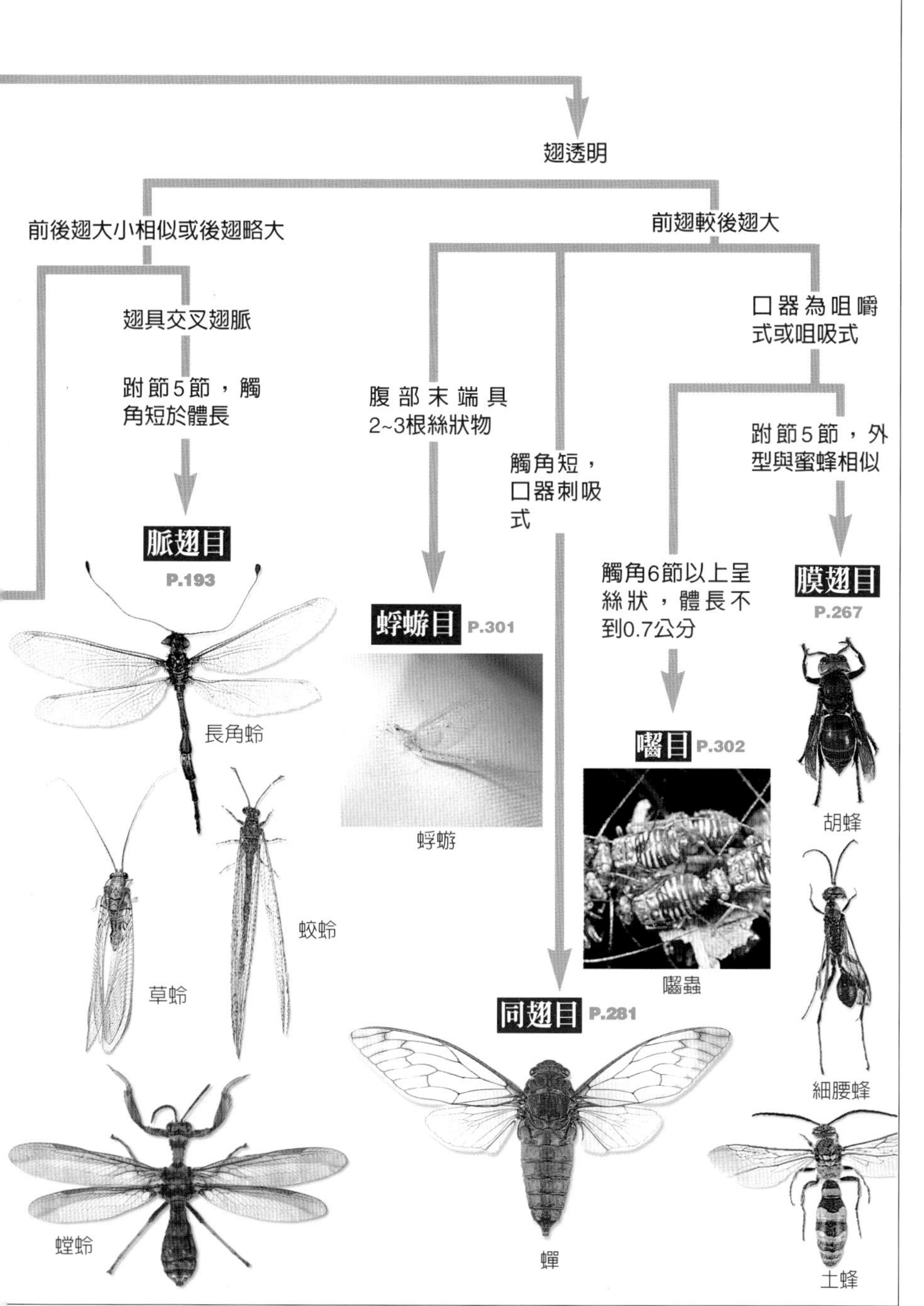
無翅或翅不明顯（下頁）
翅透明
前後翅大小相似或後翅略大
前翅較後翅大
翅具交叉翅脈
跗節5節，觸
角短於體長
脈翅目
P.193
長角蛉
草蛉
蛟蛉
螳蛉
腹部末端具
2~3根絲狀物
蜉蝣目 P.301
蜉蝣
觸角短，
口器刺吸
式
同翅目 P.281
蟬
口器為咀嚼
式或咀吸式
觸角6節以上呈
絲狀，體長不
到0.7公分
嚙目 P.302
嚙蟲
跗節5節，外
型與蜜蜂相似
膜翅目
P.267
胡蜂
細腰蜂
土蜂

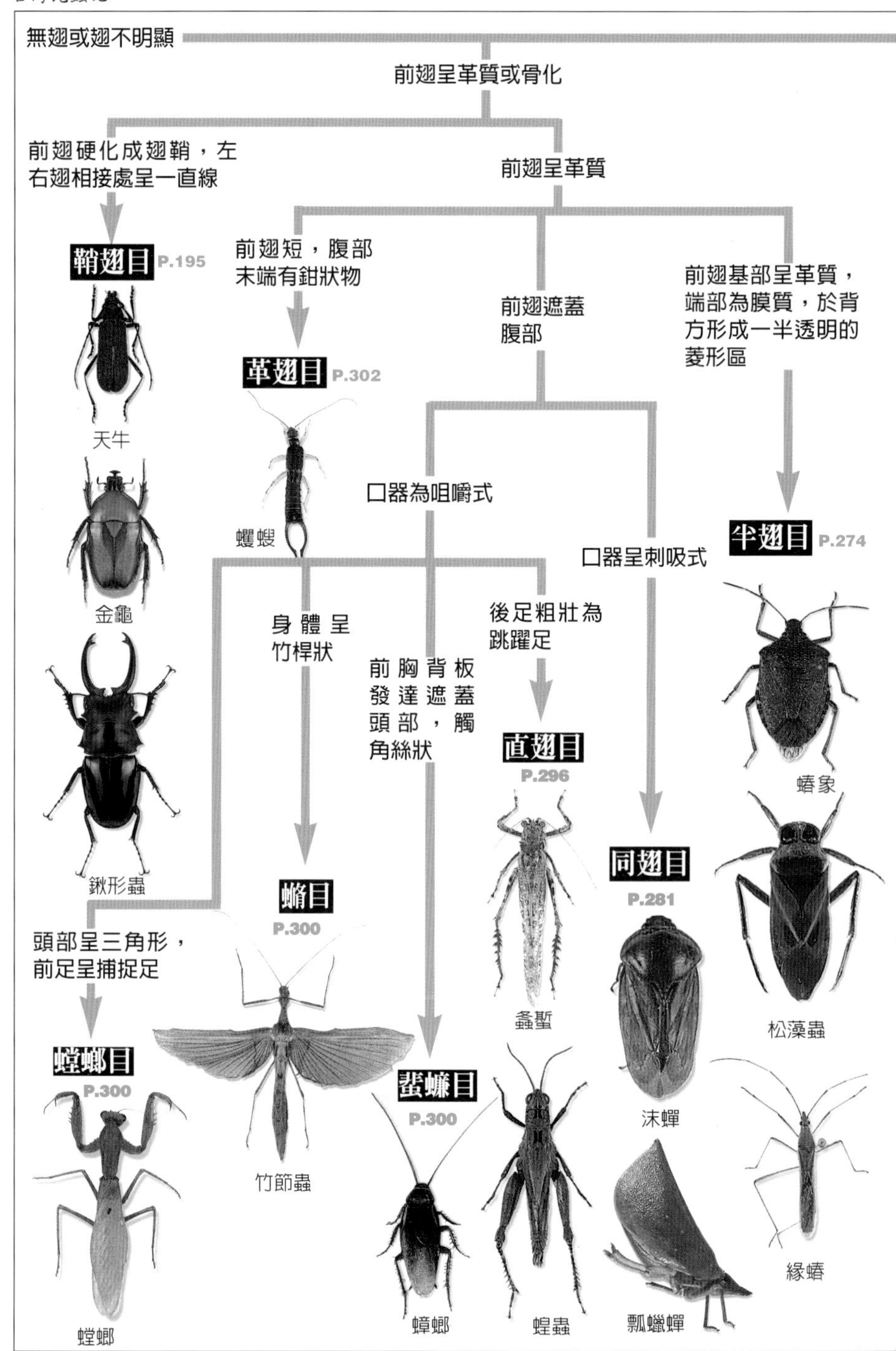
無翅或翅不明顯
前翅呈革質或骨化
前翅硬化成翅鞘，左右翅相接處呈一直線
前翅呈革質
鞘翅目 P.195
天牛
金龜
鍬形蟲
前翅短，腹部末端有鉗狀物
革翅目 P.302
蠼螋
前翅遮蓋腹部
前翅基部呈革質，端部為膜質，於背方形成一半透明的菱形區
口器為咀嚼式
口器呈刺吸式
半翅目 P.274
椿象
松藻蟲
緣椿
身體呈竹桿狀
後足粗壯為跳躍足
前胸背板發達遮蓋頭部，觸角絲狀
直翅目 P.296
螽蟖
同翅目 P.281
沫蟬
瓢蠟蟬
蝗蟲
蛩蠊目 P.300
蟑螂
䗛目 P.300
竹節蟲
頭部呈三角形，前足呈捕捉足
螳螂目 P.300
螳螂

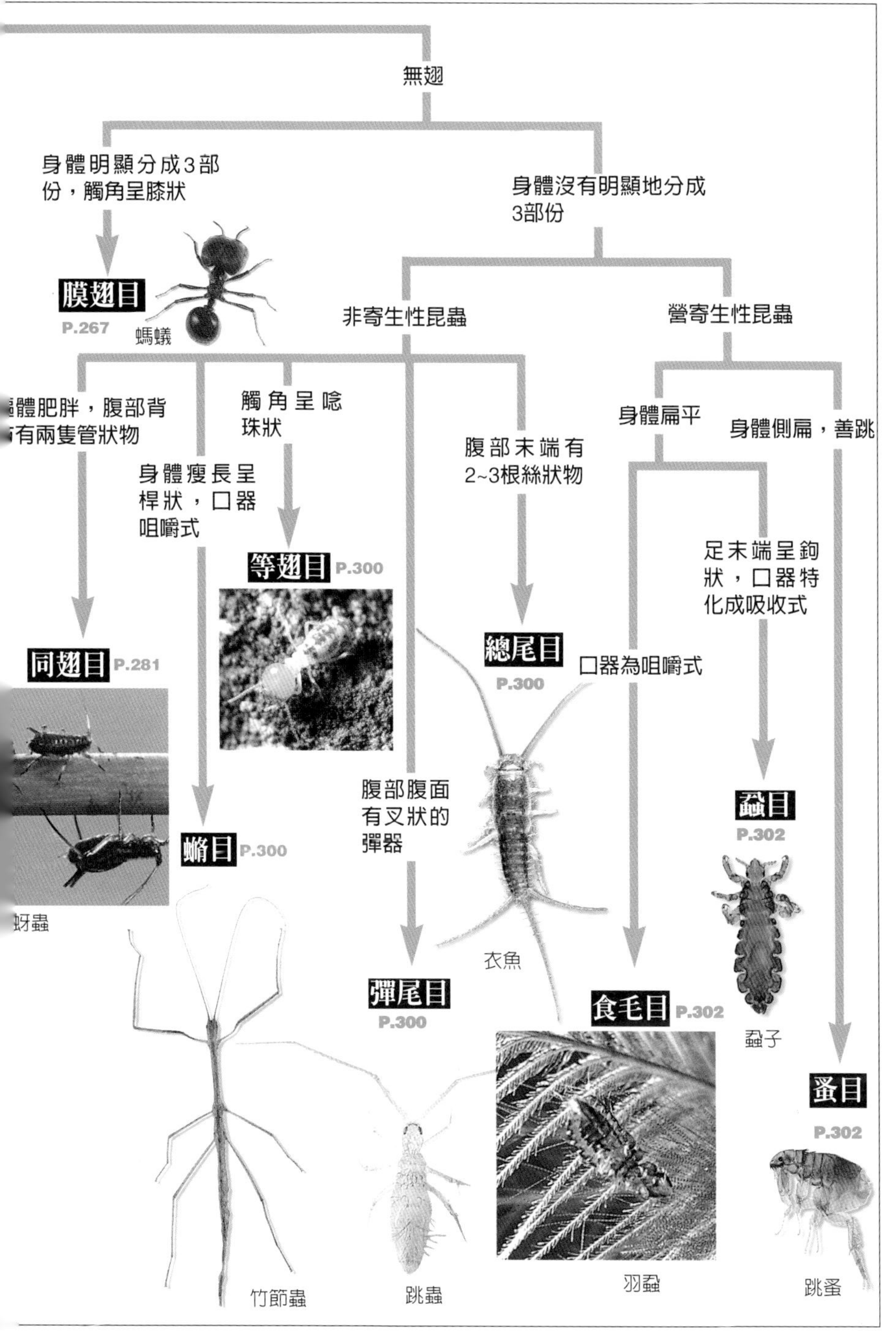
無翅
身體明顯分成3部份，觸角呈膝狀
膜翅目
P.267
螞蟻
身體沒有明顯地分成3部份
非寄生性昆蟲
營寄生性昆蟲
體肥胖，腹部背有兩隻管狀物
身體瘦長呈桿狀，口器咀嚼式
觸角呈唸珠狀
腹部末端有2~3根絲狀物
身體扁平
身體側扁，善跳
等翅目 P.300
足末端呈鉤狀，口器特化成吸收式
同翅目 P.281
總尾目
P.300
口器為咀嚼式
腹部腹面有叉狀的彈器
蝨目
P.302
蝌目 P.300
蚜蟲
衣魚
彈尾目
P.300
食毛目 P.302
蝨子
蚤目
P.302
竹節蟲
跳蟲
羽蝨
跳蚤

標本實物大小＝圖鑑大小×倍率　末標示者為標本實物大小

蜻蛉目
Odonata

蜻蛉目的昆蟲分爲蜻蜓與豆娘兩大群。這一目的昆蟲複眼發達，幾乎佔了頭部的一半，觸角呈短鞭狀，腹部瘦長，極容易辨認。這兩大類型的蜻蛉目昆蟲，又分別屬於不均翅亞目及均翅亞目。牠們的幼期在溪流或池沼的水中渡過，俗稱水蠆，又叫水乞丐，這些水蠆靠著特別發達的下巴來捕食水中其他的小動物，包括小魚、小蝦，只要捉得到的全部吃掉，可以說是水中的霸王。等到要羽化變成蜻蜓的時候，水蠆會從水中爬到水邊的植物或是石頭上脫皮，靜待羽化的完成。成蟲靠著優越的飛行能力以及六隻長滿了刺毛的腳，在空中捕食蝴蝶、蚊子、蒼蠅等其他的昆蟲，牠們的英文名字叫dragon fly。空中飛龍，正說明了牠們卓越的飛行能力。

蜻蜓頭呈半球型(上圖)，豆娘頭呈啞鈴狀，複眼分離(下圖)。

不均翅亞目
(蜻蜓 dragonflies)

●蜻蜓科 Libellulidae
複眼相連，腹部兩側光滑。雌蟲產卵時多以點水的方式將卵排入水中，大部份種類的稚蟲生活於池沼等靜水區。

●勾蜓科 Cordulegastridae
體型大，複眼小而且部分相連，體色黑，多有螢光黃色的斑紋。雄蟲常出現在森林中的步道或溪流上方來回巡曳；雌蟲於產卵時會在流速較慢的小溪流或積水區，身體垂直地插入水中將卵排出，如此上下不停地往水中產卵，有時會在同一個地點上下數十次。

●春蜓科 Gomphidae
左右複眼不緊密相連，前翅翅痣中央略爲膨大。稚蟲多出現在溪流中，體型較爲扁平，成蟲習慣停在溪邊的石塊或植物上。

●弓蜓科 Corduliidae
中大型的蜻蜓，複眼相連，腹部第二節兩側有突出的側片。稚蟲有的棲息於靜水區，也有的生活在溪流中。

●晏蜓科 Aeshnidae
複眼相連，前後翅的三角翅室方向相同。
雌蟲於產卵時會停在水邊的植物上或地上，再將卵產在植物的組織中或土中。

均翅亞目
(豆娘 damselflies)

豆娘的幼蟲

●色蟌科 Calopterygidae
翅及身體多具藍紫色的金屬光澤，前後翅大小相同。稚蟲多生活在水質較佳的溪流中，雌蟲產卵時會將卵產在水邊的植物叢中或水中的石塊沉木上。

●幽蟌科 Euphaeidae
中大型的豆娘，體色以黑色爲主，混雜著其他顏色的斑紋，身體上有白粉，前翅較後翅稍長且翅痣爲黑褐色。稚蟲均以流水區爲生活的地方，小溪或河流中都可以找到。

●蹣蟌科Megapodagrionidae
台灣目前僅發現1種，翅透明，翅痣爲紅褐色，足橙色，腹部第9節有一明顯突起。成蟲於春夏間出現，以夏季較多。

細蟌科 Coenagrionidae
小型的豆娘，頭部長寬比約爲1：3，翅具兩條前緣橫脈，足部剛毛短。大多數種類的稚蟲生活在池沼中，少部份種類的稚蟲生活在流速緩慢的溪水中，雌蟲產卵時會將卵產在水草的組織中。

鼓蟌科Chlorocyphidae
翅前緣多具有橫脈，頭部正面觀口器朝下方突出。稚蟲多生活在污染程度低的小溪流中，雌蟲產卵時大部分將卵產在溪中潮濕的物體上。

琵蟌科 Platycnemididae
體色以黑色爲主，頭部長寬比約爲1：4，足部的剛毛長且濃密。稚蟲有生活在靜水區及流水區兩類，成蟲飛行緩慢，多在水邊的低矮植物間活動。

洵蟌科 Synlestidae
台灣僅有1種，翅透明，頭部呈黃綠色有金屬光，胸部黃色並有一大型金屬綠斑紋，腹部黃色。稚蟲生活在流速較緩慢的溪流中或較爲乾淨的積水塘中。

樸蟌科 Protoneuridae
台灣僅有1種，頭部呈黑色，胸部呈鮮艷的橘紅色，且有黑色的帶紋。稚蟲生活在低海拔的小溪流砂底中。

鼎脈蜻蜓
Orthetrum triangulare
腹部黃色，有黑色線紋

胸部紫色
霜白蜻蜓
Orthetrum pruinosum
腹部呈紅色

薄翅蜻蜓
Pantala flavescens
腹部末端有黑斑

杜松蜻蜓
Orthetrum sabina
腹部黑，有白色斑紋

標本實物大小＝圖鑑大小×倍率　　未標示者為標本實物大小

侏儒蜻蜓
Diplacodes trivialis

黃基蜻蜓
Sympetrum speciosum

猩紅蜻蜓
Crocothemis servilia servilia

善變蜻蜓
Neurothemis ramburii
全身除翅端外均呈紅色

褐翼勾蜓
Chlorogomphus risi

無霸勾蜓
Anotogaster sieboldii

麻斑晏蜓
Anax panybeus

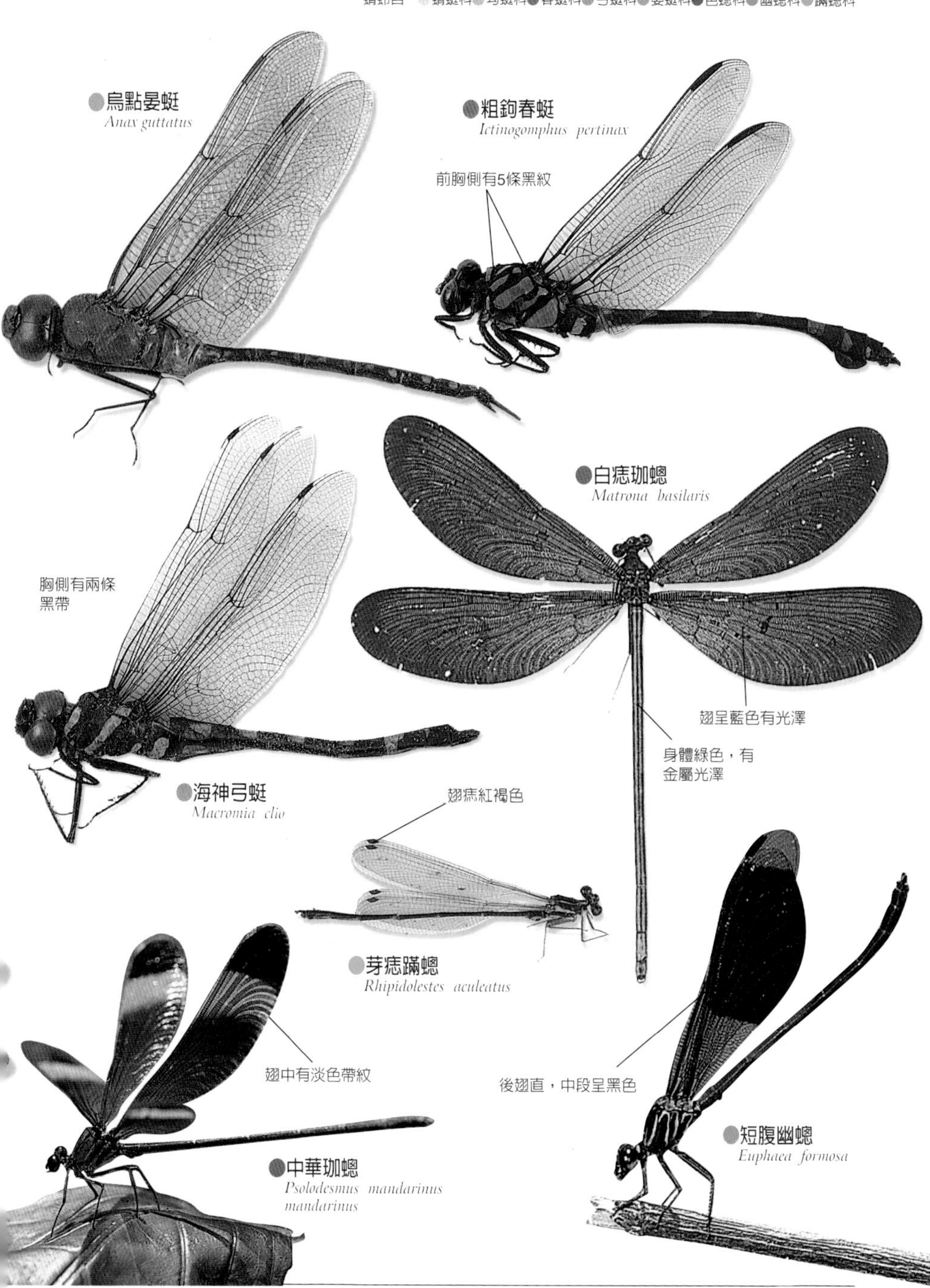
●烏點晏蜓
Anax guttatus
●粗鉤春蜓
Ictinogomphus pertinax
前胸側有5條黑紋
胸側有兩條
黑帶
●白痣珈蟌
Matrona basilaris
翅呈藍色有光澤
身體綠色，有
金屬光澤
●海神弓蜓
Macromia clio
翅痣紅褐色
●芽痣蹣蟌
Rhipidolestes aculeatus
翅中有淡色帶紋
後翅直，中段呈黑色
●短腹幽蟌
Euphaea formosa
●中華珈蟌
Psolodesmus mandarinus
mandarinus

標本實物大小＝圖鑑大小×倍率　未標示者為標本實物大小

●紅腹細蟌
Ceriagrion latericium
腹部鮮紅色

●青紋細蟌
Ischnura senegalensis
胸部具黑色縱帶

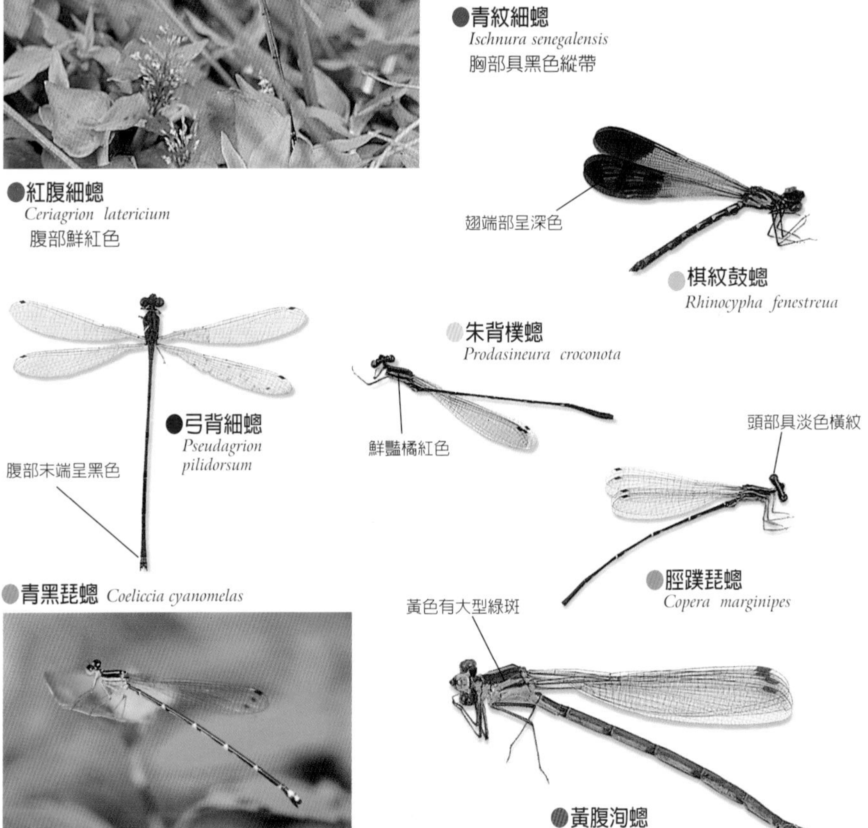

●棋紋鼓蟌
Rhinocypha fenestreua

●朱背樸蟌
Prodasineura croconota

●弓背細蟌
Pseudagrion pilidorsum

●脛蹼琵蟌
Copera marginipes

●青黑琵蟌 *Coeliccia cyanomelas*

●黃腹洵蟌
Megalestes maai

脈翅目
Neuroptera

最常見的脈翅目昆蟲是草蛉，草蛉的幼蟲稱爲蚜獅，喜歡吃食小蚜蟲，同時還會用吃剩的蚜蟲屍體作掩護，讓自己在蚜蟲堆中不會太明顯而放心大膽地吃食蚜蟲。草蛉的成蟲也會捕食蚜蟲、介殼蟲，所以有許多農民大量飼養牠們並釋放到田間去捕食這些害蟲。

脈翅目家族中另一類非常有名的是蟻蛳，即蟻地獄的製造者。牠們利用自己製造的砂坑陷阱，等待路過的小蟲跌落以後，再用長長的吸收顎吸食受害者的體液。蟻蛳成蟲看起來有點像蜻蜓，但身體上有許多細毛，連頭上都有，正確的名字叫蛟蛉，其中長蛟蛉成蟲的觸角很長，在末端膨大看起來就像豆芽一般。

草蛉科 Chrysopidae
英名 green lacewings

身體纖細多呈翠綠色，複眼發達，觸角絲狀，翅透明，停息時翅成屋脊狀置於背部。成蟲及幼蟲均爲肉食性，捕食蚜蟲、介殼蟲等作物害蟲，所以被視爲益蟲。

蛟蛉科 Myrmeleontidae
英名 antlions

觸角呈棒狀，外型近似蜻蜓，全身有細毛。成蟲飛行能力不佳，夜間偶爾會出現在路燈下。幼蟲即爲蟻蛳，在溪邊或海邊的沙地上常可找到蟻蛳的陷阱。

長角蛉科 Ascalaphidae
英名 owlflies

成蟲外形與蜻蜓相似，但全身佈滿細毛，觸角細長且末端膨大。幼蟲肉食性，在枝葉間捕捉小昆蟲爲食。

螳蛉科 Mantispidae
英名 mantid flies

前半身狀似螳螂，前足呈捕捉足，休息時翅呈屋脊狀置於腹部背方，俗稱蜂螳螂。常出現在植物的花上或枝幹間捕捉小昆蟲。

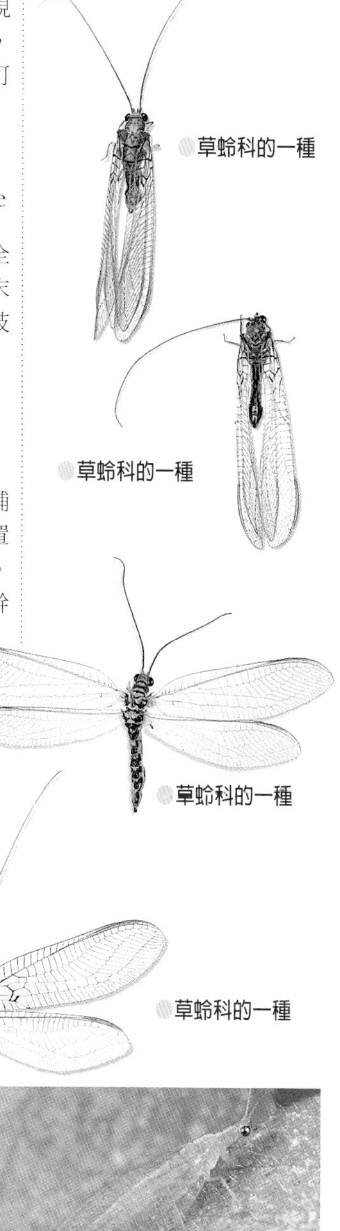

草蛉科的一種

草蛉科的一種

草蛉科的一種

草蛉科的一種

基徵草蛉
Mallada basalis
×0.3

標本實物大小＝圖鑑大小×倍率　未標示者為標本實物大小

脈翅目 ●草蛉科●蛟蛉科●長角蛉科●螳蛉科

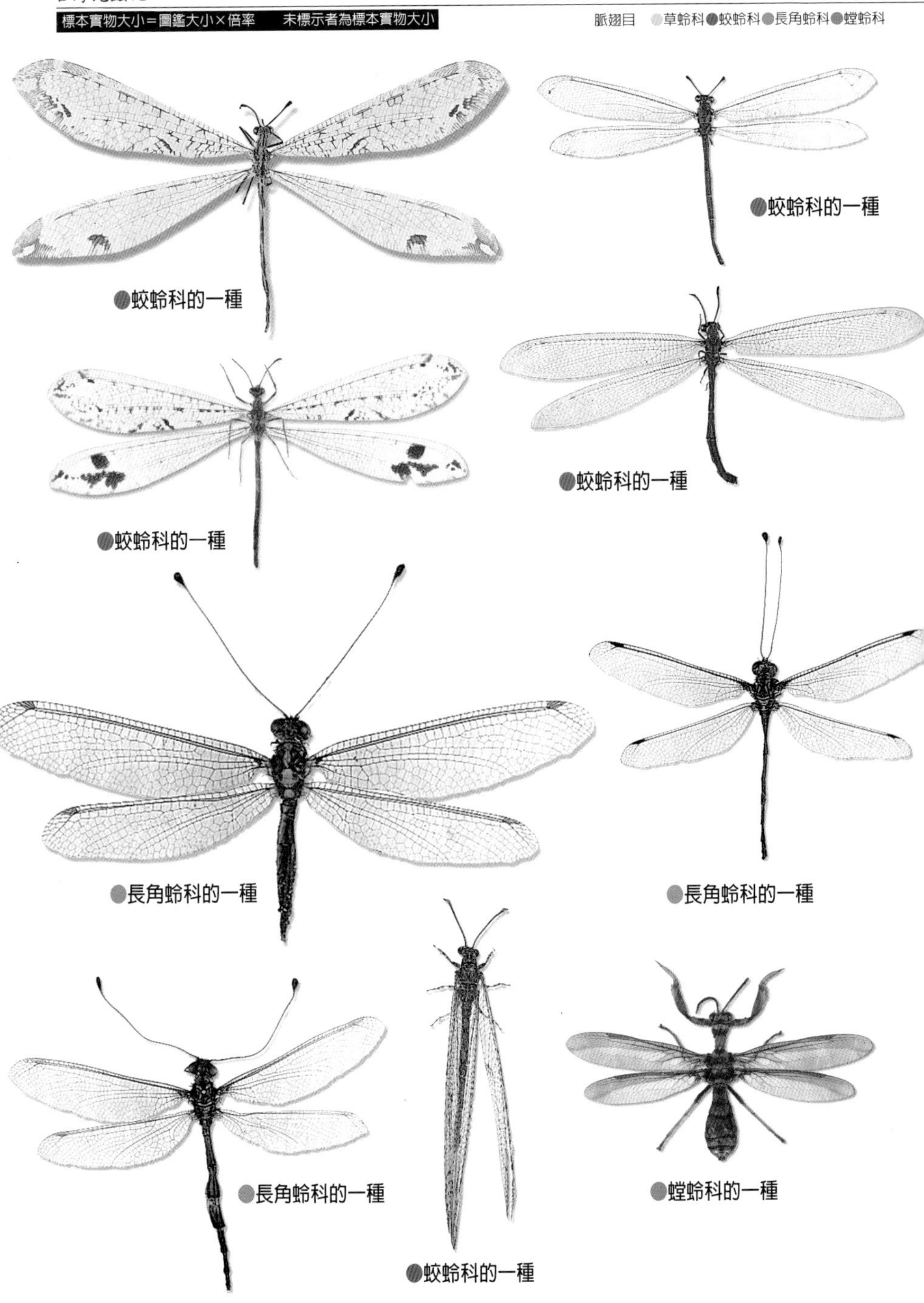

●蛟蛉科的一種

●蛟蛉科的一種

●蛟蛉科的一種

●蛟蛉科的一種

●長角蛉科的一種

●長角蛉科的一種

●長角蛉科的一種

●螳蛉科的一種

●蛟蛉科的一種

鞘翅目
Coleoptera

這是昆蟲中最大的家族，也就是甲蟲類，其中象鼻蟲在全世界就有三萬多種。這一類昆蟲的第一對翅硬化（骨化）成翅鞘，可以保護身體和用以飛行的後翅，好像劍鞘一般，所以稱之爲鞘翅。甲蟲類屬於完全變態的昆蟲，蛹的外形就像成蟲一樣，可以看到六隻腳及成蟲的各個部份，所以稱這種蛹爲裸蛹。

鞘翅目的昆蟲口器都是咀嚼式的，一般常見的成員有金龜子、長著一對長觸角的天牛和小朋友熟悉的獨角仙、鍬形蟲、瓢蟲，還有肉食的步行蟲、專吃植物葉片的金花蟲、能飛善游的龍蝨、牙蟲、常出現在米缸中的米象鼻蟲、會發光的螢火蟲、口吻延長像大象鼻子一樣的象鼻蟲、會假死然後趁敵人不注意再彈跳翻身逃生的叩頭蟲、以屍體爲食的埋葬蟲、俗稱引路蟲的虎甲蟲及能驅邪的吉丁蟲、推著糞球的推糞金龜、吃朽木的擬步行蟲、喜歡在花間出沒的花金龜、顏色亮麗的麗金龜、在水面打轉的豉甲蟲、吃食菌類的蕈甲、長得像鍬形蟲的黑豔甲及色彩鮮豔的菊虎等等。

鍬形蟲幼蟲的肛門呈縱裂，以朽木為食。

鍬形蟲科 Lucanidae
英名 stag beetles

觸角第一節延長，末端呈鰓葉狀，雄蟲大顎發達，身體後半呈圓鍬狀。成蟲多以樹汁爲食，但也會吸食腐果汁。幼蟲以朽木爲食，經3次脫皮而化蛹，幼蟲期的長短依種類而異，蛹期約1個月。其中有部分種類的成蟲可以越冬，大多數的成蟲都僅能存活幾個月而已。目前臺灣已命名的鍬形蟲有51種。

鍬形蟲的名稱來源有兩種說法：牠們的身體後半部，也就是翅鞘的部份，形狀就像是挖土的圓鍬；大多數種類的雄蟲都有一對發達的大顎，形狀與日本武士頭盔上的兩根裝飾「鍬形」相似。

擬鍬形蟲科 Trictenotomidae

外形有如天牛與鍬型蟲的綜合，具有長觸角及發達的大顎。幼蟲以朽木爲食，成蟲具趨光性。

黑豔甲科 Passalidae
英名 bessbugs

大顎發達，觸角呈鰓葉狀、可捲曲，前胸發達，翅鞘上有縱溝，遇到敵害時會摩擦胸部板片發出唧唧聲。黑豔甲的體型與大顎較大，幼蟲生活在朽木中，以朽木爲食，第三對足特化可用來磨擦發聲。成蟲會照顧幼蟲，所以常可以在朽木中同時發現成蟲及幼蟲。

天牛科 Cerambycidae
英名 long-horned beetles

觸角細長呈鞭狀，共11節，常超過體軀， 有如一對牛的長角，因而得名，雄蟲的觸角比雌蟲長。複眼呈腎形，前、中、後足的可見跗節節數爲4、4、4。不同種類的天牛其幼蟲食物也不同，有些天牛的幼蟲會蛀食活樹，一些種類以朽木爲食，還有一些以藤類爲食。天牛成蟲多取食植物的葉片、也有的以花粉爲食物，還有一些天牛的成蟲是不吃東西的。台灣地區已知的天牛種類有七百多種。

擬天牛科 Oedemeridae
英名 false blister beetles

前胸呈圓筒狀，頭部呈卵圓形，翅鞘柔軟，一般體型較小，常出現在花朵與葉片上，成蟲有趨光性。成蟲吃花粉、花蜜，幼蟲吃潮濕腐爛的木頭。

金龜科 Scarabaeidae
英名 scarab beetles

觸角呈鰓葉狀，腹部可見腹板6節，腹部的大部份被翅鞘蓋住，末端常露在翅鞘的外面，金龜類的甲蟲大多爲植食性，以植物的葉片爲食，有些種類的成蟲、幼蟲造成農作物的危害，另外一部分則是以動物的糞便或腐爛的有機物爲食 。

兜蟲亞科 Dynastinae
英名 rhinoceros beetles
身體橢圓渾厚，大多數的雌雄均有或僅雄蟲具有頭部角狀突起，觸角鰓葉狀。幼蟲多以腐植質或朽木爲食，在堆肥中或落葉堆下以及朽木中可發現這些幼蟲。台灣的獨角仙幼蟲期約爲10個月，成蟲具趨光性，喜舔食樹液或腐果汁。

花金龜亞科 Cetoniinae
英名 flower beetles

扁花金龜亞科 Valginae

虎斑花金龜亞科 Trichiinae

粗角花金龜亞科 Glaphyrinae

條金龜亞科 Rutelinae
英名 shining leaf chafers
足有爪鉤(至少後足有一對)，成蟲吃葉片與水果，幼蟲取食植物的根，會危害農作物。

吹粉金龜亞科 Melolonthinae
英名 chafers
後足位於體軀的中央位置，後足至中足的距離比至腹部末端的距離短，足的爪鉤成鋸齒狀或兩叉狀。幼蟲白色，於土中取食植物的根，會危害農作物，成蟲吃多種植物的花與葉片。

長臂金龜亞科 Euchirinae
台灣僅有1種，前胸金綠色，翅鞘褐色有淡黃斑點，雄蟲前足特別長，雌蟲則正常。幼蟲以朽木爲食，成蟲多出現在中海拔的山區，喜舔食樹液，夜間具趨光性，會飛到路燈下。

糞金龜類
英名 dung beetles
金龜科中有一群以動物糞便爲食物的種類，分屬於幾個不同的亞科，一般通稱蜣螂，這些金龜子的成蟲及幼蟲都以動物的糞便爲食，成蟲會將動物的糞便掩埋到地下製成糞球供幼蟲食用，有些種類還會滾動糞球。

糞金龜的幼蟲躲在糞球中成長，並在裡頭化蛹。

埋葬蟲科 Silphidae
英名 carrion beetles
觸角發達，末端膨大，腹部末端數節露出翅鞘外 。以動物的屍體爲食，會在屍體下挖洞將屍體掩埋，作爲本身及餵飼幼蟲的食物，有些種類會取食腐爛的植物。

閻魔蟲科 Histeridae
英名 hister beetles
身體扁圓，翅鞘較短，腹部末端露出，大顎發達，觸角短棒狀。常出現在腐爛的有機質上，如腐屍、糞便、腐敗的植物，伺機捕食來此覓食的其他昆蟲。有些種類身體非常扁平，生活在鬆散的樹皮下。

吉丁蟲科 Buprestidae
英名 metallic wood-borings
複眼發達，足較短，一般體色鮮豔，前胸與中胸間緊密相連，飛行能力強。成蟲以植物的葉片爲食，幼蟲則以朽木爲食。在日本吉丁蟲被認爲有驅邪的功效，所以常會將吉丁蟲的翅鞘鑲在飾品上，並且又稱吉丁蟲爲玉蟲。

叩頭蟲科 Elateridae
英名 Click beetles
前胸腹面中央有一發達長而尖的刺狀突起，伸入中胸節中央凹穴，可彈動，前胸後緣兩側有尖銳突出。遇到驚擾時會假死然後趁敵人不注意再彈跳翻身逃生，幼蟲以朽木爲食。台灣的叩頭蟲種類頗多，有些人估計大約有800~1200種，但實際上有多少種卻不清楚。

步行蟲科 Carabidae
英名 ground beetles

大顎發達，體型葫蘆狀，前、中、後跗節節數分別爲5、5、5。大部份的體色黑而亮麗，有一些種類則具鮮豔的金屬光澤。以捕捉其他的昆蟲或小動物爲食，也會吃屍體；幼蟲的行動活潑，也是肉食性，生活環境與成蟲相似。有些種類會在植物和花上出現，大部份的種類是夜行性，有趨光性，牠們跑得很快，因而叫步行蟲。很多種類的步行蟲當受到驚嚇時，會放出臭氣來保護自己，所以又名「放屁蟲」。

擬步行蟲科 Tenebrionidae

英名 darkling beetles

外型與步行蟲略爲相似，但前、中、後跗節節數分別爲5、5、4。擬步行蟲是棲息環境極爲多樣的一群昆蟲，牠們會出現在樹皮下、腐木中，甚至會在砂漠或螞蟻巢、白蟻巢中生活，在台灣最常見的種類是飼料店所售的麵包蟲,牠是一種擬步行蟲的幼蟲。成蟲植食性，幼蟲以朽木爲食，具趨光性。

虎甲蟲科 Cicindelidae

英名 tiger beetles

六足細長，複眼發達，觸角細長，大顎呈刀狀。成蟲俗稱引路蟲，常在地面巡曳捕食蠅類等小昆蟲；幼蟲在土中鑽洞捕食路過的其他小蟲。

郭公蟲科 Cleridae

英名 checkered beetles

觸角球桿狀，複眼發達，頭部比前胸背板寬，全體兩側平行，近圓柱狀。屬於肉食性的小甲蟲，大部份的成蟲與幼蟲生活在朽木中，以捕捉其他昆蟲的幼蟲爲食。成蟲常見於喬木類的花朵上捕食小昆蟲，有些種類則取食花粉；幼蟲常見於剛死掉的樹幹內。

菊虎科 Cantharidae

英名 soldier beetles

前胸背板扁平，觸角細長呈絲狀，翅鞘薄軟。成蟲爲肉食性，常在花上出現，捕食其他的小昆蟲；幼蟲也是肉食性，偶爾在地面上可以發現牠們在捕食蝸牛或蛞蝓。幼蟲會將唾液注入獵物體內使獵物痲痺，遇驚擾時會假死。

擬叩頭蟲科Languriidae

英名 lizard beetles

體型獨特，體軀細長，頭部、前胸背板與翅鞘差不多等寬，體軀兩側平行，觸角呈球桿狀。成蟲以植物葉片爲食，常見於花、葉與莖上，幼蟲會在植物的莖上鑽洞。

金花蟲科 Chrysomelidae

英名 leaf beetles

體型多爲橢圓形，觸角形式多變，成蟲及幼蟲都是以植物爲食，常將植物的葉片蛀食得千瘡百孔。其中有多種都是農作物的大害蟲，像是爲害水稻的鐵甲蟲，爲害十字花科蔬菜類的黃條葉蚤及爲害瓜類的黃守瓜等。

擬金花蟲科 Lagriidae

英名 lagrid beetles

觸角細長絲狀，前胸背板較窄，頭部與前胸等寬，體色深、略有金屬光澤。

常出現在植物的花上或樹皮下，幼蟲以腐朽的葉片或朽木等爲食。

瓢蟲科 Coccinellidae

英名 ladybird beetles

體型呈半球形，觸角短呈鞭狀，俗稱淑女蟲，大略分成肉食性及植食性。肉食性的瓢蟲體色較爲鮮艷、有光澤，植食性的體色則較爲灰暗、沒有光澤。

擬瓢蟲科Endomychidae

英名 handsome fungus beetles

身體隆起，體型光滑柔軟，觸角呈球桿狀，前胸背板向前延伸遮蓋部分頭部，體色鮮艷。在灌木叢中及草叢中偶可發現，夜間也會出現在路燈下。

地膽科 Meloidae

英名 blister beetles

觸角鋸齒狀，頭部卵圓形，翅鞘柔軟，少數腹部末端露出。成蟲體液有毒，中醫常用來入藥，卵多產於土中。一些種類的幼蟲以土中的蝗蟲卵塊爲食，某些種類的幼蟲則會爬到植物的枝葉間，攀附在前來訪花的蜜蜂身上，跟隨著工蜂回到巢中，以蜜蜂的幼蟲及卵爲食物，有時還會吃蜂蜜及花粉。

●隱翅蟲科Staphylinidae
英名 rove beetles

一般體型小，翅鞘短，僅約腹部的1/3，後翅摺疊在前翅下,在停息時會用腹部來幫助摺疊後翅。體液有毒，夜間具趨光性，白天在花上常常可以發現，也會躲藏在樹皮下，或陰暗的角落、池塘邊的石塊下，有些也生活在螞蟻或白蟻的巢穴中。行動活潑，以捕食其他的小昆蟲或以腐屍爲食，常出現在動物的糞便中捕捉小昆蟲。遇攻擊時會彎曲腹部，狀似螫刺的樣子。

●龍蝨科 Dytiscidae
英名 diving beetles

水生的甲蟲，雄蟲前足跗節具特化的吸盤（把握足），後足較長而扁平、具毛列，游泳時靠後足的划動來前進。屬於肉食性，十分兇猛，甚至會捕殺比自己體型還大的獵物，成蟲遇敵害時會分泌一種乳白色的刺激性液體，使掠食者不適而放棄。幼蟲的體型瘦長，以水中其他的動物爲食，大顎發達彎曲如刀且中空，可吸食獵物的體液，尾部具有一根呼吸管，可伸出水面呼吸。幼蟲成熟後會鑽入岸邊的土中化蛹。

●牙蟲科 Hydrophilidae
英名 water scavenger beetles

水生甲蟲，外形與龍蝨相似，腹面正中央有一刺狀突起，成蟲會以腐肉爲食，後足也是游泳足。幼蟲性情兇狠，以捕捉水中其他的小動物爲食，老熟幼蟲會鑽入水邊的土中化蛹。

●豉甲科 Gyrinidae
英名 whirligig beetles

水生甲蟲，觸角短棒狀，前足發達，複眼分成上、下部，可同時看到水面上、下的影像，常見其成群在水面上急速地轉圈子。體型一般約0.5～1公分。肉食性，幼蟲以捕食其他小型昆蟲爲食。

●象鼻蟲科 Curculionidae
英名 snout beetles

口吻延長呈象鼻狀，觸角彎曲呈膝狀。象鼻蟲科是鞘翅目中最大的一科，成蟲爲植食性以植物的葉、果爲食；幼蟲的頭部發達，以植物的莖葉爲食或在果實內蛀食，老熟的幼蟲會分泌絲液與寄主植物的組織混合作成繭，並在裡面化蛹。雌蟲產卵前會先以口器在植物組織上咬出一個洞穴，再將卵產在裡面。

●螢科 Lampyridae
英名 fireflies

前胸背板發達掩蓋頭部，大多數種類腹部具發光器，雌蟲爲一節，雄蟲有兩節。目前台灣已知的螢火蟲已超過40種。俗稱的「火金姑」就是指本科的螢火蟲，但並非所有的螢科昆蟲都會發光。幼蟲肉食性，以捕捉螺類爲生，成蟲較少進食。

螢的幼蟲正在吸食螺類

●花蚤科 Mordellidae
英名 tumbling flower beetles

中小體型，頭部呈卵圓形，腹部末端尖長呈刺狀，善跳。常出現在植物的葉片或花上，遇驚擾時會跳走或滾落植物體，不易捕捉。幼蟲多出現於朽木或樹心中，以植物的莖葉爲食，有些種類爲肉食性，會捕捉其他的小昆蟲爲食。

●大蕈甲科 Erotylidae
英名 pleasing fungus beetles

體型呈長橢圓形，觸角呈球桿狀，體色黑具紅色斑紋。幼蟲以眞菌（蕈類）爲食，成蟲具趨光性，常出現在腐朽的樹幹上或眞菌上。

●木吸蟲科 Cryptophagidae
英名 silken fungus beetles

身體呈長梭形，前胸側緣有鋸齒，翅鞘上有斑點具金屬光澤。多出現在植物的花或葉片上，在腐朽的植物間也可以發現，有些種類生活在蜂類的巢中。

朽木蟲科 Alleculidae
英名 comb-claw beetles

一般體色鮮豔，體中小型，頭部細長，翅鞘柔軟。具趨光性，常群聚在光源附近的牆角，在花上及樹皮下都可以找到。幼蟲生活在朽木中，外型與叩頭蟲的幼蟲相似。

赤翅蟲科 Pyrochroidae
英名 fire beetles

身體及翅鞘柔軟，翅鞘上有直條刻紋，頭部後方呈頸狀，觸角鋸齒狀。成蟲於花上及灌木叢中都可以發現，幼蟲於倒木的樹皮下生活。

扁甲科 Cucujidae
翅鞘上有縱脊，頭大且大顎發達，常在朽木間出現。牠的幼蟲也生活在朽木中，以朽木為食。

大角步行蟲科Paussidae
小型昆蟲，身體呈長方型而扁，觸角形狀奇特，第二節膨大如棒狀，翅鞘末端呈截斷狀，露出腹部末端，足之跗節為5節。成蟲肛門腺會分泌具腐蝕性的液體。成蟲及幼蟲均為肉食性。

長朽木蟲科Serropalpidae
中型或小型昆蟲，觸角10~11節、多為絲狀，有些種類末端稍粗。成蟲常出現在眞菌、枯木及樹皮下。

櫛角蟲科 Cebrionidae
大顎發達，觸角明顯呈鋸齒狀或櫛齒狀，跗節5節。幼蟲身體細長，生活於乾燥土中，以植物的根部為食。

條脊甲科 Rhysodidae
小型的甲蟲，頭部後方呈頸狀，觸角11節、呈唸珠狀，三對足跗節均為5節，腹部6節。一般多生活於朽木樹皮下，食性尚不清楚。

長蠹蟲科 Bostrychidae
英名 bostrichids

體型呈長圓筒狀，部份種類體表具點刻，身體的顏色呈黑褐色或黑色，因前胸背板將頭部遮蓋，所以從背方看不見頭部。觸角短，生於複眼間。足短小，腹部5節。幼蟲彎曲呈蠐螬狀，缺眼，以枯木為食，常為害建築木材及傢俱。

紅螢科 Lycidae
英名 het-winged beetles

外型與螢火蟲相似，但不會發光，身體扁平柔軟，翅鞘柔軟有網狀紋路，觸角11節呈鋸齒狀、櫛齒狀或鰓狀。足部細，跗節5節。通常翅呈紅色，也有呈暗色或黑色的種類。成蟲為日行性，常出現在植物的花上或葉片上，也會在樹皮下活動。成蟲及幼蟲均為肉食性。

刀鍬鍬形蟲
Dorcus yamadai

葫蘆鍬形蟲
Nigidionus parryi

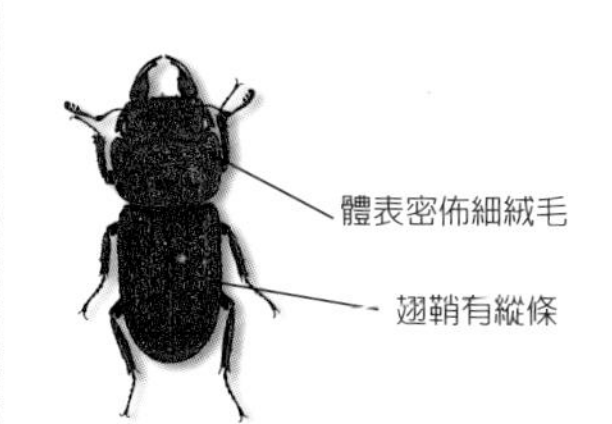

鏽鍬形蟲
Dorcus taiwanicus

標本實物大小＝圖鑑大小×倍率　　未標示者為標本實物大小

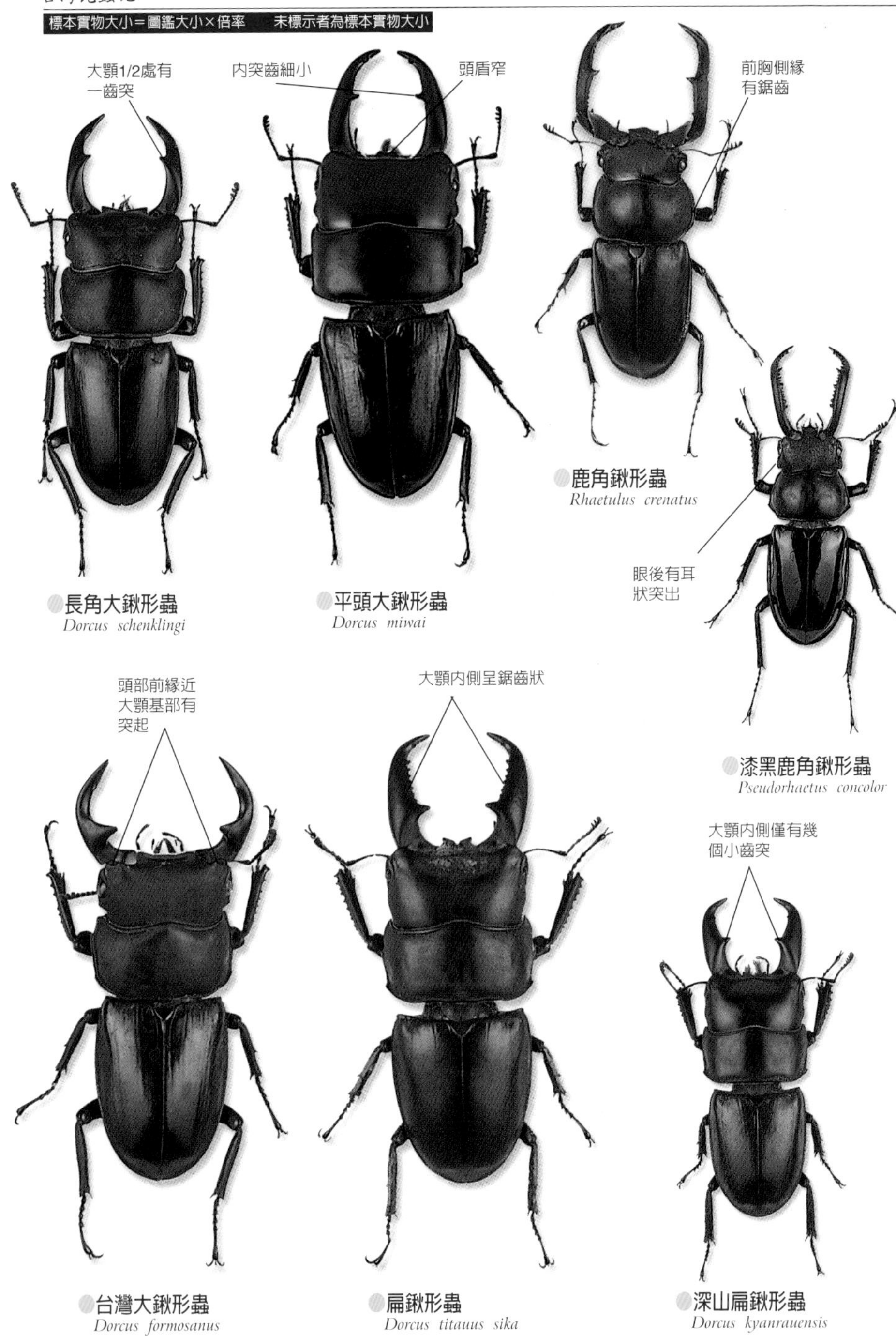

長角大鍬形蟲
Dorcus schenklingi

平頭大鍬形蟲
Dorcus miwai

鹿角鍬形蟲
Rhaetulus crenatus

漆黑鹿角鍬形蟲
Pseudorhaetus concolor

台灣大鍬形蟲
Dorcus formosanus

扁鍬形蟲
Dorcus titauus sika

深山扁鍬形蟲
Dorcus kyanrauensis

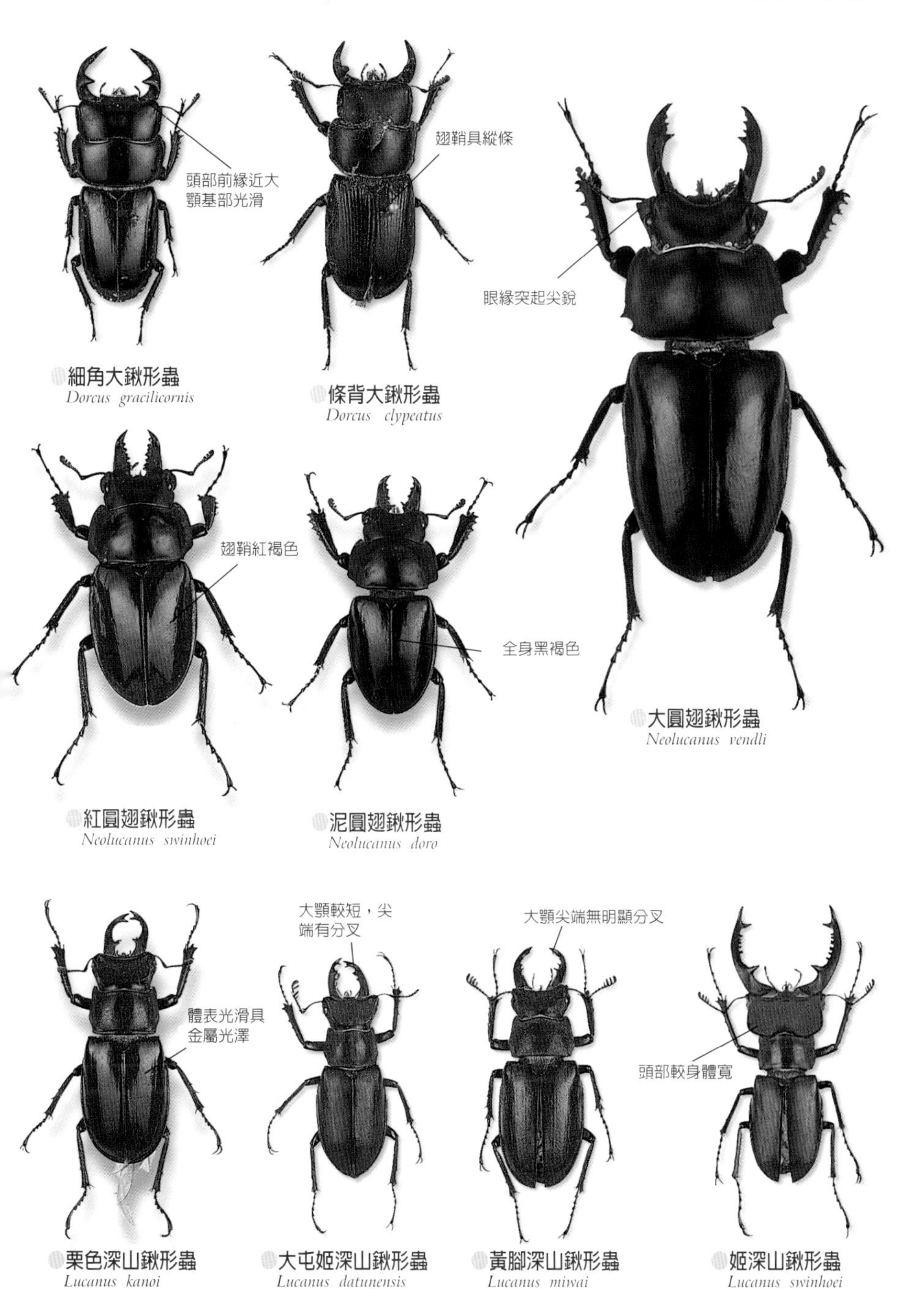

細角大鍬形蟲
Dorcus gracilicornis

條背大鍬形蟲
Dorcus clypeatus

大圓翅鍬形蟲
Neolucanus vendli

紅圓翅鍬形蟲
Neolucanus swinhoei

泥圓翅鍬形蟲
Neolucanus doro

栗色深山鍬形蟲
Lucanus kanoi

大屯姬深山鍬形蟲
Lucanus datunensis

黃腳深山鍬形蟲
Lucanus miwai

姬深山鍬形蟲
Lucanus swinhoei

標本實物大小＝圖鑑大小×倍率　未標示者為標本實物大小

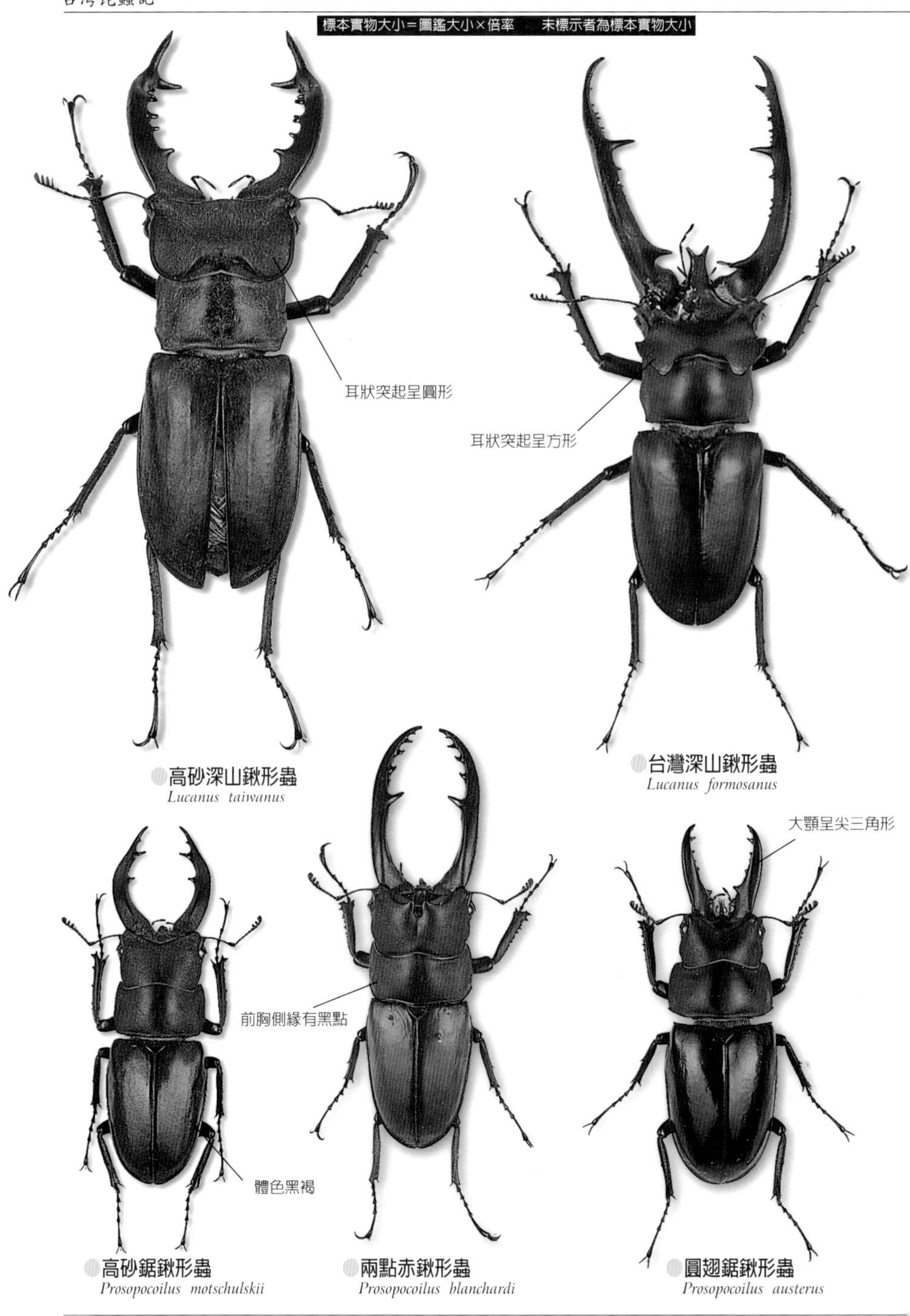

高砂深山鍬形蟲
Lucanus taiwanus

台灣深山鍬形蟲
Lucanus formosanus

高砂鋸鍬形蟲
Prosopocoilus motschulskii

兩點赤鍬形蟲
Prosopocoilus blanchardi

圓翅鋸鍬形蟲
Prosopocoilus austerus

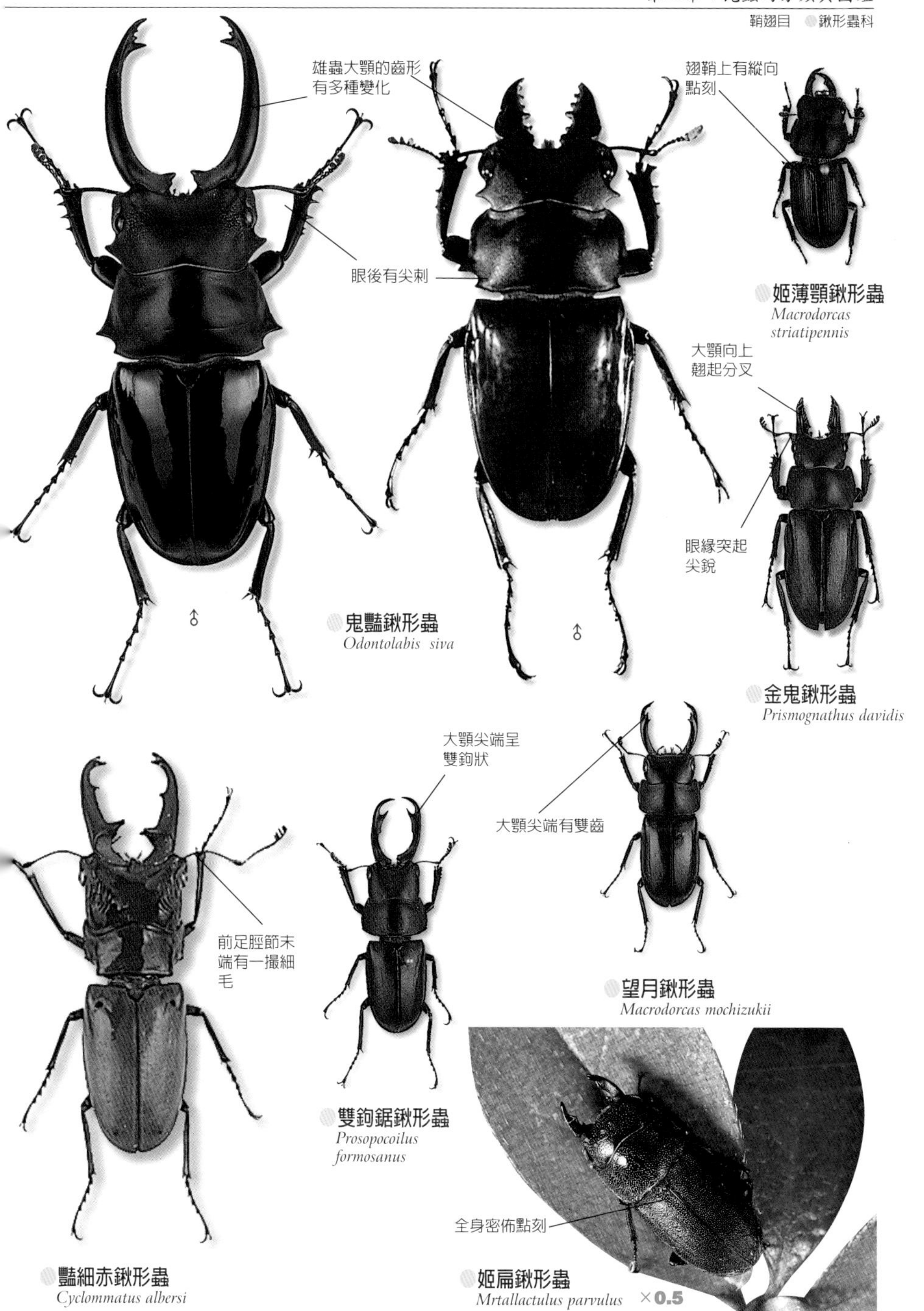

鬼豔鍬形蟲 *Odontolabis siva*

姬薄顎鍬形蟲 *Macrodorcas striatipennis*

金鬼鍬形蟲 *Prismognathus davidis*

望月鍬形蟲 *Macrodorcas mochizukii*

雙鉤鋸鍬形蟲 *Prosopocoilus formosanus*

豔細赤鍬形蟲 *Cyclommatus albersi*

姬扁鍬形蟲 *Mrtallactulus parvulus* ×0.5

標本實物大小＝圖鑑大小×倍率　未標示者為標本實物大小

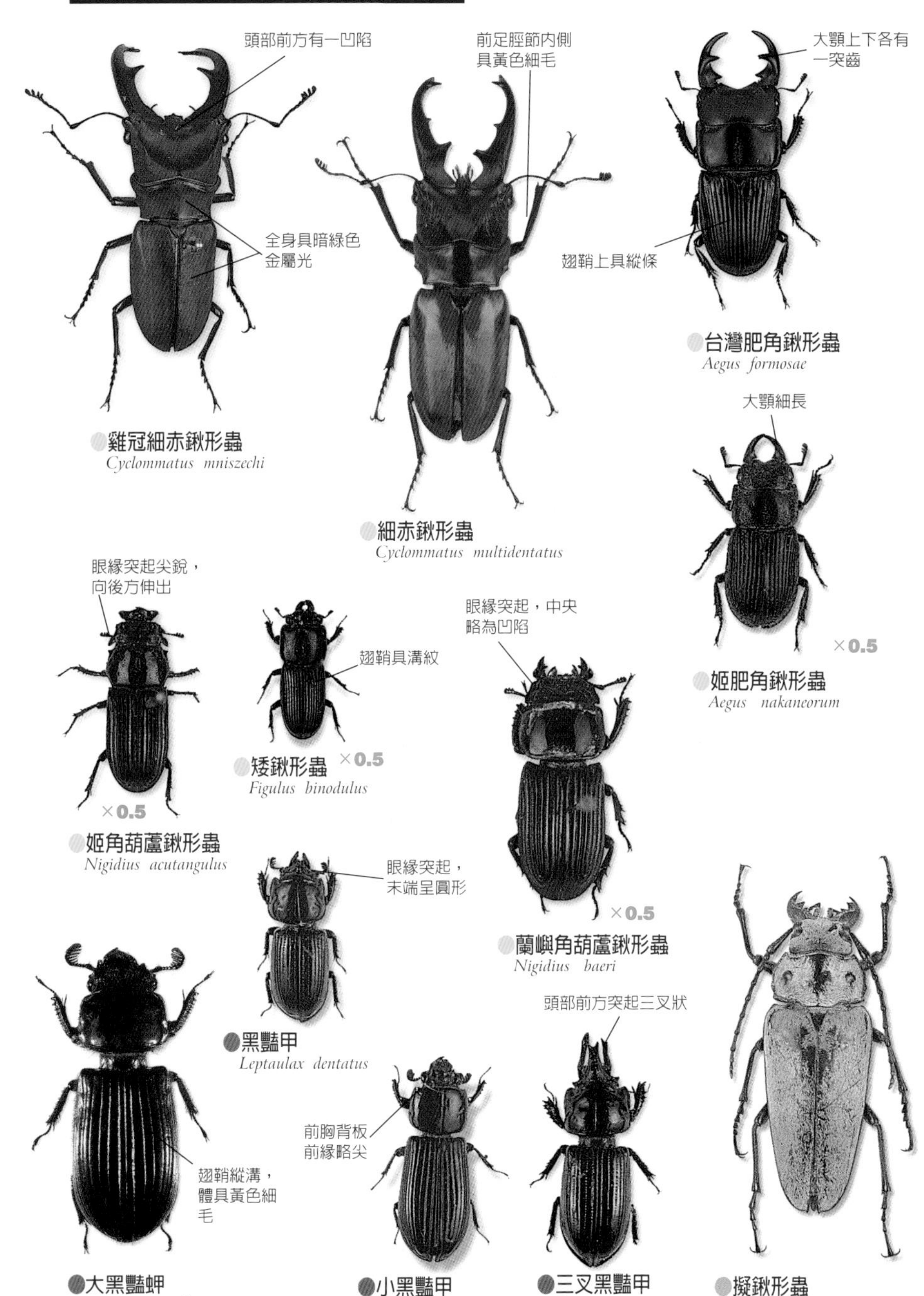

雞冠細赤鍬形蟲
Cyclommatus mniszechi

細赤鍬形蟲
Cyclommatus multidentatus

台灣肥角鍬形蟲
Aegus formosae

姬肥角鍬形蟲
Aegus nakaneorum

姬角葫蘆鍬形蟲
Nigidius acutangulus

矮鍬形蟲
Figulus binodulus

蘭嶼角葫蘆鍬形蟲
Nigidius baeri

黑豔甲
Leptaulax dentatus

大黑豔蚲
Aceraius grandis

小黑豔甲
Leptaulax bicolor

三叉黑豔甲
Cercupes arrowi

擬鍬形蟲
Trictenotomia davidi formosana

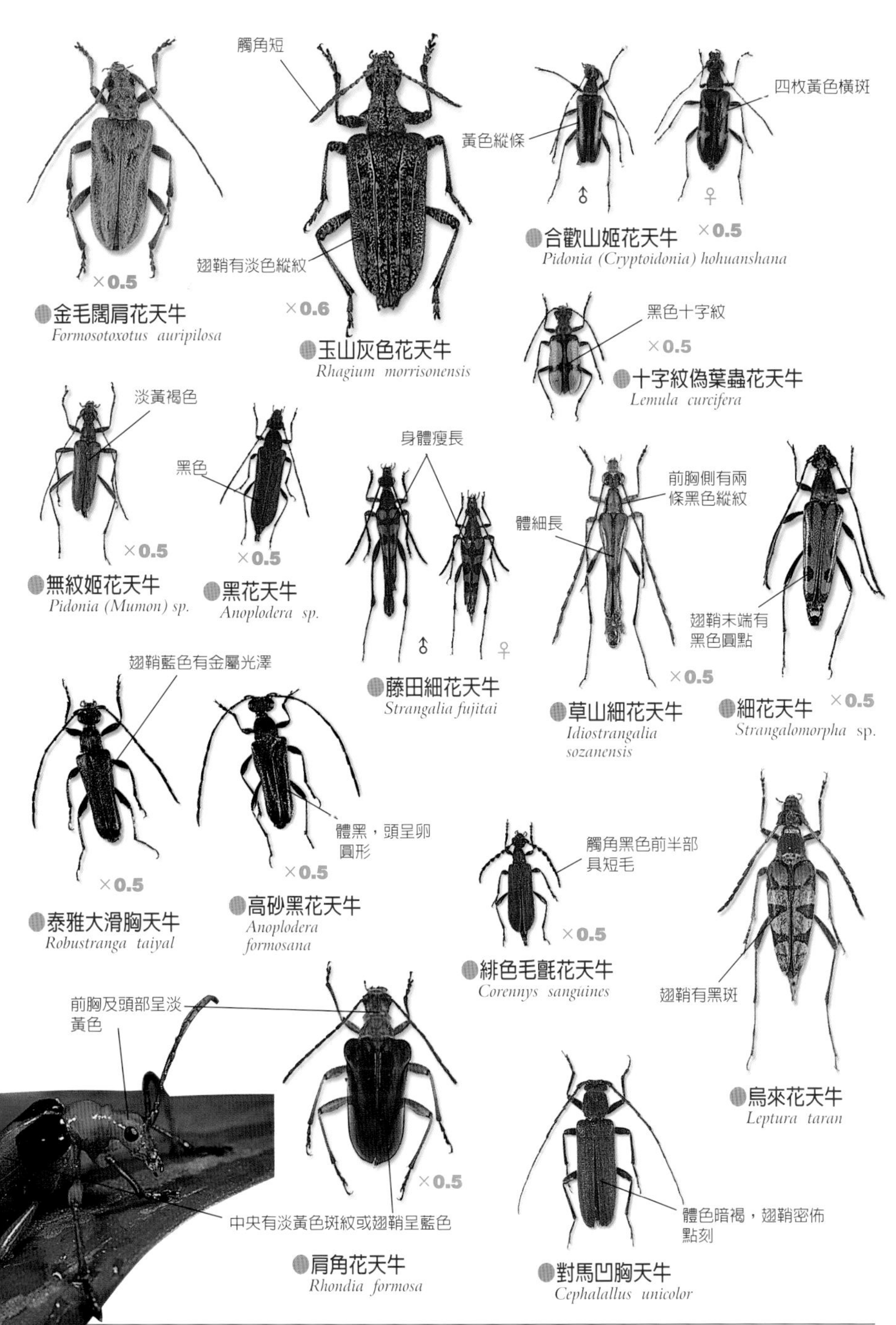
×0.5
●金毛闊肩花天牛
Formosotoxotus auripilosa
觸角短
翅鞘有淡色縱紋
×0.6
●玉山灰色花天牛
Rhagium morrisonensis
黃色縱條
四枚黃色橫斑
♂
♀
●合歡山姬花天牛
×0.5
Pidonia (Cryptoidonia) hohuanshana
黑色十字紋
×0.5
●十字紋偽葉蟲花天牛
Lemula curcifera
淡黃褐色
×0.5
●無紋姬花天牛
Pidonia (Mumon) sp.
黑色
×0.5
●黑花天牛
Anoplodera sp.
身體瘦長
♂
♀
●藤田細花天牛
Strangalia fujitai
前胸側有兩
條黑色縱紋
體細長
×0.5
●草山細花天牛
Idiostrangalia
sozanensis
翅鞘末端有
黑色圓點
●細花天牛
×0.5
Strangalomorpha sp.
翅鞘藍色有金屬光澤
×0.5
●泰雅大滑胸天牛
Robustranga taiyal
體黑，頭呈卵
圓形
×0.5
●高砂黑花天牛
Anoplodera
formosana
觸角黑色前半部
具短毛
×0.5
●緋色毛氈花天牛
Corennys sanguines
翅鞘有黑斑
●烏來花天牛
Leptura taran
前胸及頭部呈淡
黃色
中央有淡黃色斑紋或翅鞘呈藍色
×0.5
●肩角花天牛
Rhondia formosa
體色暗褐，翅鞘密佈
點刻
●對馬凹胸天牛
Cephalallus unicolor

標本實物大小＝圖鑑大小×倍率　　末標示者為標本實物大小

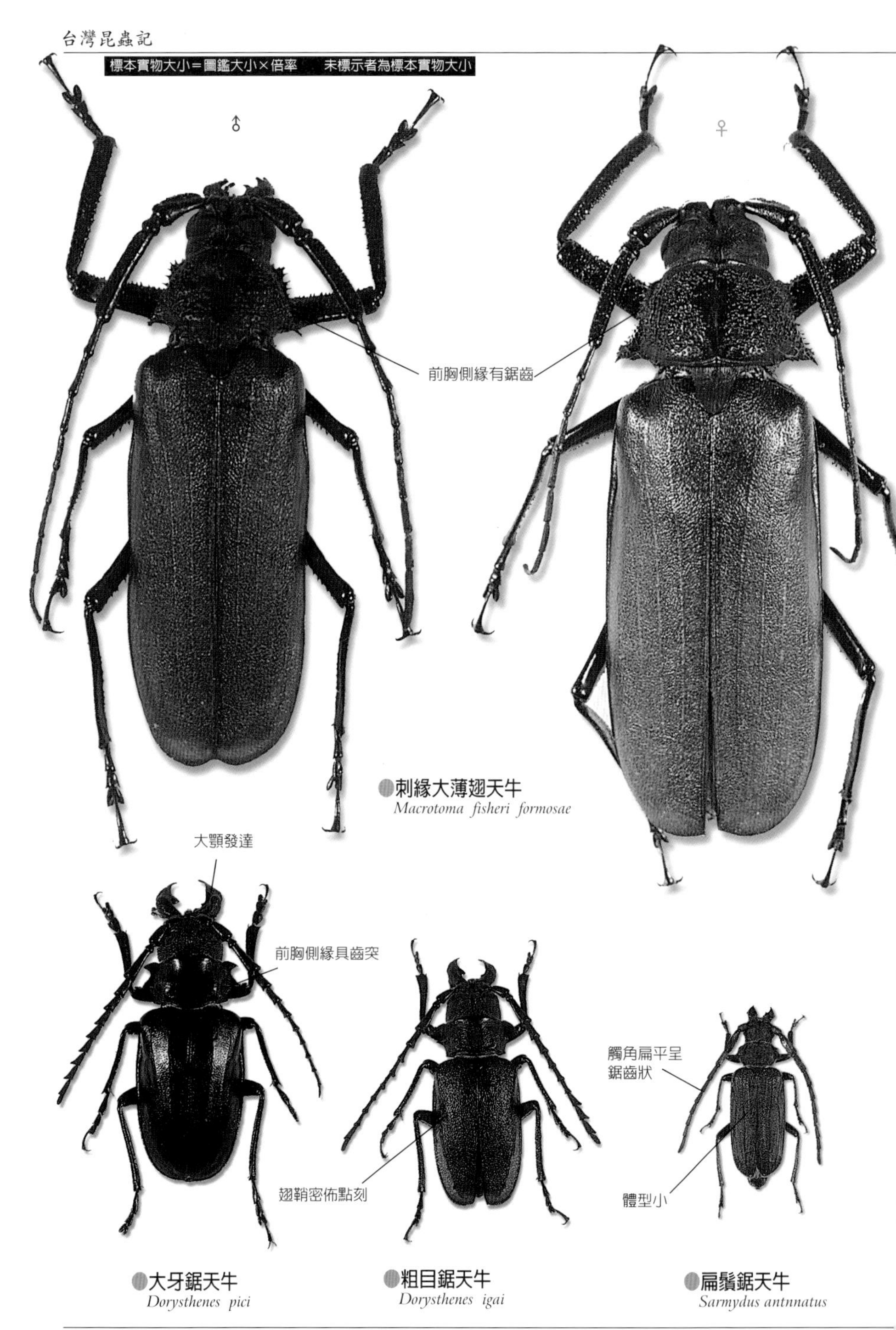

刺緣大薄翅天牛
Macrotoma fisheri formosae

大牙鋸天牛
Dorysthenes pici

粗目鋸天牛
Dorysthenes igai

扁鬚鋸天牛
Sarmydus antnnatus

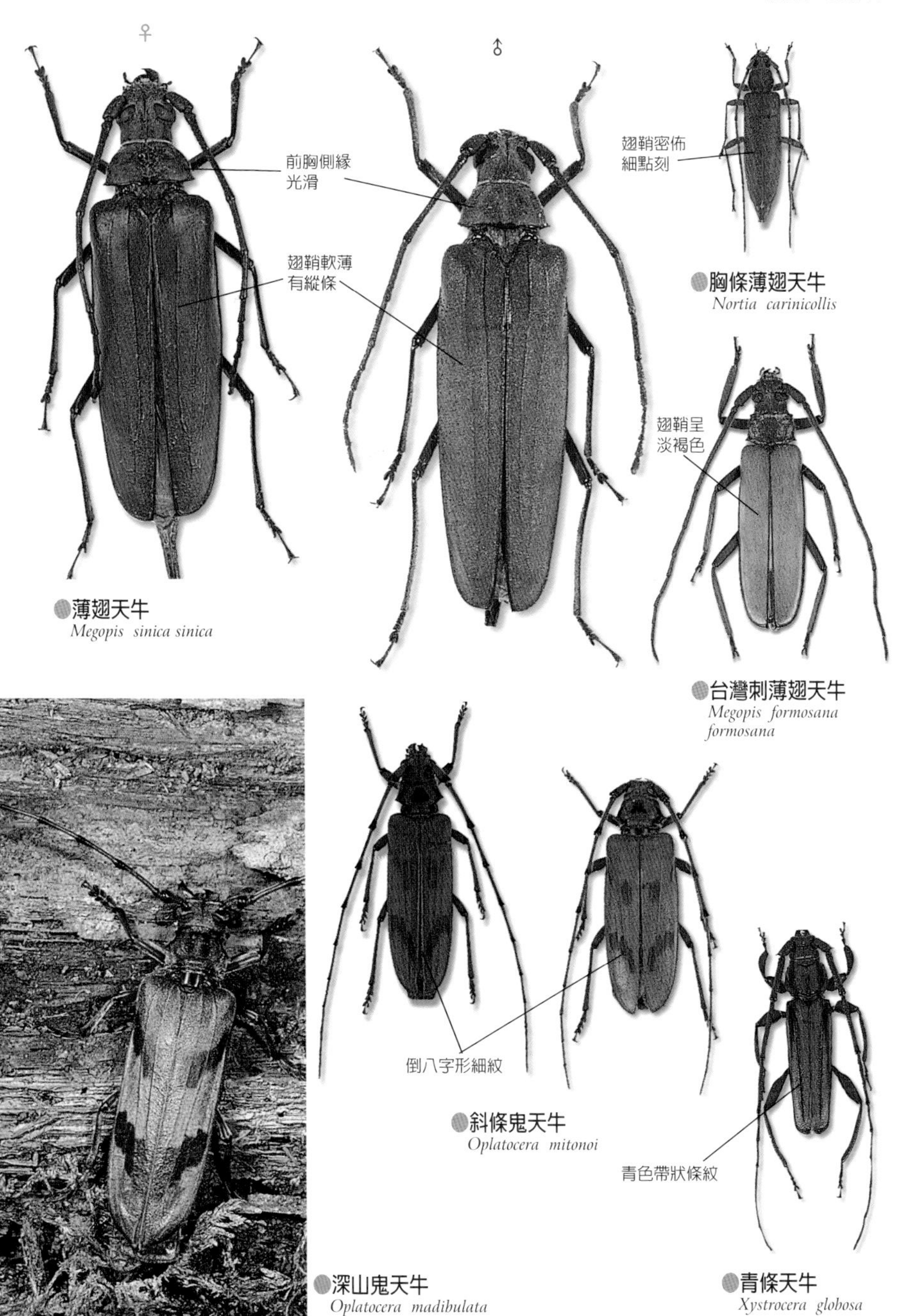

●薄翅天牛
Megopis sinica sinica

●胸條薄翅天牛
Nortia carinicollis

●台灣刺薄翅天牛
Megopis formosana formosana

●斜條鬼天牛
Oplatocera mitonoi

●深山鬼天牛
Oplatocera madibulata
翅鞘上有倒八字粗紋

●青條天牛
Xystrocera globosa

標本實物大小＝圖鑑大小×倍率　　末標示者為標本實物大小

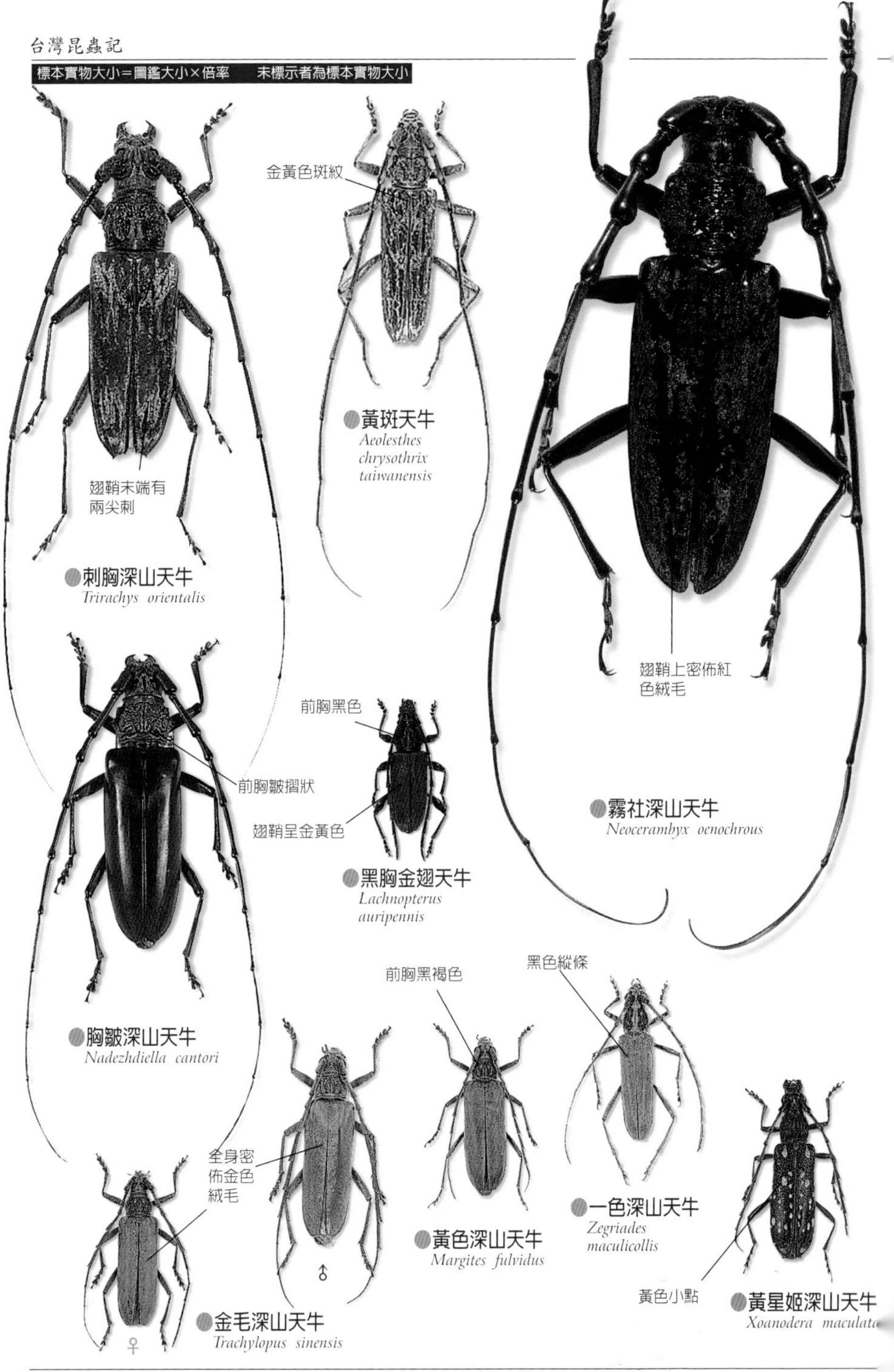

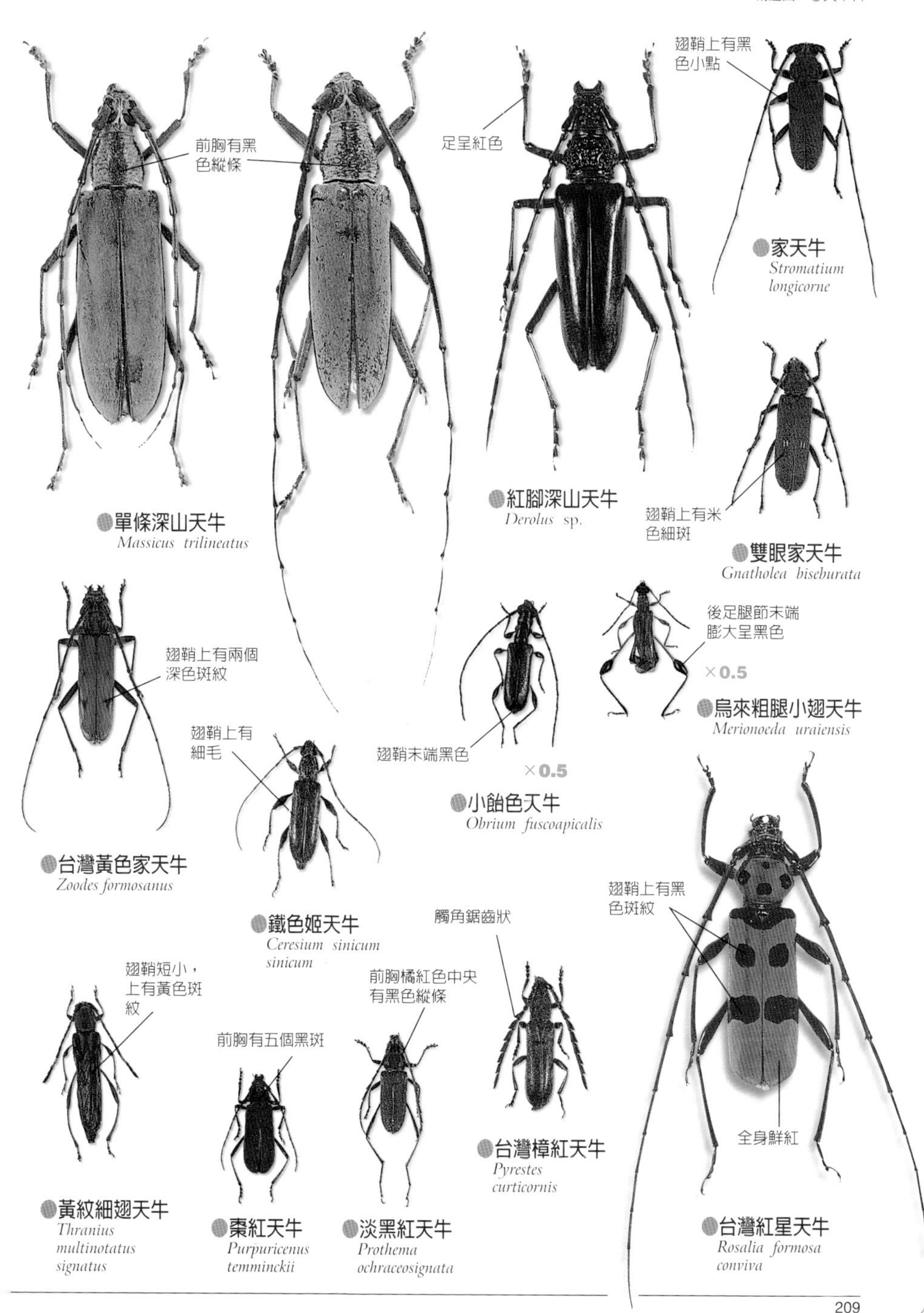
前胸有黑
色縱條
足呈紅色
翅鞘上有黑
色小點
家天牛
Stromatium longicorne
單條深山天牛
Massicus trilineatus
紅腳深山天牛
Derolus sp.
翅鞘上有米
色細斑
雙眼家天牛
Gnatholea biseburata
後足腿節末端
膨大呈黑色
×0.5
烏來粗腿小翅天牛
Merionoeda uraiensis
翅鞘上有兩個
深色斑紋
翅鞘上有
細毛
翅鞘末端黑色
×0.5
小飴色天牛
Obrium fuscoapicalis
台灣黃色家天牛
Zoodes formosanus
翅鞘上有黑
色斑紋
鐵色姬天牛
Ceresium sinicum sinicum
觸角鋸齒狀
翅鞘短小，
上有黃色斑
紋
前胸橘紅色中央
有黑色縱條
前胸有五個黑斑
台灣樟紅天牛
Pyrestes curticornis
全身鮮紅
黃紋細翅天牛
Thranius multinotatus signatus
棗紅天牛
Purpuricenus temminckii
淡黑紅天牛
Prothema ochraceosignata
台灣紅星天牛
Rosalia formosa conviva

標本實物大小＝圖鑑大小×倍率　　末標示者為標本實物大小

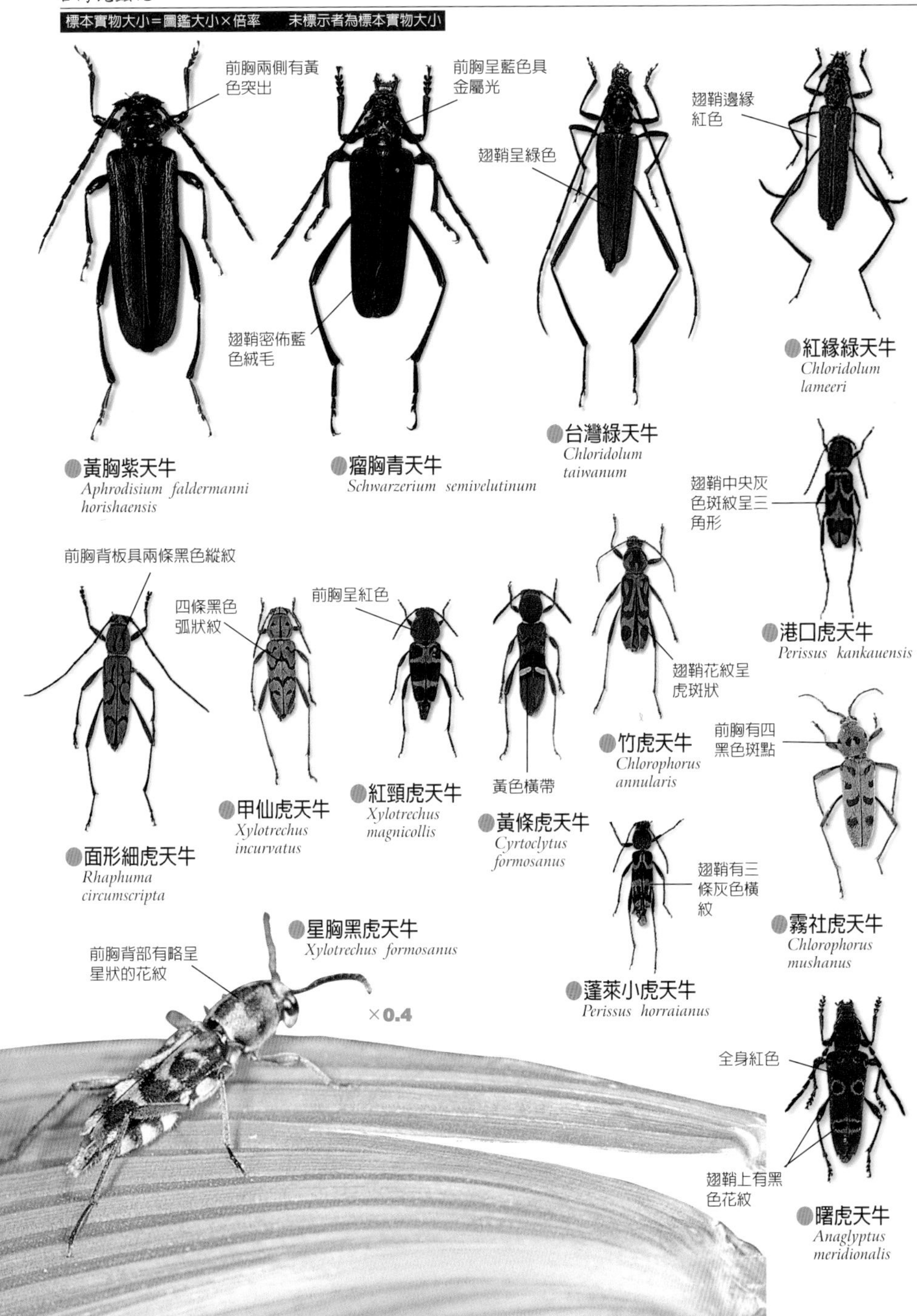

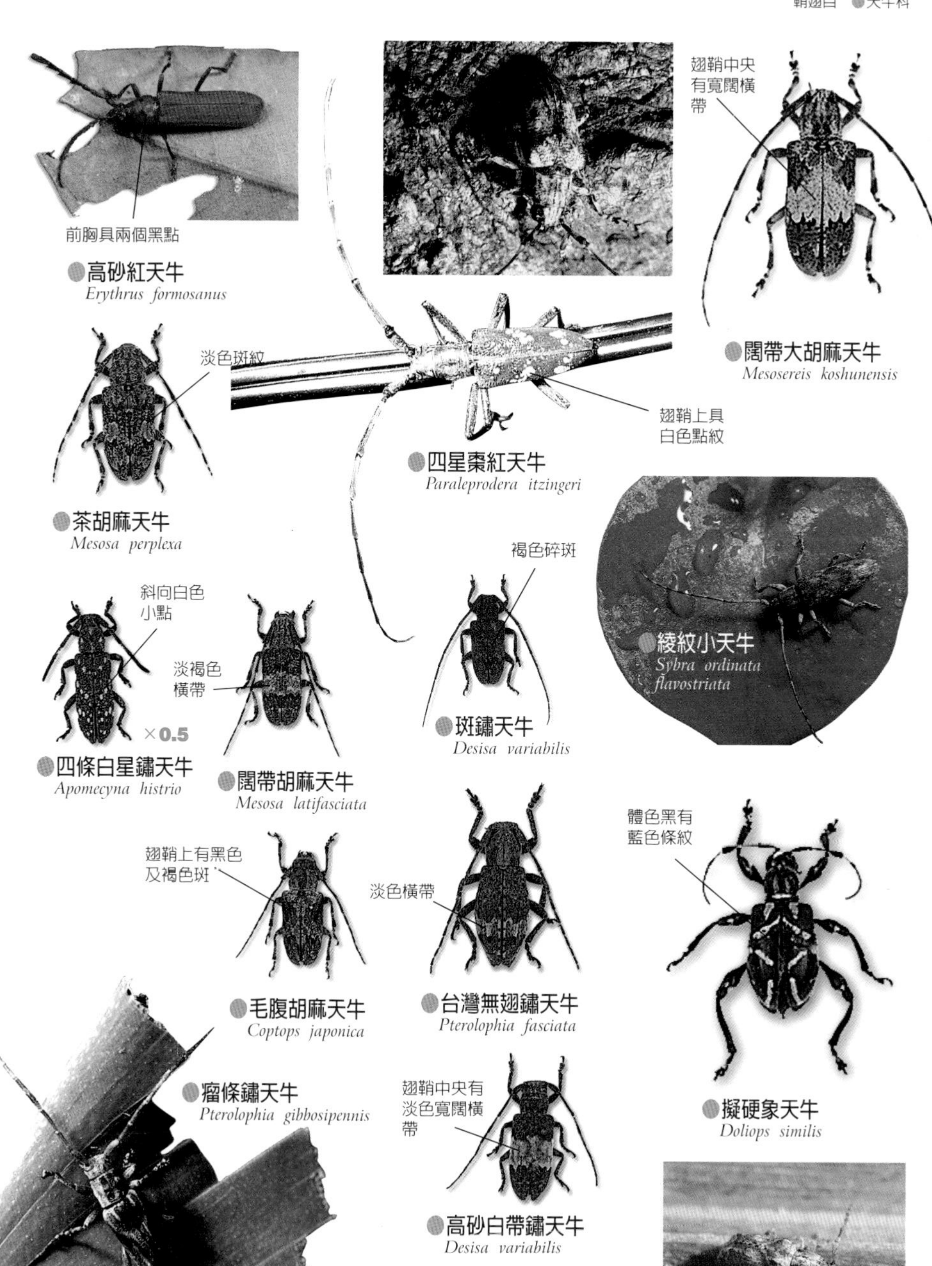

●高砂紅天牛 *Erythrus formosanus*

●闊帶大胡麻天牛 *Mesosereis koshunensis*

●四星棗紅天牛 *Paraleprodera itzingeri*

●茶胡麻天牛 *Mesosa perplexa*

●綾紋小天牛 *Sybra ordinata flavostriata*

●斑鏽天牛 *Desisa variabilis*

●四條白星鏽天牛 *Apomecyna histrio*

●闊帶胡麻天牛 *Mesosa latifasciata*

●毛腹胡麻天牛 *Coptops japonica*

●台灣無翅鏽天牛 *Pterolophia fasciata*

●擬硬象天牛 *Doliops similis*

●瘤條鏽天牛 *Pterolophia gibbosipennis*

●高砂白帶鏽天牛 *Desisa variabilis*

●高條鏽天牛 *Pterolophia bigibbera*

標本實物大小＝圖鑑大小×倍率　未標示者為標本實物大小

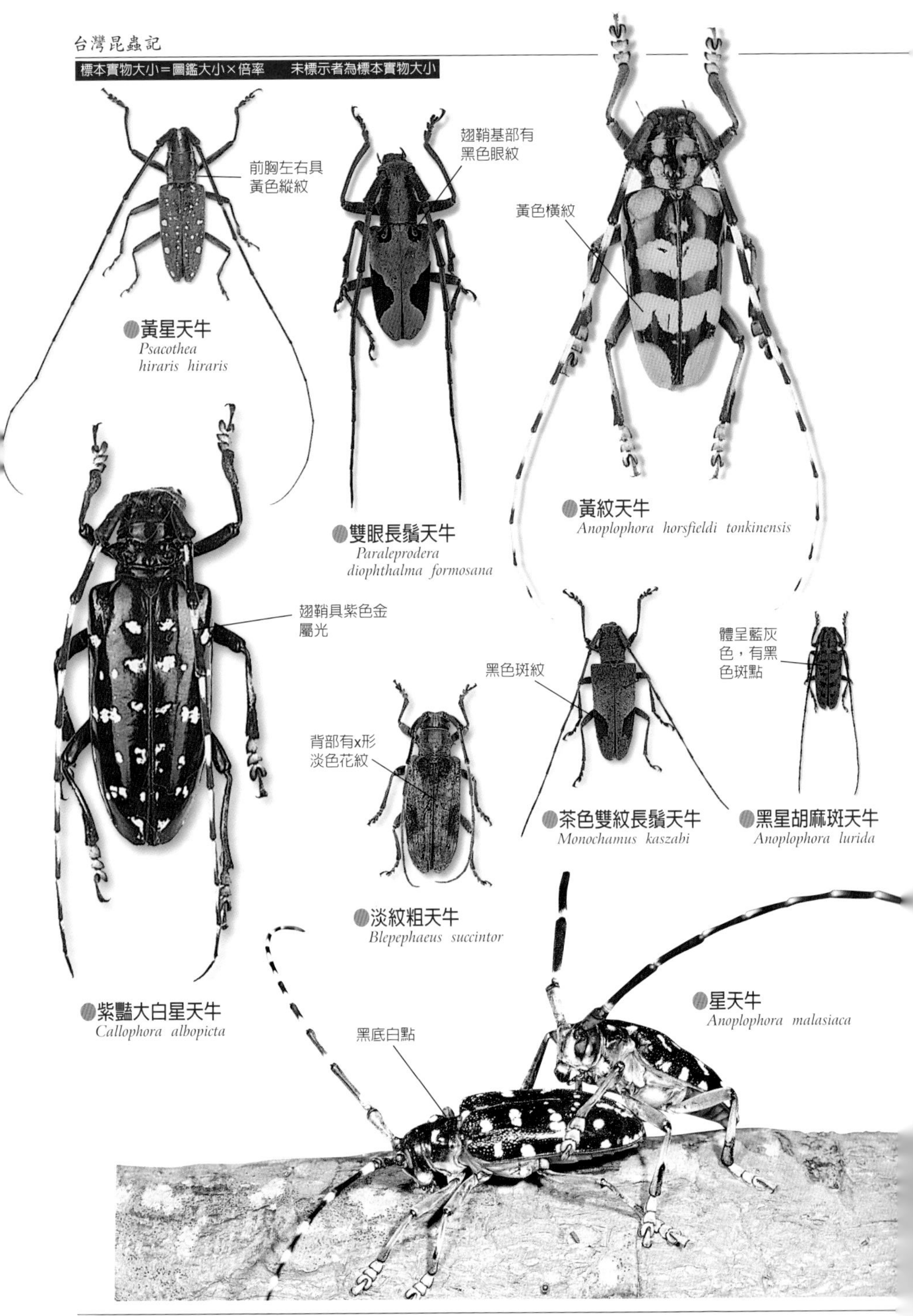

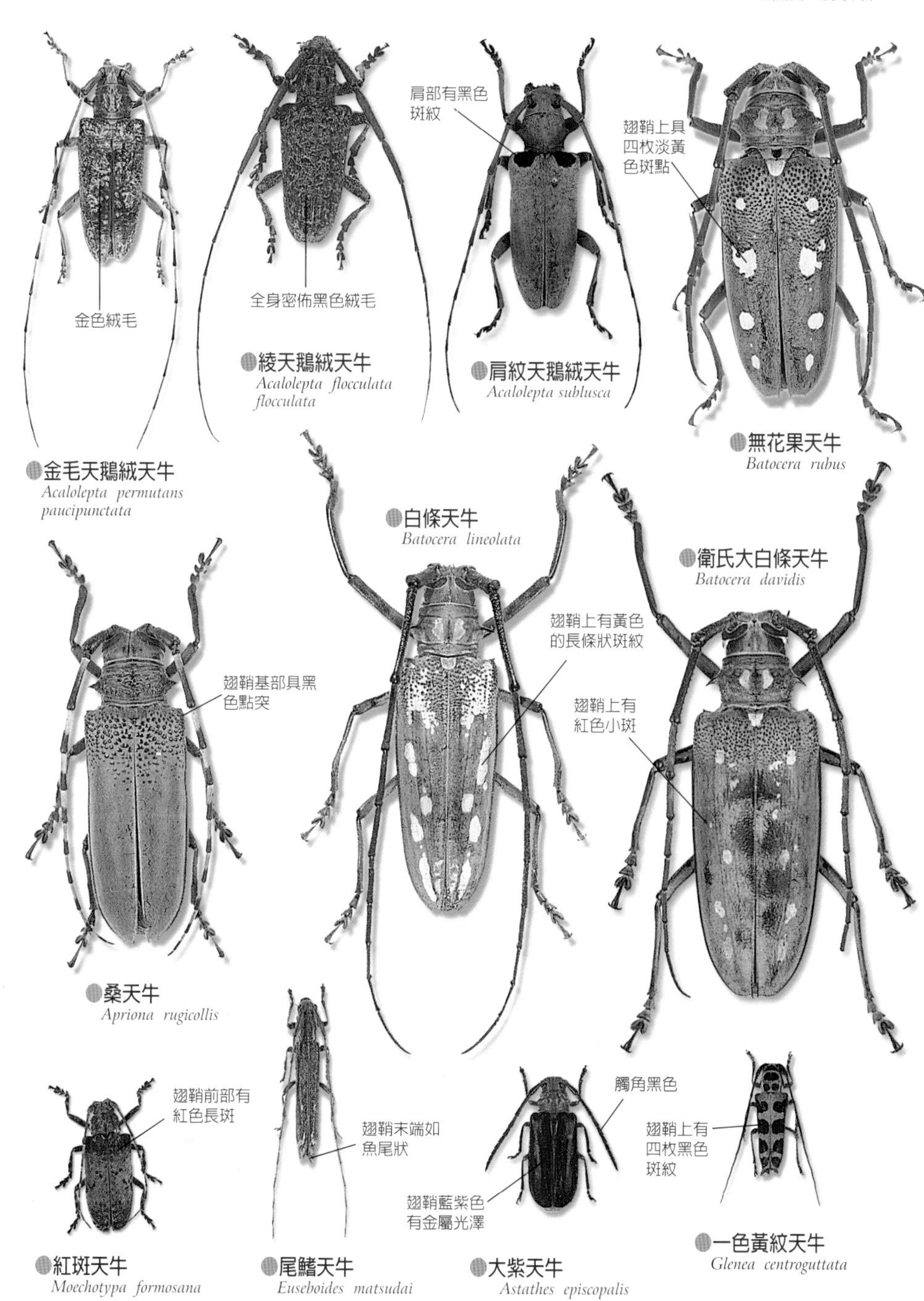

●金毛天鵝絨天牛
Acalolepta permutans paucipunctata

●綾天鵝絨天牛
Acalolepta flocculata flocculata

●肩紋天鵝絨天牛
Acalolepta sublusca

●無花果天牛
Batocera rubus

●白條天牛
Batocera lineolata

●衛氏大白條天牛
Batocera davidis

●桑天牛
Apriona rugicollis

●紅斑天牛
Moechotypa formosana

●尾鰭天牛
Euseboides matsudai

●大紫天牛
Astathes episcopalis

●一色黃紋天牛
Glenea centroguttata

標本實物大小＝圖鑑大小×倍率　　未標示者為標本實物大小

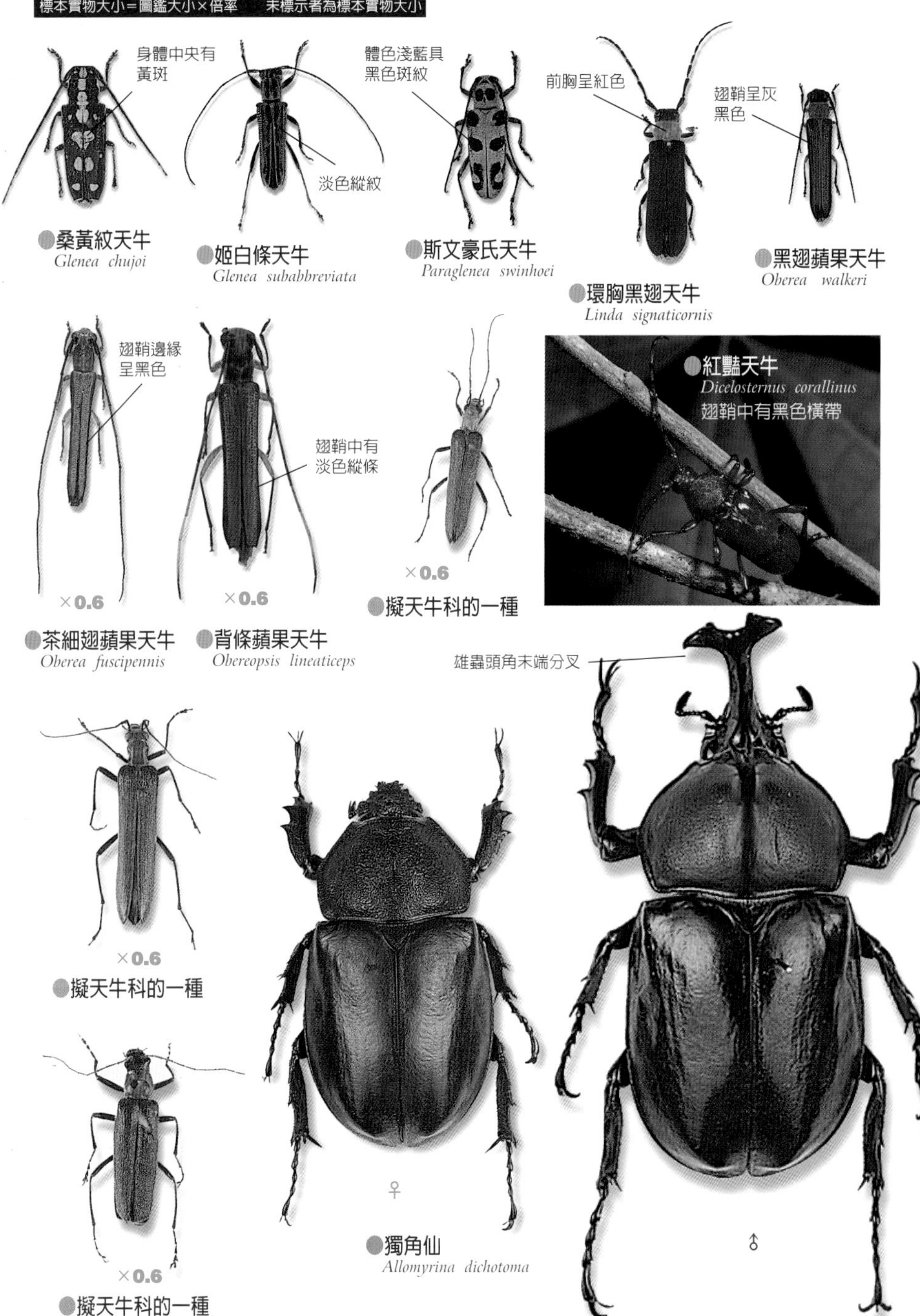

●桑黃紋天牛 *Glenea chujoi*

●姬白條天牛 *Glenea subabbreviata*

●斯文豪氏天牛 *Paraglenea swinhoei*

●環胸黑翅天牛 *Linda signaticornis*

●黑翅蘋果天牛 *Oberea walkeri*

●紅豔天牛 *Dicelosternus corallinus*

●茶細翅蘋果天牛 *Oberea fuscipennis*

●背條蘋果天牛 *Obereopsis lineaticeps*

●擬天牛科的一種

●擬天牛科的一種

●擬天牛科的一種

●獨角仙 *Allomyrina dichotoma*

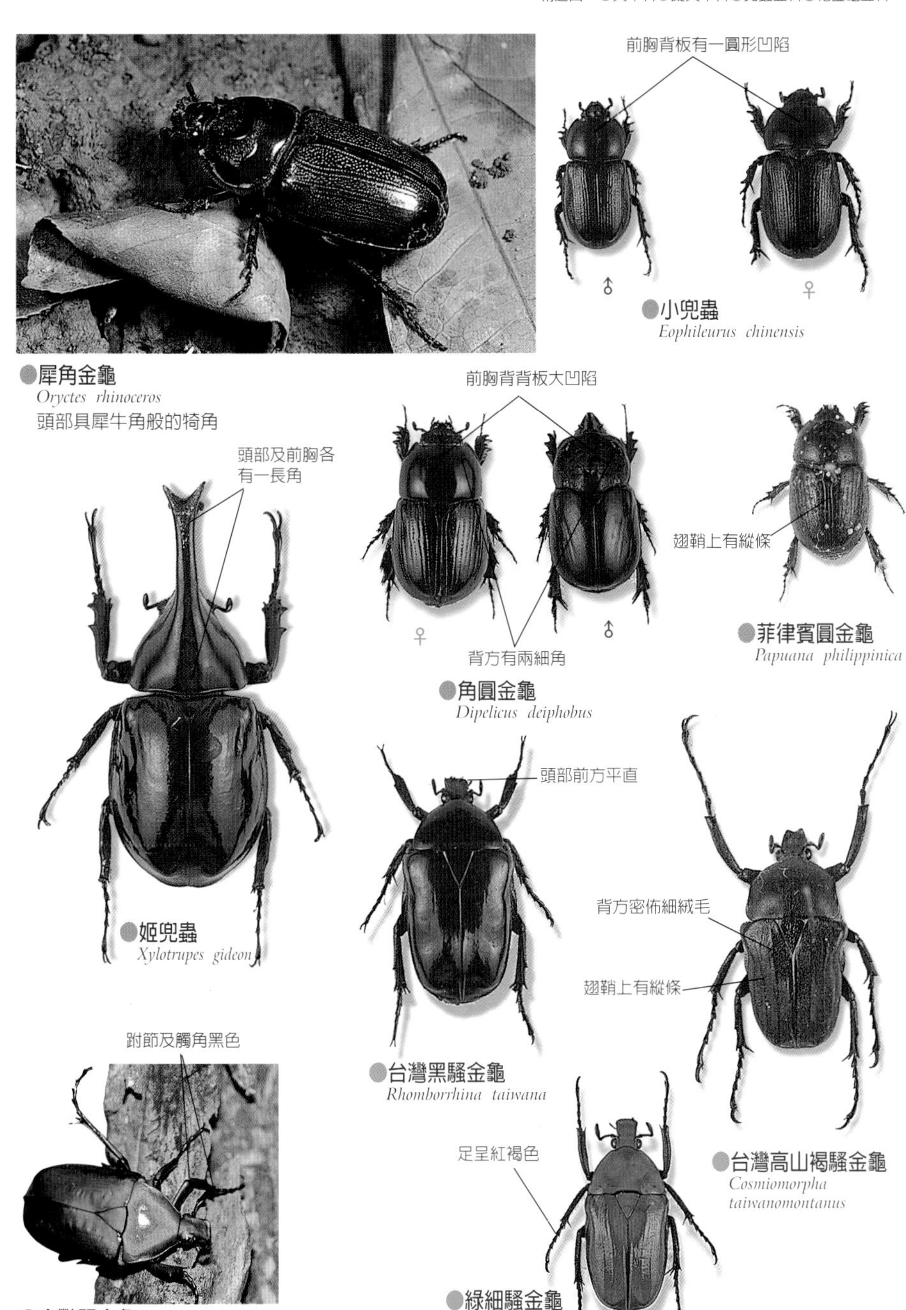

●小兜蟲
Eophileurus chinensis

●犀角金龜
Oryctes rhinoceros
頭部具犀牛角般的犄角

●菲律賓圓金龜
Papuana philippinica

●角圓金龜
Dipelicus deiphobus

●姬兜蟲
Xylotrupes gideon

●台灣黑騷金龜
Rhomborrhina taiwana

●台灣高山褐騷金龜
Cosmiomorpha taiwanomontanus

●金豔騷金龜
Rhomborrhina splendida

●綠細騷金龜
Ingrisma paralleliceps

標本實物大小＝圖鑑大小×倍率　未標示者為標本實物大小

●藍豔白點花金龜
Protaetia inquinata

●綠豔白點花金龜
Protaetia elegans
翅鞘有白色小碎斑

●銅豔白點花金龜
Protaetia nigropurprea

●鹿角金龜
Dicranocephalus bourgoini
雄蟲頭部具鹿角狀突起

●紫豔花金龜
Protaetia formosana
翅鞘後半及側緣具橫刻紋

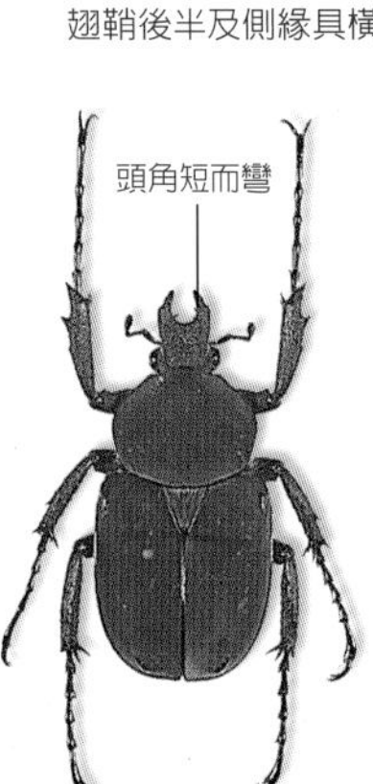

●陳氏角金龜
Dicranocephalus yui cheni

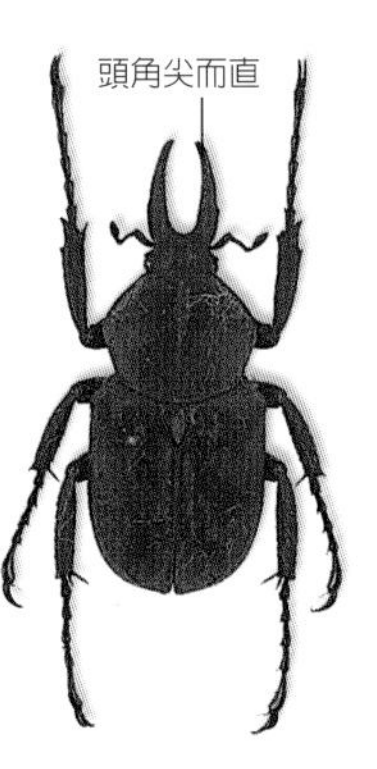

●上野氏角金龜
Dicranocephalus uenoi uenoi

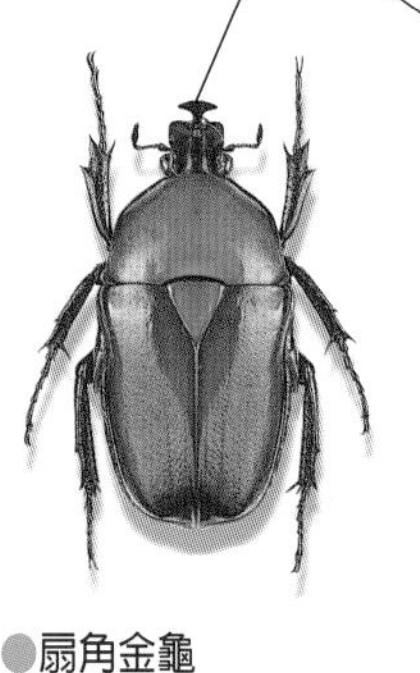
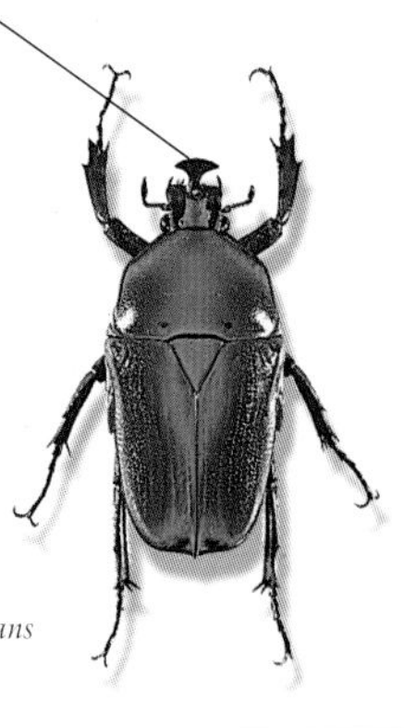

●扇角金龜
Trigonophorus rothschildi varians

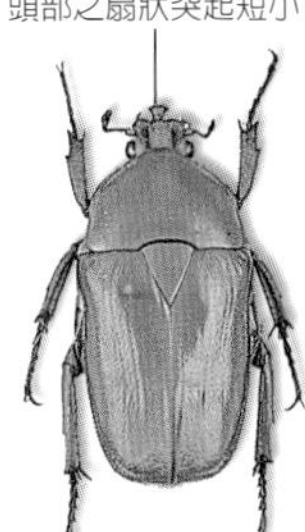

●小扇角金龜
Trigonophorus dilutus

●橙斑花金龜
Anthracophora eddai
翅鞘有褐色及黃色絨毛

●灰斑擬黑花金龜
Clinteria aeneofusca

●偽橫斑花金龜
Glycyphana nybrida

●大衛細花金龜
Callynomes davidis

●黑斑陷紋金龜
Taeniodera nigricollis

●巴蘭陷紋金龜
Euselates perraudieri

●北埔陷紋金龜
Coelodera penicillata
前胸兩條黑色縱紋

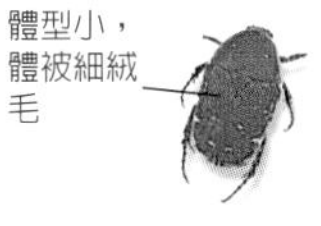

●叉斑陷紋金龜
Euselates proxima

●台灣小綠花金龜
Gametis forticula

●黃斑陷紋金龜
Euselates tonkinensis

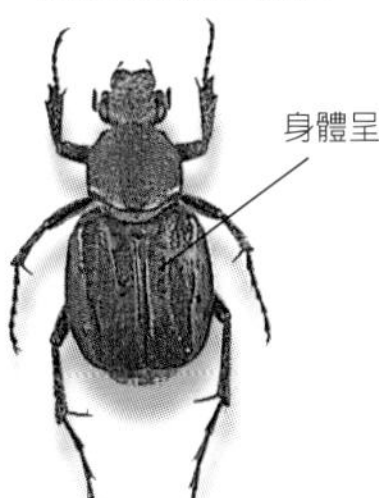

●綠豔長腳花金龜
Trichius elegans

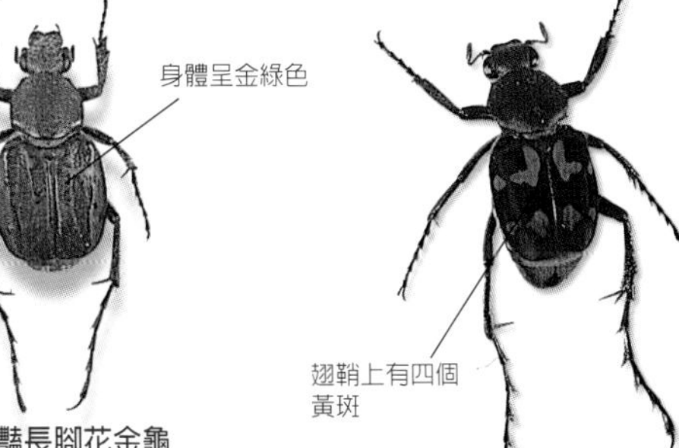

●黃肩長腳花金龜
Trichius cupreites

●三輪長腳花金龜
Gnorimus miwai

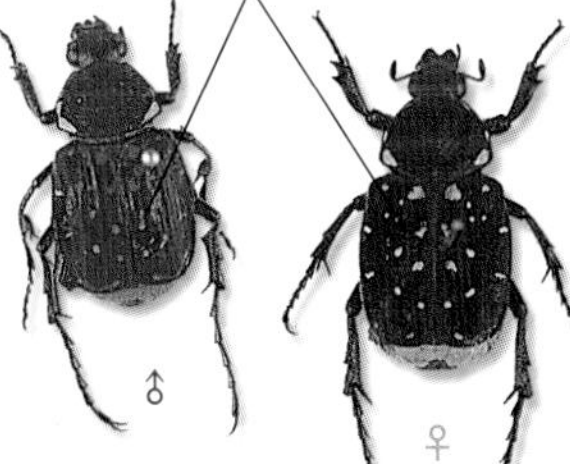

●綠胸長腳花金龜
Gnorimus sumizome

●黃斑扁花金龜
Neovalgus formosanus
翅鞘中央有黃色斑紋

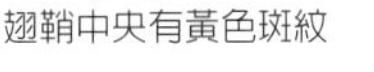

標本實物大小＝圖鑑大小×倍率　未標示者為標本實物大小

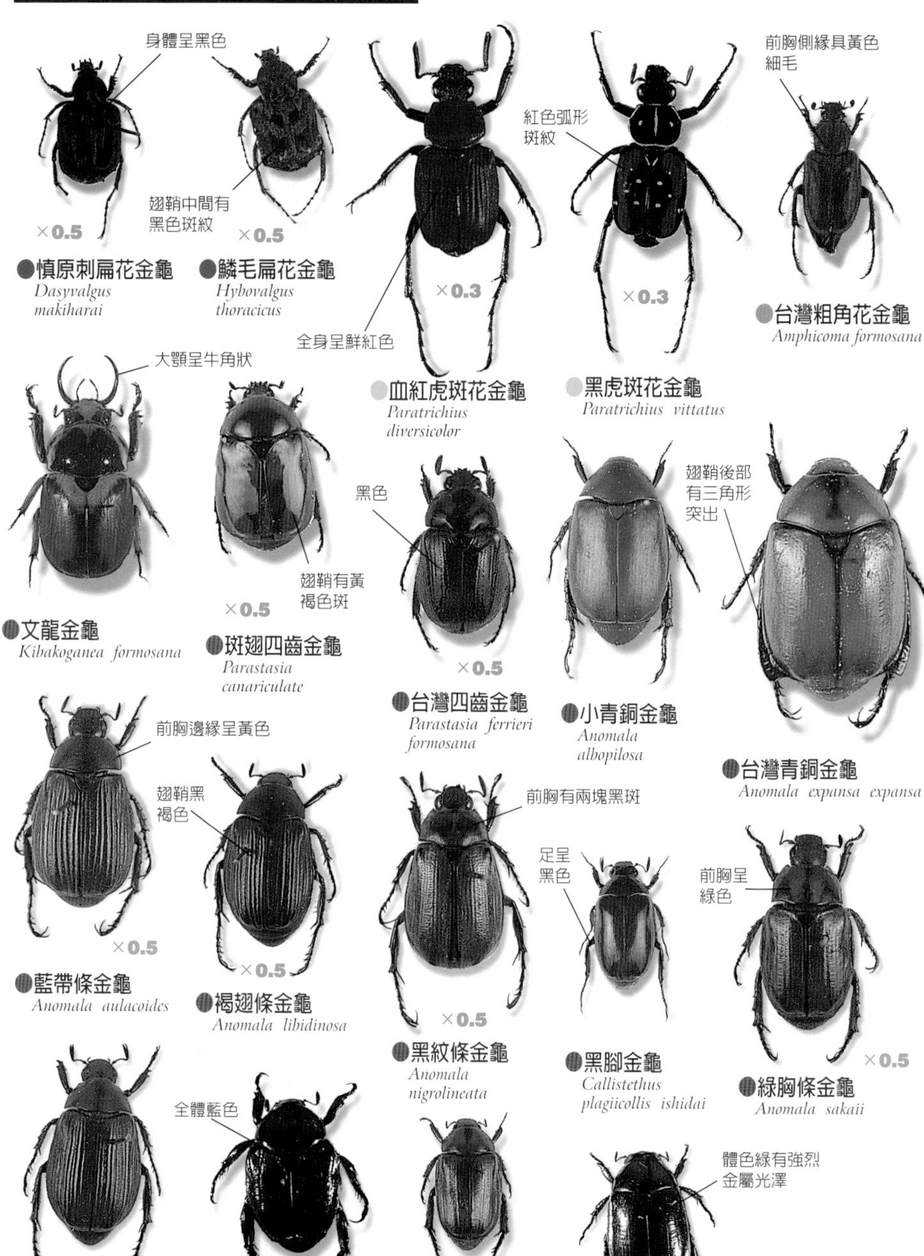

●慎原刺扁花金龜 *Dasyvalgus makiharai*

●鱗毛扁花金龜 *Hybovalgus thoracicus*

●血紅虎斑花金龜 *Paratrichius diversicolor*

●黑虎斑花金龜 *Paratrichius vittatus*

●台灣粗角花金龜 *Amphicoma formosana*

●文龍金龜 *Kibakoganea formosana*

●斑翅四齒金龜 *Parastasia canariculate*

●台灣四齒金龜 *Parastasia ferrieri formosana*

●小青銅金龜 *Anomala albopilosa*

●台灣青銅金龜 *Anomala expansa expansa*

●藍帶條金龜 *Anomala aulacoides*

●褐翅條金龜 *Anomala libidinosa*

●黑紋條金龜 *Anomala nigrolineata*

●黑腳金龜 *Callistethus plagiicollis ishidai*

●綠胸條金龜 *Anomala sakaii*

●條金龜亞科的一種

●琉璃豆金龜 *Popillia mutans*

●缺齒青銅金龜 *Anomala edentula*

●豔金龜 *Mimela splendens*

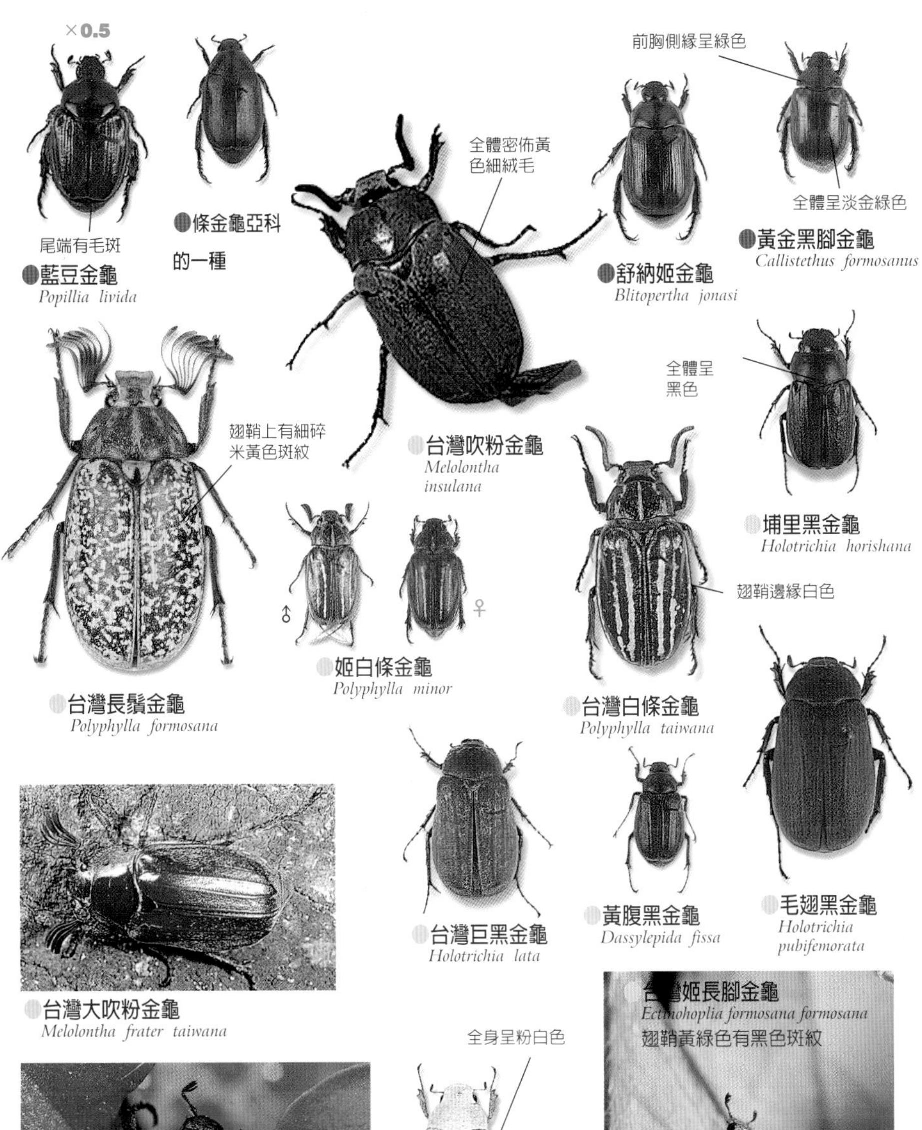

●藍豆金龜 *Popillia livida*

●條金龜亞科的一種

●台灣吹粉金龜 *Melolontha insulana*

●舒納姬金龜 *Blitopertha jonasi*

●黃金黑腳金龜 *Callistethus formosanus*

●埔里黑金龜 *Holotrichia horishana*

●台灣長鬚金龜 *Polyphylla formosana*

●姬白條金龜 *Polyphylla minor*

●台灣白條金龜 *Polyphylla taiwana*

●台灣巨黑金龜 *Holotrichia lata*

●黃腹黑金龜 *Dassylepida fissa*

●毛翅黑金龜 *Holotrichia pubifemorata*

●台灣大吹粉金龜 *Melolontha frater taiwana*

●鮮藍姬長腳金龜 *Ectinohoplia yoi*

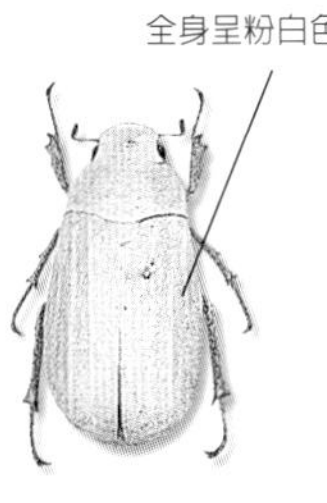

●大白金龜 *Cyphochilus crataceus crataceus*

●台灣姬長腳金龜 *Ectinohoplia formosana formosana*
翅鞘黃綠色有黑色斑紋

標本實物大小＝圖鑑大小×倍率　未標示者為標本實物大小

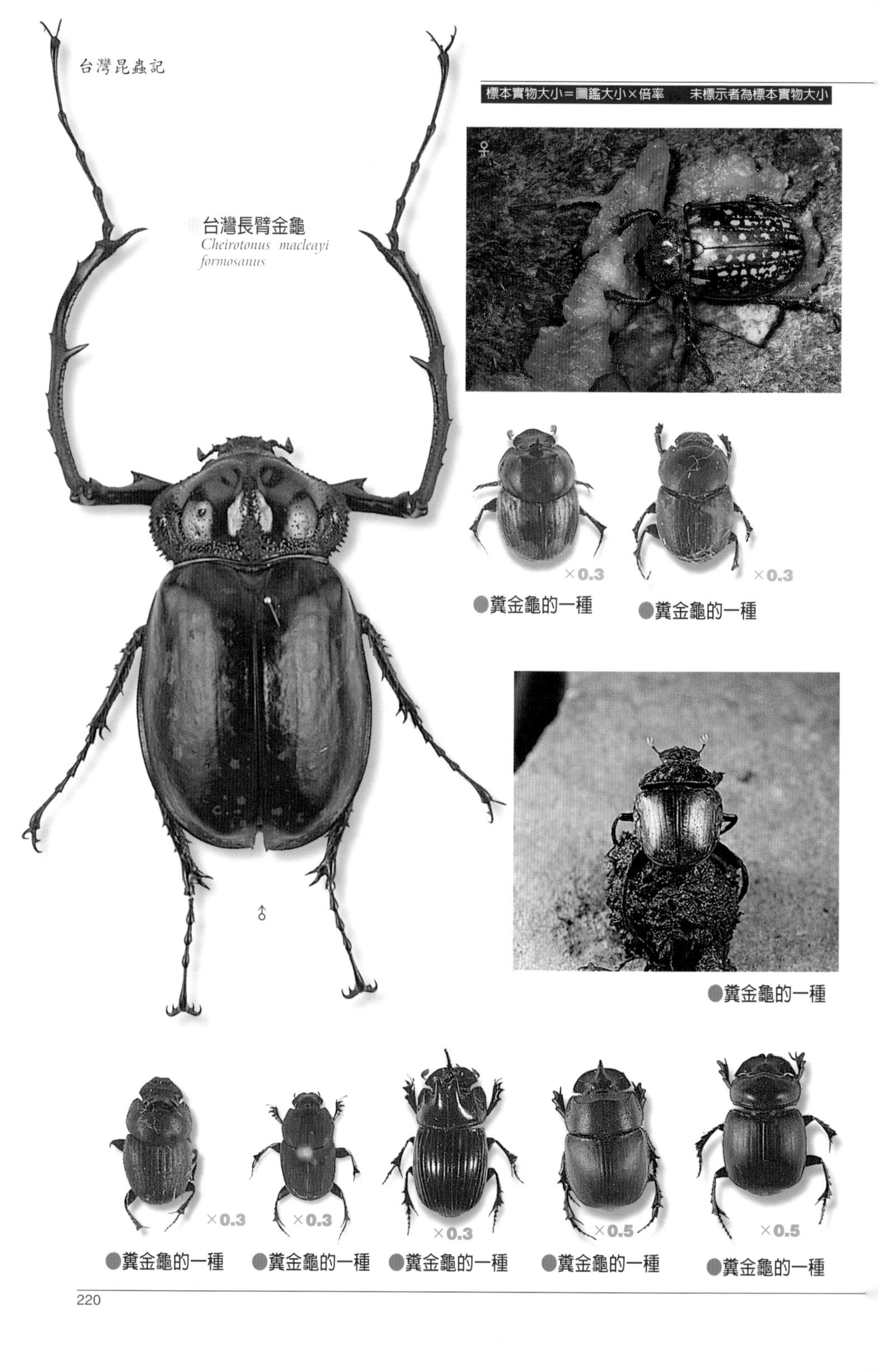

台灣長臂金龜
Cheirotonus macleayi formosanus

●糞金龜的一種

●糞金龜的一種

●糞金龜的一種

●糞金龜的一種

●糞金龜的一種

●糞金龜的一種

●糞金龜的一種

●糞金龜的一種

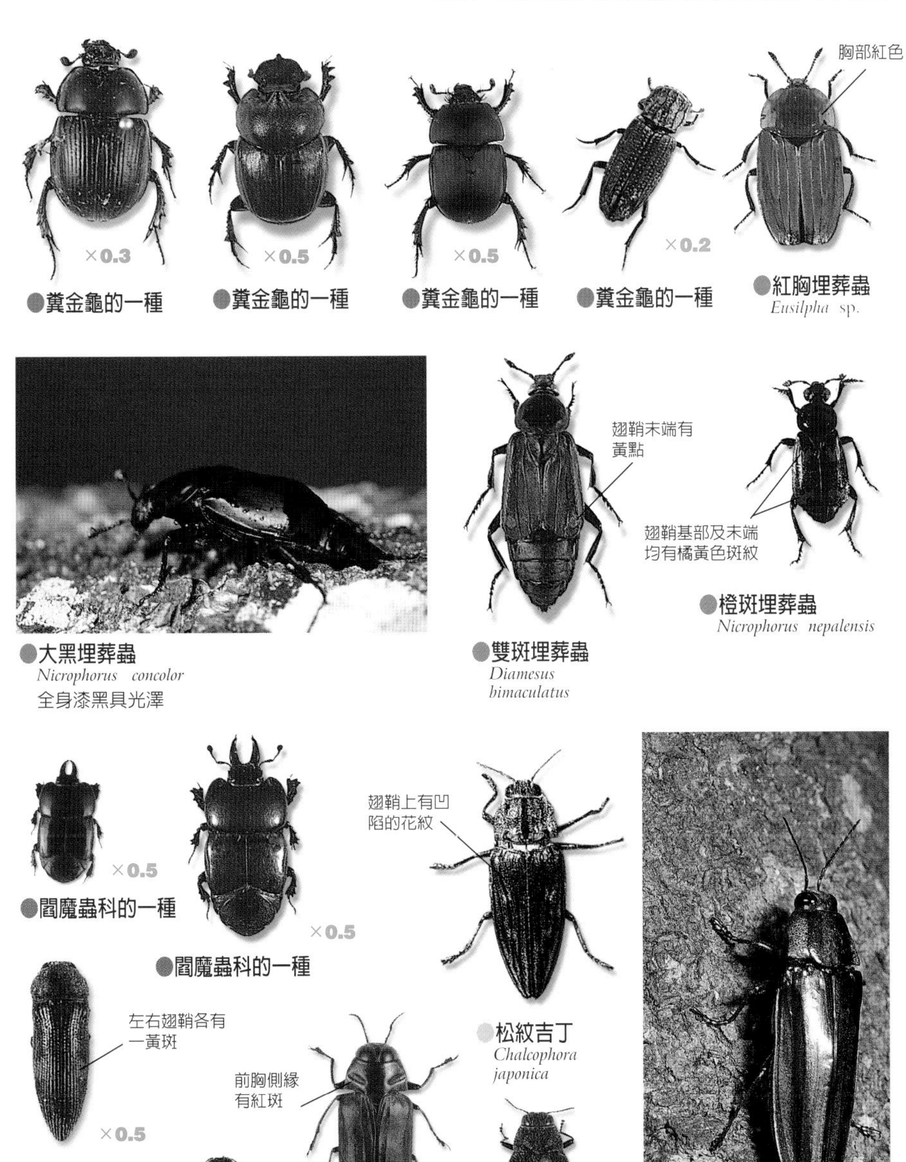

●糞金龜的一種

●糞金龜的一種

●糞金龜的一種

●糞金龜的一種

●紅胸埋葬蟲
Eusilpha sp.

●大黑埋葬蟲
Nicrophorus concolor
全身漆黑具光澤

●雙斑埋葬蟲
Diamesus bimaculatus

●橙斑埋葬蟲
Nicrophorus nepalensis

●閻魔蟲科的一種

●閻魔蟲科的一種

●松紋吉丁
Chalcophora japonica

●黃斑小吉丁
Cobosiella luzonica

●吉丁蟲科的一種

●胸紅吉丁
Belionota fallciosa

●吉丁蟲科的一種

●彩豔吉丁
Chrysochroa fulgidissima
有藍綠色金屬光澤

標本實物大小＝圖鑑大小×倍率　末標示者為標本實物大小

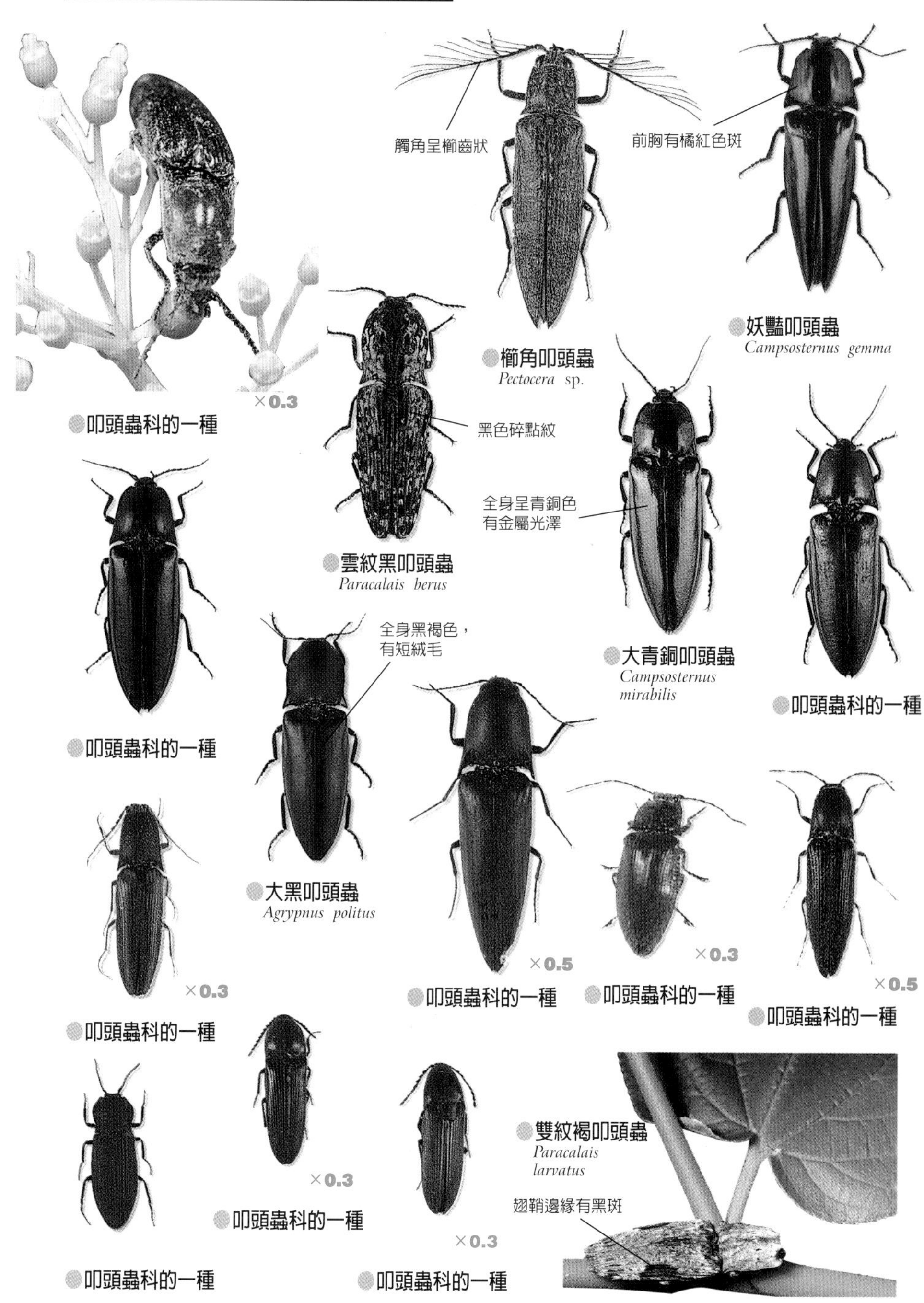

叩頭蟲科的一種

櫛角叩頭蟲 *Pectocera* sp.

妖豔叩頭蟲 *Campsosternus gemma*

雲紋黑叩頭蟲 *Paracalais berus*

大青銅叩頭蟲 *Campsosternus mirabilis*

叩頭蟲科的一種

叩頭蟲科的一種

大黑叩頭蟲 *Agrypnus politus*

叩頭蟲科的一種

叩頭蟲科的一種

叩頭蟲科的一種

叩頭蟲科的一種

雙紋褐叩頭蟲 *Paracalais larvatus*

叩頭蟲科的一種

叩頭蟲科的一種

叩頭蟲科的一種

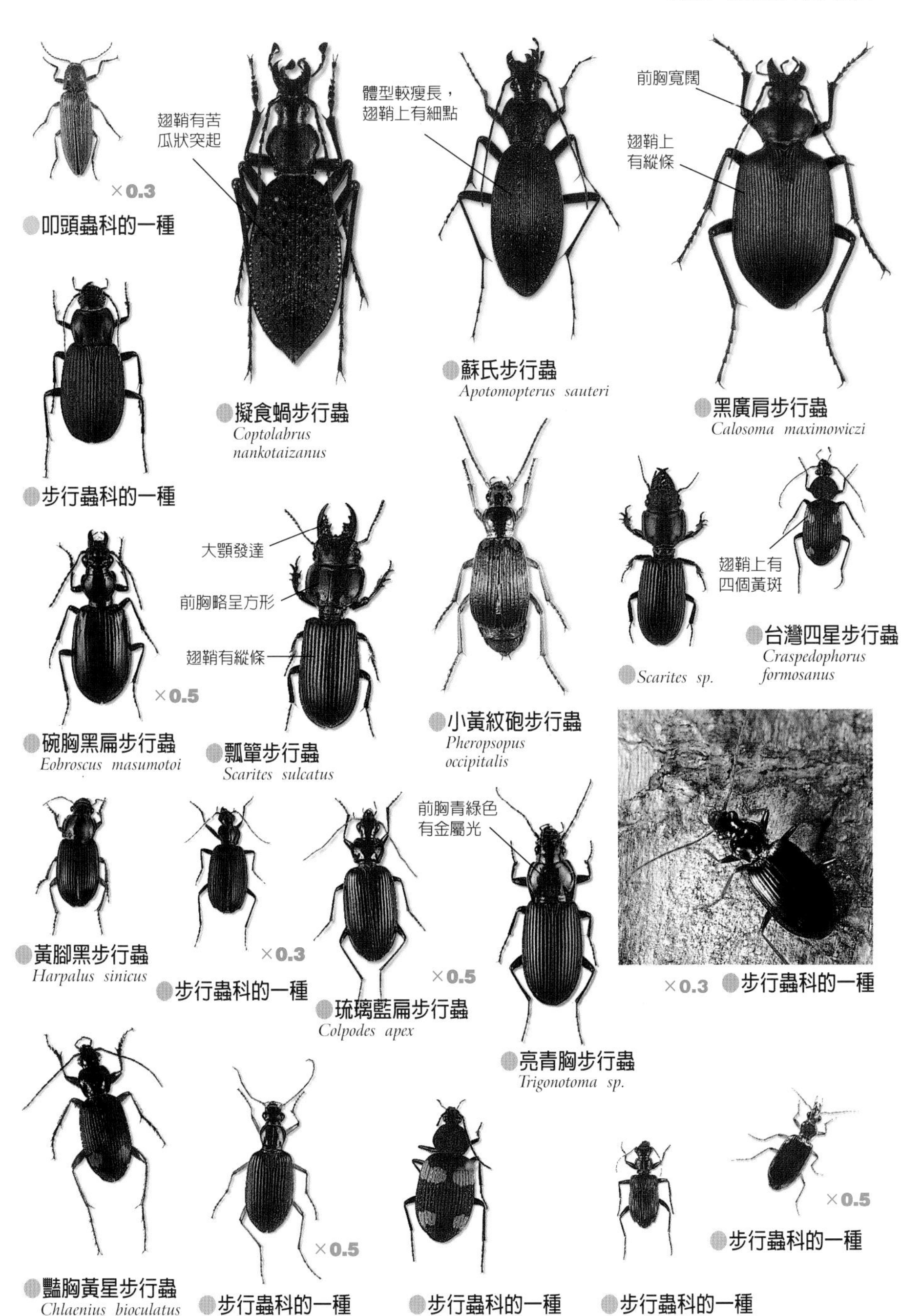

●叩頭蟲科的一種

●擬食蝸步行蟲 *Coptolabrus nankotaizanus*

●蘇氏步行蟲 *Apotomopterus sauteri*

●黑廣肩步行蟲 *Calosoma maximowiczi*

●步行蟲科的一種

●小黃紋砲步行蟲 *Pheropsopus occipitalis*

●*Scarites sp.*

●台灣四星步行蟲 *Craspedophorus formosanus*

●碗胸黑扁步行蟲 *Eobroscus masumotoi*

●瓢簞步行蟲 *Scarites sulcatus*

●黃腳黑步行蟲 *Harpalus sinicus*

●步行蟲科的一種

●琉璃藍扁步行蟲 *Colpodes apex*

●亮青胸步行蟲 *Trigonotoma sp.*

●步行蟲科的一種

●黯胸黃星步行蟲 *Chlaenius bioculatus*

●步行蟲科的一種

●步行蟲科的一種

●步行蟲科的一種

●步行蟲科的一種

標本實物大小＝圖鑑大小×倍率　　末標示者為標本實物大小

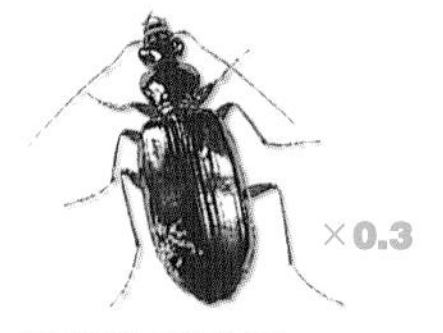
×0.3

亮青扁步行蟲 *Colpodes buchanani*

長胸青步行蟲 *Desera geniculata* ×0.3

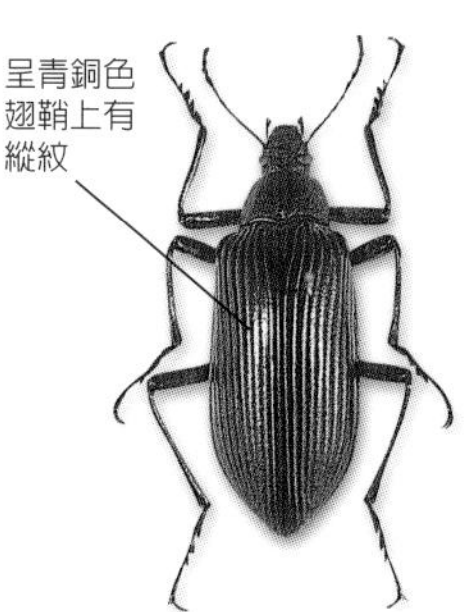

大回擬步行蟲 *Campsiomorpha formosana*

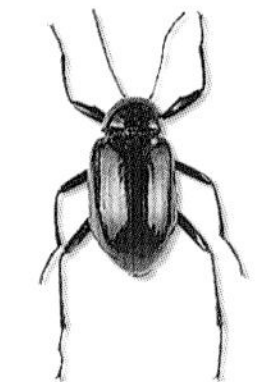

擬步行蟲科的一種

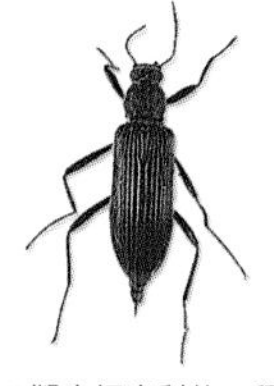

擬步行蟲科的一種

擬步行蟲科的一種

×0.5

擬步行蟲科的一種

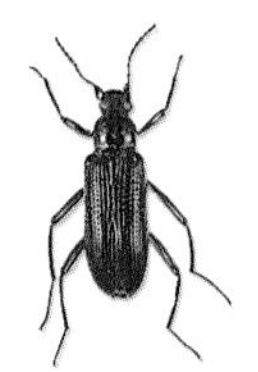

擬步行蟲科的一種

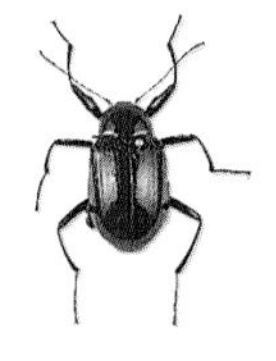

擬步行蟲科的一種

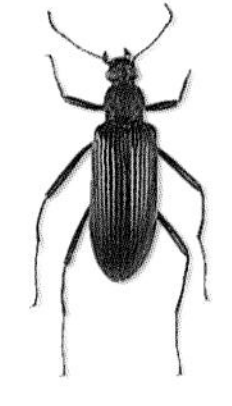

擬步行蟲科的一種

擬步行蟲科的一種

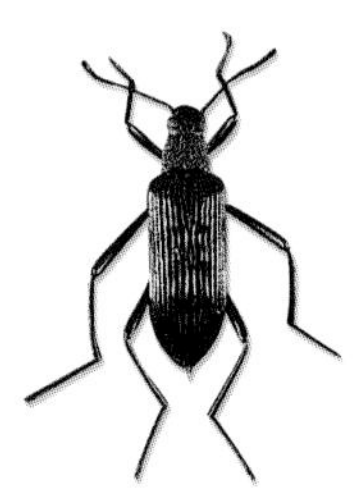

擬步行蟲科的一種

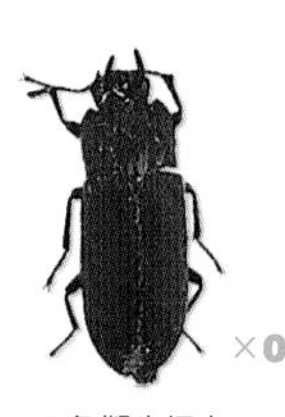
×0.5

角擬步行蟲 *Toxicum* sp.

♂ ×0.8

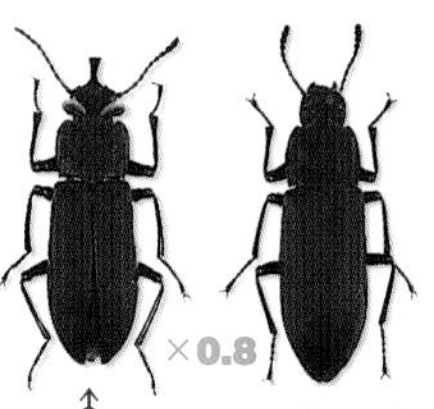
♀ ×0.8

擬步行蟲科的一種 *Toxicum* sp.

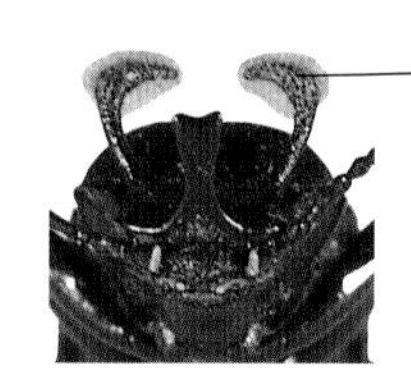

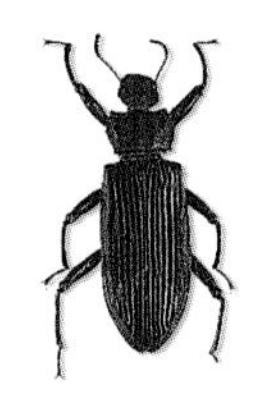
×0.5

擬步行蟲科的一種

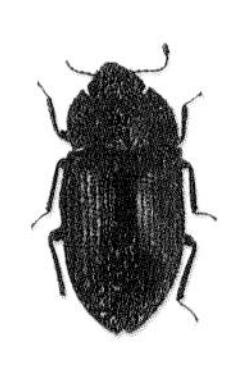
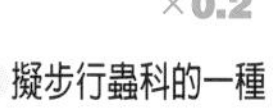
×0.2

擬步行蟲科的一種

×0.8

擬步行蟲科的一種

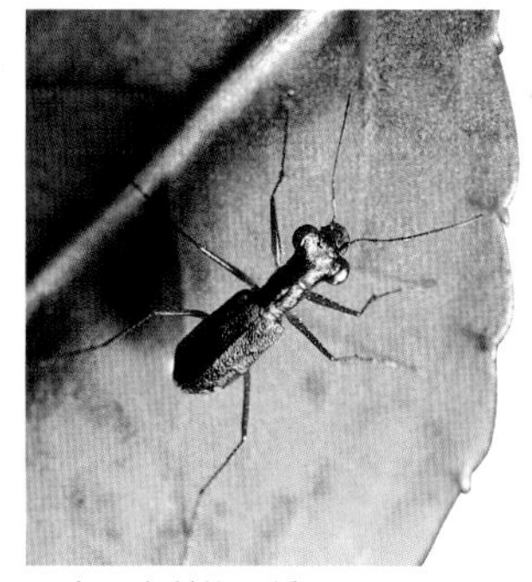

八星虎甲蟲
Cicindela aurulenta
體色呈藍綠色具金屬光，翅鞘上有白斑

×0.5 虎甲蟲科的一種

虎甲蟲科的一種 ×0.5

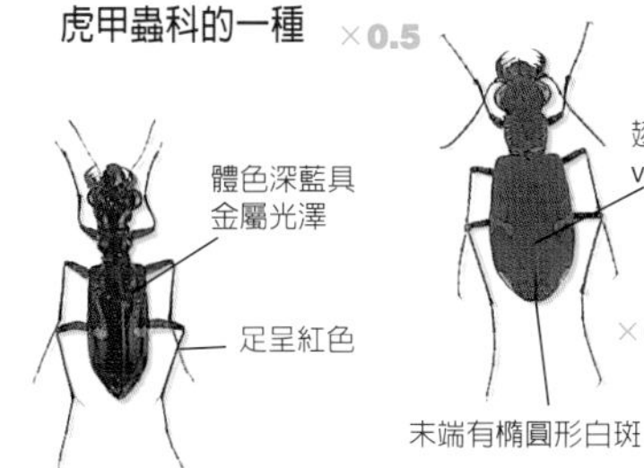

×0.5

藍綠色
身體細瘦略呈三角形

×0.5 ×0.3 虎甲蟲科的一種

琉璃突眼虎甲蟲
Therates fruhstorfera

素木氏虎甲蟲
Cicindela shirakii

長頸虎甲蟲
Collyris formosana

×0.5
郭公蟲科的一種

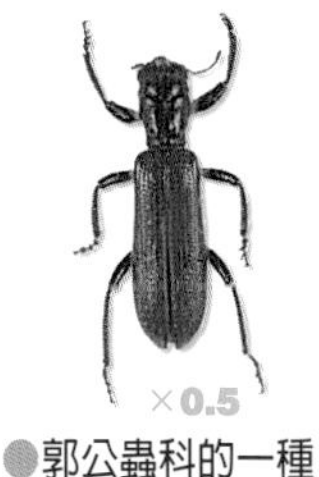

×0.5
郭公蟲科的一種

×0.5
郭公蟲科的一種

×0.2
郭公蟲科的一種

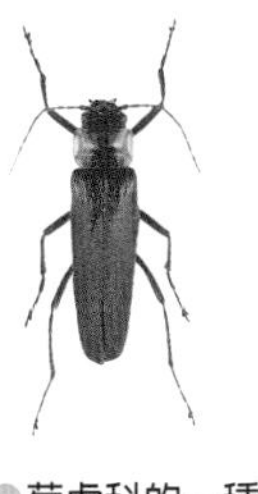

菊虎科的一種

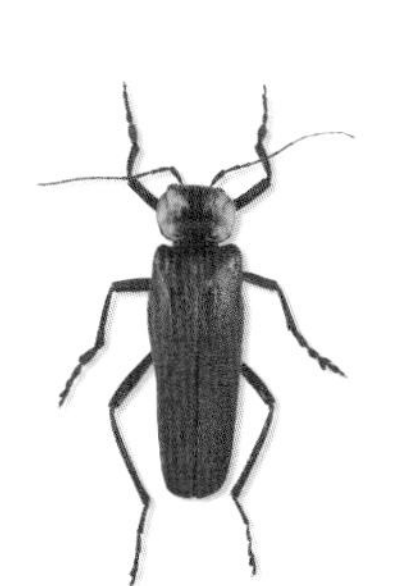

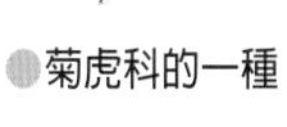

菊虎科的一種

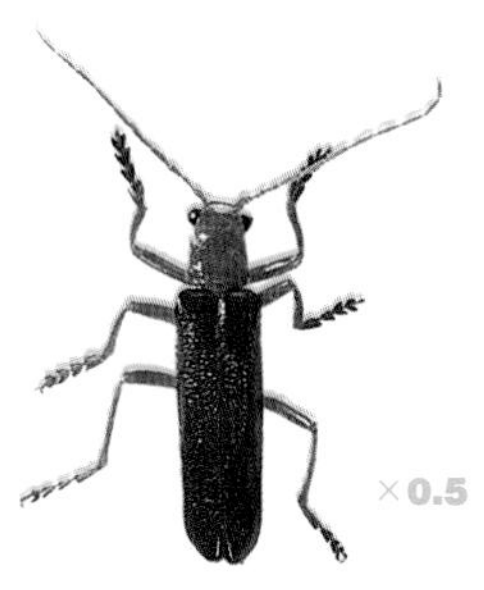

×0.5

菊虎科的一種

菊虎科的一種 ×0.5

標本實物大小＝圖鑑大小×倍率　　未標示者為標本實物大小

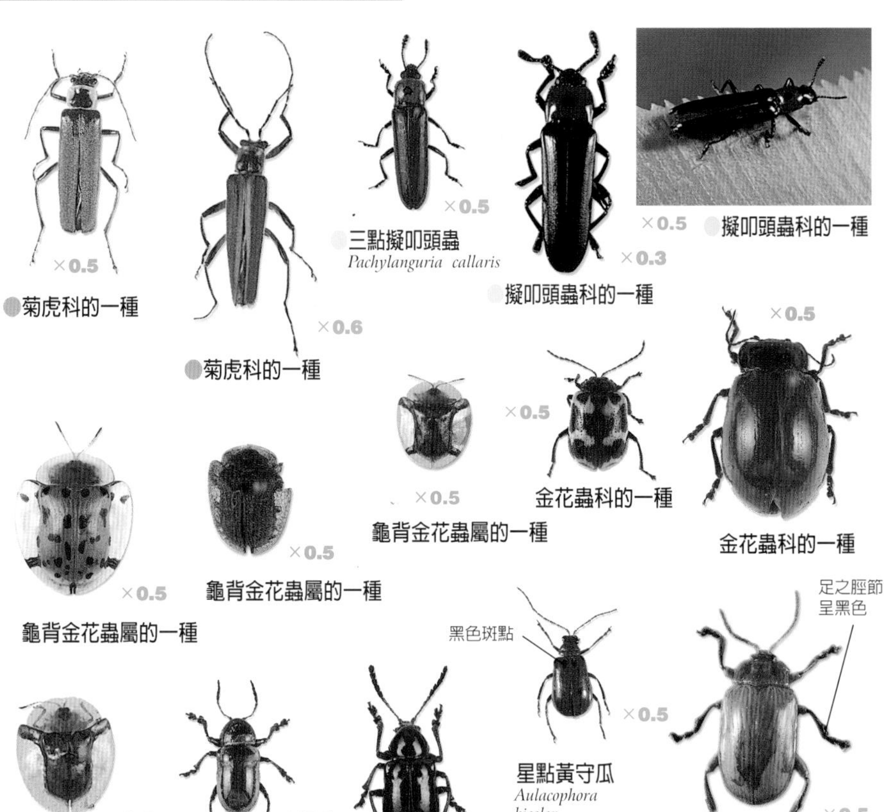

×0.5
菊虎科的一種

×0.6
菊虎科的一種

×0.5
三點擬叩頭蟲
Pachylanguria callaris

×0.3
擬叩頭蟲科的一種

×0.5
擬叩頭蟲科的一種

×0.5
龜背金花蟲屬的一種

×0.5
金花蟲科的一種

×0.5
金花蟲科的一種

×0.5
龜背金花蟲屬的一種

×0.5
龜背金花蟲屬的一種

×0.5
星點黃守瓜
Aulacophora bicolor

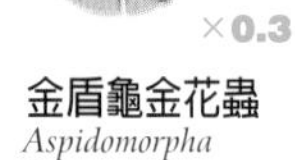

×0.3
金盾龜金花蟲
Aspidomorpha furcata

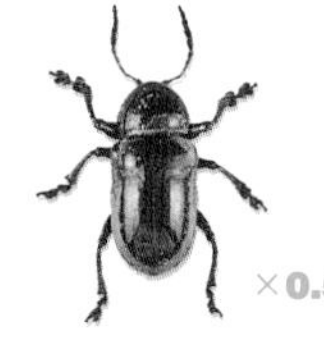

×0.5
金花蟲科的一種

×0.3
藍金花蟲
Altica cyanea

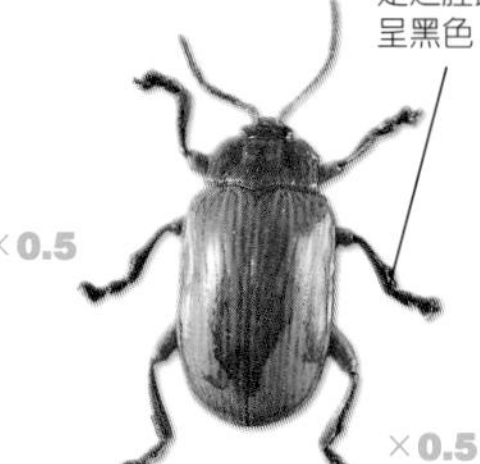

×0.5
大黃金花蟲
Podontia lutea

一種金花蟲的幼蟲

×0.3
金花蟲科的一種

金花蟲科的一種 ×0.3

黑鐵甲蟲 ×0.2
Hispellinus sp.
背方密佈細刺

紅背豔金花 ×0.5

×0.2
褐胸鐵甲蟲
Dactylispa higoniae

金花蟲科的一種 ×0.5

×0.5 大琉璃金花蟲
Agetocera discedens
翅鞘藍色具光澤

黃守瓜 ×0.5
Aulacophora indica

身體呈金綠色，有黑色紋 ×0.2

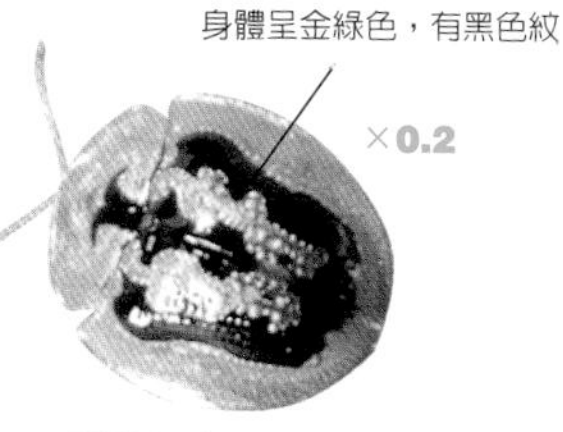
甘薯龜背金花蟲
Cassida circumdata

×0.2 黃條葉蚤
Phyllotreta striolata

×0.2
金花蟲科的一種

×0.2
●擬金花蟲科的一種

×0.2 金花蟲科的一種

標本實物大小＝圖鑑大小×倍率　　末標示者為標本實物大小

×0.2
六條瓢蟲
Menochilus sexmaculatus

×0.3
錨紋瓢蟲
Lemnia biplagiata
黑色錨狀花紋

×0.3
赤星瓢蟲
Lemnia swinhoei
前胸有兩個白斑，翅鞘上有一大紅斑

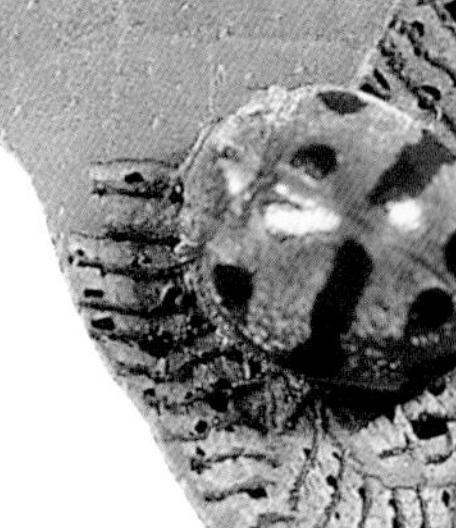

×0.2
瓢蟲科的一種

×0.2
十三星瓢蟲
Harmonia dimidata

×0.3
擬瓢蟲科的一種

×0.3
擬瓢蟲科的一種

×0.3
擬瓢蟲科的一種

×0.3
龜紋瓢蟲
Aiolocaria hexaspilota

紅頭地膽
Epicauta hirticornis

橫紋地膽
Mylabris cichorii

隱翅蟲科的一種
×0.2

×0.5
龍蝨科的一種

●龍蝨科的一種 ×0.5

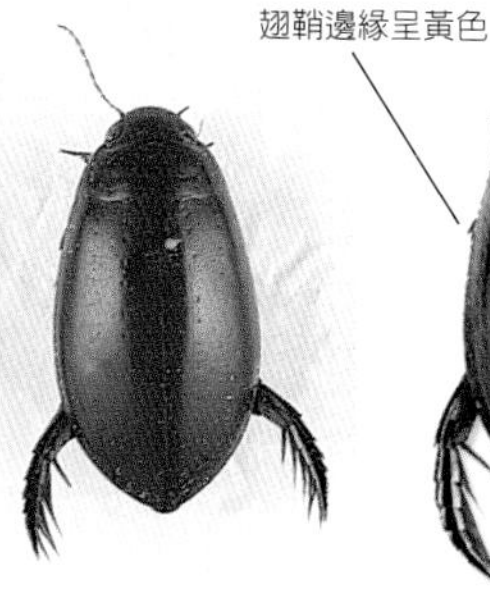

●龍蝨科的一種

●東方黃緣龍蝨
Cybister tripunctatus

●牙蟲科的一種 ×0.5

●黃紋麗龍蝨
Hyddaticus vittatus

×0.5

●龍蝨科的一種

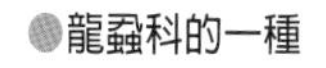

×0.5

●龍蝨科的一種

牙蟲常常會浮到水面換氣

龍蝨（左）與牙蟲的區別在於牙蟲的腹面有一刺狀突起

●牙蟲科的一種

●大豉甲
Dineutus orientalis

●椰子象鼻蟲

×0.7

●斜條象鼻蟲
Cryptoderma fortunei

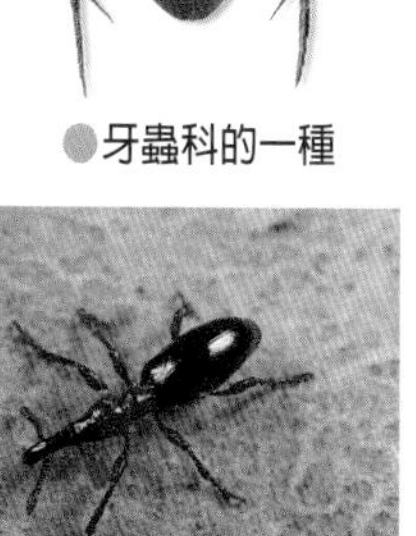

●甘藷蟻象鼻蟲 ×0.3
Cylas formicarius
前胸紅色

●竹子大象鼻蟲
Cyrtotrachelus longimalus

標本實物大小＝圖鑑大小×倍率　未標示者為標本實物大小

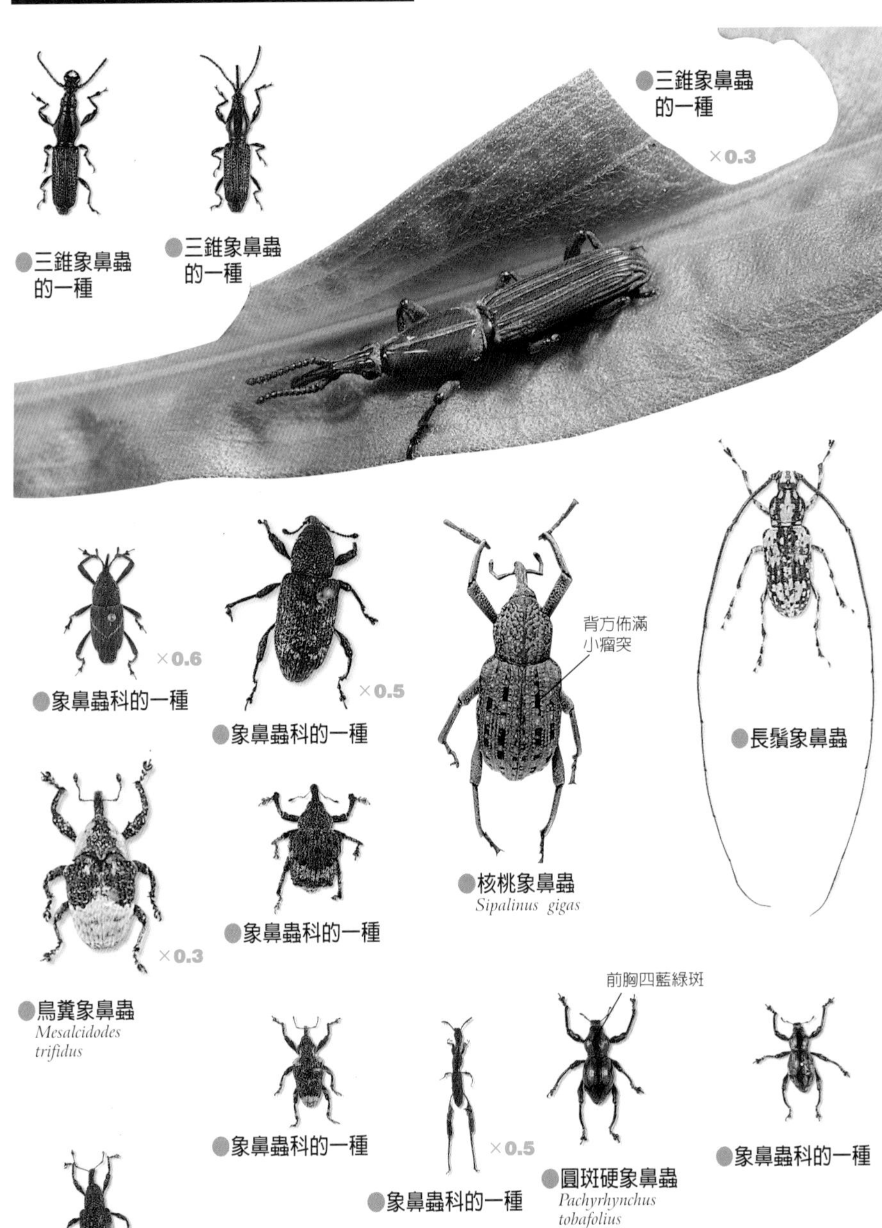

●三錐象鼻蟲的一種

●三錐象鼻蟲的一種

●三錐象鼻蟲的一種

●象鼻蟲科的一種

●象鼻蟲科的一種

●核桃象鼻蟲 *Sipalinus gigas*

●長鬚象鼻蟲

●象鼻蟲科的一種

●鳥糞象鼻蟲 *Mesalcidodes trifidus*

●象鼻蟲科的一種

●象鼻蟲科的一種

●圓斑硬象鼻蟲 *Pachyrhynchus tobafolius*

●象鼻蟲科的一種

●象鼻蟲科的一種

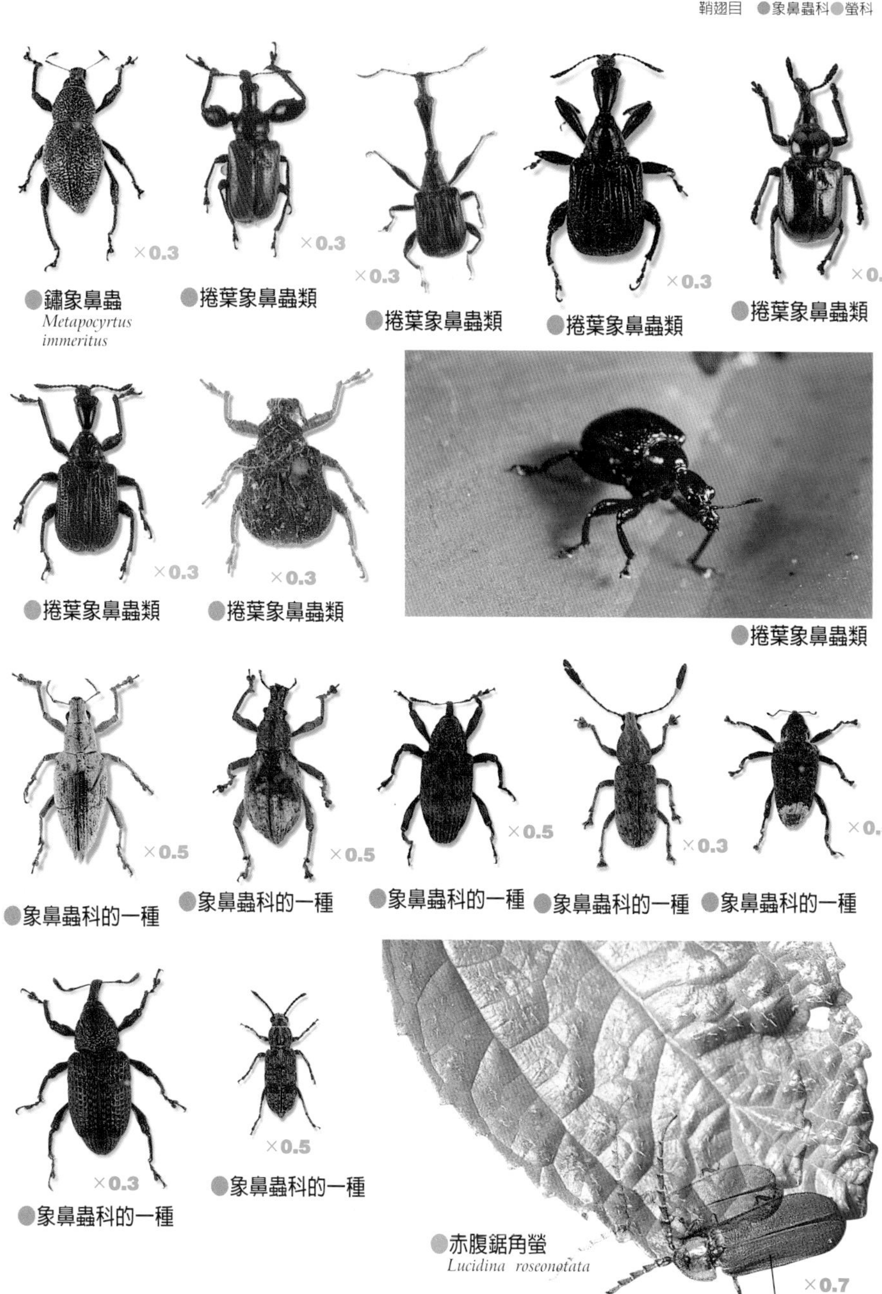
×0.3
●鏽象鼻蟲
Metapocyrtus immeritus
×0.3
●捲葉象鼻蟲類
×0.3
●捲葉象鼻蟲類
×0.3
●捲葉象鼻蟲類
×0.3
●捲葉象鼻蟲類
×0.3
●捲葉象鼻蟲類
×0.3
●捲葉象鼻蟲類
●捲葉象鼻蟲類
×0.5
●象鼻蟲科的一種
×0.5
●象鼻蟲科的一種
×0.5
●象鼻蟲科的一種
×0.3
●象鼻蟲科的一種
×0.5
●象鼻蟲科的一種
×0.3
●象鼻蟲科的一種
×0.5
●象鼻蟲科的一種
●赤腹鋸角螢
Lucidina roseonotata
×0.7
翅鞘黑色

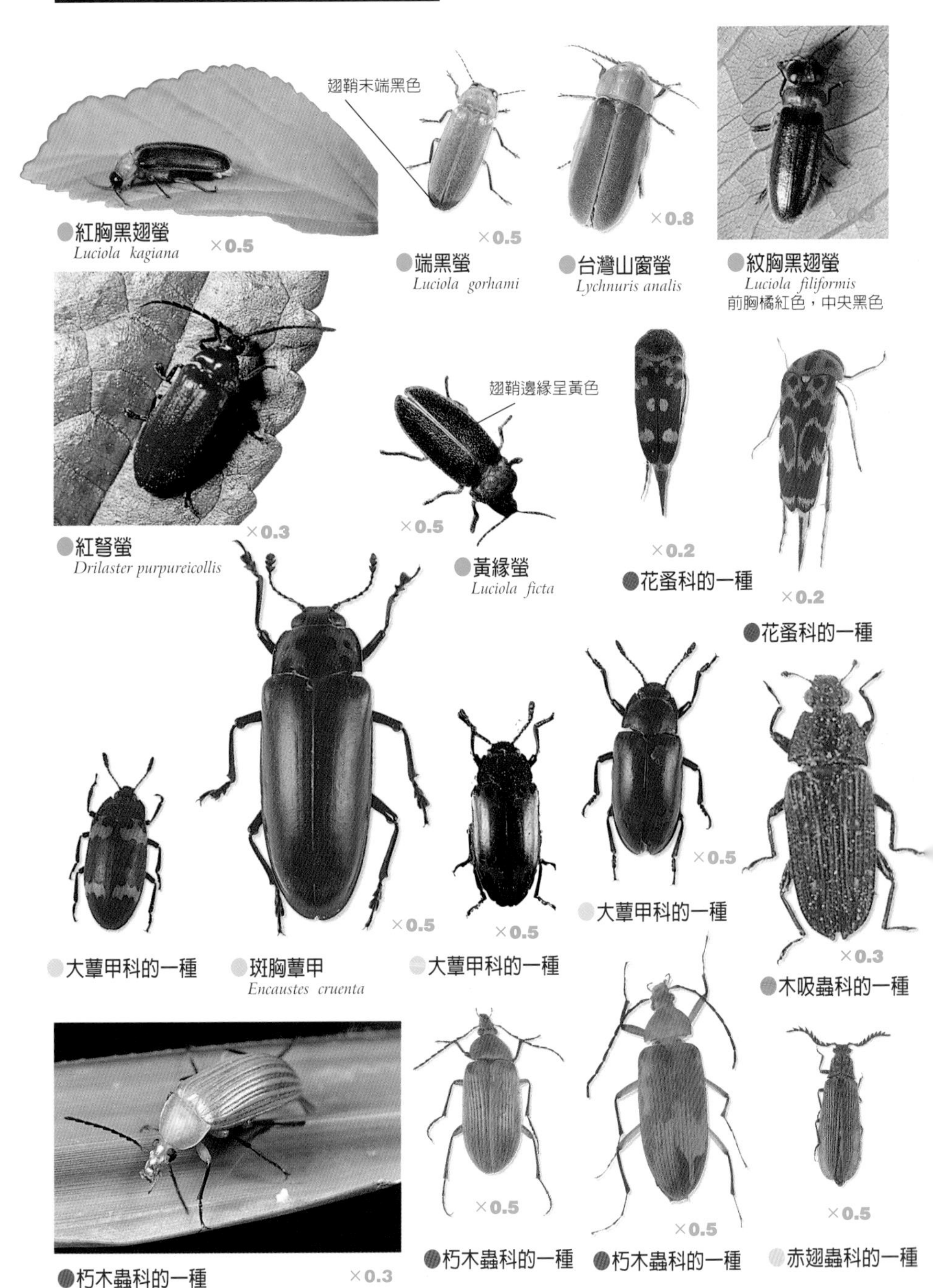

●紅胸黑翅螢
Luciola kagiana ×0.5

●端黑螢
Luciola gorhami

●台灣山窗螢
Lychnuris analis

●紋胸黑翅螢
Luciola filiformis
前胸橘紅色，中央黑色

●紅䓢螢
Drilaster purpureicollis

●黃緣螢
Luciola ficta

●花蚤科的一種

●花蚤科的一種

●大蕈甲科的一種

●大蕈甲科的一種

●斑胸蕈甲
Encaustes cruenta

●大蕈甲科的一種

●木吸蟲科的一種

●朽木蟲科的一種 ×0.3

●朽木蟲科的一種

●朽木蟲科的一種

●赤翅蟲科的一種

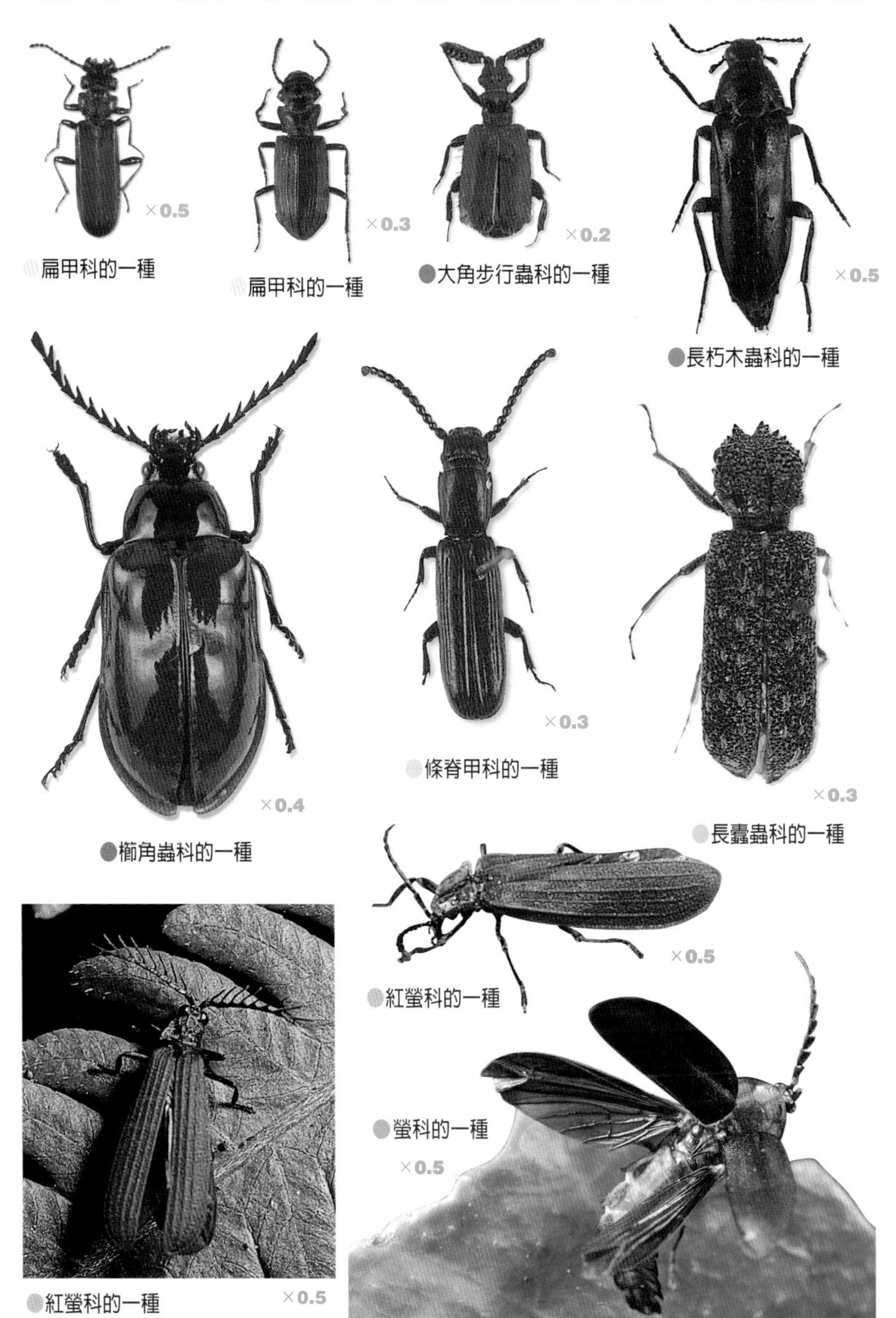

×0.5 ●扁甲科的一種
×0.3 ●扁甲科的一種
×0.2 ●大角步行蟲科的一種
×0.5 ●長朽木蟲科的一種
×0.4 ●櫛角蟲科的一種
×0.3 ●條脊甲科的一種
×0.3 ●長蠹蟲科的一種
×0.5 ●紅螢科的一種
×0.5 ●紅螢科的一種
●螢科的一種 ×0.5

鱗翅目
Lepidoptera
英名 butterfly，moth

這一目的昆蟲由蝶類和蛾類所組成，因爲牠們的翅上佈滿了細小的鱗片，所以稱之爲鱗翅目。台灣產的蛾類據估計約有6,000～8,000種之多；蝶類大約有400種左右，其中台灣特產的蝴蝶有54種。

要如何來區別蝴蝶與蛾呢？蝶類的觸角外形像一根拉長的驚嘆號或是球棒，而蛾類的觸角外形變化多端，有絲狀、鋸齒狀、梳狀、羽狀等。所以只要看到的昆蟲其翅上佈滿鱗粉而觸角呈球棒狀的，就可以判定是蝶類了；如果觸角不是球棒狀，那麼應該就是蛾。

全世界的蝴蝶種類大約有15,000種左右。蝴蝶的家族共可分成13個科，包括了鳳蝶、粉蝶、斑蝶、蛺蝶、小灰蝶、挵蝶、小灰蛺蝶、環紋蝶、天狗蝶（長鬚蝶）、蛇目蝶、銀斑小灰蝶，此外還有台灣本島沒有的摩爾福蝶及貓頭鷹蝶。

常見的蛾類大致上有燈蛾、尺蠖蛾、擬燈蛾、擬尺蠖蛾、天蛾、天蠶蛾、毒蛾、刺蛾、夜蛾、鹿子蛾、斑蛾等等。

鳳蝶科 Papilionidae
英名 swallowtails

鳳蝶是較爲大型且美麗的蝴蝶，目前台灣已知的有34種，前翅多爲黑色，翅大型，後翅多具尾突。幼蟲最明顯的特徵是受到驚擾的時候會伸出臭角，釋放出特殊氣味，使掠食者不適而離開。

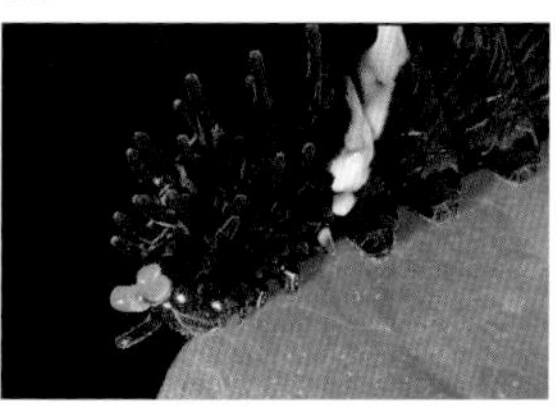

鳳蝶的幼蟲有兩種類型

粉蝶科 Pieridae
英名 whites，sulfurs

一般身體多爲白色、黃色或紅色等鮮明色彩，帶有鱗粉，六足發達，蛹爲帶蛹，幼蟲多爲綠色，食量較大。

斑蝶科 Danaidae
英名 milkweed butterflies

頭部及胸腹爲深色，頭部及胸部具有白色的小點，前足退化，雄蟲腹部末端有兩個黃色羽狀的毛筆器，飛行緩慢，幼蟲的身體顏色花紋較爲明顯，背方有幾對長肉棘，多取食有毒植物的葉片，同時可將毒質存留在體內，成蟲及幼蟲均帶有食草的毒質。

斑蝶的幼蟲

蛺蝶科 Nymphalidae
英名 brush-footed butterflies

前足退化，翅的邊緣多呈不規則的波狀缺刻，有如波浪或破損，飛行速度快，除訪花吸食花蜜之外，喜吸食動物的糞便或尿液，也常常出現在樹幹的傷口上吸食樹液。幼蟲身體多具肉刺或各種突起。

小灰蝶科 Lycaenidae
英名 gossamer-winged butterflies

小型的蝴蝶，一般展翅約2～3公分，觸角有黑白相間的環紋，後翅常有細尾突及假眼紋。幼蟲多呈橢圓形，部分種類與螞蟻共生，也有肉食性的種類，靠捕食蚜蟲等小昆蟲爲生，成蟲均訪花吸食花蜜。

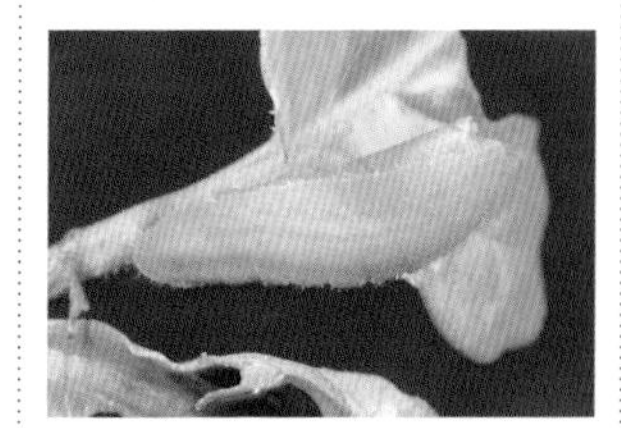

小灰蝶的幼蟲

銀斑小灰蝶科Curetidae

成蟲胸部較爲粗壯，翅腹面

呈銀白色。飛行十分快速，喜吸水及吸食樹液。

小灰蛺蝶科 Riodinidae

台灣僅有2種，分佈於中低海拔的山區，成蟲前足退化，部份種類後翅末端略呈魚尾狀，飛行快速。蛹為帶蛹。

蛇目蝶科 Satyridae

英名 nymphs

體色灰褐，大部份翅上具有許多眼紋，依種類不同眼紋的數目也不同，前足退化。白天多在樹蔭下或於黃昏時活動，幼蟲多以禾本科植物為食。

挵蝶科 Hesperiidae

英名 common skippers

身體粗短，觸角鉤狀，六足發達，翅三角形。飛行快速，休息時翅不閉合上舉而呈v字形。成蟲較常在傍晚出現，除訪花外還會吸食腐果汁液，幼蟲多以禾本科植物的葉片為食，頭大、身體光滑，常將葉片捲起而藏身其中。

挵蝶的幼蟲

環紋蝶科Amathusiidae

台灣只有一種，屬於大型的蝶類，翅邊緣有小魚狀的斑紋。成蟲較常出現在樹林間陰暗的角落，會吸食腐果汁或樹液，幼蟲以禾本科植物的葉片為食物。

天狗蝶科Libytheidae

英名 snout butterflies

頭部前方具有一尖銳的突出，好像鳥嘴或長鼻，是由發達的下唇鬚所形成的，翅褐色，前翅有淡色的斑紋，台灣僅有一種。

尺蛾科 Geometridae

英名 geometers

成蟲身體纖細，觸角細長，停息時翅平放於身體兩側，多具趨光性。幼蟲僅腹部末端有偽足，行走時以拱狀的姿勢移動，如同在測量物體的長度一般，所以稱為尺蠖蛾。

避債蛾科 Psychidae

英名 bag worms

幼蟲會吐絲將枯枝或枯葉組合成「蟲巢」，然後藏在裡面。雌蛾的翅退化，羽化後會攀附在蟲巢上，與飛來的雄蛾交尾，交尾後雌蛾將卵產於蟲巢內。幼蟲孵化後，白天較不活動，夜間則在樹梢上啃食葉片。

夜蛾科 Noctuidae

英名 noctuid moths

身體肥大，體色多灰暗，前翅較狹窄，某些大型種類後翅具有眼紋，具趨光性。幼蟲體色較深，主要以植物的葉片為食，有些種類取食作物的莖葉及果實而造成危害，如危害蔬菜的斜紋夜蛾。

天蛾科 Sphingidae

英名 hawk moths

翅窄長，體呈梭形，觸角端部尖銳、彎曲如鉤，飛行迅速，口器較長，國外有些種類的口器長度可達身體的兩倍。幼蟲身體光滑，尾端有一根突起，某些種類胸部具有眼紋，受驚時會將身體的前半節抬起。

天蛾的幼蟲

天蠶蛾科 Saturniidae

英名 giant silkworm moths

大型蛾類，一般翅上多有眼紋或眉紋。雄蟲觸角發達呈羽狀；雌蟲觸角分支較少，呈櫛齒狀。幼蟲體表多具細刺及瘤突，但無毒，老熟幼蟲會在樹幹或枝條上吐絲結繭，其中許多種類因絲量多，常被人工飼養用來取絲，一年發生兩代或三代。

枯葉蛾科 Lasiocampidae

英名 tent caterpillars

中大型蛾類，部份種類停息時後翅前緣會凸出於前翅。

幼蟲體表有多叢刺毛，刺毛中空具毒液，一些大型種類的幼蟲體長將近1 0公分，部份種類的枯葉蛾幼蟲會在樹枝分叉的地方，結成絲蓬作為保護。

枯葉蛾科的幼蟲

燈蛾科 Arctiidae
英名 tiger moths
體色鮮明，腹部多為白色、紅色或黃色，具趨光性。幼蟲多具細毛，受驚嚇時會將身體捲起，多以雜木或草本植物為食。

擬燈蛾亞科 Aganainae
原為蛾類中的一個小科，近年學者多將其併入夜蛾科，而成為其中的亞科。成蟲具單眼，口吻發達，前足脛節具葉狀片。

毒蛾科 Lymantriidae
英名 tussock moths
成蟲體型較肥胖，全身多毛，腹部末端常有毛叢，這些刺毛均有毒。幼蟲體色多鮮艷，胸部有兩撮較密的叢毛，體表均有毒毛，不慎觸摸到時會引起皮膚的發炎紅腫。

刺蛾科 Eucleidae
英名 slug caterpillars
成蟲胸部密佈刺毛，足亦多毛。幼蟲體型較扁，體表多具棘刺，體色鮮艷，棘刺中空具有毒液，不可觸摸，成蟲具趨光性，會飛到路燈下。

鹿子蛾科 Syntomidae
英名 wasp moths
翅較小、有黑邊，身體顏色多為黑黃或黑紅相間，屬於擬態蜂類。為日行性，多在花上出現，成蟲飛行緩慢。幼蟲體色多為褐色，身體有環狀細毛，大多以木本植物的葉片為食，老熟幼蟲會吐絲結繭，於枝葉間化蛹。

斑蛾科 Zygaenidae
胸腹及足部都十分光滑，且顏色鮮明，多具金屬光澤。幼蟲體表光滑，具小型的顆粒狀突起。

舟蛾科 Notodontidae
英名 puss moths
中大型的蛾類，翅寬闊，腹部末端具毛叢，受驚擾時會舉起腹部露出毛叢。

水蠟蛾科 Brahmaeidae
台灣僅1種，大型的蛾類，翅褐色，上有黑色的波紋及眼紋，觸角羽狀。分佈於中高海拔山區，具趨光性。

蠶蛾科 Bombycidae
英名 silkworms
單眼退化，口吻消失，觸角羽狀，足有細絨毛。最常見的代表就是小朋友所飼養的蠶寶寶，雌蛾一生約可產卵3 0 0粒，幼蟲約經一個月即吐絲結繭，一年約可飼養6代。

螟蛾科 Pyralidae
英名 pyrales
小型的蛾類，觸角絲狀，小顎鬚及下唇鬚均發達形成鼻狀。食性雜，除以植物葉片為食外，也會以儲藏物品或植物標本為食，具趨光性。

窗蛾科 Thyrididae
體型中等，翅寬闊，翅上常有因缺鱗片而成的窗斑。數量不多，並不常見，某些種類會趨光。

鉤蛾科 Drepanidae
體型中小型，多數種類的前翅末端像鐮刀般彎曲，缺單眼，口器略退化或完全退化，觸角長不超過前翅長度的二分之一。

帶蛾科 Eupterotidae
中、大型的蛾類，在蛾類中是一個較小的科，全世界已知約5 0多種。成蟲觸角以櫛齒狀居多，口器短或退化。幼蟲體表有毛束。

折角蛾科 Lecithoceridae
折角蛾是屬於小型的蛾類，成蟲翅多具金屬光澤，以觸角特長而著名，雄蛾的觸角更可達體長的2～3倍。成蟲於白天活動，在植物的葉片上常可發現牠們。幼蟲多於植物的組織內蛀食，成熟後會捲葉爲巢，並躲在裡面化蛹。

●燕蛾科 Uraniidae

一般爲日行性蛾類，軀體較瘦而翅大，翅的形狀有些類似鳳蝶，有些與尺蛾相似。

●鳳蛾科 Epicopeiidae

中型或大型蛾類，白天活動，缺單眼，觸角櫛齒狀，外型與鳳蝶相似，後翅有尾突。

●錨紋蛾科Callidulidae

小型的蛾類，色彩鮮豔，白天活動，停息時像蝴蝶般翅閉合豎於背部，所以常被誤認爲蝶類，但其觸角爲絲狀。

×1.2 ♂後翅鮮黃色

黃裳鳳蝶
Troides aeacus kaguya

♀
後翅鮮黃色，邊緣呈黑色

大紅紋鳳蝶
Byasa polyeuctes

寬尾鳳蝶
Agehana maraho

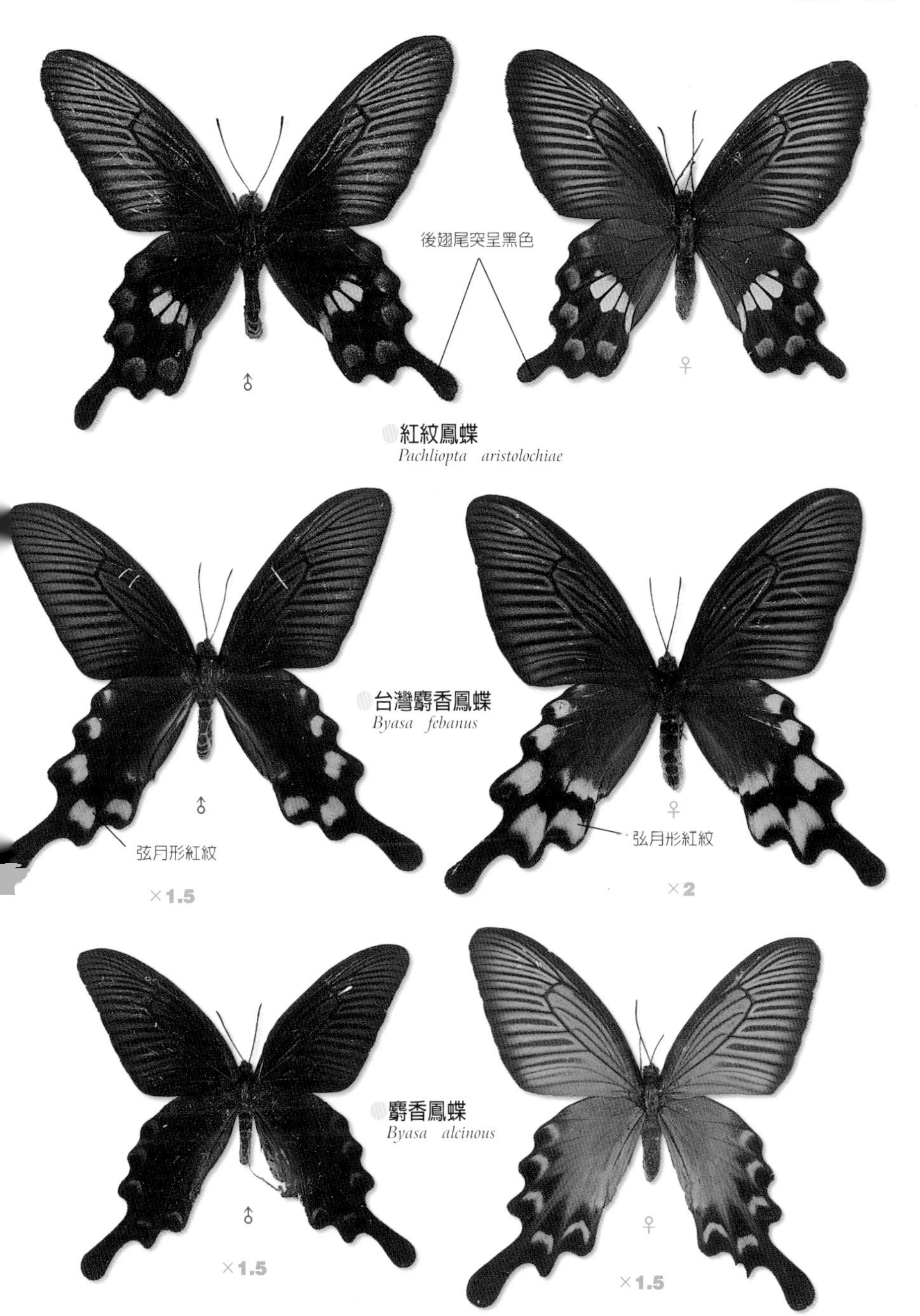
後翅尾突呈黑色
♂
♀
紅紋鳳蝶
Pachliopta aristolochiae
台灣麝香鳳蝶
Byasa febanus
♂
♀
弦月形紅紋
弦月形紅紋
×1.5
×2
麝香鳳蝶
Byasa alcinous
♂
♀
×1.5
×1.5

標本實物大小＝圖鑑大小×倍率　未標示者為標本實物大小

青帶鳳蝶
Graphium sarpedon

青斑鳳蝶
Graphium doson

寬青帶鳳蝶
Graphium cloanthus

柑橘有尾鳳蝶
Papilio xuthus
翅呈米黃色，有黑色條紋

無尾鳳蝶
Papilio demoleus

綠斑鳳蝶
Graphium agamemnon agamemnon

台灣烏鴉鳳蝶
Papilio dialis andronicus

♂ 大鳳蝶

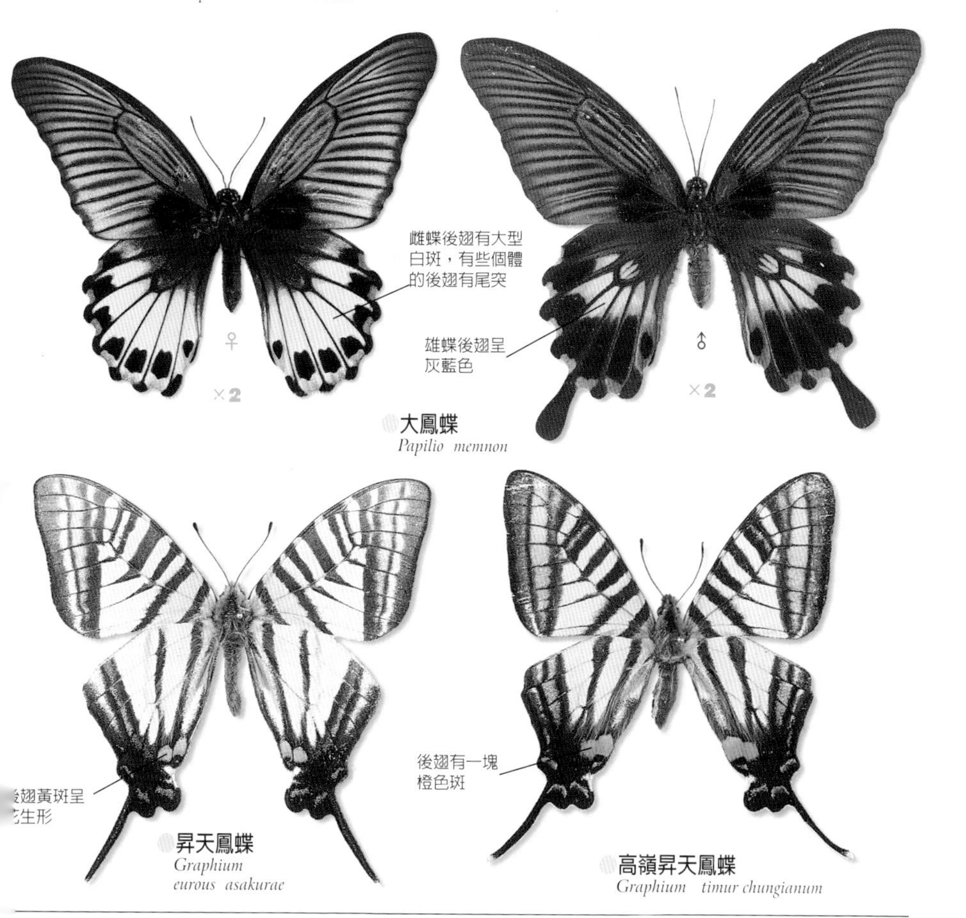

大鳳蝶
Papilio memnon

昇天鳳蝶
Graphium eurous asakurae

高嶺昇天鳳蝶
Graphium timur chungianum

標本實物大小=圖鑑大小×倍率　未標示者為標本實物大小

曙鳳蝶
Atrophaneura horishana

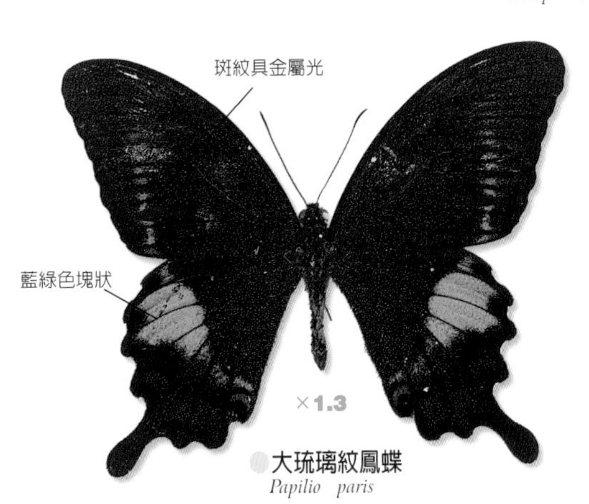

大琉璃紋鳳蝶
Papilio paris

曙鳳蝶翅背呈藍黑色，無紅色斑紋

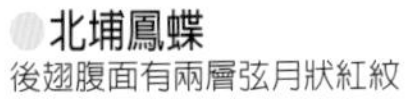

北埔鳳蝶
後翅腹面有兩層弦月狀紅紋

白紋鳳蝶
Papilio helenus
後翅有白色斑紋

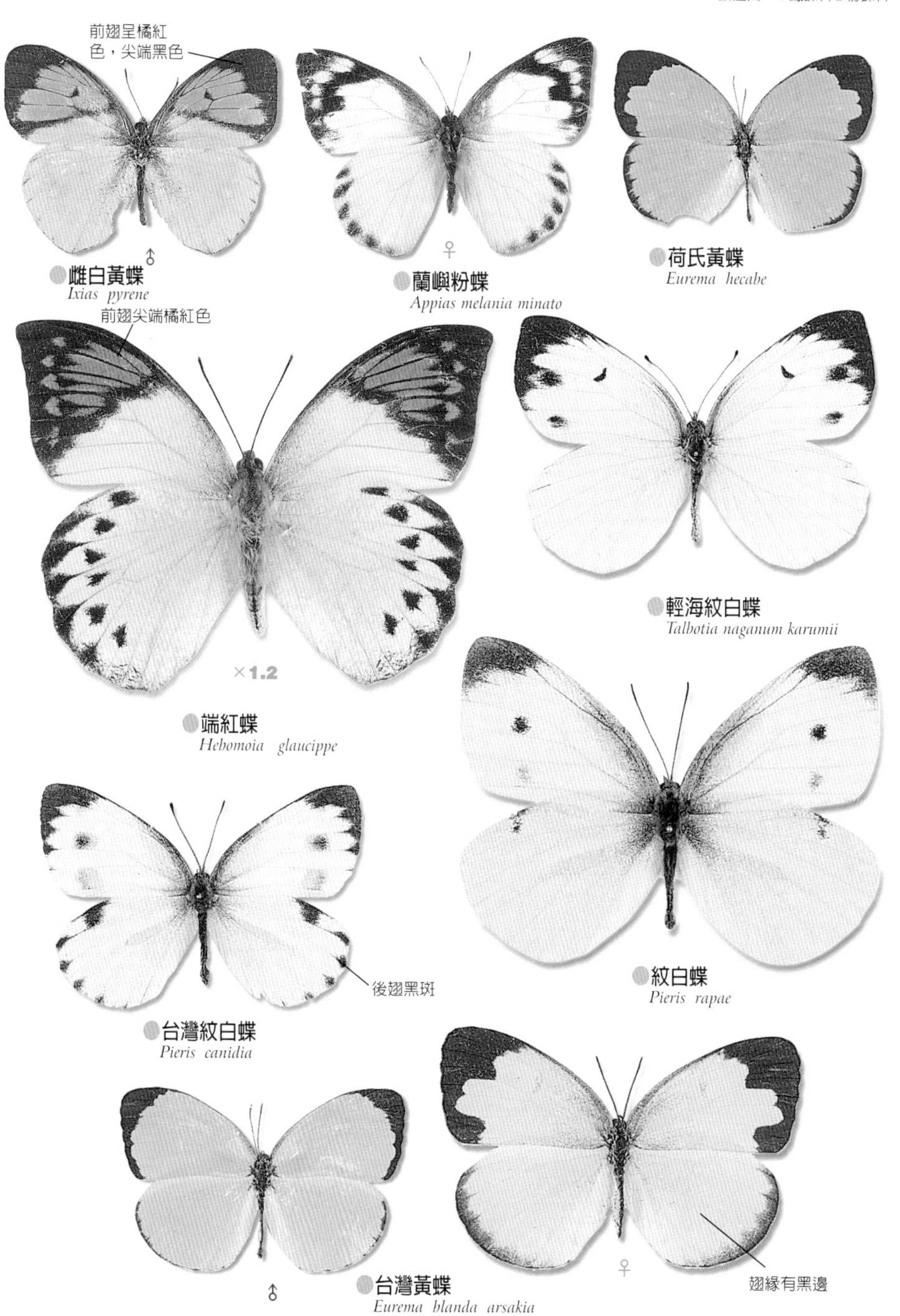

雌白黃蝶
Ixias pyrene

蘭嶼粉蝶
Appias melania minato

荷氏黃蝶
Eurema hecabe

端紅蝶
Hebomoia glaucippe

輕海紋白蝶
Talbotia naganum karumii

台灣紋白蝶
Pieris canidia

紋白蝶
Pieris rapae

台灣黃蝶
Eurema blanda arsakia

標本實物大小＝圖鑑大小×倍率　末標示者為標本實物大小

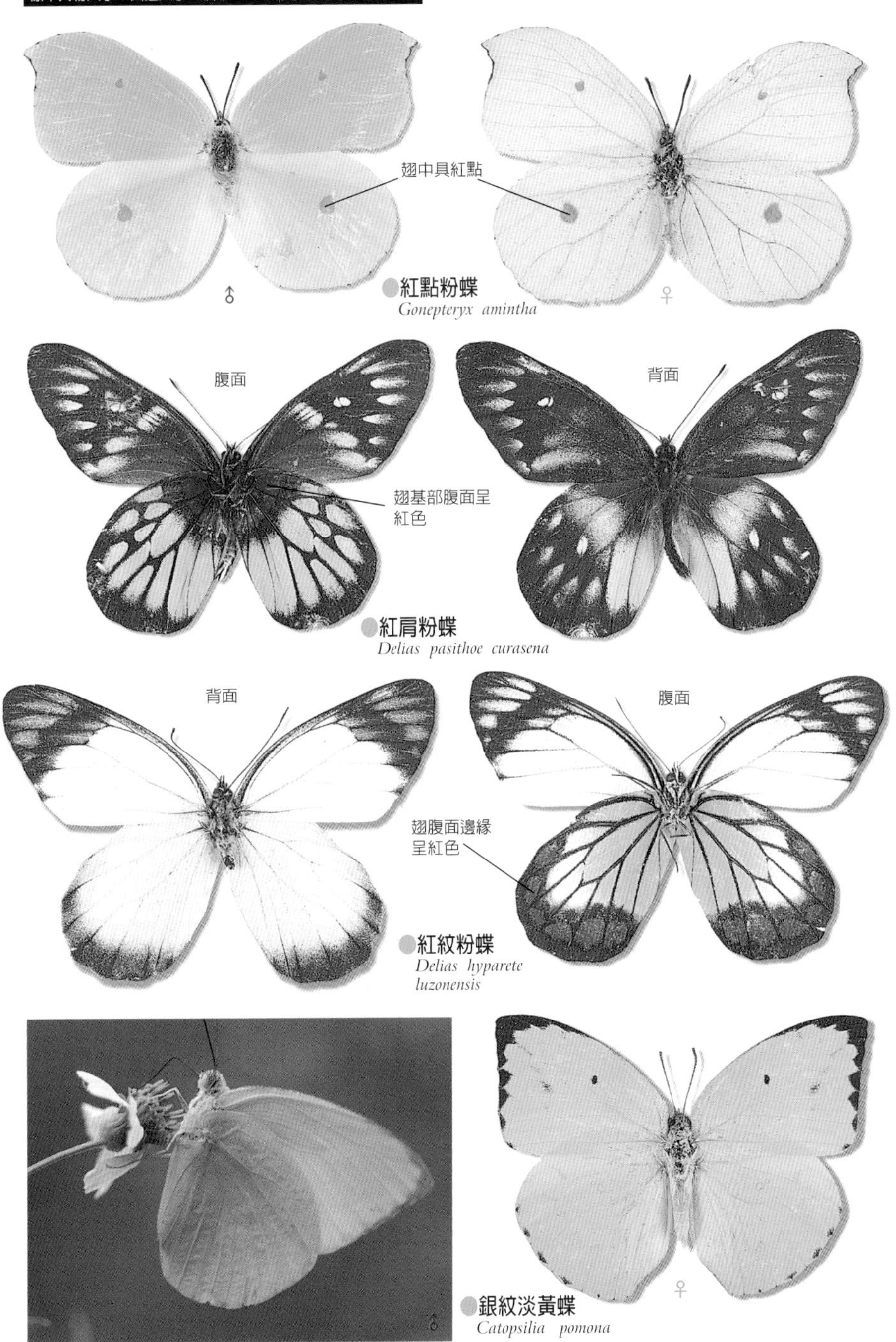

紅點粉蝶 *Gonepteryx amintha*

紅肩粉蝶 *Delias pasithoe curasena*

紅紋粉蝶 *Delias hyparete luzonensis*

銀紋淡黃蝶 *Catopsilia pomona*

●大黃裙粉蝶
Catopsilia scylla

●樺斑蝶
Danaus chrysippus

●黑脈樺斑蝶
Salatura genutia

●琉球青斑蝶
Ideopsis similis similis

●小青斑蝶
Parantica swinhoei

●青斑蝶
Parantica sita niphonica

標本實物大小＝圖鑑大小×倍率　末標示者為標本實物大小

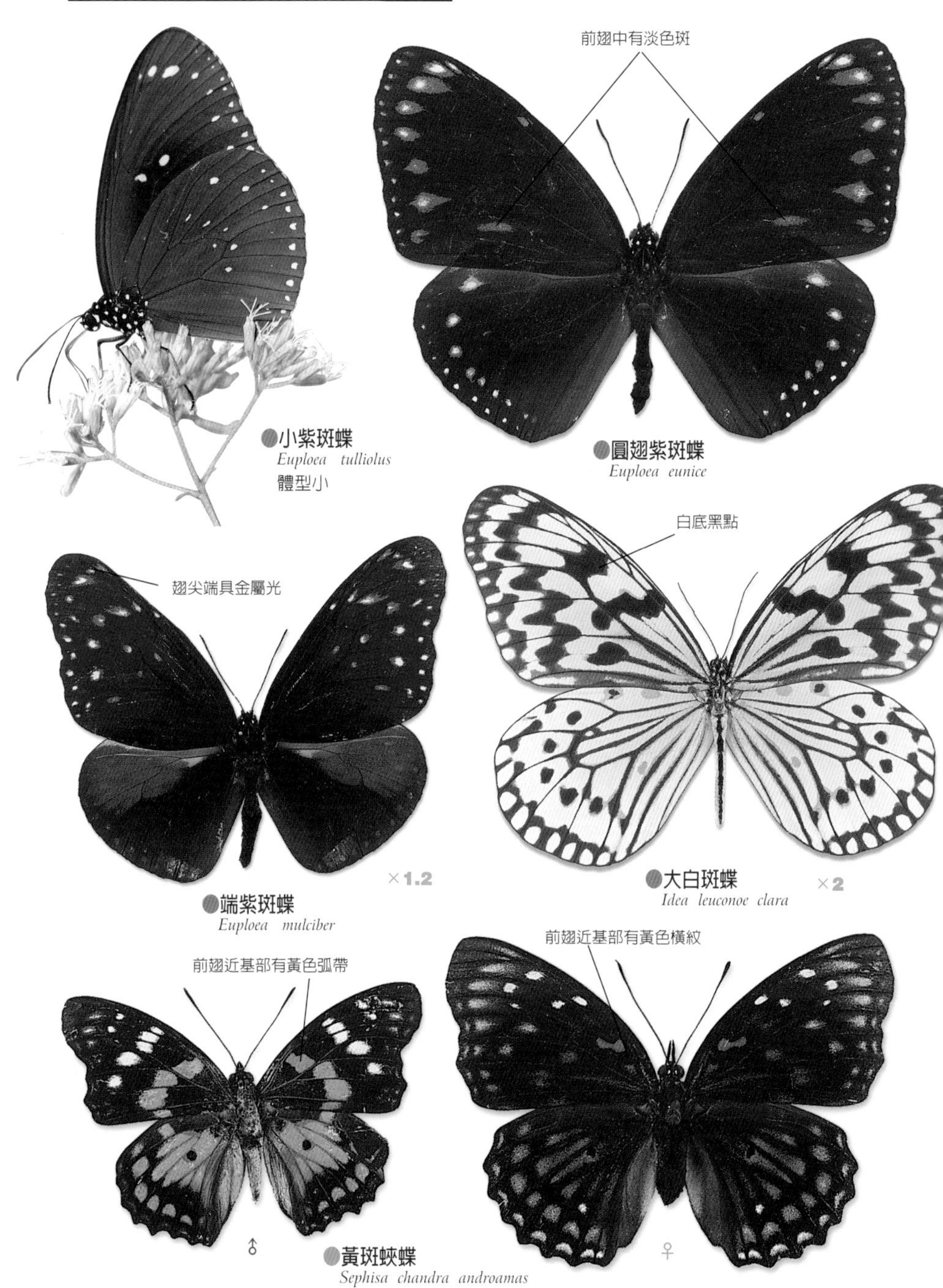

小紫斑蝶
Euploea tulliolus
體型小

圓翅紫斑蝶
Euploea eunice

端紫斑蝶
Euploea mulciber

大白斑蝶
Idea leuconoe clara

黃斑蛺蝶
Sephisa chandra androamas

前翅尖端黑色
●台灣黃斑蛺蝶
Cupha erymanthis erymanthis
●石墻蝶
Cyrestis thyodamas formosana
翅上具有地圖狀花紋
工字形紋
×1.4
●雙尾蛺蝶
Polyura eudamippus
後翅有兩根尾突
×1.4
●姬雙尾蛺蝶
Polyura narcaea
白斑邊緣有寬紫色
後翅褐色
邊緣紅褐色
●紅蛺蝶
Vanessa indica indica
●琉球紫蛺蝶
Hypolimnas bolina kezia

標本實物大小＝圖鑑大小×倍率　未標示者為標本實物大小

●枯葉蝶
Kallima inachus

●紫單帶蛺蝶
Parasarpa dudu

●小單帶蛺蝶
Athyma selenophora laela

●白鐮紋蛺蝶
Polygonia c-album asakurai

●島嶼綠蛺蝶
Euthalia insulae

●埔里綠蛺蝶
Euthalia hebe kosempona

標本實物大小＝圖鑑大小×倍率　未標示者為標本實物大小

台灣綠蛺蝶
Euthalia formosana

閃電蛺蝶
Euthalia irrubescens

黃三線蝶
Symbrenthia lilaea

台灣星三線蝶
Ladoga sulpotia tricula

泰雅三線蝶
Neptis soma tayalina

細蝶
Acraea issoria

黑擬蛺蝶
Junonia iphita

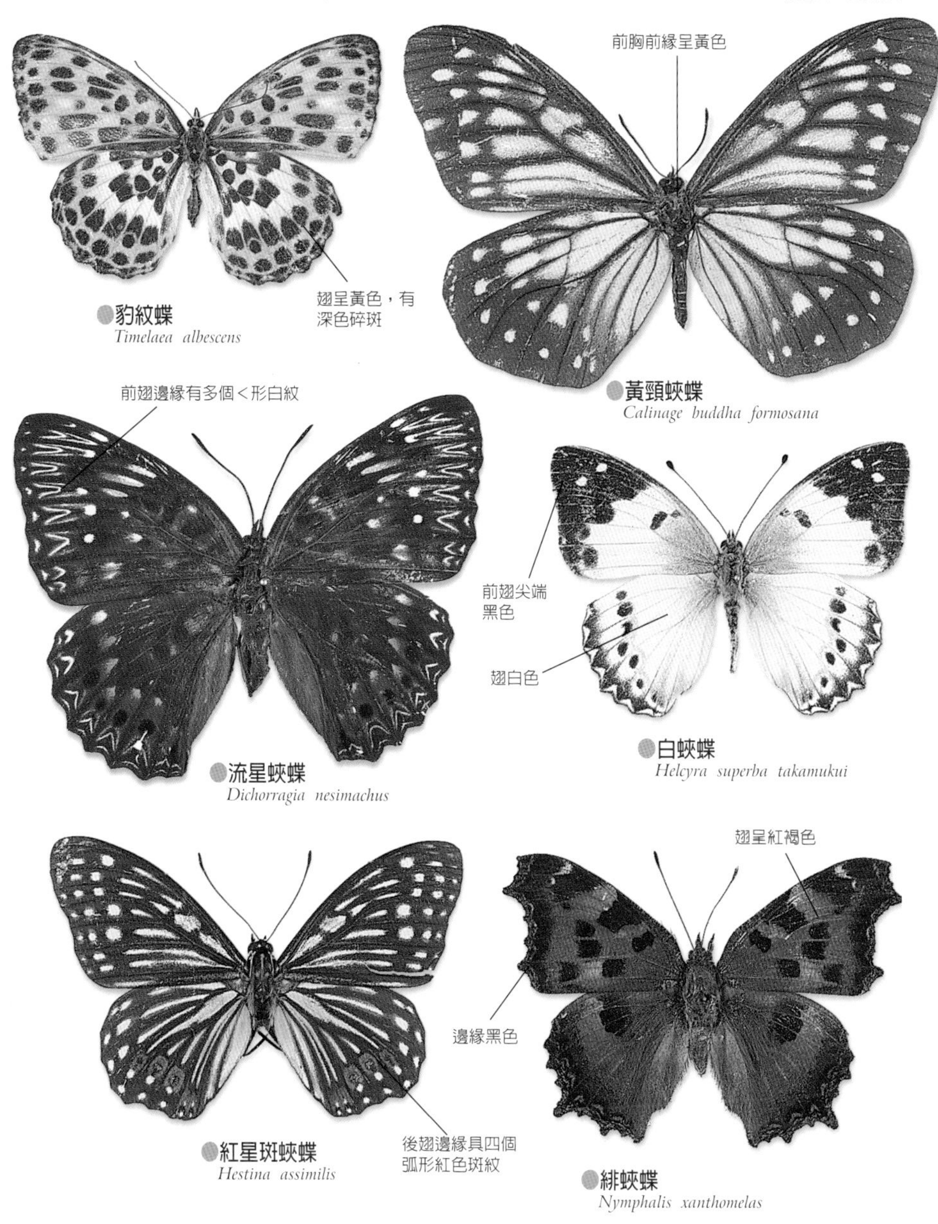

豹紋蝶
Timelaea albescens

黃頸蛺蝶
Calinage buddha formosana

流星蛺蝶
Dichorragia nesimachus

白蛺蝶
Helcyra superba takamukui

紅星斑蛺蝶
Hestina assimilis

緋蛺蝶
Nymphalis xanthomelas

標本實物大小＝圖鑑大小×倍率　末標示者為標本實物大小

白裙黃斑蛺蝶 *Sephisa daimio*

樺蛺蝶 *Ariadne ariadne pallidior*

雌紅紫蛺蝶 *Hypolimnas misippus*

大紫蛺蝶 *Sasakia charonda formosana*

眼紋擬蛺蝶 *Junonia lemonias lemonias*

♂ ♀

白波紋小灰蝶 *Jamides alecto dromicus*

後翅有雙尾突

三星雙尾燕蝶 *Spindasis syama*

●台灣黑星小灰蝶 ×0.5
Megisba malaya sikkima

●迷你小灰蝶 ×0.5
Zizula hylax

●埔里琉璃小灰蝶 ×0.5
Celastrina lavendularis himilcon

●阿里山琉璃小灰蝶
Celastrina oreas arisana

●達邦琉璃小灰蝶
Udara dilecta

●墾丁小灰蝶
Rapala varuna formosana

×0.8 ●淡紫小灰蝶
Rapala caerulea liliacea

●紅小灰蝶
Japonica lutea patungkoanui

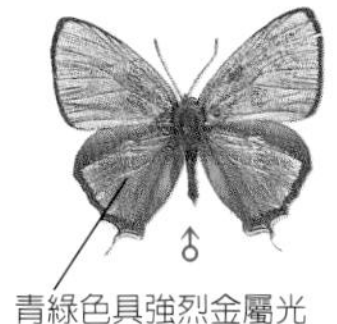

●江崎綠小灰蝶
Chrysozephyrus formosanus

×0.5
●戀大小灰蝶
Orthomiella rantaizana

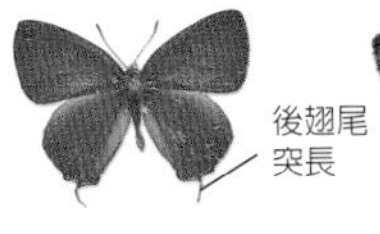

●阿里山長尾小灰蝶
Teratozephyrus arisanus

●紅邊黃小灰蝶
Heliophorus ila matsumurae

●銀斑小灰蝶
Curetis acuta formosana

●阿里山小灰蛺蝶
Abisara burnii etymander

●小灰蛺蝶
Dodona eugenes formosana
白色縱帶

●台灣波紋蛇目蝶
Ypthima multistriata

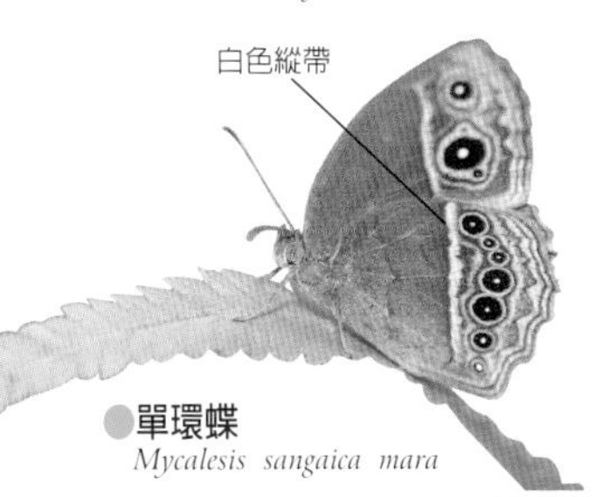

●單環蝶
Mycalesis sangaica mara

標本實物大小＝圖鑑大小×倍率　末標示者為標本實物大小

●大玉帶黑蔭蝶 *Lethe mataja*

●深山玉帶蔭蝶 *Lethe insana formosana*

●玉帶蔭蝶 *Lethe europa pavida*

●波紋玉帶蔭蝶 *Lethe rohria daemoniaca*

●深山蔭蝶 *Lethe christophi hanako*

●阿里山黃斑蔭蝶 *Neope pulaha didia*

●白尾黑蔭蝶 *Zophoessa dura neocelides*

●紫蛇目蝶 *Elymnias hypermnestra hainana*

●黑樹間蝶
Melanitis phedima polishana

●白條斑蔭蝶
Penthema formosanum

●大白裙挵蝶
Satarupa maiasra

●白裙挵蝶
Tagiades cohaerens

●狹翅挵蝶
Isoteinon lamprospilus formosanus
翅邊緣白色

●褐翅綠挵蝶
Choaspes xanthopogon chrysopterus

●埔里小黃紋挵蝶
Celaenorrhinus horishanus

●埔里紅挵蝶
Telicota ancilla horisha

●鐵色絨毛挵蝶
Hasora badra

●鸞褐挵蝶
Burara jaina formosana
翅呈紅褐色

標本實物大小＝圖鑑大小×倍率　未標示者為標本實物大小

環紋蝶
Stichophthalma howqua formosana

天狗蝶
Libythea celtis formosana
下唇鬚尖長

粗斑雙目白姬尺蛾
Problepsis discophora

波浪狀紋

刺斑黃尺蛾
Opisthograptis punctilineata

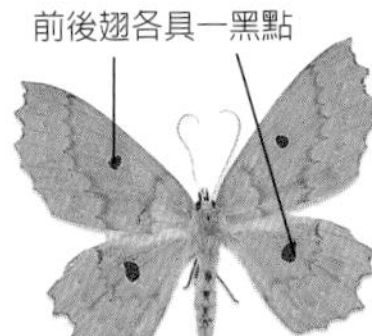

四眼綠尺蛾
Chlorodontopera discospilata

深色小點

耳紋圓黃尺蛾
Eilicrinia flava

橙帶藍尺蛾
Milionia basalis

前翅大部分呈黃色

有黑色豹斑

×1.3

大斑豹紋尺蛾
Obeidia tigrata

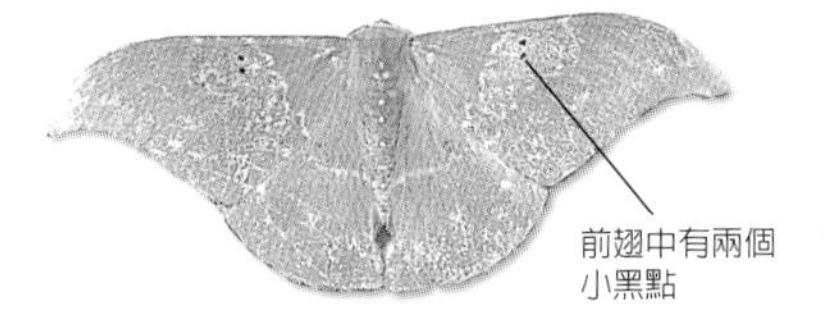

偽鉤鐮翅綠尺蛾
Tanaorhinus viridiluteatus

玉臂黑尺蛾
Xandrames dholaria

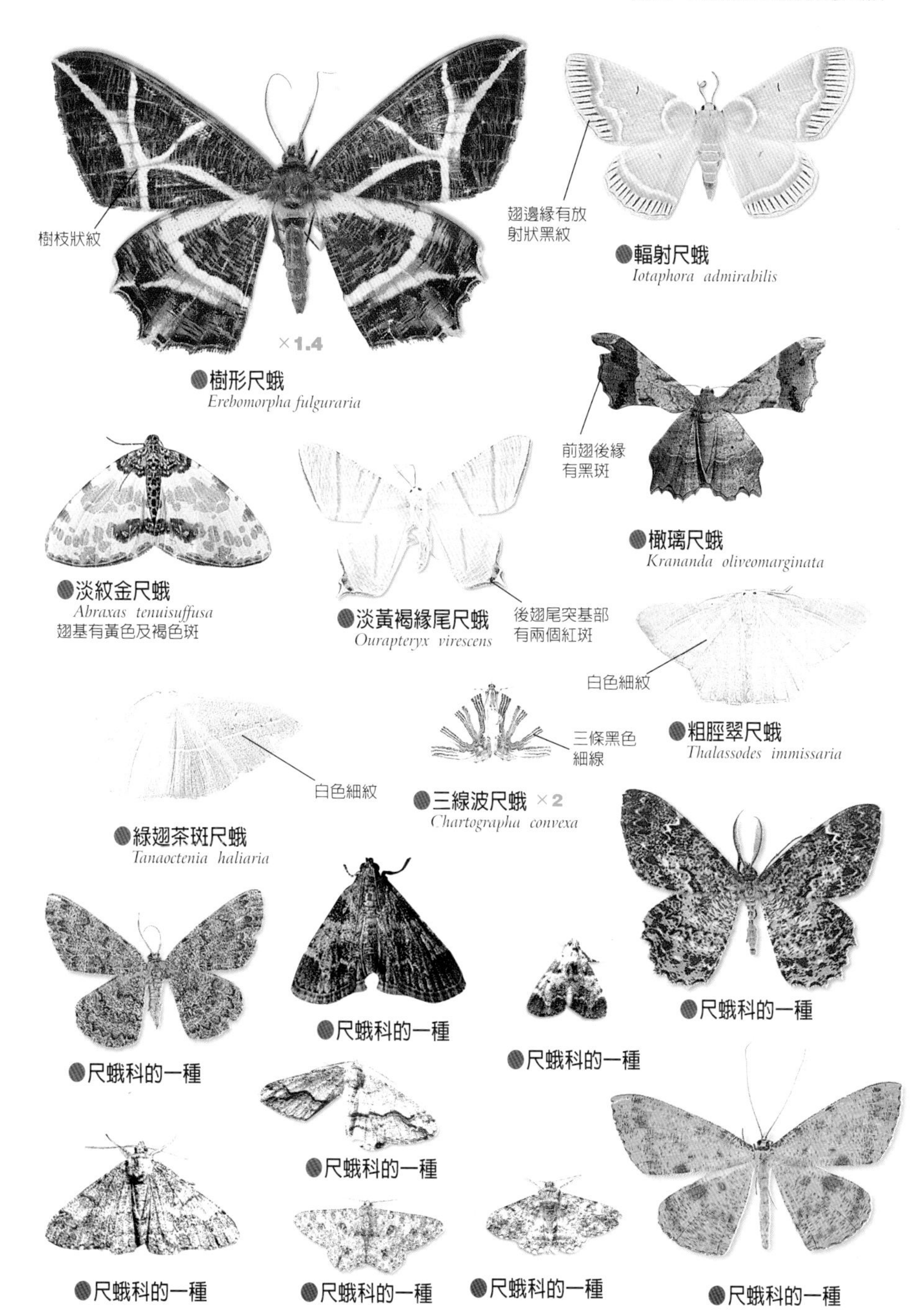

●樹形尺蛾
Erebomorpha fulguraria

●輻射尺蛾
Iotaphora admirabilis

●橄璃尺蛾
Kränanda oliveomarginata

●淡紋金尺蛾
Abraxas tenuisuffusa

●淡黃褐緣尾尺蛾
Ourapteryx virescens

●粗脛翠尺蛾
Thalassodes immissaria

●綠翅茶斑尺蛾
Tanaoctenia haliaria

●三線波尺蛾
Chartographa convexa

●尺蛾科的一種

●尺蛾科的一種

●尺蛾科的一種

●尺蛾科的一種

●尺蛾科的一種

●尺蛾科的一種

●尺蛾科的一種

●尺蛾科的一種

●尺蛾科的一種

標本實物大小＝圖鑑大小×倍率　未標示者為標本實物大小

避債蛾科的一種

綠孔雀夜蛾
Nacna malachitis

明后夜蛾
Anacronicta nitida

選彩虎蛾
Episteme lectrix sauteri

幅射夜蛾
Apsarasa radians

魔目夜蛾
Erebus ephesperis

夜蛾科的一種

夜蛾科的一種

夜蛾科的一種

落葉夜蛾
Othreis fullonica

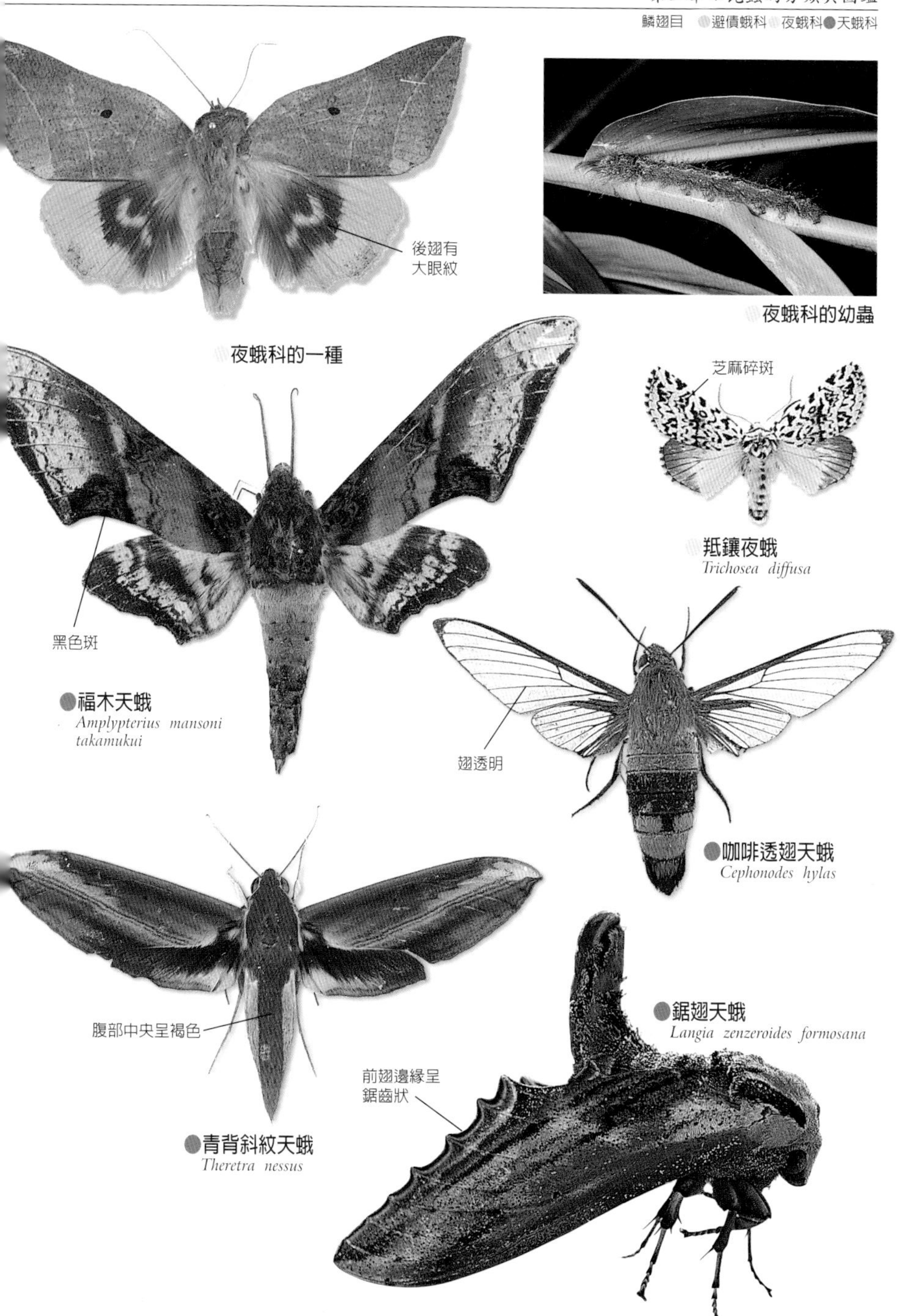

抵鑲夜蛾 *Trichosea diffusa*

福木天蛾 *Amplypterius mansoni takamukui*

咖啡透翅天蛾 *Cephonodes hylas*

鋸翅天蛾 *Langia zenzeroides formosana*

青背斜紋天蛾 *Theretra nessus*

標本實物大小＝圖鑑大小×倍率　末標示者為標本實物大小

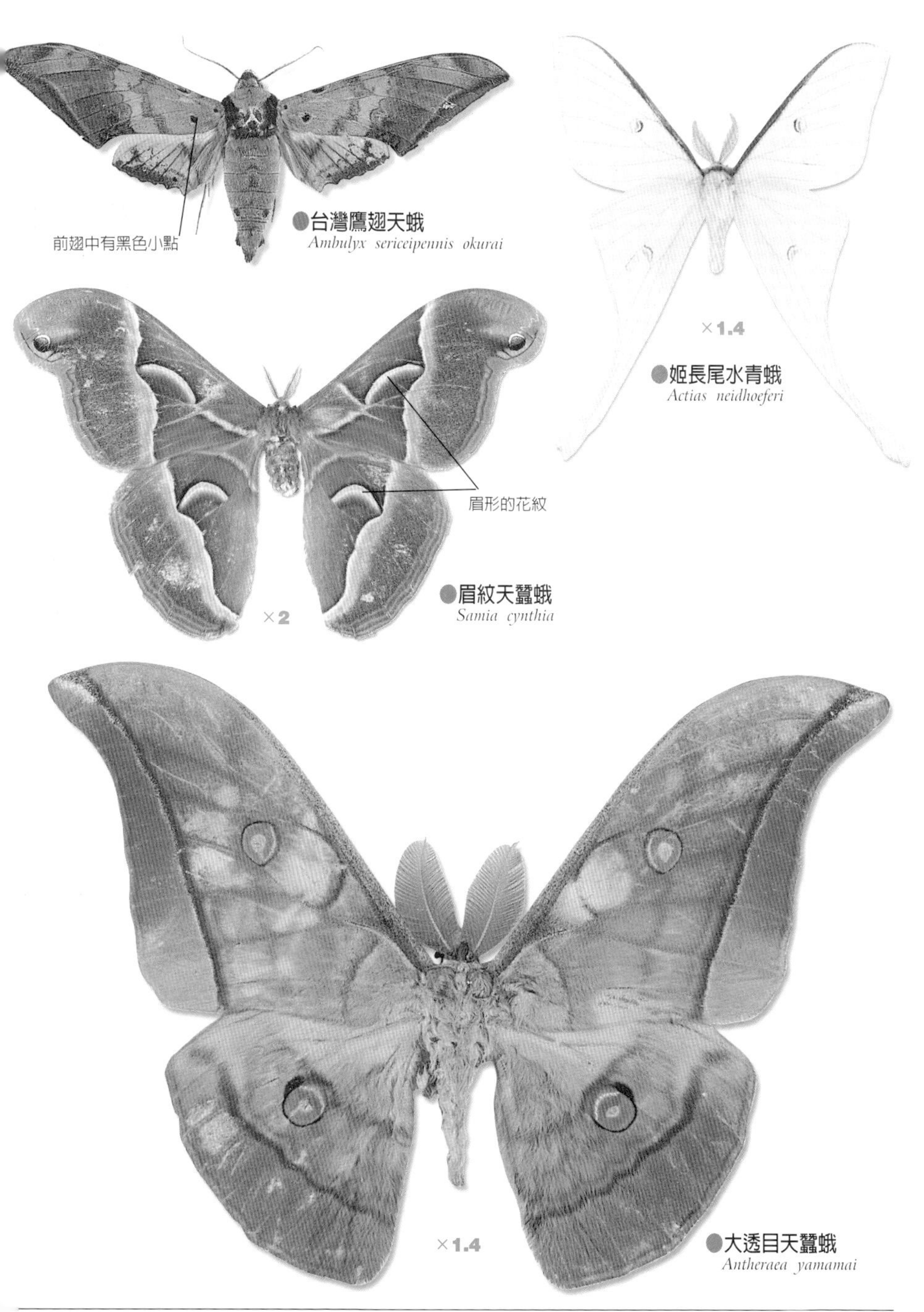

●台灣鷹翅天蛾
Ambulyx sericeipennis okurai

●姬長尾水青蛾
Actias neidhoeferi

●眉紋天蠶蛾
Samia cynthia

●大透目天蠶蛾
Antheraea yamamai

標本實物大小＝圖鑑大小×倍率　未標示者為標本實物大小

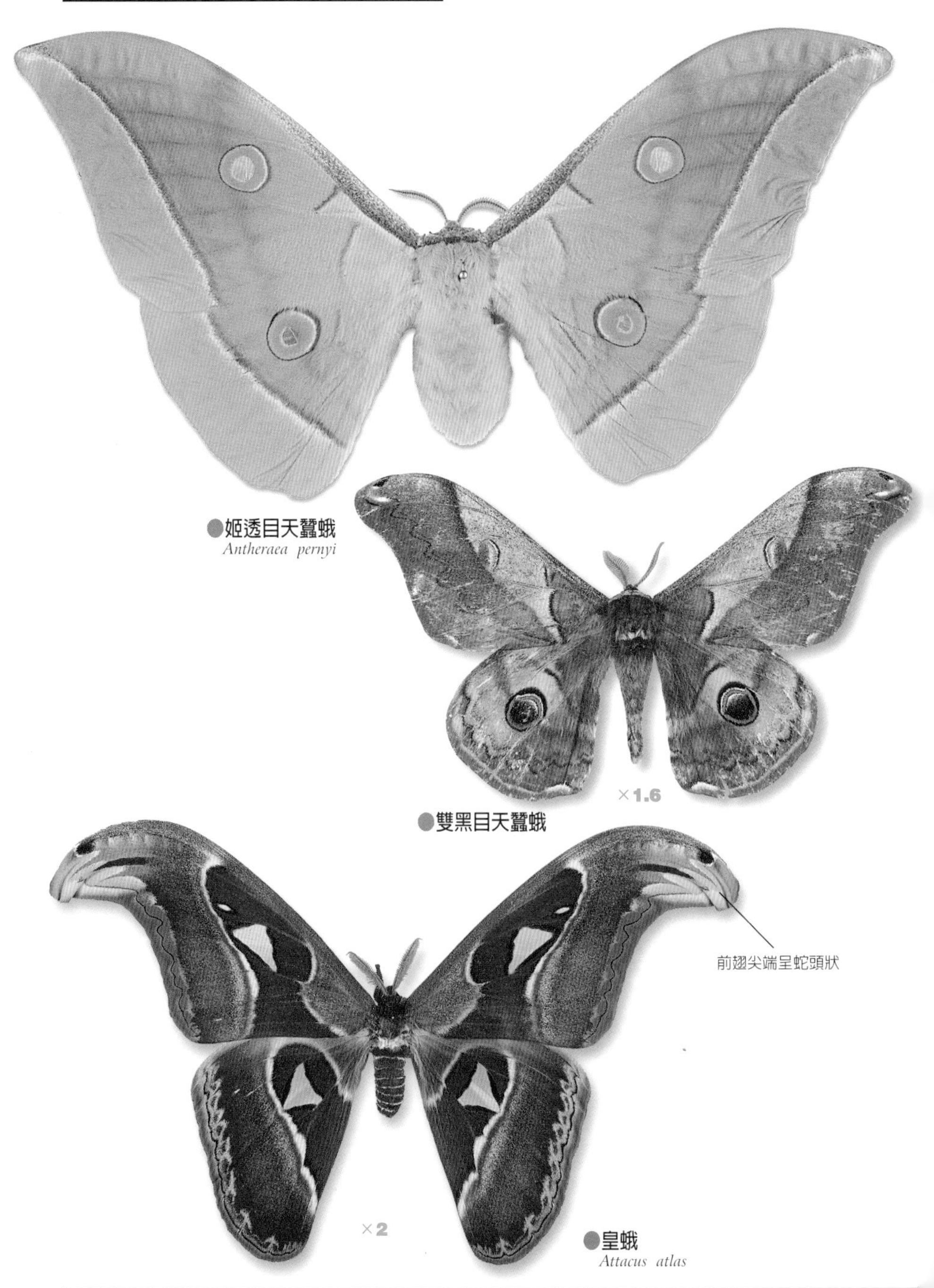

●姬透目天蠶蛾 *Antheraea pernyi*

●雙黑目天蠶蛾

●皇蛾 *Attacus atlas*

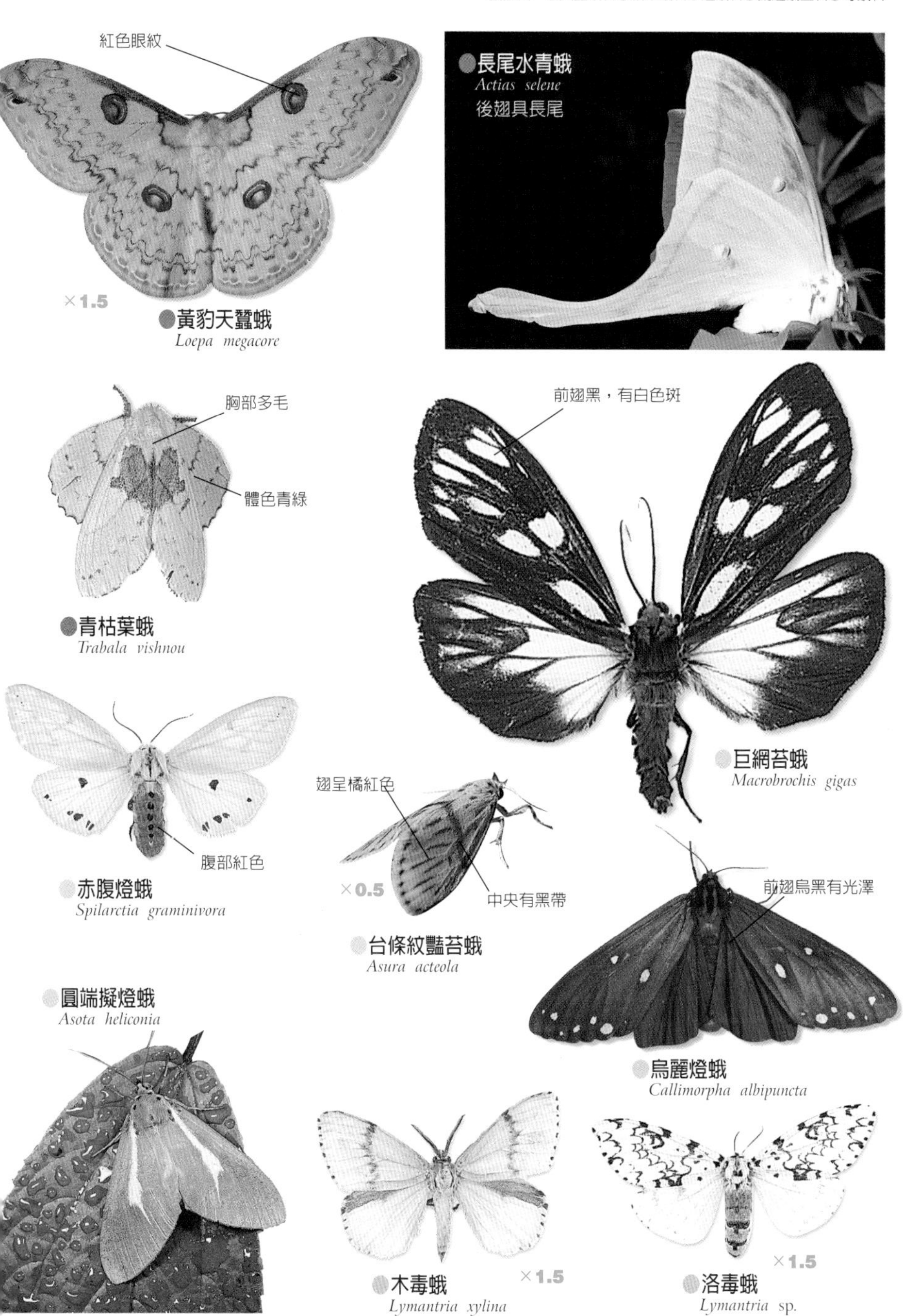
紅色眼紋
×1.5
●黃豹天蠶蛾
Loepa megacore
●長尾水青蛾
Actias selene
後翅具長尾
胸部多毛
體色青綠
●青枯葉蛾
Trabala vishnou
前翅黑，有白色斑
●巨網苔蛾
Macrobrochis gigas
腹部紅色
●赤腹燈蛾
Spilarctia graminivora
翅呈橘紅色
×0.5
中央有黑帶
●台條紋豔苔蛾
Asura acteola
前翅烏黑有光澤
●烏麗燈蛾
Callimorpha albipuncta
●圓端擬燈蛾
Asota heliconia
●木毒蛾
Lymantria xylina
×1.5
●洛毒蛾
Lymantria sp.
×1.5

標本實物大小＝圖鑑大小×倍率　末標示者為標本實物大小

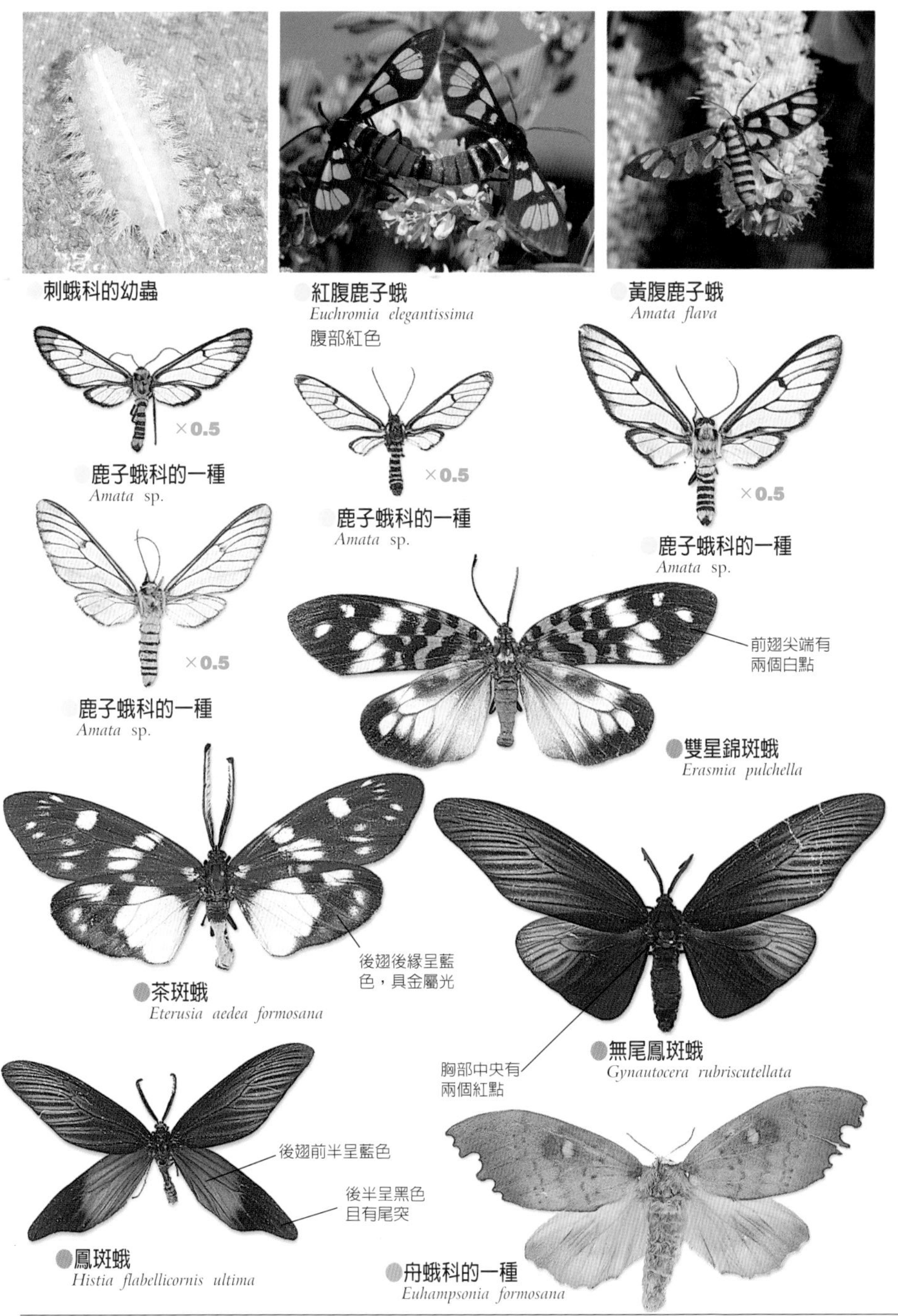

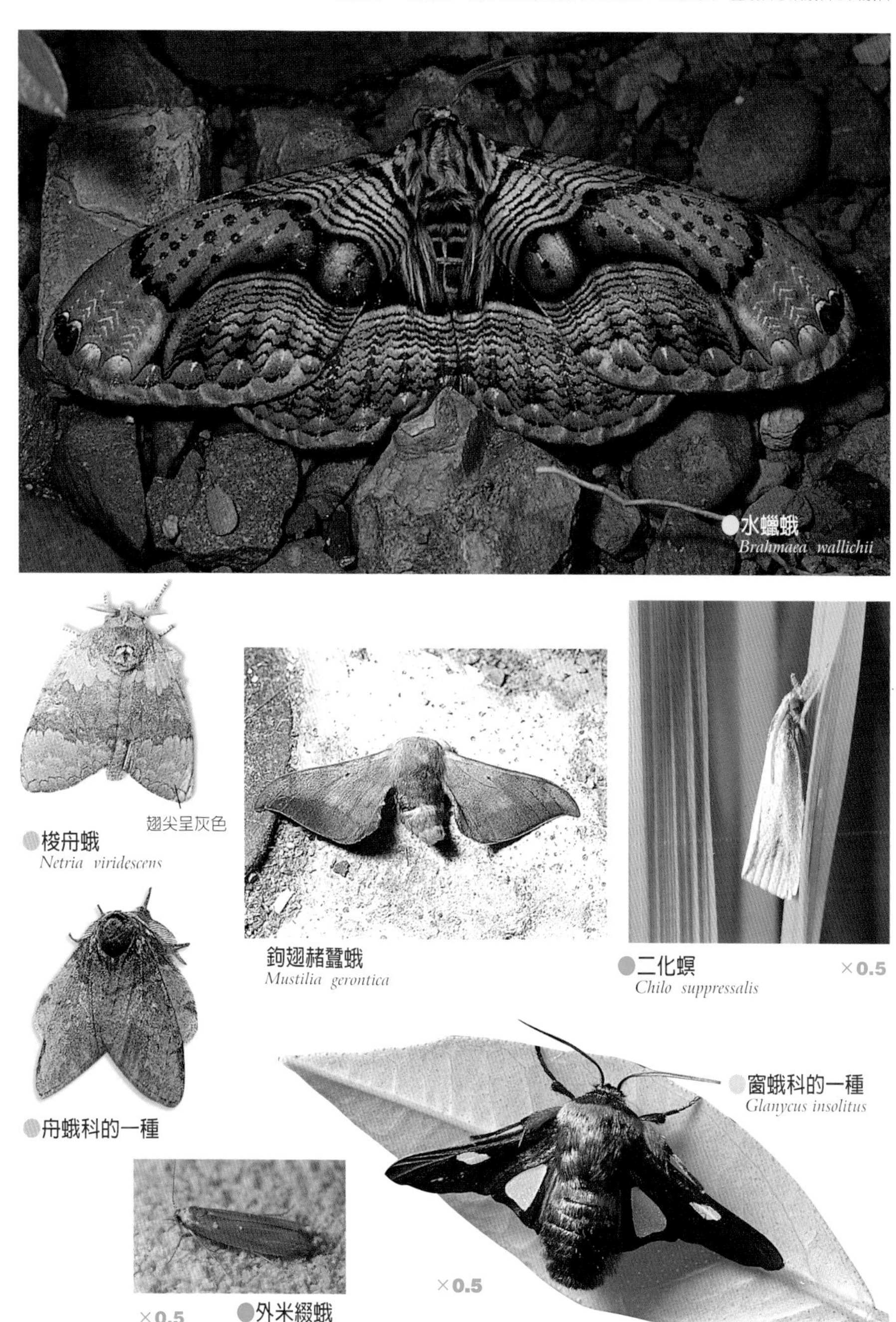

●水蠟蛾
Brahmaea wallichii

●梭舟蛾
Netria viridescens

鉤翅赭蠶蛾
Mustilia gerontica

●二化螟
Chilo suppressalis

●舟蛾科的一種

●窗蛾科的一種
Glanycus insolitus

●外米綴蛾
Corcyra cephalonica

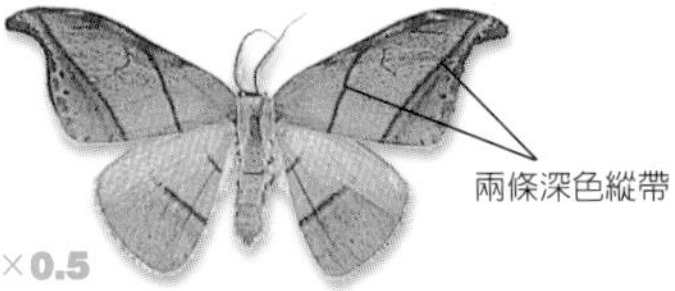

兩條深色縱帶
×0.5
黑點雙帶鉤蛾
Nordstroemia semililacina

折角蛾科的一種 
×0.25

阿里山帶蛾
Apha arisana

後翅邊緣有紅色小點
×0.8
淺翅鳳蛾
Epicopeia hainesii matsumurai

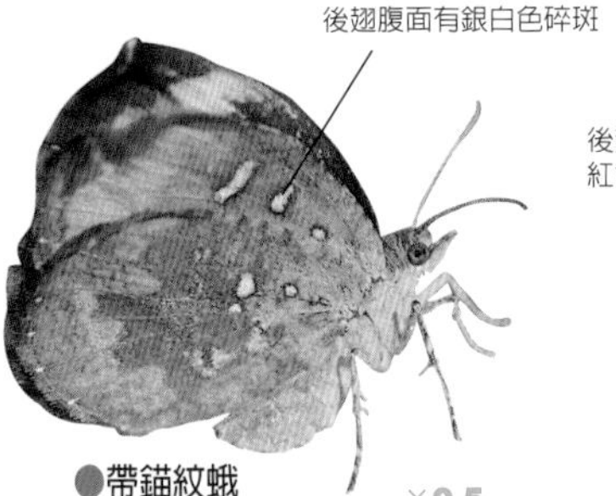

後翅腹面有銀白色碎斑
帶錨紋蛾
Callidula attenuata
×0.5

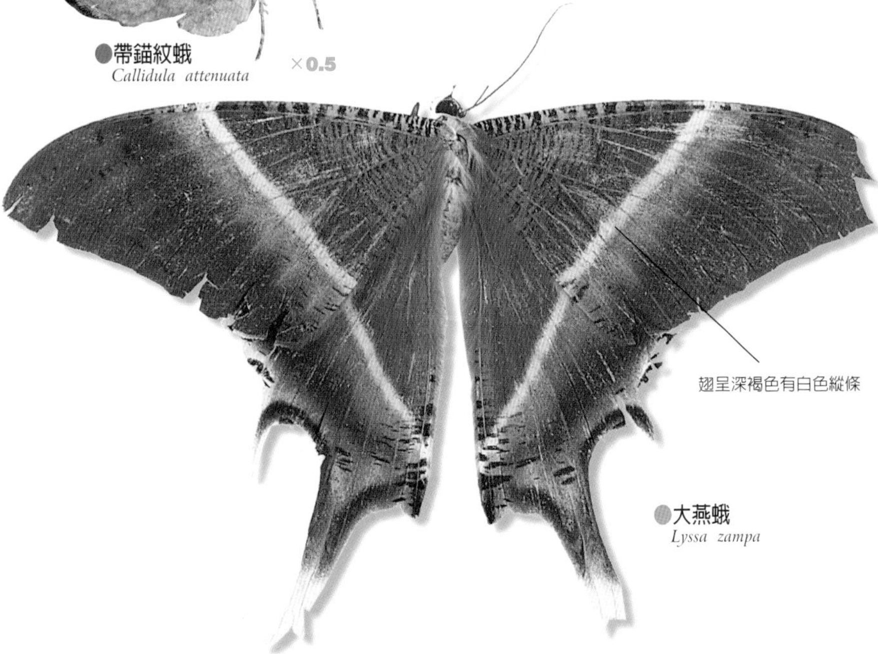

翅呈深褐色有白色縱條
大燕蛾
Lyssa zampa

膜翅目

Hymenoptera

英名 wasps，bees，ants

膜翅目也是昆蟲種類最多的四大家族之一，這一類的昆蟲中最常見的就是螞蟻及蜜蜂了，牠們都具有兩對翅，但螞蟻的工族(工蟻)例外。這一家族的昆蟲種類之多，可以在昆蟲四大家族中佔有一席之地，其中許多種類都具有社會性，也就是會有分工合作的情形。在每一個窩巢中會有一個皇后，皇后生出許多工族，工族會服侍皇后，使皇后不斷地生產後代，同時還會照顧新生的一代，負責覓食、窩巢的清潔等工作。

胡蜂科 Vespidae

英名 wasps

足修長，腹部呈紡錘狀，觸角膝狀，翅於停息時縱摺。爲肉食性，會捕獵各種昆蟲回巢餵食幼蟲，也常出現在蜜蜂窩搶奪食物，工蜂會啃咬樹皮帶回去築巢。

胡蜂科又分成胡蜂亞科及長腳蜂亞科，其中胡蜂亞科的成員也就是一般所謂的虎頭蜂，一般較具有攻擊性，體型也比較大，一個蜂巢內的族群數量至少都在500隻以上，蜂巢的巢脾外還有一層巢膜包住，僅留一個出口，構成蜂巢的材質爲紙質。

長腳蜂亞科的蜂類性情較爲溫和，部落的數量也較少，大約在100隻左右，蜂巢多由一柄狀連接在其他物體上，狀似蓮蓬，構成蜂巢的材質也是紙質，常見的有鈴腹胡蜂、變側異胡蜂。

胡蜂亞科 Vespinae

長腳蜂亞科 Polistinae

熊蜂科 Bombidae

英名 bumble bees

體形圓胖，全身具有細絨毛，大多爲金黃色，常出現在花上，多於地面築巢或利用其他動物廢棄的巢穴。

蜜蜂科 Apidae

英名 bees

觸角膝狀，胸部具絨毛，腹部多具深色橫紋，後足扁平多毛便於攜帶花粉，營社會性生活。雌蜂具螫刺，螫刺是由產卵管特化而成，雄蜂不具螫刺 。

木蜂科 Xylocopidae

英名 large carpenter bees

體色黑，體形與熊蜂相似，腹部較扁且顏色較深，體表絨毛少，翅呈深藍色有金屬光澤，邊緣有波浪狀。多出現在植物的花上，採集花粉花蜜，幾乎終年可見。

姬蜂科 Ichneumonidae

英名 Ichneumonids

觸角細長，腹部側扁，停息時翅不摺疊。幼蟲爲寄生性，成蟲將卵產於獵物上，幼蟲孵化後鑽入獵物體內攝食。成蟲會趨光飛到燈下。

鱉甲蜂科 Pompilidae

英名 spider wasps

觸角細長彎曲，後足腿節長度超過腹部，停息時翅不摺疊。常出現在植物的枝葉間搜尋獵物，成蟲利用螫刺將蜘蛛捕獲後，會挖掘一洞穴將獵物放入並產卵於獵物上，幼蟲即以獵物爲食，此時獵物還是活的，只是被痲痺無法活動。

細腰蜂科 Sphecidae

英名 sphecid wasps

腹部末端呈鎚狀，與胸部之間有一細長柄相連。雌蟲在產卵時會建築一排土巢，然後外出尋找獵物，將獵物螫昏後帶回供幼蟲食用，當巢內食物充足後就將土巢封閉。常出現在植物的枝葉間。

葉蜂科 Tenthredinidae

英名 common sawflies

觸角絲狀，胸腹相連處無縮縊，幼蟲除3對胸足外還有腹足。成蟲常出現在植物的葉片將卵產於葉背，幼蟲以植物葉片爲食，有些種類還會造成蟲癭。

葉蜂科的幼蟲

標本實物大小=圖鑑大小×倍率　未標示者為標本實物大小

青蜂科 Chrysididae
英名 cuckoo wasps

身體藍綠色且具金屬光澤，翅不能縱摺。受驚嚇時身體會捲曲成球，幼蟲寄生在其他蜂類的巢中。

蟻蜂科 Mutillidae
英名 velvet ants

雌蟲外形與蟻相似，體表多絨毛，無翅，雄蟲具翅，可見腹節6節，有螫刺，會攻擊敵人或獵物。雄蟲一般多出現在花間訪花，雌蟲多於地面爬行。幼蟲多寄生在於地面築巢的蜂類巢中，以捕捉寄主的幼蟲爲食。

土蜂科 Scoliidae
英名 scoliid wasps

一般體色黑而密佈細毛，有白色或黃紅的斑紋，腹部長且邊緣有毛，觸角彎曲。雌蟲會鑽入土中尋找金龜子類的幼蟲，用螫針將獵物螫昏並產卵在獵物身上，幼蟲孵化後便取食寄主的體液。

蜾蠃科（德利蜂科） Eumenidae
英名 potter wasps

中型或大型的蜂類，觸角彎曲呈膝狀，複眼發達，停息時翅縱摺，常有褐色或紫色光澤，腹部有腹柄。成蟲單獨生活，會用泥土築壺狀巢室，巢室常黏附在樹枝、屋簷或牆上。在巢室內雌蟲會存放鱗翅目的幼蟲，供自己的幼蟲孵化後食用。

瘦蜂科 Evaniidae
英名 ensign flies

又稱舉腹蜂，常見於家中牆角。觸角細長，腹部短且會不斷上下敲動，腿細長。成蟲會在蟑螂的卵筴中產卵，幼蟲即以蟑螂的卵爲食。

卵寄生蜂科 Trichogrammatidae
體型最小的昆蟲家族之一，體長約0.3～1毫米。全世界均有分佈，以寄生其他昆蟲的卵爲生。許多地方乃利用此類昆蟲作爲生物防治的材料。

蟻科 Formicidae
英名 ants

社會性昆蟲，台灣已知的種類約200種。觸角膝狀，胸部與腹部間有兩個上突起，一般工蟻無翅，僅王族有翅。交配後蟻后的翅會脫落，並尋找築巢的地點，築巢的地點依種類而異，有些在地下築巢，也有在樹上的。

姬胡蜂 *Vespa ducalis*

黑絨胡蜂 *Vespa basalis*

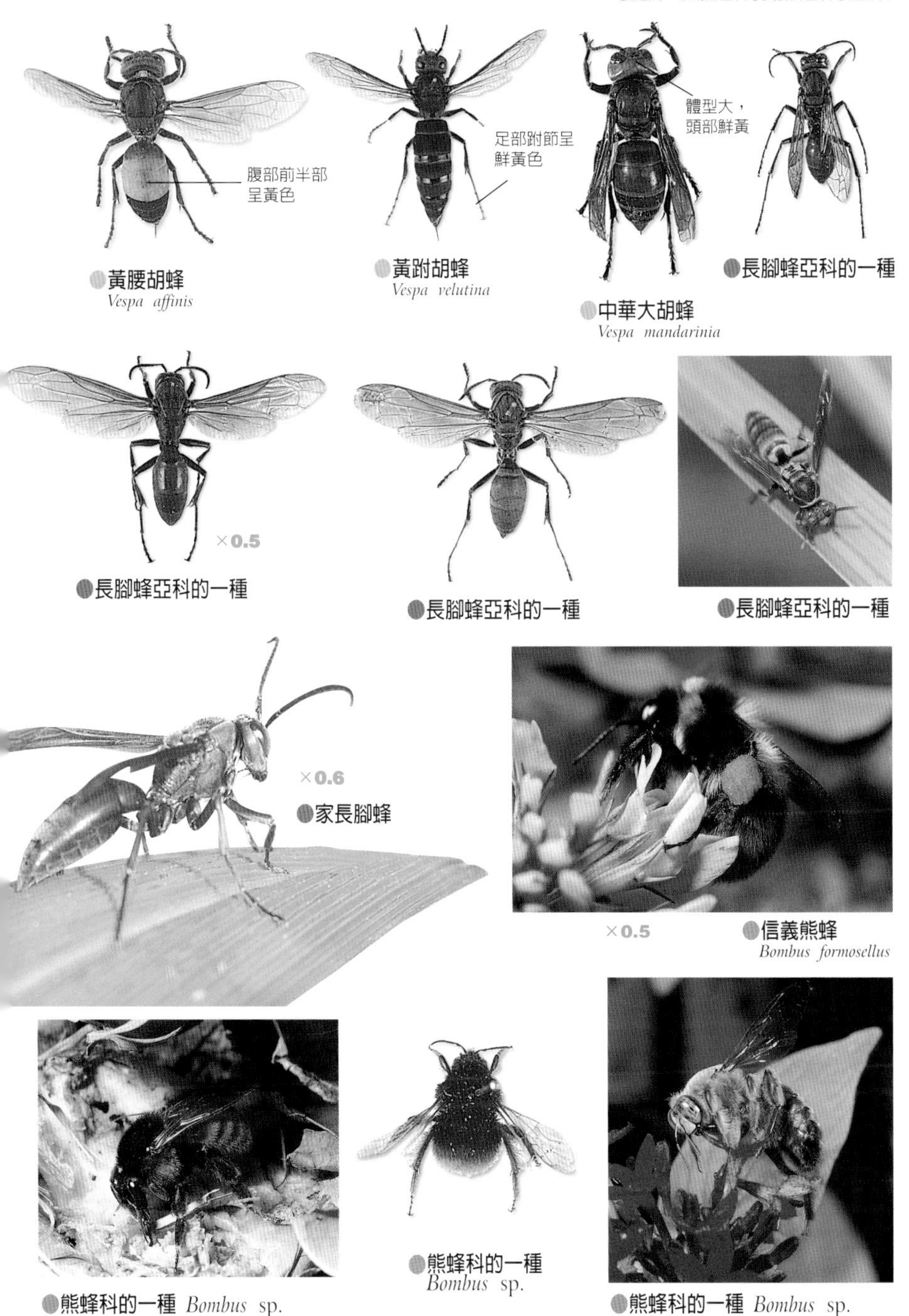

黃腰胡蜂 *Vespa affinis*

黃跗胡蜂 *Vespa velutina*

中華大胡蜂 *Vespa mandarinia*

長腳蜂亞科的一種

長腳蜂亞科的一種

長腳蜂亞科的一種

長腳蜂亞科的一種

家長腳蜂

信義熊蜂 *Bombus formosellus*

熊蜂科的一種 *Bombus* sp.

熊蜂科的一種 *Bombus* sp.

熊蜂科的一種 *Bombus* sp.

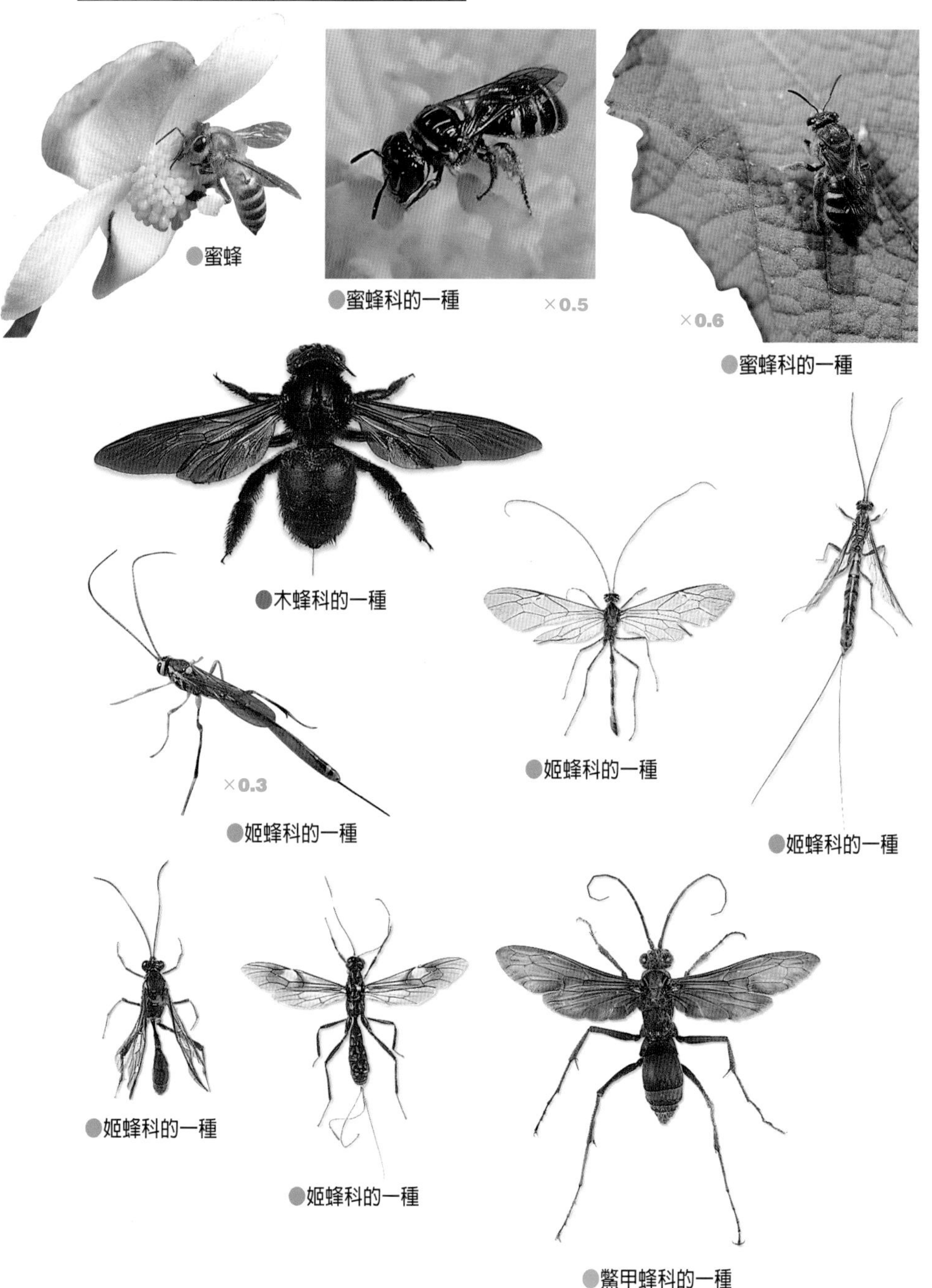

●蜜蜂

●蜜蜂科的一種

●蜜蜂科的一種

●木蜂科的一種

●姬蜂科的一種

●姬蜂科的一種

●姬蜂科的一種

●姬蜂科的一種

●姬蜂科的一種

●鱉甲蜂科的一種

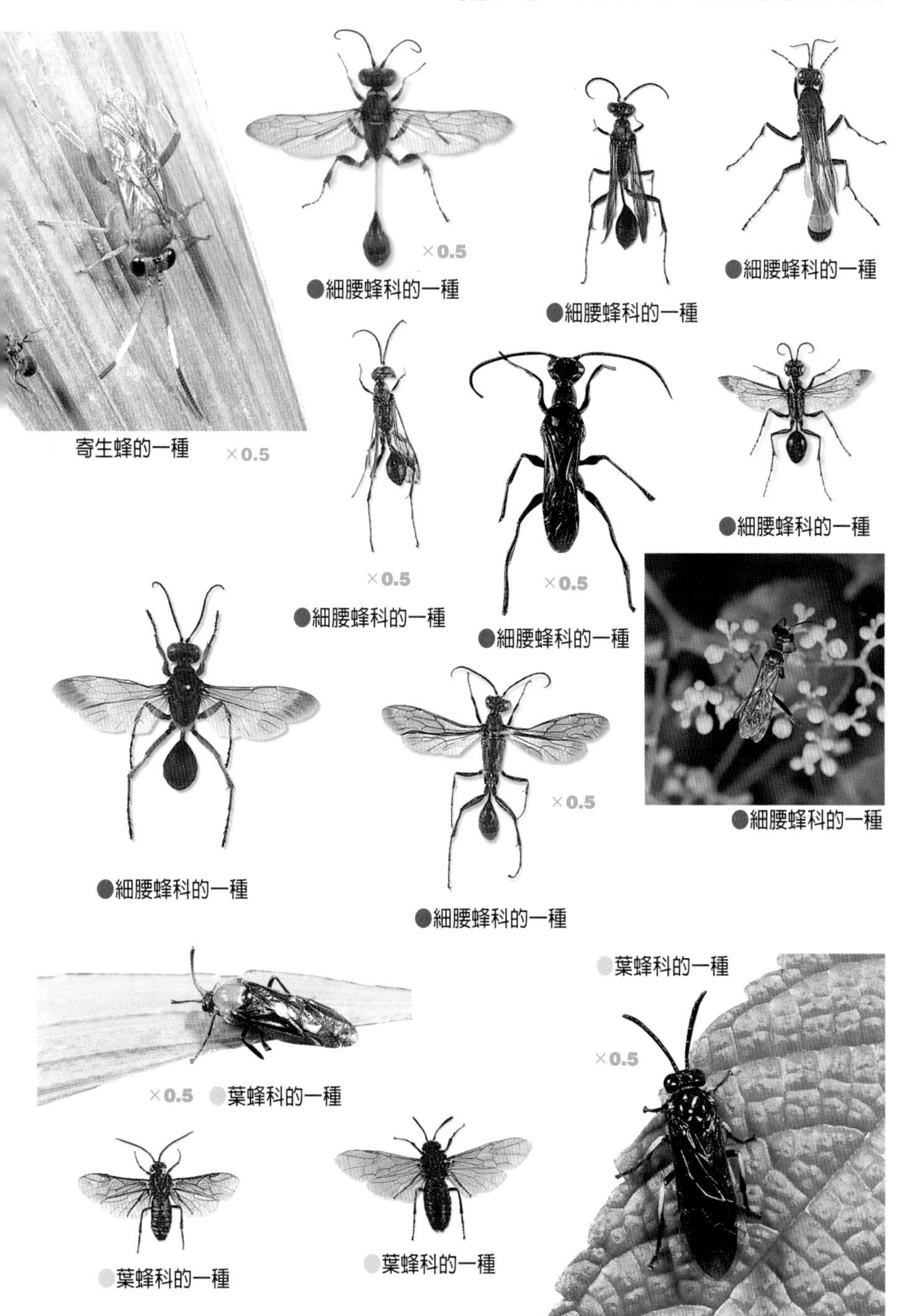

寄生蜂的一種 ×0.5

●細腰蜂科的一種 ×0.5

●細腰蜂科的一種

●細腰蜂科的一種

●細腰蜂科的一種 ×0.5

●細腰蜂科的一種 ×0.5

●細腰蜂科的一種

●細腰蜂科的一種

●細腰蜂科的一種

●細腰蜂科的一種 ×0.5

●葉蜂科的一種 ×0.5

×0.5 ●葉蜂科的一種

●葉蜂科的一種

●葉蜂科的一種

標本實物大小＝圖鑑大小×倍率　未標示者為標本實物大小

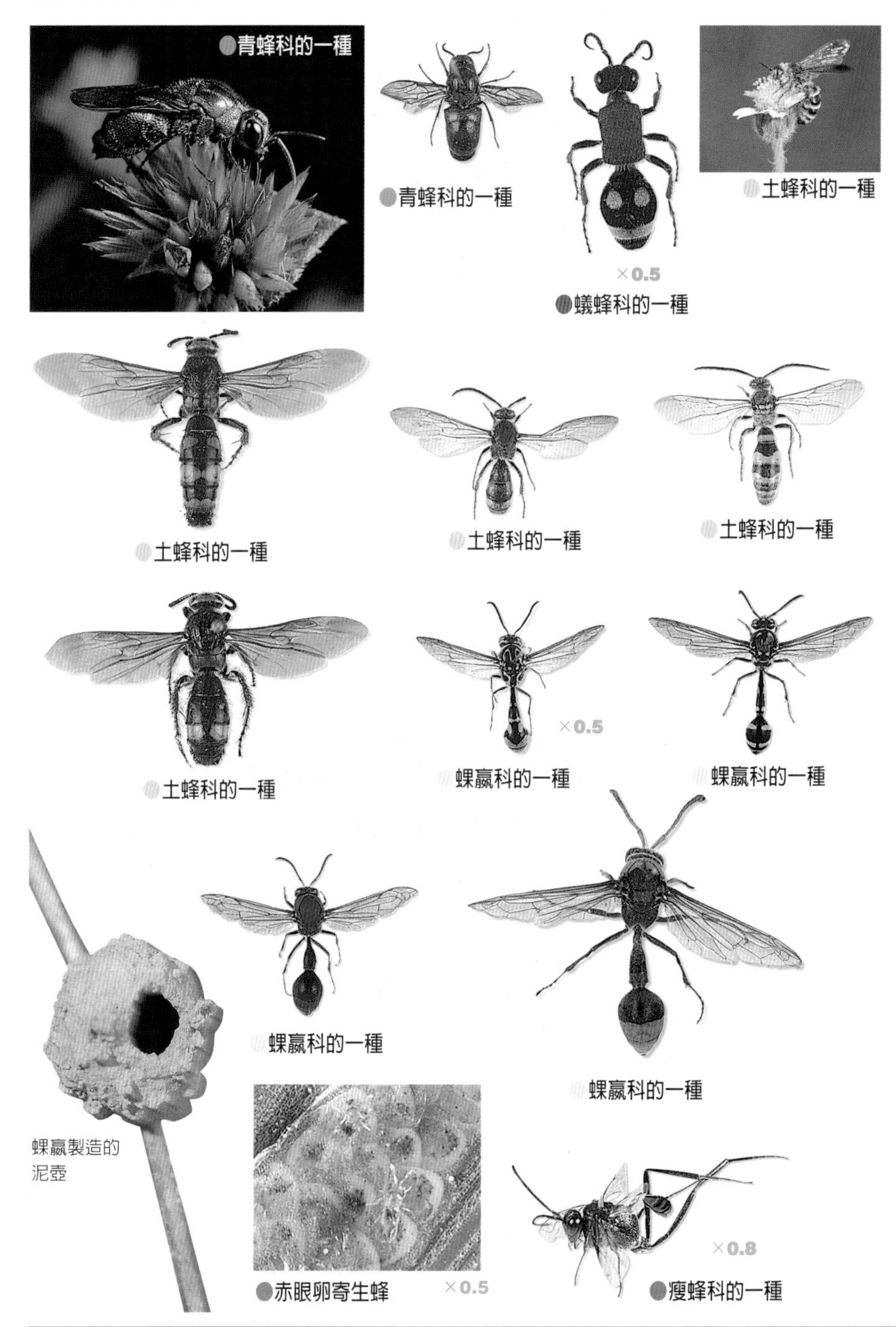

×0.5
●大頭家蟻屬的一種
Pheidole sp.

×0.5
●蟻科的一種

×0.2
●舉尾蟻的一種
Crematogaster sp.

×0.5
●蟻的有翅王族

×0.5
●蟻的有翅王族

●蟻科的一種 ×0.5

●蟻科的一種 ×0.5

●蟻科的一種 ×0.3

●蟻科的一種 ×0.5

×0.5
●蟻科的一種

半翅目
Hemiptera
英名 bugs

很多人都聽過的臭蟲、臭龜仔，指的就是這一類的昆蟲，牠正式的名字叫蝽象，因爲牠們具有發達的臭腺，當遇到敵人的時候，就會釋放出臭味讓敵人受不了而離開。半翅目名稱的由來，是因爲這一個昆蟲家族的前翅基部革質化，變成不透明，但是末端部仍然爲透明膜質，所以當牠們休息翅膀交疊的時候，在身體末端會有一塊菱形的區域是透明的，看起來像是只有一半的翅膀。另外，牠們的口器是刺吸式。一般常見的有黃斑蝽象、角肩蝽象、緣蝽、肉食性的刺蝽等等，這個家族的成員除了在陸地上生活之外，有的也在水中生活，像是負子蟲、紅娘華、水螳螂等，只不過水生的種類都爲肉食性，靠捕捉其他的小動物，以吸食血液爲生。

●蝽科 Pentatomidae
英名 stink bugs

觸角5節，跗節3節，口吻長超過中足基節。大部份爲植食性，多攀附在枝條間吸食植物的汁液，部份種類也會捕食其他的昆蟲，夜間也會飛到路燈下。成蟲及若蟲均具臭腺，遇驚擾時會釋放出臭味。

●刺蝽科 Reduviidae
英名 assassin bugs

肉食性，觸角4節或4節以上，頭部後方呈頸狀，體型長形，身體邊緣有刺狀突起，口吻呈釘狀。多出現在植物的枝條間尋找鱗翅目的幼蟲，也會捕食其他的小昆蟲，具趨光性。國外的某些種類還會傳播疾病。

●緣蝽科 Coreidae
英名 leaf-footed bugs

觸角4節，跗節3節，口器分成4節，許多種類的後足腿節膨大扁平如葉。成蟲腹部的腹面具臭腺，以吸食植物的汁液爲生，常出現在植物的枝葉間，某些種類偶爾會造成作物的損失。

●星蝽科 Pyrrhocoridae
英名 red bugs

顏色多爲紅色，無單眼，觸角四節，足的跗節3節。以吸食植物汁液爲生，數量多，夜間具趨光性，在植物的枝葉間、落葉堆下都可以發現牠們，常聚集成群，臭腺的氣味較淡。最常見的種類是赤星蝽象，常爲害棉花、黃麻、梧桐等植物。

●盾背蝽科 Scutelleridae
英名 shield-back bugs

觸角5節，口器4節，體型圓寬，成蟲背方有由胸部板片形成的背甲，蓋住腹部，所以狀似甲蟲。若蟲的背部板片不發達沒有蓋住腹部，具臭腺。成蟲具有護卵的習性，雌蟲於產卵後會在卵塊附近照顧卵塊直到若蟲孵化。

●盲蝽科 Miridae
英名 leaf bugs

體軀軟弱，體型細長，缺單眼，觸角4節呈鞭狀，口吻4節，跗節3節。本科昆蟲大多爲植食性或雜食性，部份種類屬於肉食性。雌蟲一般會將卵產在植物的組織間。

●土蝽科 Cydnidae
英名 negro bugs

觸角5節，口吻4節，跗節3節，後足跗節退化，一般體色暗或有明顯的金屬光澤。前足適於掘地，一般爲地棲性。也具有趨光性。

●田鱉科 Belostomatidae
英名 water bugs

水生昆蟲，肉食性，前足發達呈鐮刀狀。性情兇悍，以前足捕捉其他的水生動物，並吸食獵物的體液。雌蟲於交配產卵後多自行離去，卵粒則由雄蟲照顧。尾部具短呼吸管，需靠近水面呼吸。

●松藻蟲科 Notonectidae
英名 back swimmers

水生的半翅目昆蟲，一般體型約０.５～１公分，中足特別長，呈槳狀，在水中游動時，以腹面朝上。肉食性，以吸食水中的小動物如孑孓、小魚等體液爲生。雌蟲會將卵產在水生植物上。在水中活動的時候會不時浮到水面上呼吸空氣。

紅娘華科 Nepidae

英名 water scorpions

口器彎曲如釘，觸角短，前足呈鐮刀狀，腹部末端有一長呼吸管，可伸出水面呼吸，一般體色多為深褐色。多出現在池沼、水田或山溝邊緣，攀附在水中的植物或枯枝上，以前足捕捉水中其他的小動物如蝌蚪、小魚或其他的水生昆蟲。遇驚擾時會假死，足部伸直隨水飄流。

水黽科 Gerridae

英名 water striders

在水面上滑行的昆蟲，中後足發達細長，前足用以捕捉獵物，以吸食獵物的體液為生，成蟲具翅能飛。足部密佈感覺毛能感覺到水面輕微的振動，藉此感應掉落水面的昆蟲。

軍配蟲科 Tingidae

英名 lace bugs

小型的椿象，體型約0.5公分左右，肩部常有蕾絲般的突出。多出現在植物的嫩莖葉間吸食植物的汁液，部份種類會造成作物的危害。

×0.5 輝蝽

×0.5 岱蝽

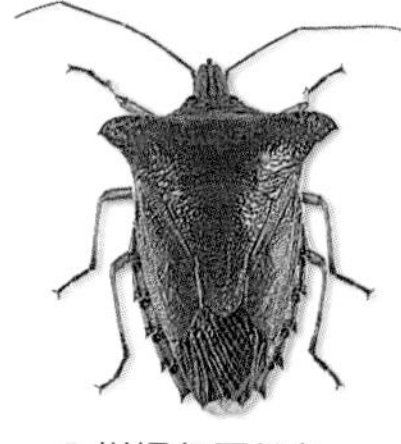

柑橘角肩蝽象
Rhynchocoris humeralis

黃斑蝽象

台灣大蝽象

蝽科的一種

×0.2

標本實物大小＝圖鑑大小×倍率　未標示者為標本實物大小

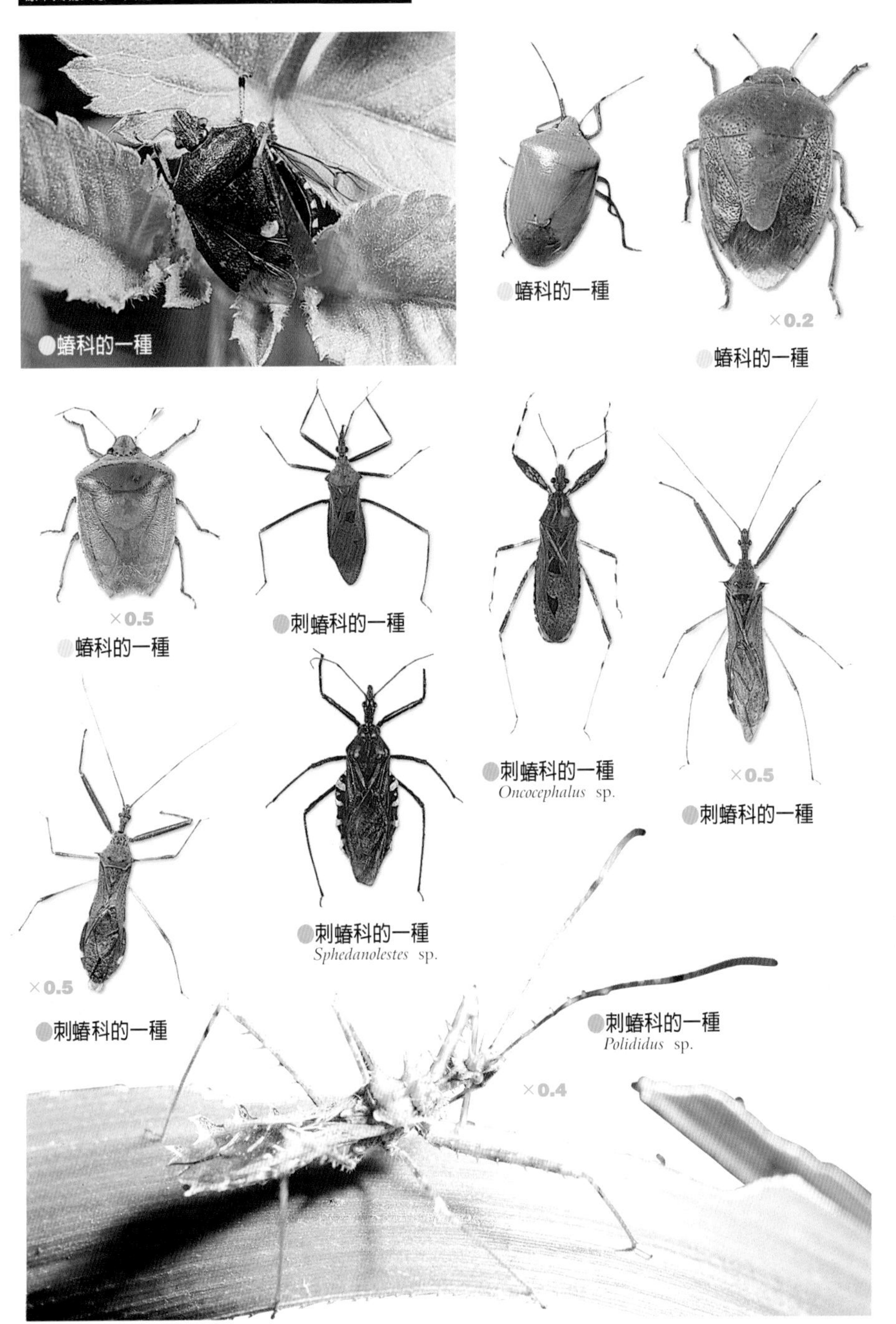

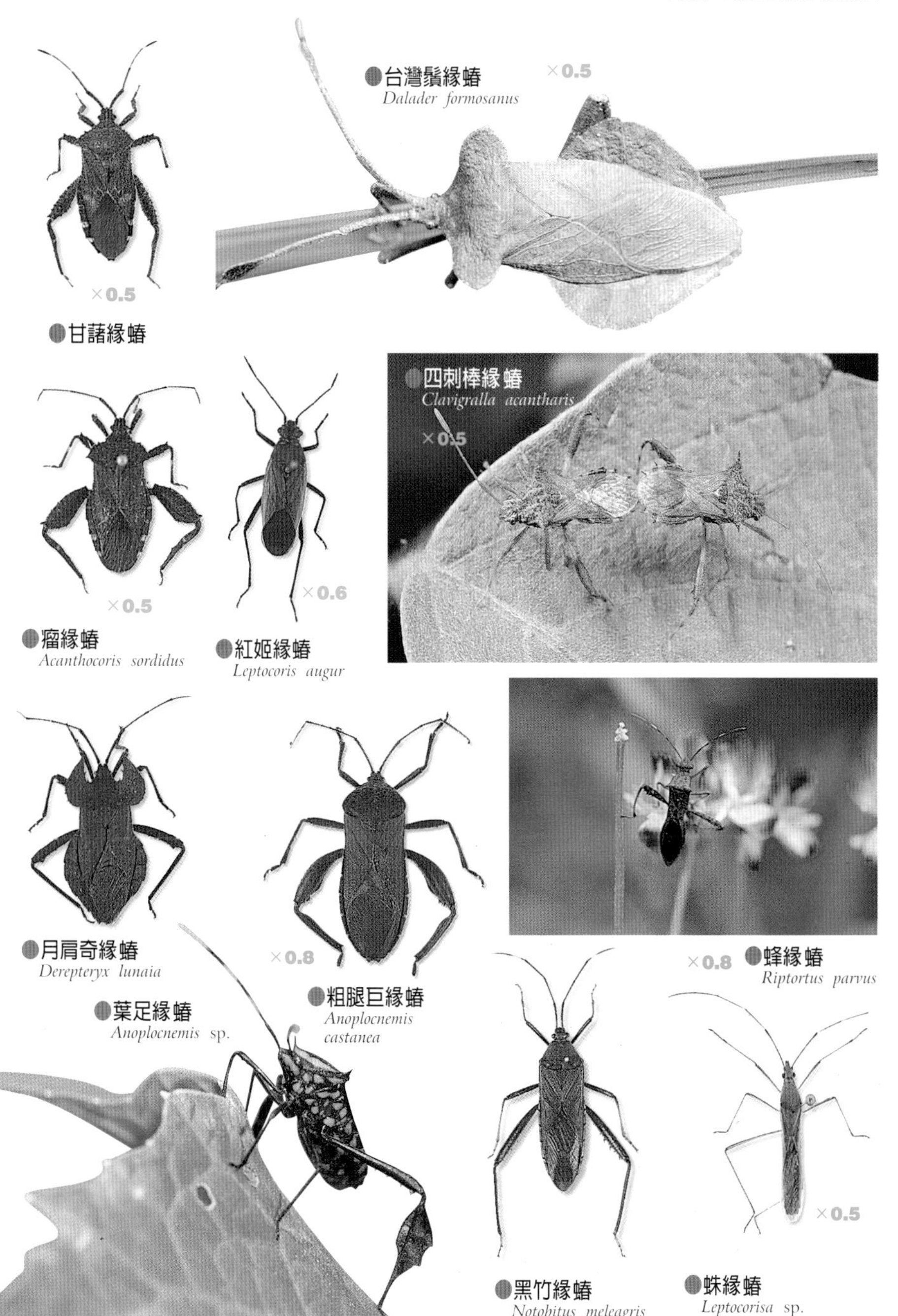

台灣鬚緣蝽
Dalader formosanus

甘藷緣蝽

四刺棒緣蝽
Clavigralla acantharis

瘤緣蝽
Acanthocoris sordidus

紅姬緣蝽
Leptocoris augur

月肩奇緣蝽
Derepteryx lunaia

粗腿巨緣蝽
Anoplocnemis castanea

蜂緣蝽
Riptortus parvus

葉足緣蝽
Anoplocnemis sp.

黑竹緣蝽
Notobitus meleagris

蛛緣蝽
Leptocorisa sp.

標本實物大小＝圖鑑大小×倍率　未標示者為標本實物大小

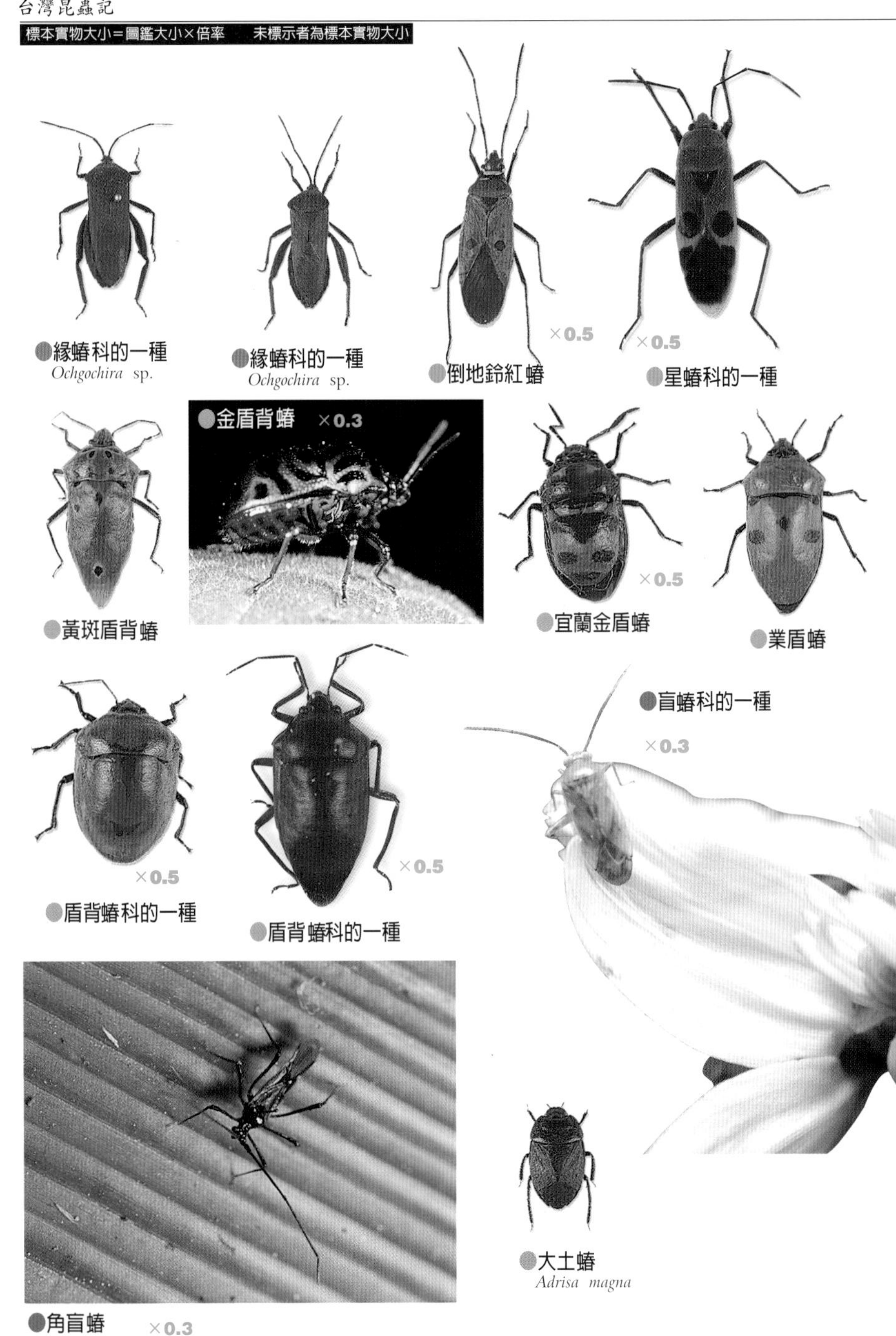

緣蝽科的一種 *Ochgochira* sp.

緣蝽科的一種 *Ochgochira* sp.

倒地鈴紅蝽

星蝽科的一種

黃斑盾背蝽

金盾背蝽

宜蘭金盾蝽

業盾蝽

盲蝽科的一種

盾背蝽科的一種

盾背蝽科的一種

大土蝽 *Adrisa magna*

角盲蝽 *Helopeltis* sp.

●大田鱉
Lethocerus indicus
大型的水生昆蟲，體長約7~9公分，肉食性，喜捕捉蛙類或魚為食，前足發達呈鐮刀狀，用以捕捉其他的水生動物。雌蟲將卵產於水邊突出的枯木或其他物體上，雄蟲會在卵邊擔任守衛，直到若蟲孵化。

●負子蟲 ×0.5
Sphaerodema rustica
雌蟲將卵產在雄蟲背方，雄蟲背負卵直到若蟲孵化為止 。

×0.5
●松藻蟲科的一種

紅娘華的一種

水黽科的一種

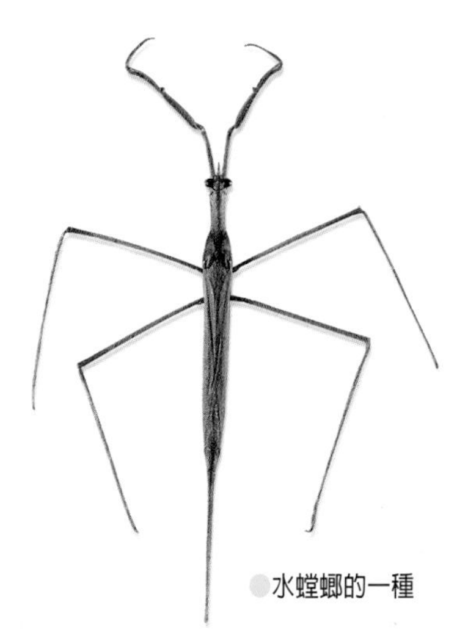
水螳螂的一種

×0.3　軍配蟲科的一種

同翅目
Homoptera
英名 cicadas，hoppers

此目的昆蟲最廣爲人知的是蟬。雌蟬在交配後會在樹皮的裂縫中產卵，若蟲孵化後會鑽到土中，在土中渡過幼年時期，以吸食樹根的汁液爲生。若蟲在土中的時間長短不一，從幾個月到一、兩年的都有，最長的是美洲的十七年蟬，牠的若蟲在土中要經過十七年才會鑽出地面羽化成蟬。不過這個家族的成員並不是每一種都會發出聲音，同翅目家族的成員還有身上披著蠟粉的蠟蟬、會吐泡沫的沫蟬、僞裝高手的角蟬、能飛善跳的葉蟬和爲害農作物的介殼蟲、蚜蟲等等。這個家族的昆蟲都有著像吸管一樣的口器，可用來吸食植物的汁液。

●蟬科 Cicadidae
英名 cicadas

體形多爲中大型，雄蟲具發音器，腹面有兩塊明顯的板片，稱爲音箱蓋板，雌蟲則無。成蟲以吸食樹汁爲食，壽命大約7～10天。若蟲在土中生活以吸食植物根部的汁液爲生，若蟲期依種類而異，多爲1年左右。

●沫蟬科 Cercopidae
英名 frog hoppers

中小型的蟬類，前胸發達略拱起，前翅革質。若蟲會從腹部分泌一些物質經自身的擺動攪拌後即形成沫巢，若蟲即躲在巢中吸食植物的汁液。成蟲也以吸食植物的汁液爲生。

●蠟蟬科 Fulgoridae
英名 plant hoppers

觸角第1、2節膨大成球形，且生於複眼下方，足之脛節末端具有許多刺。受驚嚇時會跳躍逃生，飛行能力不佳。若蟲的腹部末端多具有絲狀的蠟質，有些排成扇狀，以吸食植物的汁液爲生。

●蛾蠟蟬科 Flatidae

體色一般碧綠或淡白色，翅寬大如蛾類，停息時翅閉合。體型多爲中小型。受驚擾時會跳躍。

●瓢蠟蟬科 Issidae

中小型昆蟲，外型多與瓢蟲相似，少數種類早蝶蛾狀。頭寬闊，口器呈刺吸式。

●廣翅蠟蟬科 Ricaniidae

頭部較胸部寬闊，翅脈纖細，後足第一跗節短，中胸背板頗大。體型小，善跳躍，以吸食植物的汁液爲生。

●角蟬科 Membracidae
英名 tree hoppers

一般體型都很小，背上有由背板延伸出的各種形狀之突起，善跳。多藏匿在植物的枝幹間吸食植物的汁液，雌蟲產卵於植物組織內，若蟲脫皮3～4次後而變成成蟲，一年可發生1～3代。

●蚜科 Aphididae
英名 aphids

體小而柔軟呈卵圓形，同種個體有些具翅有些無翅，身體的環節不明顯，腹部後端有一對管狀突起稱爲尾管，能分泌蜜露。雌性成蟲可不經交尾而產生後代，稱爲孤雌生殖，生殖方式爲卵胎生。

●木蝨科 Psyllidae
英名 plant lices

身體外形和蟬相似，但體長僅約0.5公分，和蚜蟲大小相當，會跳躍。成蟲以吸食植物汁液爲生，若蟲體呈長橢圓形且扁平，背部常有蠟絲，會分泌蜜露。有些種類也會造成蟲癭。

●葉蟬科 Cicadellidae
英名 leaf hoppers

體型小，觸角生於複眼之間，呈鞭狀，後足脛節有刺列，末端有叢刺，善於跳躍。葉蟬又稱爲浮塵子，雌蟲將卵產於植物莖葉的組織內，若蟲經6齡而成爲成蟲，數量多，以吸食植物的汁液爲生，其中有些種類常造成作物的損傷，同時還會傳播一些作物的疾病。葉蟬科又分成幾個亞科，耳蟬亞科是外型較爲特殊的一類。

●耳蟬亞科Ledrinae

葉蟬科中外型較為特殊的，頭部呈鏟狀，胸部背方左右具有耳狀的突起。

介殼蟲科 Coccidae

英名 mealy bugs

一、二齡若蟲能自由活動。成蟲多營固著生活，外覆蠟質蓋，蠟質外殼的形式依種類而異，有些呈毛狀，有些則如棉花般。許多種類造成作物的危害，數量多時整個枝條幾乎都被牠們的蠟殼所包裹，因為牠們具有蠟質的外殼所以農藥的效果比較不佳，多利用捕食性天敵如瓢蟲等來進行控制。

稻蝨科 Delphacidae

體型微小，後足脛節有大型可活動的端距。以吸食植物汁液為生，少數種類為稻作的害蟲。

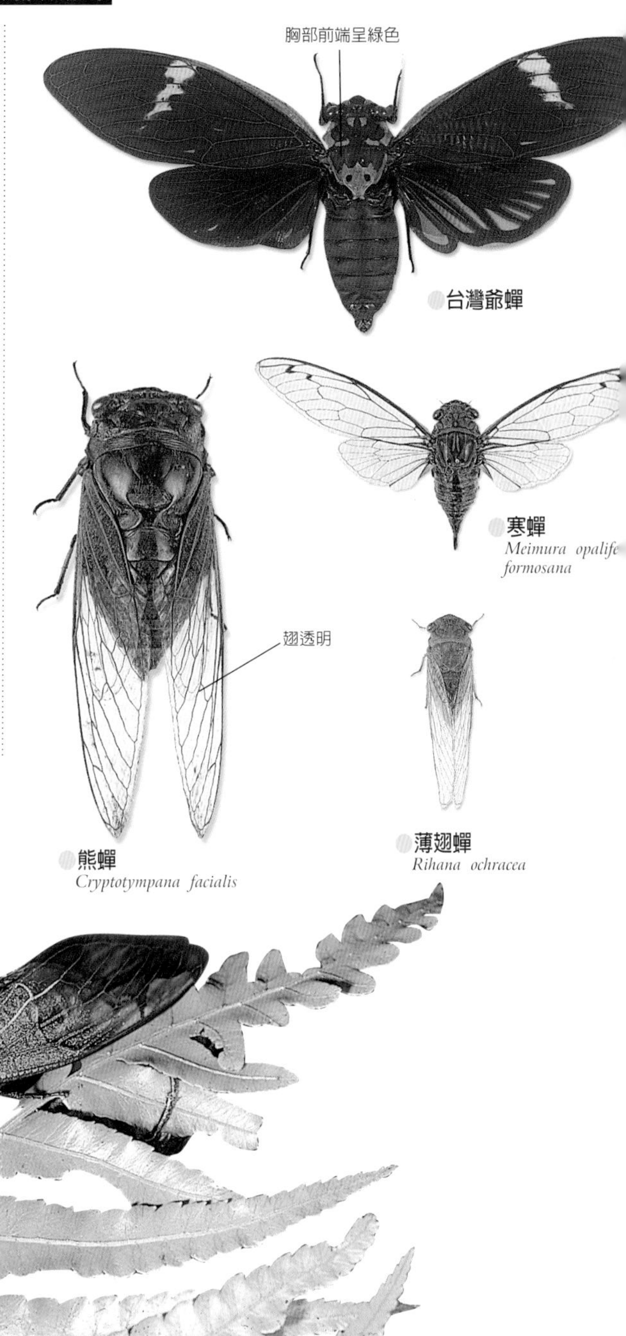

台灣爺蟬

寒蟬 *Meimura opalifera formosana*

熊蟬 *Cryptotympana facialis*

薄翅蟬 *Rihana ochracea*

台灣熊蟬 *Cryptotympana holsti*

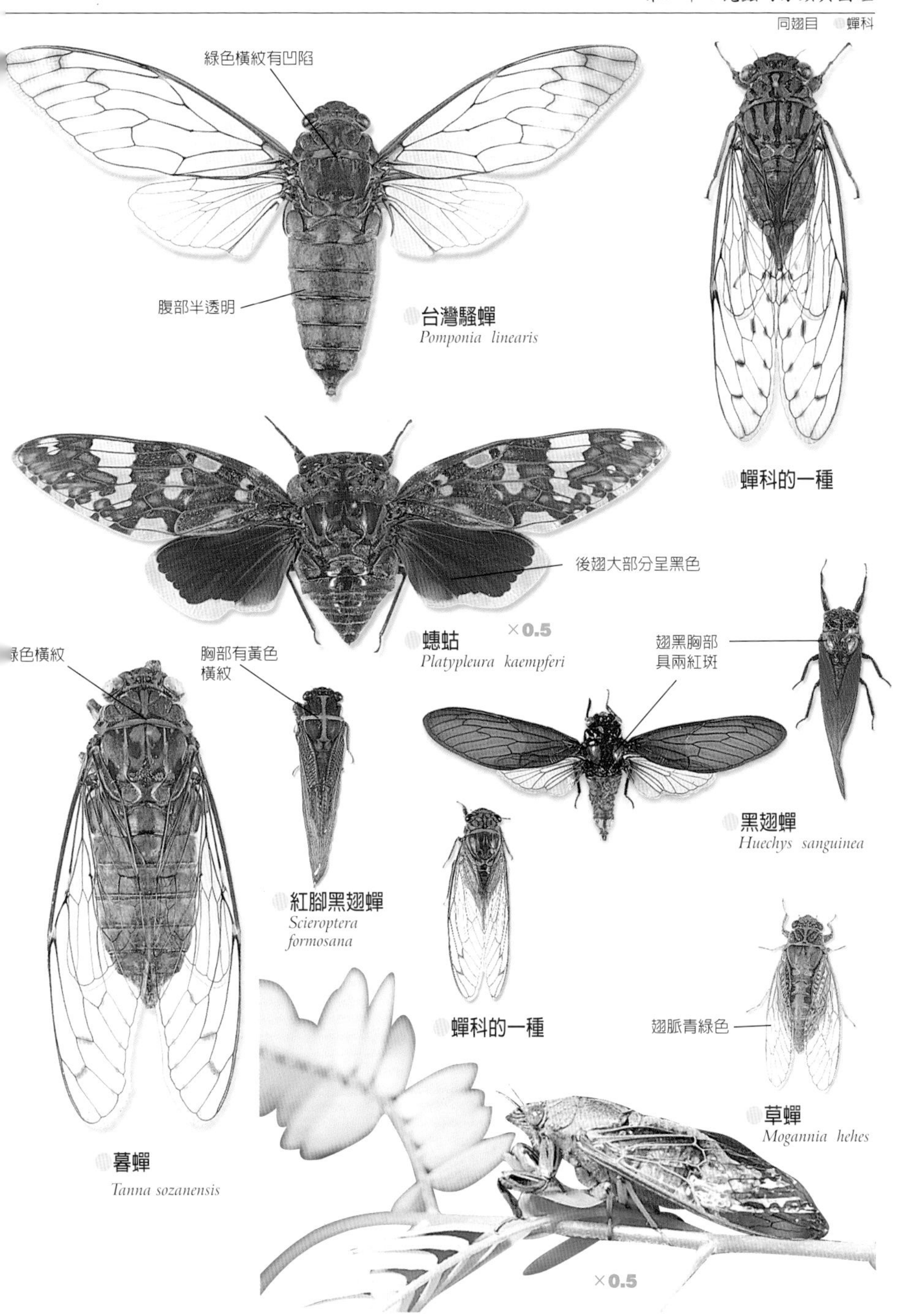

台灣騷蟬
Pomponia linearis

蟬科的一種

蟪蛄
Platypleura kaempferi

黑翅蟬
Huechys sanguinea

紅腳黑翅蟬
Scieroptera formosana

蟬科的一種

草蟬
Mogannia hehes

暮蟬
Tanna sozanensis

標本實物大小＝圖鑑大小×倍率　未標示者為標本實物大小

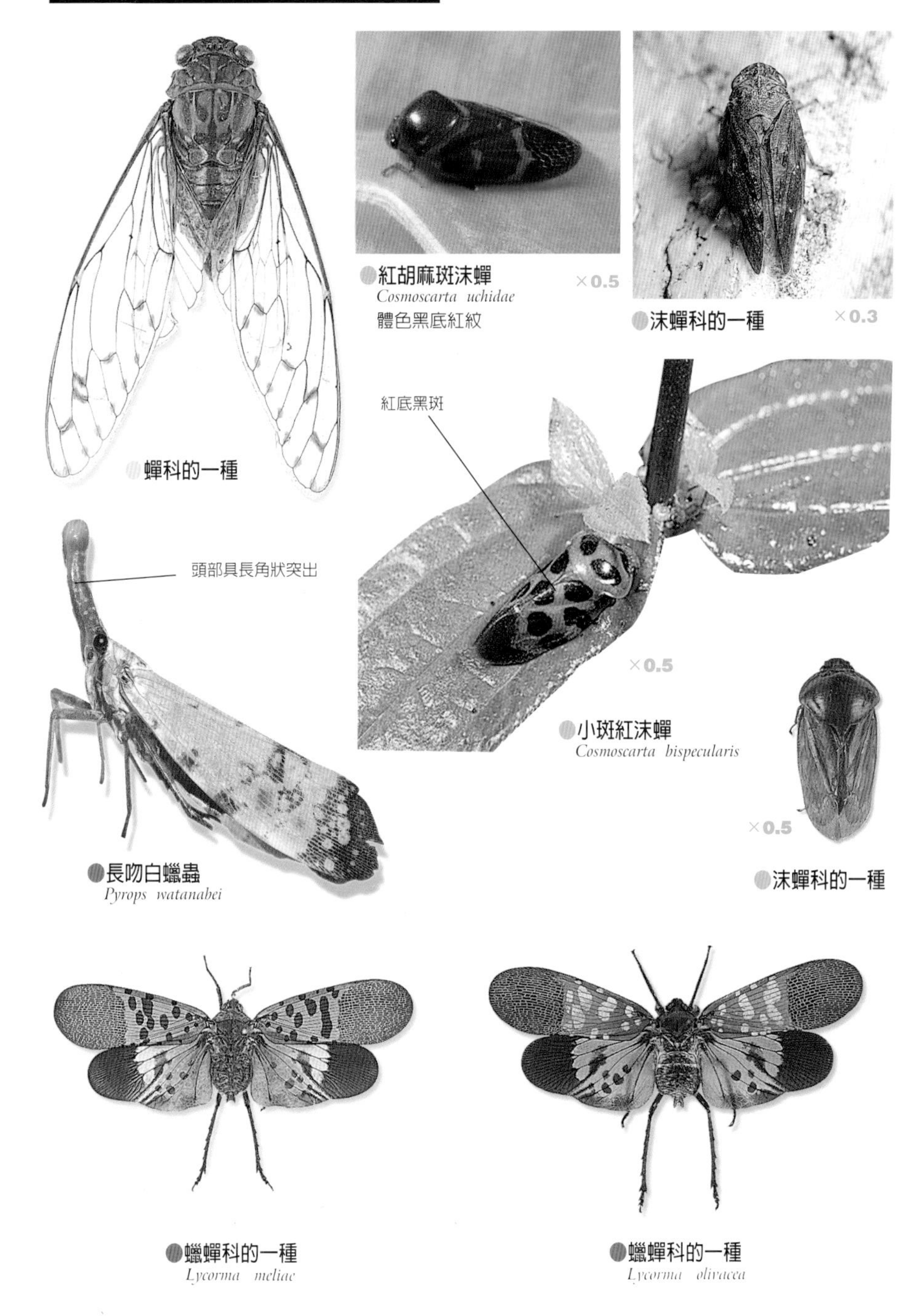

蟬科的一種

紅胡麻斑沫蟬 *Cosmoscarta uchidae* 體色黑底紅紋

沫蟬科的一種

長吻白蠟蟲 *Pyrops watanabei*

小斑紅沫蟬 *Cosmoscarta bispecularis*

沫蟬科的一種

蠟蟬科的一種 *Lycorma meliae*

蠟蟬科的一種 *Lycorma olivacea*

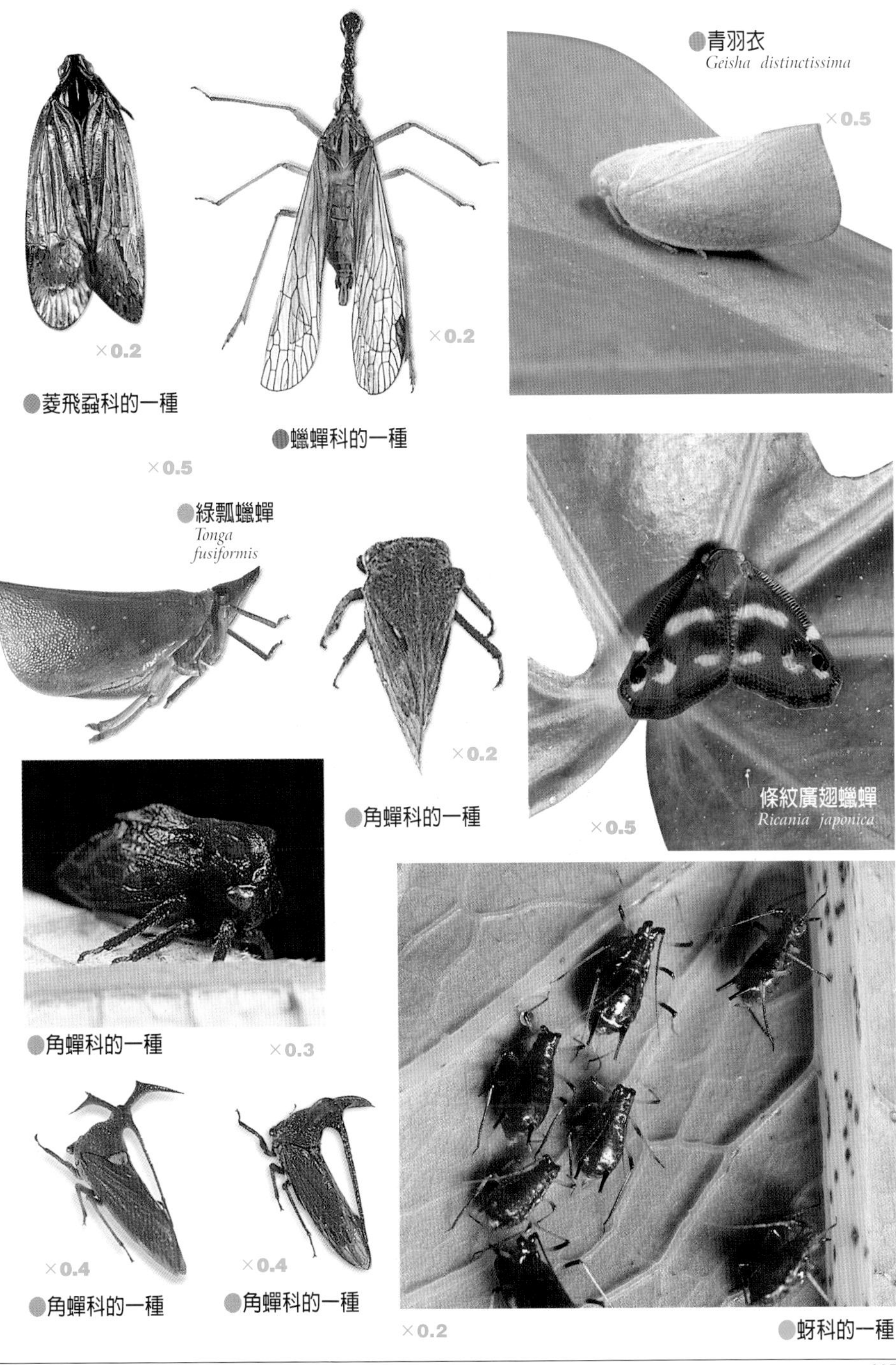

菱飛蝨科的一種

蠟蟬科的一種

青羽衣 *Geisha distinctissima*

綠瓢蠟蟬 *Tonga fusiformis*

角蟬科的一種

條紋廣翅蠟蟬 *Ricania japonica*

角蟬科的一種

角蟬科的一種

角蟬科的一種

蚜科的一種

標本實物大小＝圖鑑大小×倍率　未標示者為標本實物大小

蚜科的一種 ×0.1

×0.2

木蝨科的一種

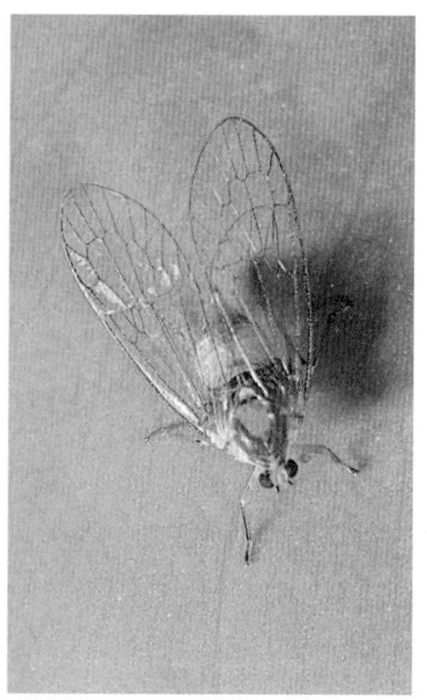

稻蝨科的一種 ×0.1

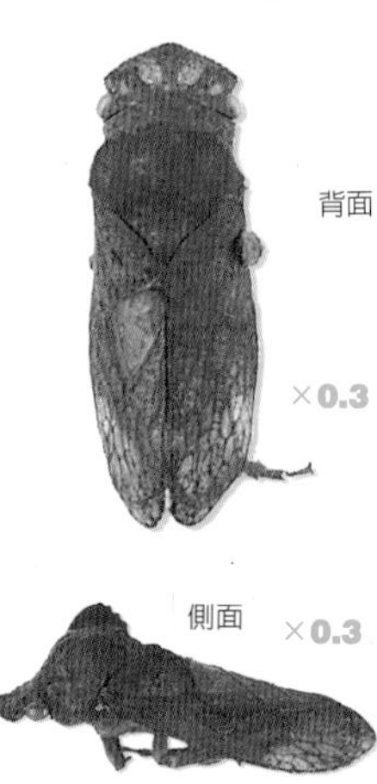

背面 ×0.3

側面 ×0.3

甲仙耳蟬
Ledra rosempenis

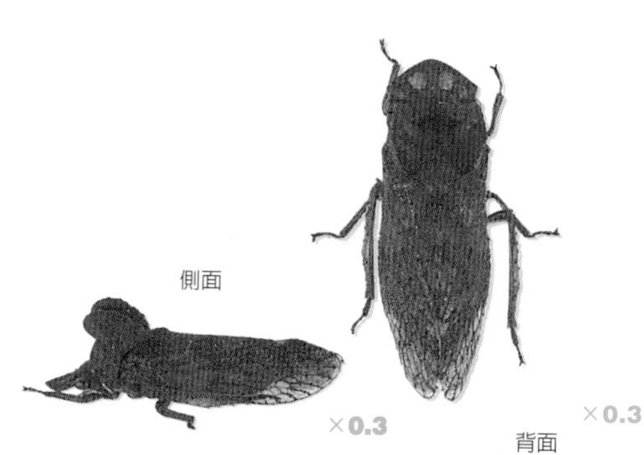

側面 ×0.3

背面 ×0.3

耳蟬亞科的一種
Ledra sp.

頭部側方三角狀突出

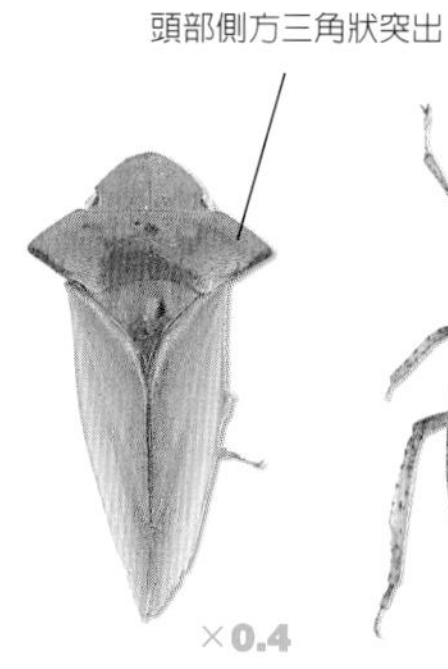

×0.4

黑緣扁耳蟬
Tituria planata

×0.4

台灣耳蟬
Ledra bilobata

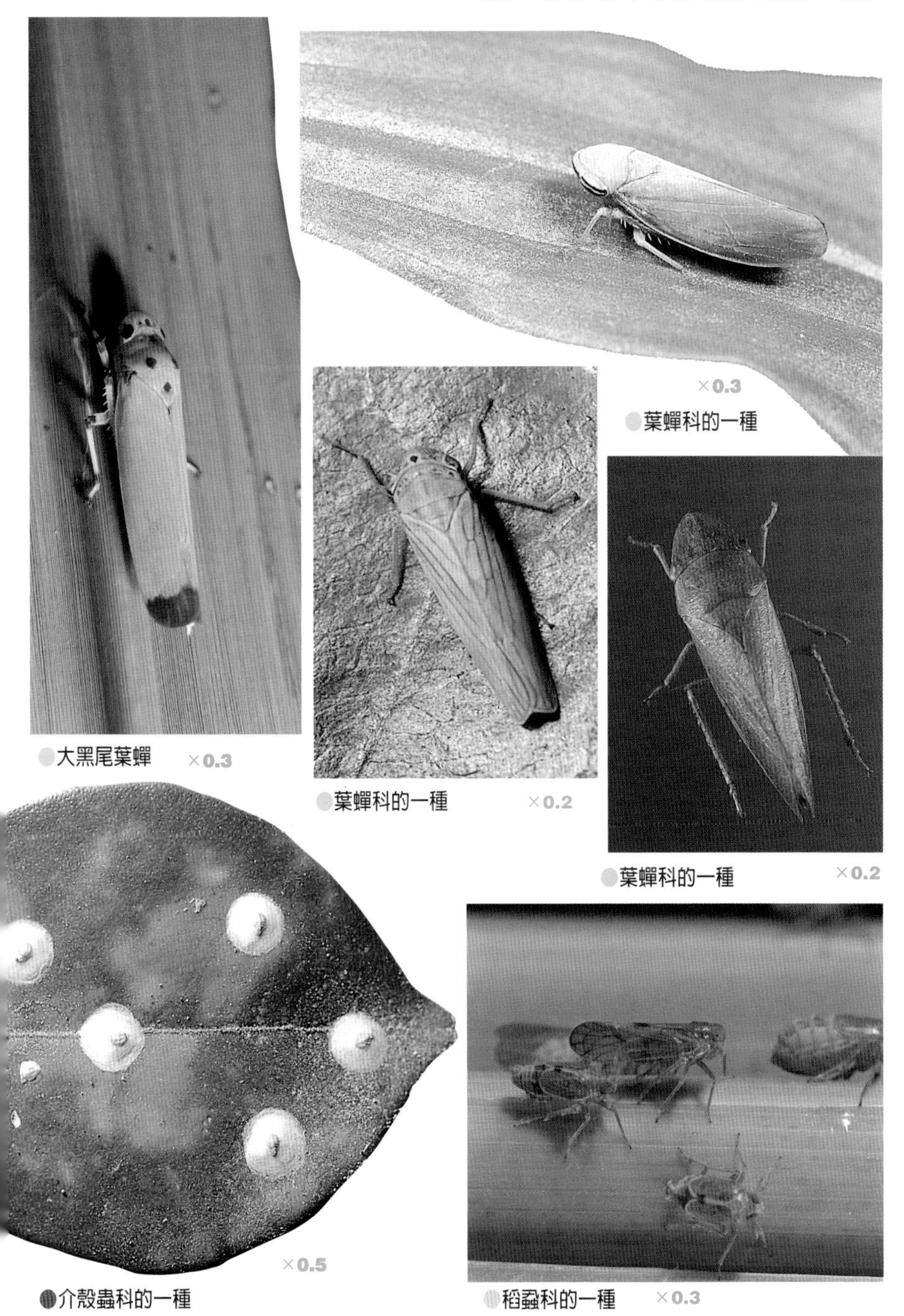

●葉蟬科的一種 ×0.3

●大黑尾葉蟬 ×0.3

●葉蟬科的一種 ×0.2

●葉蟬科的一種 ×0.2

●介殼蟲科的一種 ×0.5

●稻蝨科的一種 ×0.3

雙翅目
Diptera
英名 flies

這個家族也是昆蟲四大家族之一，最常見的代表是蚊類和蠅類，這一類昆蟲最大的特點是第二對翅特化成平均棍，以作為平衡之用，所以只有看到一對前翅。雙翅目的昆蟲中，有一些種類喜歡吸食動物的血液或其他昆蟲的體液，所以常會傳播一些人畜共通的疾病，而為人所厭惡。在野外還有許多長得像蚊子的大蚊，大蚊是素食主義者，完全不會叮咬人類。其實除了蚊蠅之外，常在花間出現的食蚜虻及獵食其他昆蟲的食蟲虻、全身閃著金綠色光芒的長腳蠅也都是雙翅目的成員。

●蚊科 Culicidae
英名 mosquitoes

包括瘧蚊、家蚊等衛生害蟲，幼蟲水生。雌蚊將卵產在水中，依種類而異卵呈散生或塊狀，如家蚊的卵呈塊狀而斑蚊及瘧蚊的卵則是散生。僅雌蚊會吸血，雄蚊一般以植物的汁液為生。

●大蚊科 Tipulidae
英名 crane flies

口吻長，外形與蚊子相似，但足部十分長。成蟲植食性，以花蜜為食，多出現在較為陰暗的林間，夜間具趨光性。幼蟲外皮厚實，西洋俗稱皮坦克，多為植食性，有些生活在腐木或草根下，有些在苔蘚下吃食，以有機質為生，部份種類會危害作物，少數種類為肉食性。

●搖蚊科 Chironomidae

幼蟲即水族業販賣的紅蟲，生活在水溝中或積水的小池中。成蟲體型小，體色多綠色，常在傍晚時群聚於人的頭頂上，複眼不相連。

●蠅科 Muscidae
英名 house flies

體型中小型，頭部大，能自由活動，複眼發達，觸角呈3節，體色暗，體表密佈細毛。幼蟲即所謂的蛆，頭部尖細，末端粗大，多出現在腐敗的有機質中。蠅類會傳播多種疾病，依據國外的報告，一隻家蠅可攜帶800,000~500,000,000的病菌，對人類健康的威脅實在不可忽視。

●舞蠅科 Empididae
英名 dance flies

頭部尖，複眼發達，足長，胸部發達，腹部尖長。雄蟲於交尾時會贈送獵物給雌蟲，多出現在植物茂盛的潮濕地區，也可以在花上發現牠們的蹤跡，幼蟲生活在土中、腐爛的植物或朽木下，可能也是肉食性。

●食蟲虻科 Asilidae
英名 robber flies

口器硬長如釘，複眼發達，複眼間有明顯凹陷，足長密佈剛毛，體型瘦長，飛行速度快，靠捕捉其他昆蟲並吸食體液為生，有時連蜻蜓都難逃毒手。幼蟲在土中或枯葉堆下生活，以周圍的其他小蟲為捕食對象。

●食蚜蠅科 Syrphidae
英名 syrphid flies

外型近似蜜蜂，腹部有黑黃相間的條紋，複眼大。本科的成員體型差異頗大。幼蟲在植物的枝葉間捕食蚜蟲或介殼蟲，成蟲植食性，以吸食花蜜為生，常出現在花上，有時會如直昇機般在樹枝間定點飛翔。

●果實蠅科 Trypetidae
英名 fruit flies

翅具斑紋，身體多有黑褐色斑紋，體長約0.5公分左右。成蟲多出現在植物叢中或花叢間，也常出現在腐果上吸食果汁，某些種類於停息時會緩慢地擺動翅，雌蟲產卵時會將卵產於植物的果實中，幼蟲即在果肉中蛀食，所以常常會造成果農的損失。

●果蠅科 Drosophilidae
英名 vinegar flies

體型細小，約為0.3~0.5公分。觸角第三節呈圓形或橢圓形，複眼紅色。成蟲常見於發酵的水果及垃圾堆中。幼蟲以果實為食。因其生活史短，繁殖快，常用來作為遺傳的實驗材料。

花蠅科 Anthomyiidae
英名 anthomyiid flies

中型或小型蠅類，體型細瘦而有毛，身體多爲黑灰色或暗黃色，頭部大，觸角有毛。成蟲多爲腐食性，以腐化的有機質爲食。

寄蠅科 Tachinidae
英名 tachina flies

小型或中型的蠅類，飛行活潑，身體的顏色爲灰色、黑色或褐色，並且有明顯的花紋，觸角生在複眼間。腹部有明顯的鬃毛。成蟲多爲日行性，在花間活動。幼蟲爲寄生性，以其他的昆蟲爲寄主，寄主多爲鱗翅目的昆蟲。成熟的幼蟲在土中或寄主的屍體內化蛹。

黃潛蠅科 Oscinidae
英名 frit flies

體型細小，多呈綠色或黃色，性情活潑，頭部稍突出呈三角形。幼蟲以植物的組織爲食，會鑽入莖桀內取食，常造成作物的損失。

虻科 Tabanidae
英名 deer flies

中型到大型，身體粗壯有短毛，一般俗稱爲牛虻。頭部大，呈半球形或略呈三角形，複眼發達，翅透明或有色彩，足強壯。成蟲白天活動，以正午左右爲活動高峰，飛行能力強，飛行迅速，常見於池邊及溪邊，有時會吸取花蜜，但多以動物的血液爲食。

窗虻科 Scenopinidae
英名 window flies

中型或小型的昆蟲，有單眼，兩觸角基部接近，腹部有透明的窗斑。幼蟲多生活在腐敗的朽木或眞菌中，以捕捉其他的小蟲爲食，有些種類則生活於室內。

長腳蠅科 Dolichopodidae
英名 long-legged flies

體型細小，頭部大，複眼發達，胸部具金綠、青銅或金黃色的金屬光澤，足細長，翅脈簡單。成蟲多爲捕食性，某些種類以蚜蟲爲食，多出現在靠近池塘的樹林、花叢附近，捕食小蠅或小蜘蛛。幼蟲呈圓柱形，水生或陸生，某些種類爲肉食性。

蛾蚋科 Psychodidae
英名 moth flies

翅寬大呈卵圓形，表面覆細鱗，體型小，約0.5公分，體色灰黑，觸角有細毛，多出現在陰暗潮溼的角落。幼蟲圓筒形， 有陸生及水生兩類，陸生型多生活在腐敗植物、落葉堆下的鬆土中，水生型多生活在靜水區。

×0.5
三斑家蚊
Culex triaenoirhynchus

白腹叢蚊
Armigeres subalbatus
×0.5

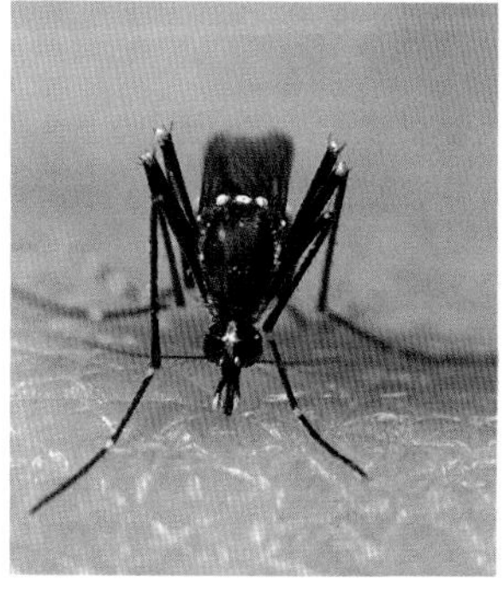
埃及斑紋
Aedes aegypti
×0.3

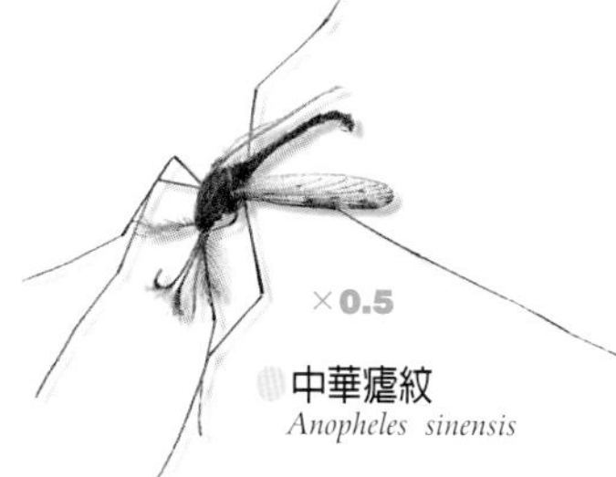
×0.5
中華瘧紋
Anopheles sinensis

長吻虻科 Bombyliidae
英名 bee flies

成蟲體型中到大型，頭部略微卵圓形，口器長，呈針狀，胸、腹部多具疏毛，某些種類，翅具斑紋。幼蟲多爲寄生性，以其他昆蟲爲寄主。

標本實物大小＝圖鑑大小×倍率　未標示者為標本實物大小

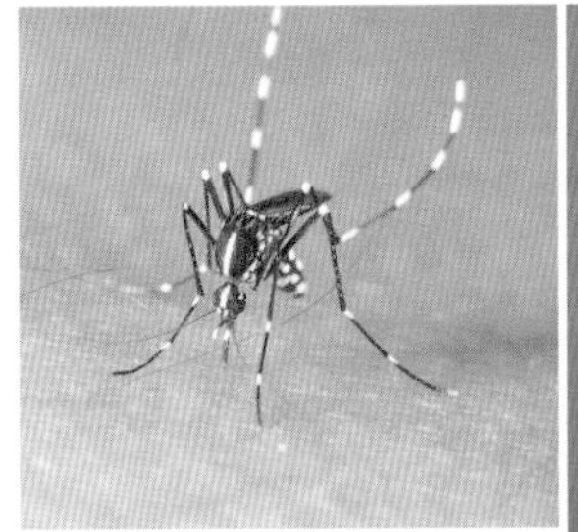

白線斑紋 ×0.5
Aedes albopictus
前胸中央有一白線

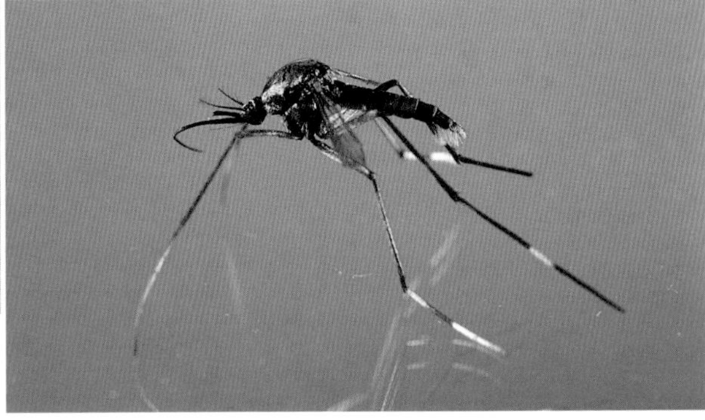

金腹巨蚊
Toxorhynchites aurifluus ×0.5

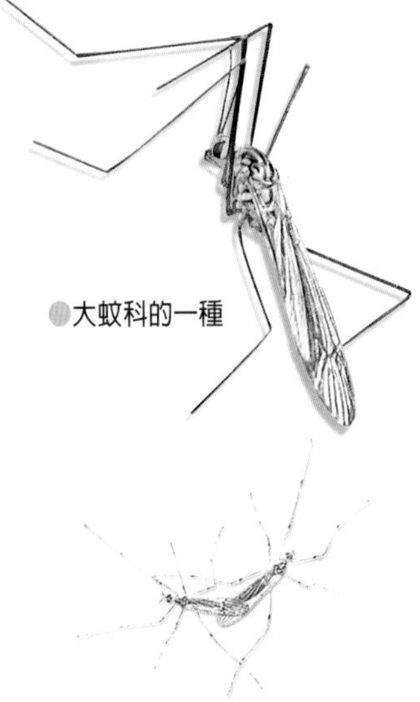

大蚊科的一種

大蚊科的一種

大蚊科的一種
交尾中的大蚊

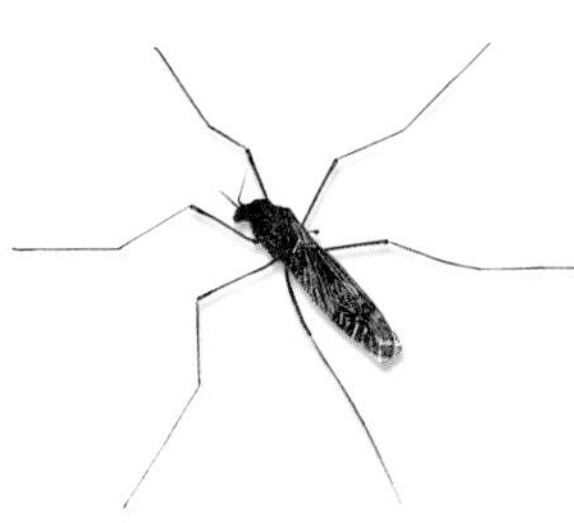

大蚊科的一種

大蚊科的一種 ×0.3

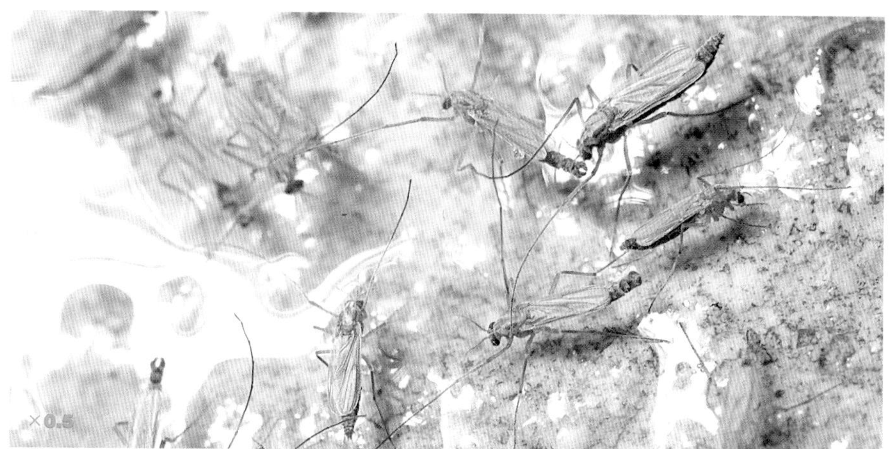

×0.5

●搖蚊科的一種

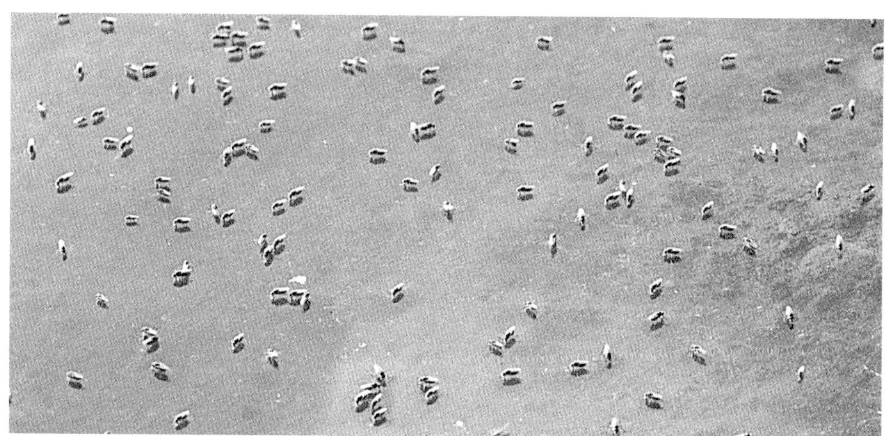

●搖蚊科的一種

●蠅科的一種 ×0.3

●蠅科的一種 ×0.6

標本實物大小＝圖鑑大小×倍率　未標示者為標本實物大小

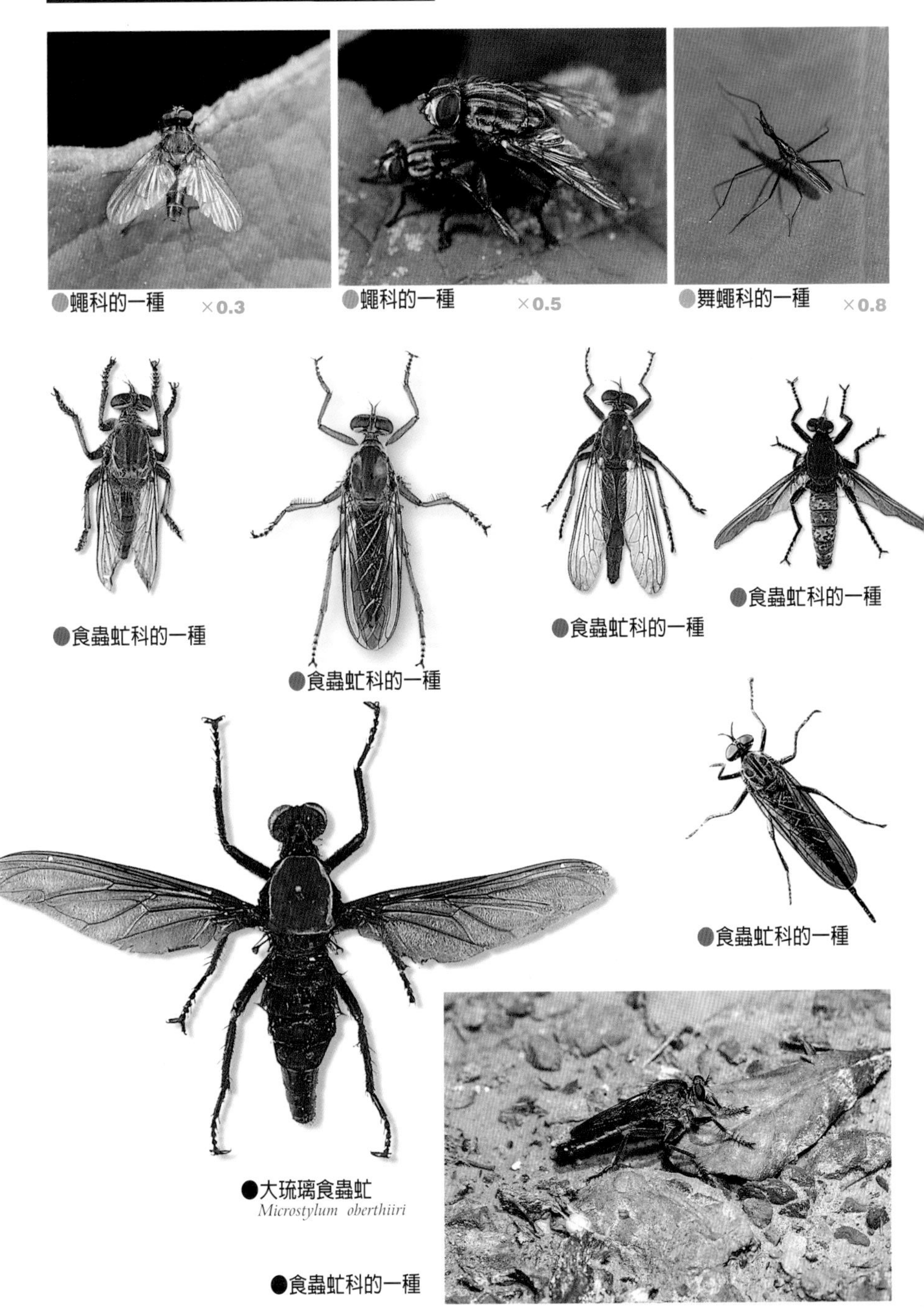

●蠅科的一種 ×0.3

●蠅科的一種 ×0.5

●舞蠅科的一種 ×0.8

●食蟲虻科的一種

●食蟲虻科的一種

●食蟲虻科的一種

●食蟲虻科的一種

●食蟲虻科的一種

●大琉璃食蟲虻
Microstylum oberthiiri

●食蟲虻科的一種

●進食中的食蟲虻

●食蚜蠅科的一種

×0.3

●食蚜蠅科的一種 ×0.4

×0.5

●食蚜蠅科的一種

●食蚜蠅科的一種

×0.5 ●食蚜蠅科的一種

×0.8

●虻科的一種

●長吻虻科的一種

●食蚜蠅科的一種

×0.5

●長吻虻科的一種

標本實物大小＝圖鑑大小×倍率　未標示者為標本實物大小

●食蚜蠅科的一種 ×0.3

×0.2 ●果實蠅科的一種

●東方果實蠅 *Bactorocera dorsalis* ×0.2

×0.2 ●瓜實蠅 *Bactorocera cucurbitae*

●果蠅科的一種 ×0.2

●果蠅科的一種 ×0.2

×0.5 ●蠅科的一種

花蠅科的一種 ×0.2

●寄蠅科的一種 ×0.3

×0.1 ●黃潛蠅科的一種

●虻科的一種 ×0.5

×0.5 ●虻科的一種

×0.6 ●窗虻科的一種

●長腳蠅科的一種 ×0.2

●長腳蠅科的一種 ×0.2

×0.5 ●蛾蚋科的一種

●虻科的一種 ×0.3

直翅目
Orthoptera
英名 cricket，mole cricket

此目包括了蝗蟲、螽蟴、螻蛄與蟋蟀。一般俗稱的蚱蜢其實是指蝗蟲和螽蟴，螽蟴另有紡織娘的別稱。直翅目的昆蟲都有一對粗壯的後腿，讓牠們除了會飛之外還擅於跳躍。部份種類的雄蟲會發出聲音來尋找異性，但雌蟲都不會發出聲音。雄蟲的歌聲除了求偶之外，還有向對手示威的功能。有人也把牠們當成寵物來飼養。在中國有很多地方還有鬥蟋蟀的競賽，主人對於這些小小選手的照顧可說是無微不至，好爲自己贏得勝利。

螻蛄是這個家族中比較特殊的，牠的前足特化成像挖土機的鏟子一樣，平時都在自己挖掘的隧道中啃食植物的根部，在農田中常會造成作物的損傷，所以不受農民的歡迎。有時會從土中傳出鳴叫的聲音，這是雄螻蛄在高歌，以吸引異性前來交配。

螽蟴科 Tettigoniidae
英名 long-horned grasshoppers

觸角細長呈絲狀，雌蟲具刀狀或劍狀之產卵管，雄蟲則無。前足脛節有聽器。大多數爲雜食性，多生活在灌木叢或草叢中，但某些種類會捕捉其他小昆蟲爲食物，夜間常會出現在路燈下。

蟋蟀科 Gryllidae
英名 field crickets

頭部較爲圓大，觸角呈細長絲狀。雜食性，雄蟲前翅具發音器，雌蟲則否。
依棲息位置分成樹棲性、草棲性及地棲性。

蝗科 Locustidae
英名short-horned grasshoppers

觸角呈短棒狀，雌蟲腹部末端無明顯之產卵管，會用腹部鑽入土中產卵。多生活在草叢中，以植物的葉片爲食。

菱蝗科 Tettigidae
英名 grouse locusts

小型蝗蟲，顏色灰暗，觸角粗短，前胸背板延伸遮蓋腹部，從背方俯視時呈菱形，前翅退化成鱗片狀，後翅摺疊於前胸背板下方。多於水邊出現，啃食水邊的植物。

蟋螽科 Gryllacridae

外型類似蟋蟀及螽蟴的混合體，頭部似蟋蟀般寬圓，觸角極長呈絲狀。

螻蛄科 Gryllotalpidae
英名 mole crickets

前足呈挖掘足，體呈流線型，雌蟲也有明顯的產卵管，雄蟲前翅具發音器。習慣在土中挖掘地道並以植物的根爲食，常造成作物的損失。

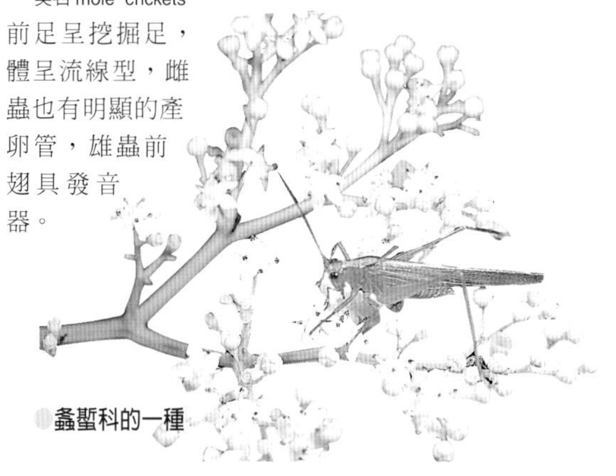

螽蟴科的一種

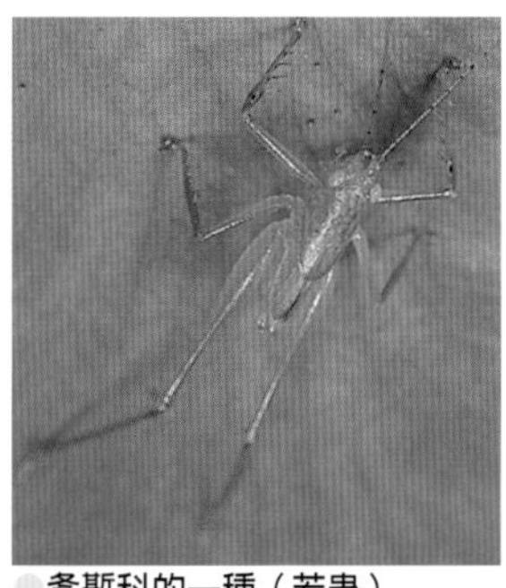

螽蟴科的一種（若蟲）

螽蟴科的一種
Trachyzulpha formosana

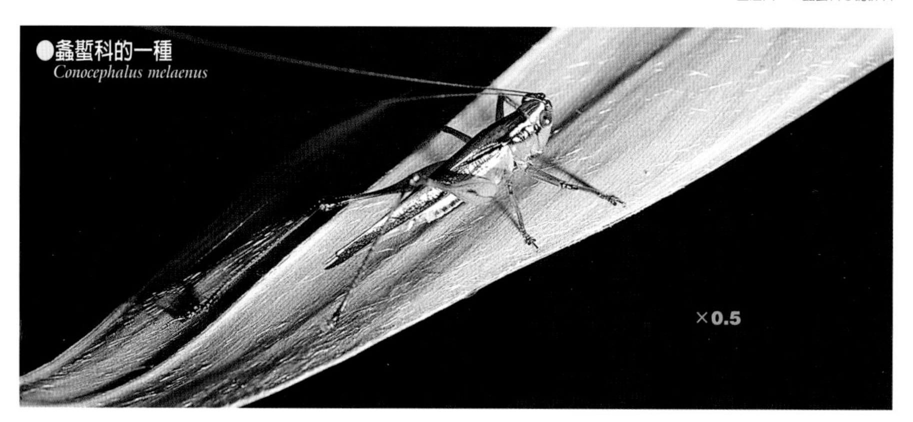

●螽蟴科的一種
Conocephalus melaenus

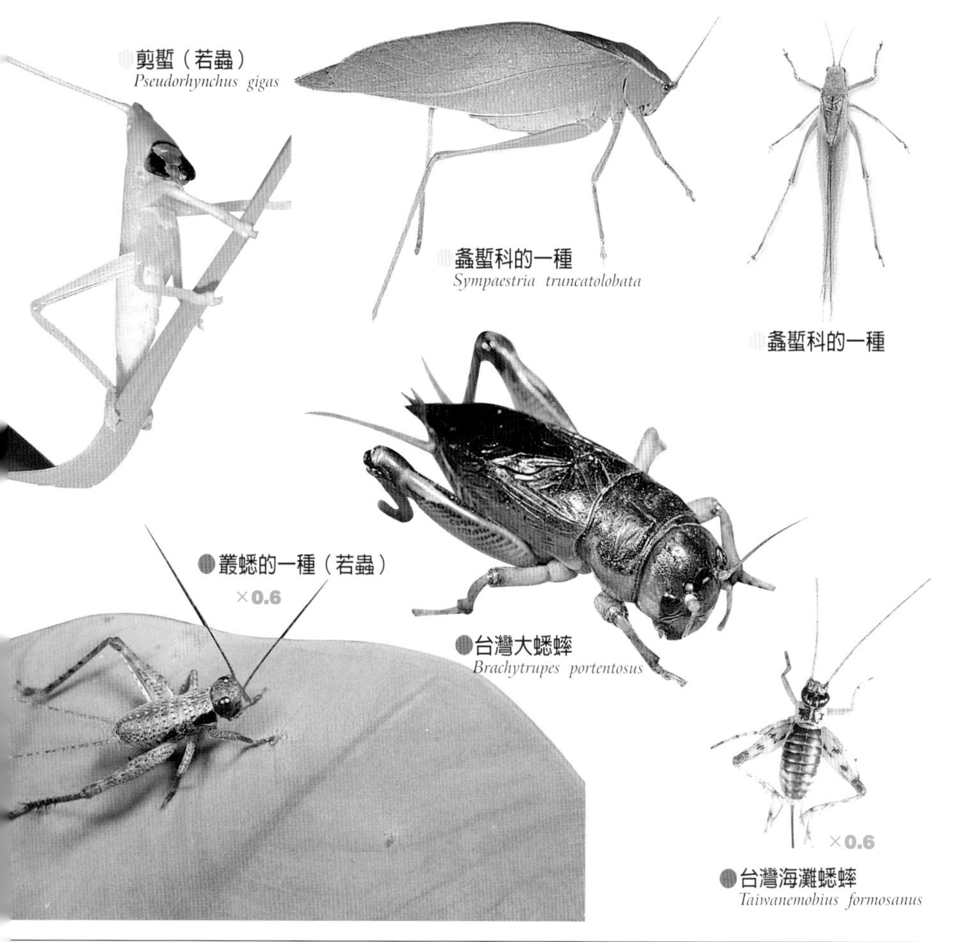

剪蟴（若蟲）
Pseudorhynchus gigas

螽蟴科的一種
Sympaestria truncatolobata

螽蟴科的一種

●叢蟋的一種（若蟲）

●台灣大蟋蟀
Brachytrupes portentosus

●台灣海灘蟋蟀
Taiwanemobius formosanus

標本實物大小＝圖鑑大小×倍率　末標示者為標本實物大小

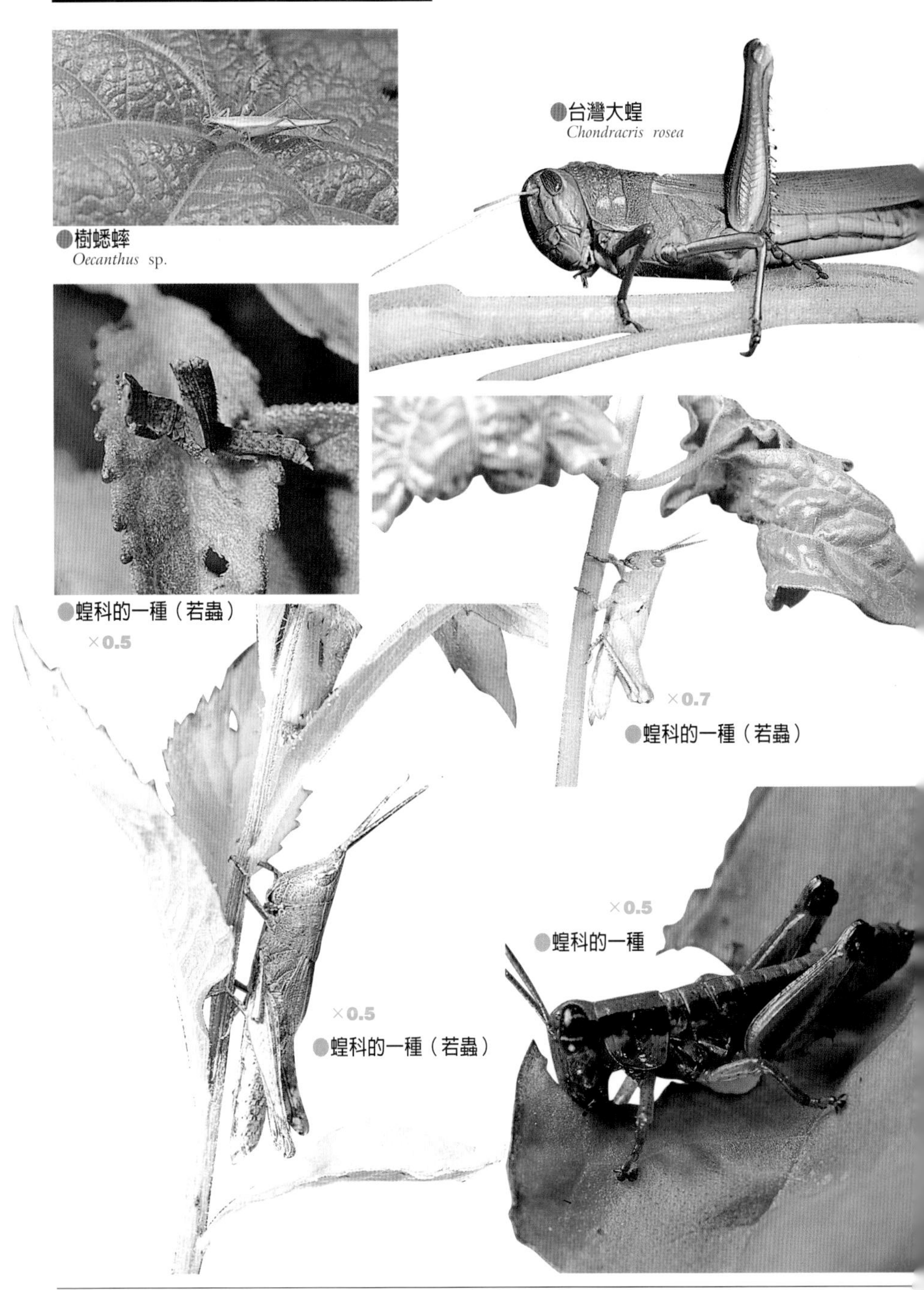

●樹蟋蟀
Oecanthus sp.

●台灣大蝗
Chondracris rosea

●蝗科的一種（若蟲）
×0.5

×0.7
●蝗科的一種（若蟲）

×0.5
●蝗科的一種（若蟲）

×0.5
●蝗科的一種

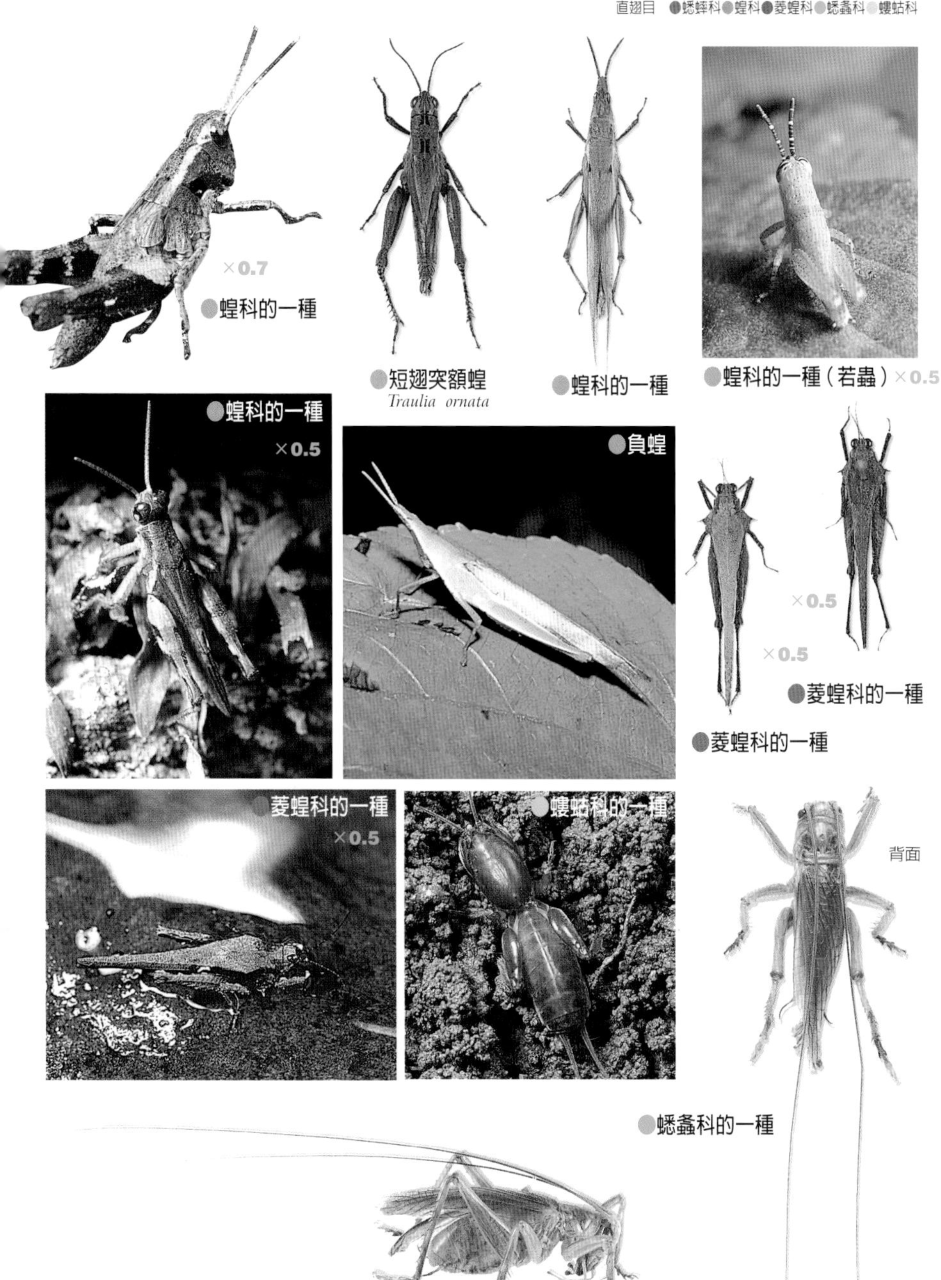
×0.7
●蝗科的一種
●短翅突額蝗
Traulia ornata
●蝗科的一種
●蝗科的一種（若蟲）×0.5
●蝗科的一種
×0.5
●負蝗
×0.5
×0.5
●菱蝗科的一種
●菱蝗科的一種
●菱蝗科的一種
×0.5
●螻蛄科的一種
背面
●蟋螽科的一種
側面

蜚蠊目
Blattoidea

英名 cockroaches

蜚蠊別名蟑螂，牠身上有一股特殊的臭味，只要食物被牠爬過之後，就會留下這種臭臭的味道，同時由於牠們旺盛的生命力，常常在家中大量繁殖，帶來許多困擾，因而不受歡迎。

有時可發現蟑螂尾部黏著一顆像紅豆的東西，那是蟑螂的卵囊，裡面大概有15～20顆卵。剛孵化或剛脫皮的蟑螂是白色的，漸漸地顏色會變深，蜚蠊要脫皮六次才會變成成蟲。除了家中常見的美洲蜚蠊、德國蜚蠊以及澳洲蜚蠊之外，在野外的朽木中，落葉堆下，還有許多野生的種類，野生的蜚蠊主要以有機質爲食，牠們啃食朽木，落葉等。

螳螂目
Mantoidea

英名 mantids

幾乎每個人都認得螳螂，牠的三角臉、鐮刀腳、長長的前胸，就是螳螂最大的特徵了。在樹上以及草叢間，常常可以見到等待獵物路過的螳螂。停止的時候牠的前足合併好像在祈禱一樣，所以外國又稱這些殺手爲祈禱蟲。螳螂的卵囊稱爲螵蛸，裡面有許多的卵，小螳螂孵化後要經過五、六次脫皮，才能變成成蟲。常見的有闊腹螳螂、中華大螳螂。

蛸目
Phasmoidea

英名 walking sticks

此目的昆蟲都是僞裝高手。牠們生活在雜木林、草叢中，竹節蟲的體型都是細細長長的，好像一段竹枝或枴杖，所以英文名爲「枴杖蟲」，當牠們靜止不動時，要發現牠們眞是十分困難。在東南亞地區，還有一些竹節蟲的親戚不像竹子而像葉子，稱爲樹葉蟲。這個家族的母親在產卵時，都是將卵隨地釋放，可以說是最沒有母愛的昆蟲了。不過因爲牠們的卵像草的種籽，所以可以減少被其他肉食性動物吃掉的機會。竹節蟲是漸進變態的昆蟲，若蟲要脫皮5～6次才會變成成蟲，有些種類的成蟲有翅會飛。

等翅目
Isoptera

英名 termites

等翅目的昆蟲即大家熟知的白蟻，又俗稱「大水狗蟻」，也有人稱之爲白螞蟻，但是牠們和螞蟻可是一點關係也沒有。白蟻的觸角是念珠狀的，同時白蟻的身軀也不像螞蟻一般明顯地分成3部份，而是成粗肥的筒狀。白蟻以木材爲食，所以常造成木造房屋的損害，其實白蟻本身無法消化自己吃下的木材纖維，而必需靠腸道裡的微生物幫助消化，如果腸道裏沒有這些微生物，白蟻雖然吃了很多的木頭，但卻無法消化而會餓死呢！同一窩的白蟻依階級分爲工蟻、兵蟻及王族。

彈尾目
Collembola

英名 spring tails

又稱跳蟲，這個家族的成員體型都很小，而且十分柔軟，身體的腹面有一組特別的器官，像彈簧一樣可以讓身體彈跳起來。一般生活在較爲潮溼的地方，如樹皮下、泥土中或者是落葉堆、石塊底下，還有一些是生活在腐爛的植物上或苔蘚植物之間。從卵到成蟲大概需要五十天，成蟲的壽命有十五天左右，一般都是以腐爛的植物爲食，但有些時候也會吃植物的鬚根或球莖而對植物造成危害。

總尾目
Thysanura

英名 silver fishes

在家中的舊書、舊衣服中常可看到身體呈銀白色，長梭狀，尾部還有三根毛的衣魚就是代表。這個家族在野外的成員叫石蛃，體色灰暗，腹部還有附器的遺跡，也會彈跳。生活在落葉堆或樹洞中，以有機物質爲食。

●廣翅目

Megaloptera

英名 dobson flies

最常見的是石蛉，又叫大齒蛺，幼蟲時住在溪流中的石縫中，捕食其他的水生小動物，因爲身體的兩側有一根根的氣管鰓，看起來就像是蜈蚣一樣，所以一般人又稱之爲水蜈蚣，也有少數的種類是陸生的，生活在樹皮下捕食其他的小動物。牠的蛹是比較原始的樣子，外形和成蟲相似，能自行活動。這個家族的昆蟲多數是水生，和人類經濟的關係較少，但是因爲牠們會捕食一些害蟲，所以也算是益蟲。在日本，石蛉的幼蟲還可以用來治療小兒的疾病呢！石蛉的成蟲常常在溪邊出現，不過牠們飛行的速度十分緩慢。

●長翅目

Mecoptera

英名 scorpion flies

此目的特徵是有一個像鳥喙一樣狹長的頭部，具兩對翅膀，蠍蛉爲其代表。雄蟲的腹部末端會向上舉起，腹部末端的生殖器類似蠍子的毒刺，所以稱之爲蠍蛉。蠍蛉在求偶時，雄性會準備食物送給雌性，作爲交配的禮物。長翅目另一個成員是擬大蚊，名字雖然有蚊字，但是牠可不會叮人，頭部形狀和蠍蛉相似，只是腿比較長，看起來像大蚊而已，同時牠也會捕食一些小昆蟲。這個家族是屬於完全變態的昆蟲，大多生活在樹林間或草地上，幼蟲生活在地面及枯葉堆間，以其他的昆蟲爲食。

●毛翅目

Trichoptera

英名 caddisflies

毛翅目昆蟲通稱爲石蠶蛾。幼蟲在溪流的石縫中生活，牠們會用絲把碎石或枯枝組合成筒狀的巢，然後住在裡面，吃食其他的水中生物。幼蟲長得胖胖的，但頭部卻又瘦又長，是釣魚人十分喜愛的魚餌。石蠶蛾會在水中化蛹，當快要羽化的時候，蛹會掙脫出幼時的碎石巢，浮出水面，在水面上羽化成成蟲。成蟲的口器退化不吃東西，體色灰暗，觸角細長，全身滿布細毛，看起來就像一隻蛾，而且和蛾一樣也有很強的趨光性，常常在路燈下出現，我們可以從牠們飛行前的動作來區分兩者，石蠶蛾在起飛前會跳兩步，而蛾類是直接起飛的。

●蜉蝣目

Ephemerida

英名 mayflies

蜉蝣成蟲的壽命只不過1 ~ 3天，牠們口器退化不吃東西，把全部的時間用來交配產卵，可是牠的幼期會在水中渡過一段很長的時間。幼期在水中要脫1 2次皮，大約要兩三年的時間。在溪流中的石塊底下常可找到蜉蝣的稚蟲，身體扁平，末端還有三根毛，當稚蟲長大以後會游到水面，脫皮變成有翅的亞成蟲，亞成蟲的外形和成蟲一樣，只是翅膀比較不透明，亞成蟲會飛到附近的石塊下或草叢間，經過再一次的脫皮才變成成蟲。因爲蜉蝣的生活史多了這一個亞成蟲的時期，所以稱爲前變態。

●紡足目

Embioidea

英名 web spinners

此目的昆蟲又稱作足絲蟻。身體瘦長，行動活潑，第一對足的末端膨大可以產生絲，所以稱爲足絲蟻。足絲蟻一般都生活在樹皮底下、石塊下或是和螞蟻及白蟻同居，有群居的習性但是並沒有像螞蟻一樣的社會性。牠們在樹皮的裂縫間結成許多絲網的隧道，然後在隧道裡活動，有時在路邊的行道樹上就可以看到牠們所結的絲網隧道。

標本實物大小＝圖鑑大小×倍率　未標示者為標本實物大小

纓翅目
Thysanoptera
英名 thrips

這是一族十分小型的昆蟲，體長大都在0.5公分左右，在路邊的榕樹上常常會發現一些捲起的葉子，上面還有一點一點的紅黑色斑點，把這些葉子打開以後，有時會看到裡面有許多細小的黑色或半透明的小蟲，那可能就是薊馬。在放大鏡下可以看到薊馬的翅膀邊緣有許多細毛，這是名為纓翅目的由來。薊馬在許多種的農作物上都找得到，有時數量太多的時候，還會造成作物的損傷，或者使作物感染一些疾病。

革翅目
Dermaptera
英名 earwigs

這類昆蟲的英文名字叫earwigs（耳語蟲），中文的名字稱為蠼螋。頭部為半圓球形，觸角絲狀，體形瘦長，顏色大多是黑褐色，有的有翅，有的無翅，如果是有翅的，牠的前翅變成一塊革質化的小片，而後翅摺疊藏在前翅的下方，牠的尾部有一對像鉗子一樣的尾毛。蠼螋通常將卵產在土中或是樹皮下，雌蟲會保護卵並維持卵的清潔。一般在野外的石頭下、枯葉堆中可以找到牠們的蹤影，有時在家中花圃的花盆下也可以發現牠們。蠼螋是雜食性的，會捕捉小蟲吃，也會吃植物的花及嫩葉。

蝨目
Anoplura
英名 sucking lices

這一類的昆蟲世界上大概有500種，全部都是寄生在其他的動物身上，以吸食血液為生。牠們的體形扁平，足的末端變成像鉤子一樣，可以攀附在動物的毛髮之間行走。蝨子是屬於漸進變態的昆蟲，生活史大約有七週，每隻雌蟲可以產下300個卵左右，卵呈圓形，上面還有蓋子的構造，會黏在動物的毛髮或者是人的衣褲上。蝨子除了會吸血之外，還會傳播一些疾病，像回歸熱、鼠疫等。

食毛目
Mallophaga
英名 chewing lices

寄生在鳥類羽毛上的小昆蟲，身體瘦長，足的末端變成鉤子，可以在羽毛之間攀爬，專門吸食寄主的血液為生，所以稱之為羽蝨，常常造成家禽因皮膚發癢將羽毛啄禿而生病，是飼養家禽的農夫以及養鴿的人最討厭的昆蟲。

嚙蟲目
Corrodentia

嚙蟲是一群小形的昆蟲，大部份具有兩對翅，頭小、胸部大，有時會發現牠們成群地在植物的枝條上奔跑。屬於漸進變態，一般都生活在野外枯萎的枝幹上、葉上或是一些堆積的腐朽物上，大都是以腐爛的物質以及地衣等菌類為食物。

襀翅目
Plecoptera
英名 stone flies

又名石蠅，但是牠跟蠅類可是一點關係都沒有。幼期在水中生活，身體柔軟，腹部末端有兩根尾毛，行動活潑，會捕食水中其他的小動物為食，幼期的時間很長，一般要脫皮二、三十次才能長成，成蟲的口器退化不吃東西。因為飛行速度緩慢，在水面產卵時常會被魚類捕食。成蟲具兩對翅，休息時翅膀會平放在背方，不管是成蟲還是若蟲都是十分受歡迎的魚餌。

蚤目
Siphonaptera
英名 fleas

跳蚤的身體左右側扁，如此才方便在動物的毛髮之間鑽來鑽去。牠屬於完全變態的昆蟲，雌性在產卵時隨意地產在地上，並不會附著在寄主的身上，跳蚤的幼蟲生活在家中的地板縫隙間或是寄主的窩巢中，以寄主的排洩物或是皮屑、灰塵爲食，老熟的幼蟲就會在地板縫隙間或是寄主的窩巢中結繭而在裡面化蛹，羽化變成成蟲以後會等待寄主路過，再跳到寄主的身上吸血爲生。

蜚蠊目的一種

姬蜚蠊的一種

蜚蠊目的一種

標本實物大小＝圖鑑大小×倍率　未標示者為標本實物大小

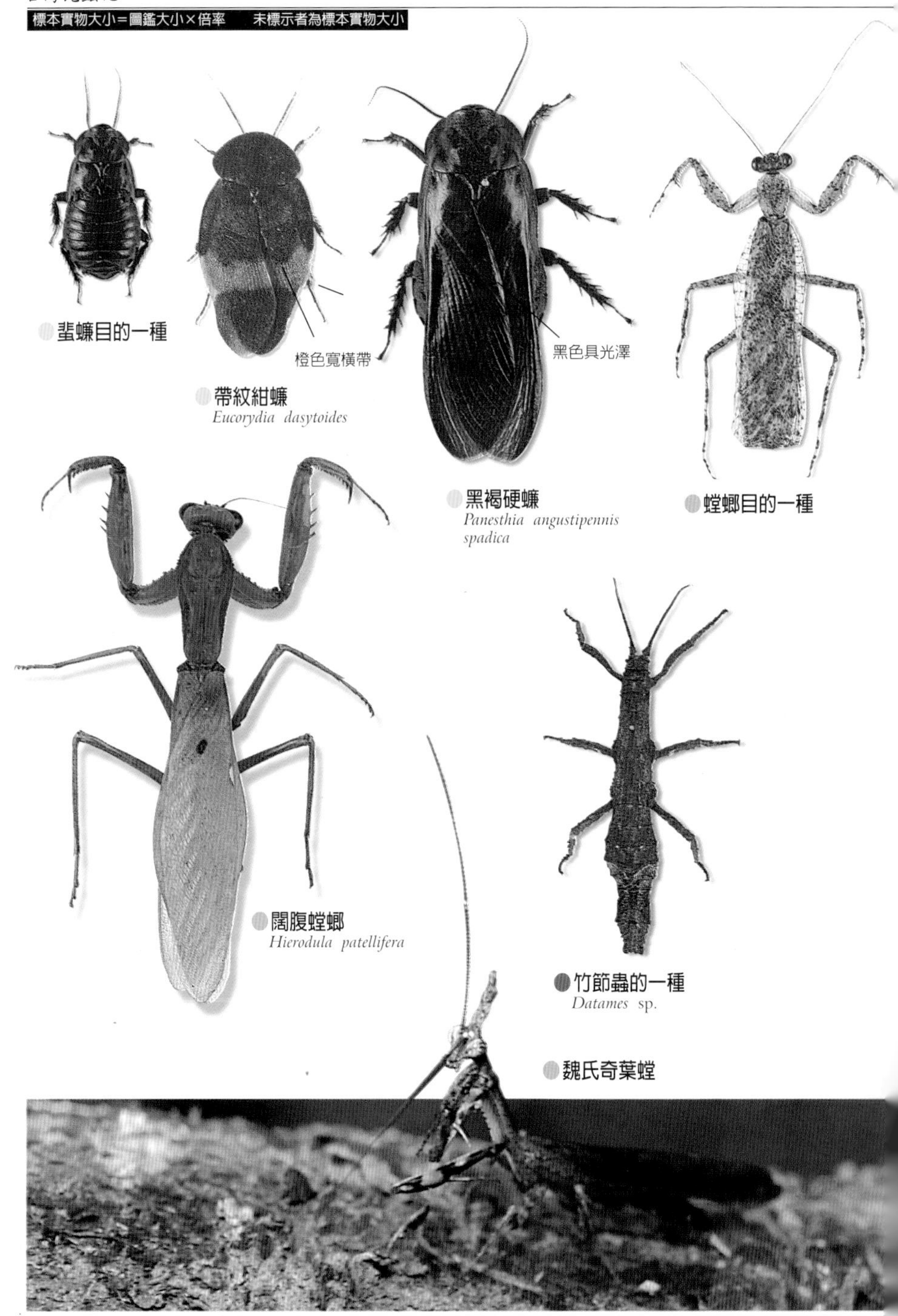

蜚蠊目的一種

帶紋紺蠊
Eucorydia dasytoides

黑褐硬蠊
Panesthia angustipennis spadica

螳螂目的一種

闊腹螳螂
Hierodula patellifera

竹節蟲的一種
Datames sp.

魏氏奇葉螳

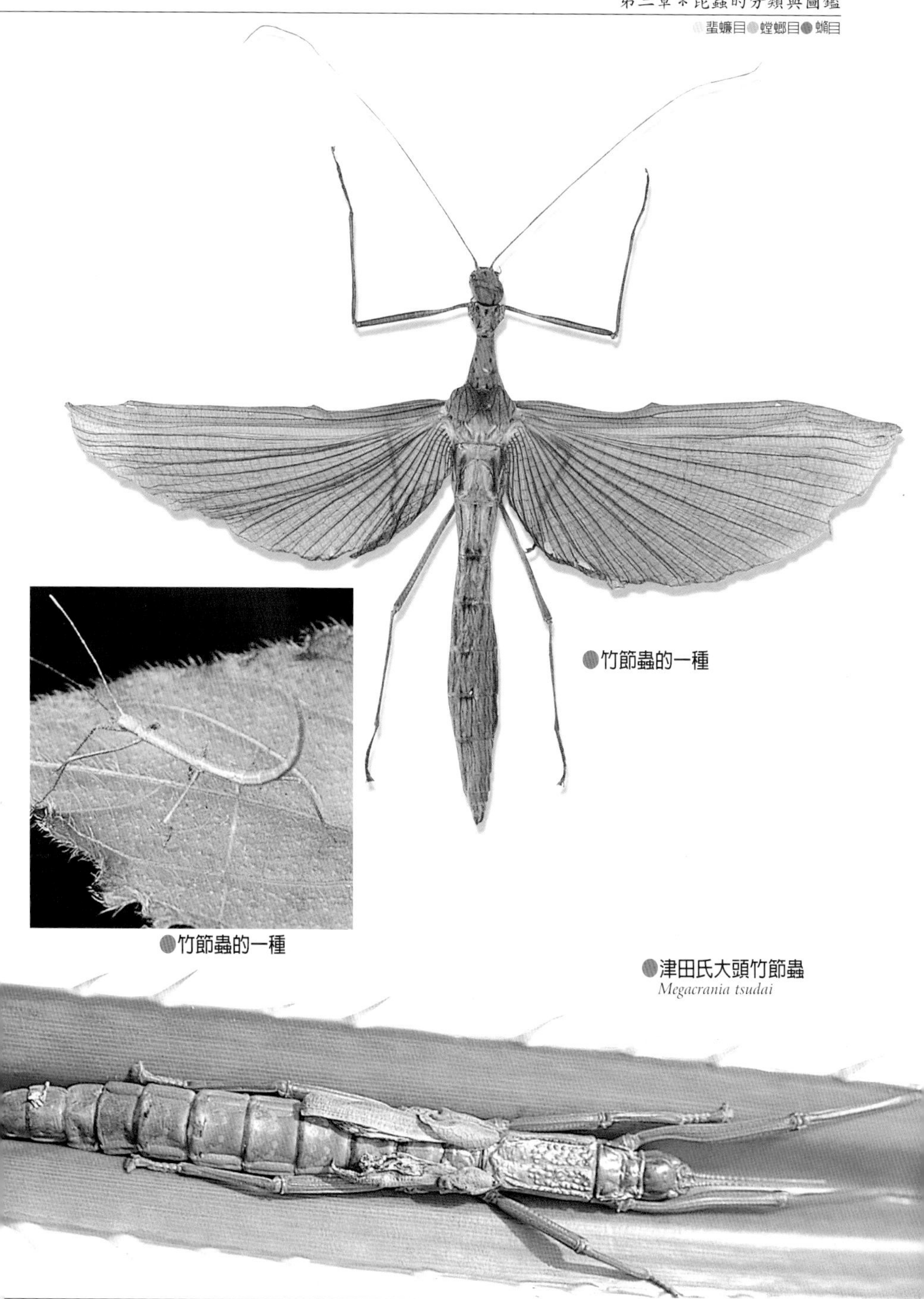

●竹節蟲的一種

●竹節蟲的一種

●津田氏大頭竹節蟲
Megacrania tsudai

標本實物大小＝圖鑑大小×倍率　未標示者為標本實物大小

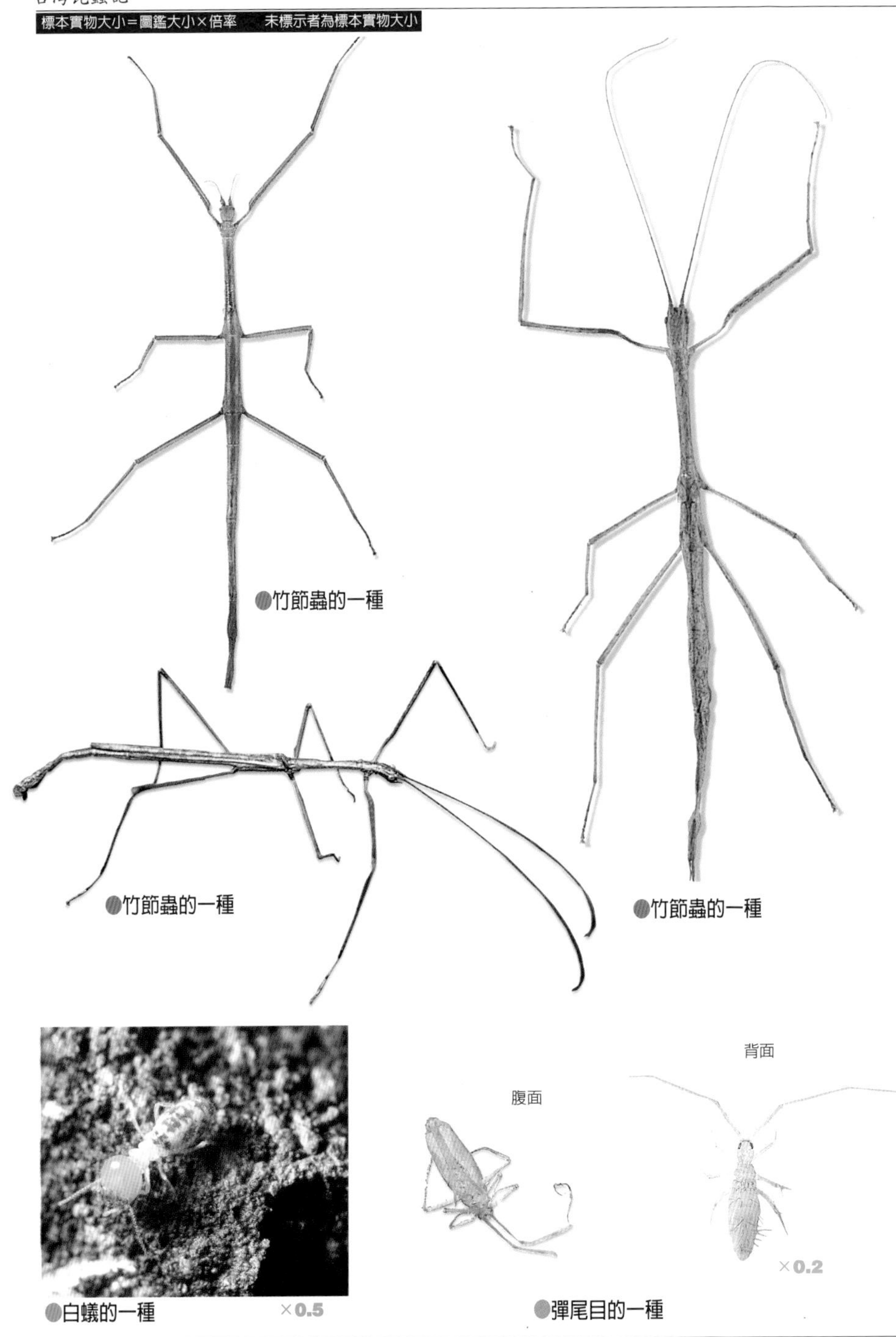

竹節蟲的一種

竹節蟲的一種

竹節蟲的一種

白蟻的一種

彈尾目的一種

●竹節蟲的一種

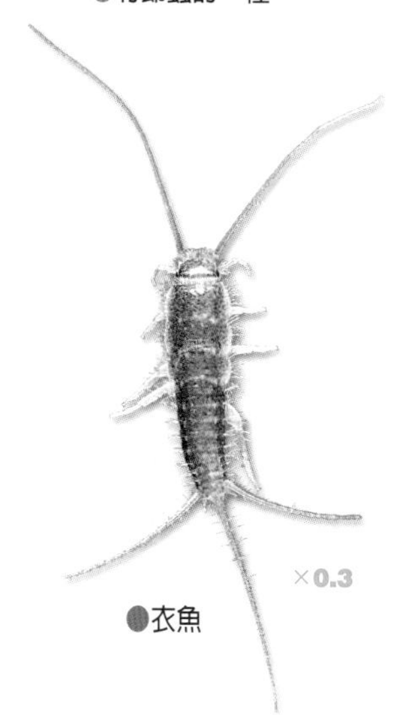

×0.3

●衣魚

×0.5 ●石蛃

標本實物大小＝圖鑑大小×倍率　　未標示者為標本實物大小

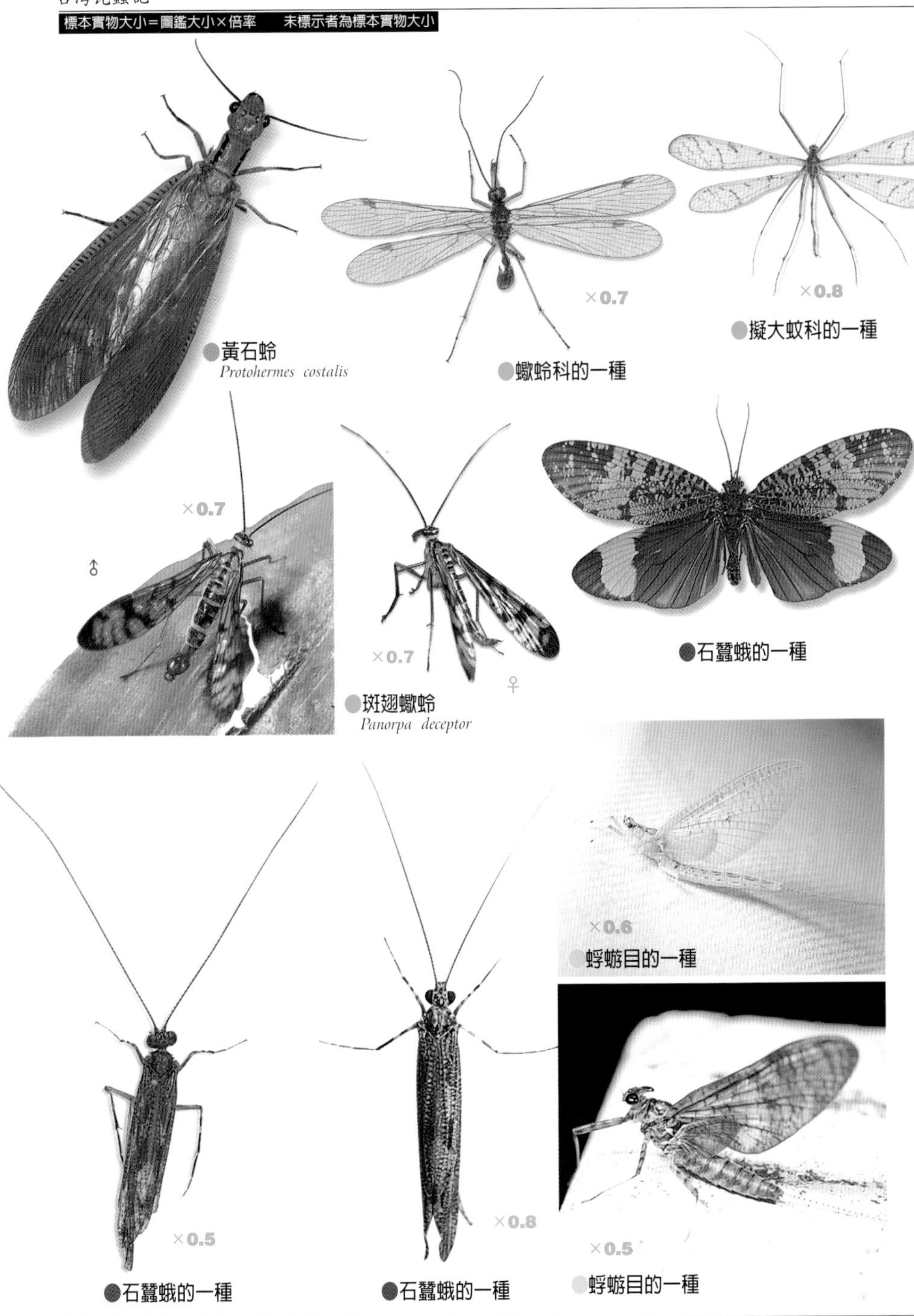

黃石蛉 *Protohermes costalis*

蠍蛉科的一種

擬大蚊科的一種

斑翅蠍蛉 *Panorpa deceptor*

石蠶蛾的一種

蜉蝣目的一種

石蠶蛾的一種

石蠶蛾的一種

蜉蝣目的一種

足絲蟻成蟲藏身在樹皮下的絲網隧道中。

足絲蟻在樹幹上結的絲網，常被人誤認為是蜘蛛網。

標本實物大小＝圖鑑大小×倍率　　未標示者為標本實物大小

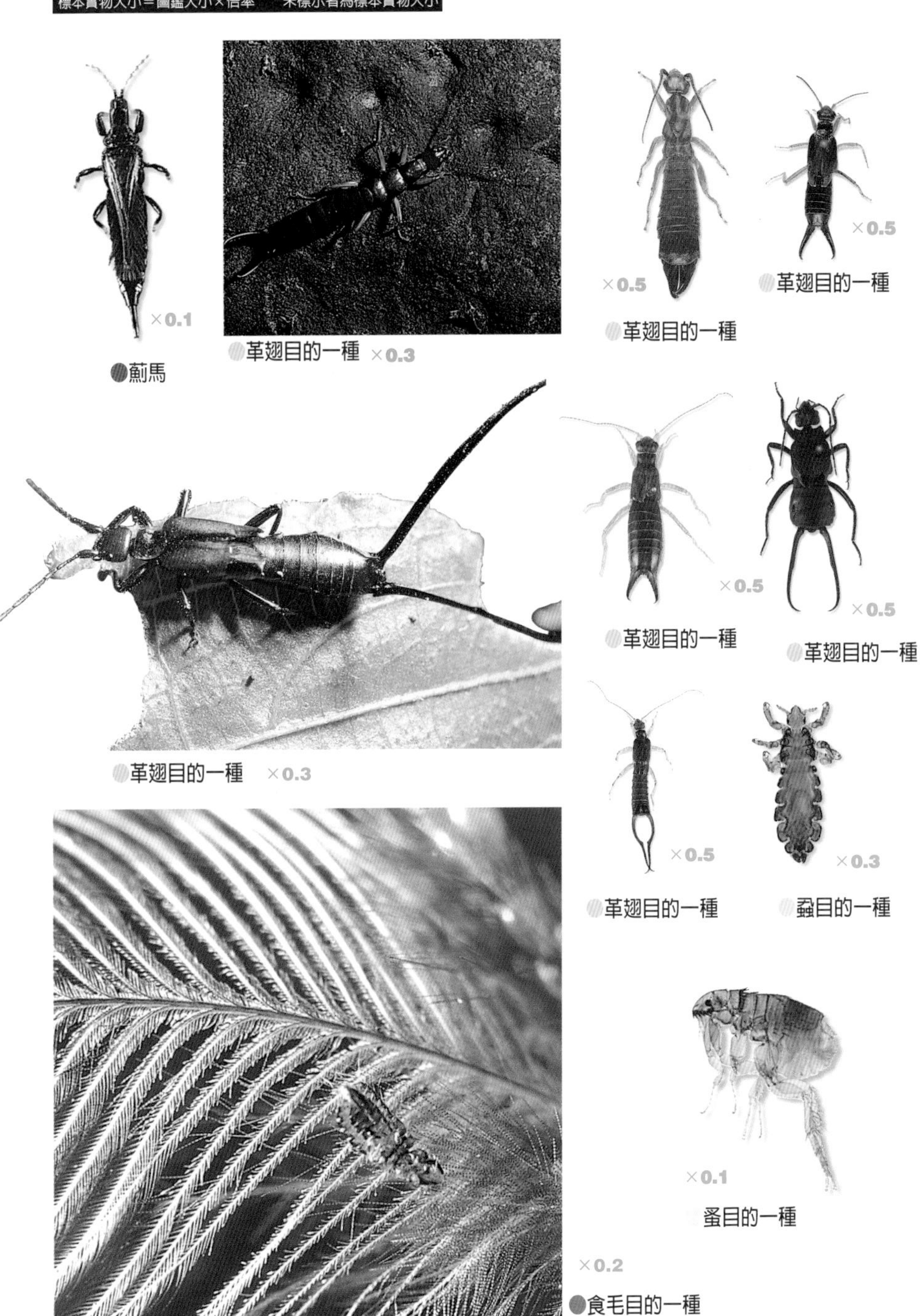

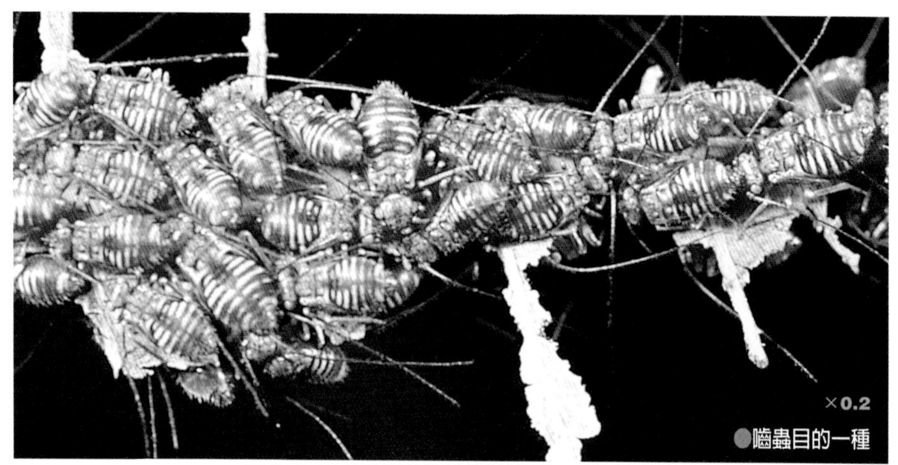
×0.2
●嚙蟲目的一種

●襀翅目的一種 ×0.3

●襀翅目的一種 ×0.5

●襀翅目的一種 ×0.5

附錄1

昆蟲的採集方法

【採集工具】

昆蟲網

捕網：網袋由細的綢紗製成，網柄的長度依個人的需要而不同，主要是用來捕捉飛行的昆蟲。一般網袋的長度約爲網框直徑的2～2.5倍，網框的大小也可以分成幾種規格，直徑分別爲45公分、52公分、60公分，網框的種類也分成可以折疊的四折框及由鋼片製作的彈簧框，可依個人喜好採用。網柄可由釣竿改裝或購買現成的套裝昆蟲網。

掃網：網袋的材質比較粗，網柄的長度大約爲1.5公尺，用來採集草叢中的昆蟲。掃網的網框必需使用較爲結實的材質，也可以使用粗鐵絲自行製作，使用鐵絲製作的網框即使在掃網過程中網框扭曲，也可以輕易地恢復原狀。

水網：用來撈捕水生昆蟲，可以利用一般的蝦網或小魚網，也可以使用海釣用的撈網，但網眼不宜太大。

三角袋與三角箱

毒瓶

用來處理採集到的昆蟲個體，以

毒瓶

免造成傷殘而失去製作標本的價值。可以使用透明的玻璃罐來製作，蓋子要能夠鎖緊的。製作毒瓶時只要放置一塊棉花在裡面，再加入一點乙酸乙酯即可。最好在罐子外面再貼一層透明膠布，萬一罐子摔破了，也不會被玻璃割傷。

三角袋與三角箱

三角袋是用來放置採集到的蝴蝶以及蛾類、蜻蜓等翅比較大的昆蟲，可以用光面紙或蠟紙製作。三角箱則是用來放置三角袋，以免三角袋折損而使裡面的標本受傷。三角袋及三角箱在販賣昆蟲器材的地方均有出售。

觀察瓶

觀察瓶是市面上很容易買到的小罐子，瓶蓋具有放大鏡的功能，可

觀察瓶

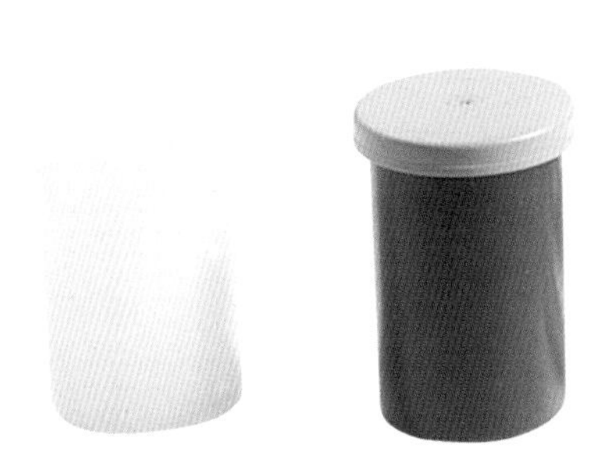

各式小型罐子可用來存放小型昆蟲。

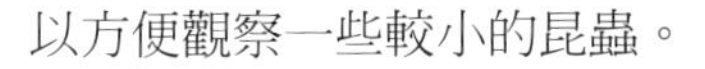

以方便觀察一些較小的昆蟲。

其他可能用到的工具有鑷子、各式小罐子、鏟子、封口袋等。鑷子可以幫助夾取較小型的昆蟲或是不認識的昆蟲，以免直接用手去觸碰。小罐子是用來存放所採集到的昆蟲活體，並且可以直接先行簡單地分門別類，鏟子則是進行採集土棲昆蟲時所使用。封口袋是用來存放已經處理好的標本，同時可以在袋上記錄地點及時間。

【採集規則】

❶適量的採集。同一個地點、同一種類的昆蟲不需要採集過多。採集自不同地點的同種昆蟲，可以代表此種的分布，可是相同的地點除了個體的身材差異之外，並沒有多大的意義，所以除非真的有研究的價值，通常2～5隻樣品應該足夠了。

❷身體不完整或帶傷的個體不要捕捉。標本需要完整，同時對收集者來說，一隻不完整的蝴蝶或甲蟲也不美觀，這些受傷的昆蟲個體對收集者來說雖然已不再有價值，但是牠們卻依然可以繁殖下一代。

❸雌性的個體要負擔族群的繁殖，所以最好減少對雌性個體的採集。同時最好只採集成蟲，以免因食物不足等因素而使幼蟲餓死。

❹進行採集時，不要破壞自然環境。

【採集方法】

❶捕網法：一般在空中飛行的昆蟲，如蝶類、蜂類等都可利用這種方法加以捕捉，這是比較靠運氣及反應的方法，網柄的長度也會影響到捕捉的種類，最好是使用可以伸縮的竿子，這樣子可捕捉的範圍增加，網具也方便攜帶。

❷「8」字掃網法：在草叢中以8字型來回揮舞掃動，主要在捕捉草叢間的昆蟲，如蝗蟲、竹節蟲等，但有時也會得到些意外的驚喜，可以捉到些在草叢中休息的天牛、吉丁蟲等等。掃網的材質一般都比較結實，但也要小心不要鉤到灌木以免將網子扯破。

❸叩網法：這種方法是利用一些昆蟲受驚會假死的習性，用白布製成長方形的受網，再用木棍敲擊樹枝、樹葉叢，讓躲藏在裡面的昆蟲跌落在受網中。也可以利用舊傘倒掛於枝條間，再敲擊上方的枝葉。一般採用這種方法所採集的種類體型都不大，但有時也可以在枯葉叢中採集一些躲在其中避暑的天牛、叩頭蟲等。

❹食餌誘集法：這種方法所使用的餌料會依目標的不同而更改。食餌誘集法的對象多半是甲蟲類的鍬形蟲、金龜子、獨角仙等，可以將糖水或發酵的腐果直接放置於樹枝間，或是放置於背光的林地、塗抹在樹幹上。也可以在地面挖一個洞，將一個鐵罐或玻璃瓶放入，瓶口略低於地面，在罐內放置各類餌料，被餌料吸引來的昆蟲會跌入陷阱而爬不出來，此外，在罐口附近放置幾顆小石，再放塊板子在小石上，可避免中伏的昆蟲又飛出來了。通常引誘腐食性的昆蟲如步行蟲、糞金龜、埋葬蟲等，比較常用這種方法。

❺土棲昆蟲採集法：尋找林間落葉層較厚的地方，用小鏟子慢慢挖掘，可以在豐富的有機土中找到許多甲蟲的幼蟲，比如獨角仙、各種金龜子、鍬形蟲等等，如果想要飼養所採集到的幼蟲，必須另外準備一些容器，裝一些當地的腐植土或腐木屑以供幼蟲食用。如果想要採集一些較為特殊如彈尾目、雙尾目的昆蟲，因為這些昆蟲體型小又多生活在土中，所以可以將挖掘出的土帶回，倒入底部鑽洞的鐵罐中，鐵罐下放置一個裝有酒精的培養皿，再於鐵罐上方用燈泡烘烤，如此躲藏在土中的小昆蟲會因為上方過熱而向下方移動，最後跌落在酒精中。

附錄2

標本的製作方法

【製作工具】

昆蟲針：由不鏽鋼製成，長約5公分，從0號到5號，數字越大針越粗，可依蟲體大小而採用不同粗細的蟲針，一般蝶類及直翅目等昆蟲都是採用2、3號的蟲針。

鑷子：製作標本時，用來調整昆蟲的足與觸角的位置。一般鑷子頭越尖越好，但有時製作展翅標本時還有另一種扁平的軟鑷子，是用來調整蝶蛾類翅的姿勢，這種鑷子的頭為扁圓形。

珠針（展針）：用來將標本的姿勢、動作固定。這種針的末端有一圓珠，有長、短兩種，但以長的較為好用。珠針也可以用大頭針代替，但大頭針太短，在製作小型的昆蟲標本時較不方便。

整足板（展翅台）：可以利用保麗龍製作，也有現成的可以購買，是製作標本所必需的，用來放置昆蟲在上面製作。以保麗龍製作展翅台時，只要將兩片長條形的薄保麗

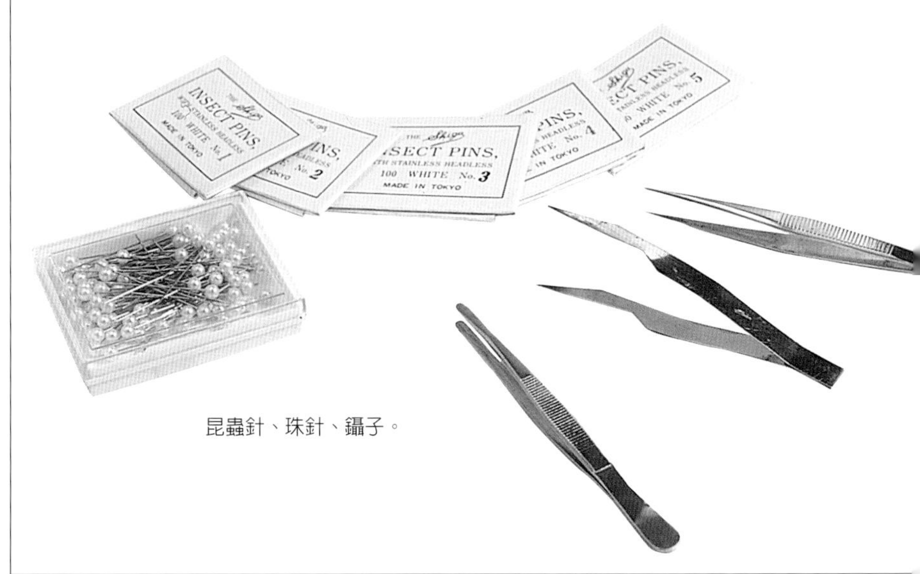

昆蟲針、珠針、鑷子。

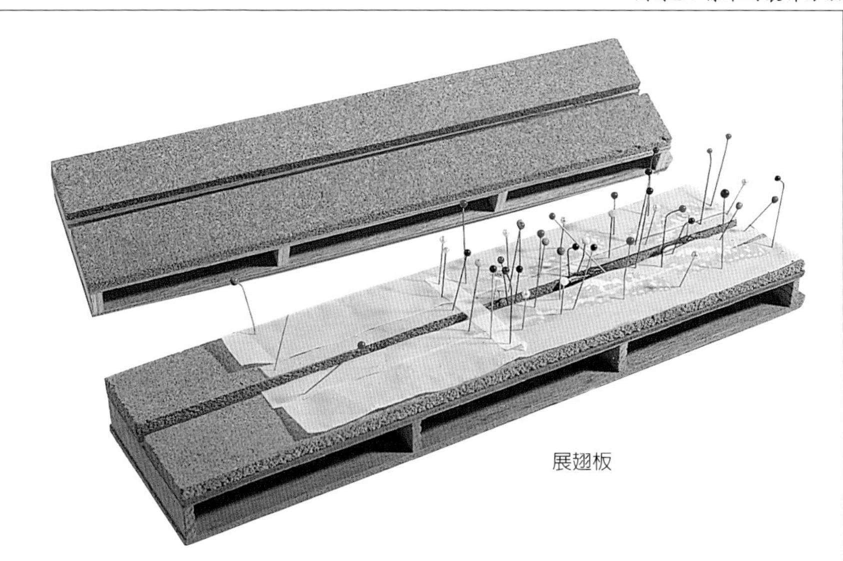
展翅板

針盒

龍固定在厚約2公分的保麗龍上即可，兩條保麗龍中間距離以所要製作的昆蟲身體寬度爲準。

【製作方法】

製作的標本最好是新鮮的，也就是當天採集的標本最好在1～2天內就把牠作好，如果時間不許可，可以將還沒處理的昆蟲放置於冰箱的冷藏室，但不要放置過久，否則會硬化容易受損。如果是撿拾已經乾硬的屍體時，在製作前需要先用熱水蒸氣把屍體薰蒸大約10～15分鐘，使其軟化，也可以直接用熱水浴法，就是直接放到熱水中浸泡約5～10分鐘，視乾燥的程度而定。

標本製作需要注意型態是否自然，也就是說標本製成後要能栩栩如生，動作自然，並且講求左右對稱。標本的左右動作姿勢要能對稱、整齊，完成後在收藏時也較美觀。

標本製作的方法依類別區分如下：

❶

❷

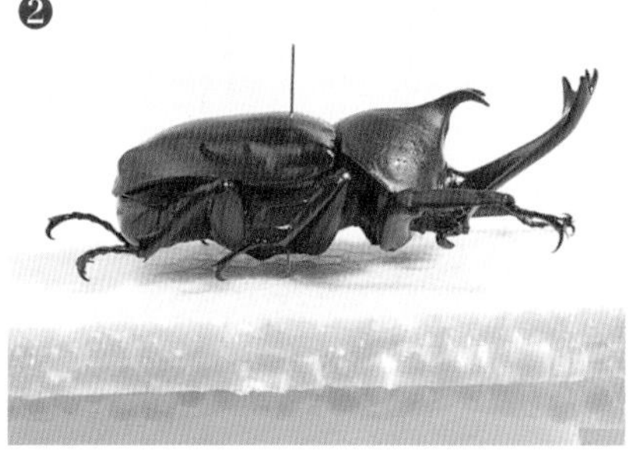

❸

整足法
（一般用於甲蟲、直翅目等昆蟲）

❶插入昆蟲針。不同類別的昆蟲，昆蟲針插入的位置略有不同，一般均靠蟲體右側 ，昆蟲針與蟲體要垂直，針頭與蟲體背面的距離約1公分。

❷將蟲體固定於整足板（厚保麗龍板）上。

❸依序以鑷子將六足與觸角的動作姿勢定位，並以珠針加以固定。

❹完全固定後，將板子置於通風乾燥處自然乾燥，或放在60或100燭光的燈泡下約20公分處烘乾一日。標本乾燥後需將固定用的珠針拔除並移入標本箱內保存。

展翅法

（適用於翅比較大的昆蟲）

❶將昆蟲針插在胸部中間偏右處，針頭距蟲體背部約1公分。

❷昆蟲針插於展翅板中溝槽內。以壓條紙將左右翅略為分開固定。前翅後緣需與身體成垂直，左右翅

後緣成一直線。以壓條紙固定翅的位置。調整觸角及壓條紙鬆緊度。

❸乾燥方法同整足法。標本乾燥完成後，將壓條紙及固定的珠針拆除。連同昆蟲針將標本移至標本箱內保存。

吹脹法

爲製作幼蟲標本所採用的方法，但較不方便製作，在此僅略爲介紹。

將幼蟲的內部器官擠出，清理乾淨，針筒充氣後，插入直腸並將幼蟲身體吹脹，再置於鐵罐內以酒精燈烘烤，待其乾燥硬化即可。

標本製作完成之後必須再附上一張昆蟲籤，蟲籤上要標示標本採集的時間、地點及採集者的姓名並且附在標本下。習慣上年份及日數以阿拉伯數字表示而月份以羅馬數字表示。標本的名字可以用另一張小卡片書寫一併附在標本下或是直接寫在昆蟲籤上。

附錄3

昆蟲的飼養方法

飼養昆蟲不但是觀察牠們最好的方式，同時對許多人來說，昆蟲其實也可以是很好的寵物，因爲牠們所需要的空間及環境比較單純，而且昆蟲的適應力很強，只要稍加照顧就能飼養得很好。

在飼養之前最好能先確認所採集的種類，以及這些昆蟲的食物，因爲有些昆蟲十分挑食，如果不知道牠們的食性，最好不要帶回家，以免因爲食物不對而被餓死。

家中可以利用來飼養昆蟲的工具與器材有：各式飼養箱、魚缸、垃圾桶等等，最好是透明、不會漏水的容器，以方便觀察。另外再準備細的紗網將開口封住，這些紗網可以防止所飼養的昆蟲逃脫，或是因餵食的食餌引來果蠅，也可以預防昆蟲被家中的螞蟻搬走。同時飼養箱不要放置在太陽直射的地方，以免箱中的溫度過高或過於乾燥。

昆蟲的飼養可以利用各種容器或自行製作。

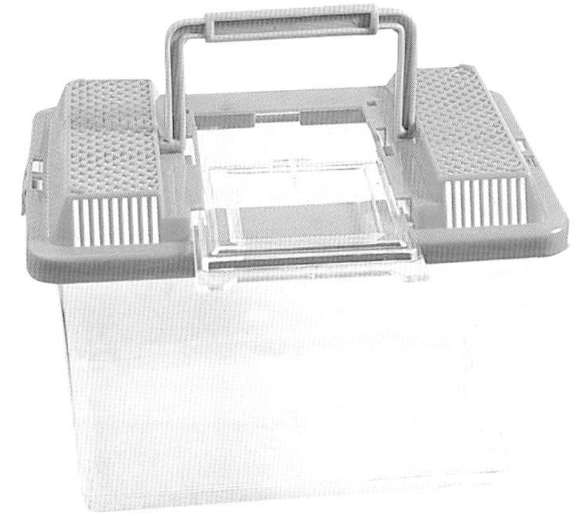

水生昆蟲的飼養配置

飼養昆蟲需要注意的事項：

❶溫度、濕度適合與否。溫度維持在攝氏20~25度之間，應該就可以使大部份的昆蟲過得很好。濕度方面，除了某些較特殊的種類之外，只要偶爾噴噴水就可以了。

❷食物能不能充足供應。如果飼養蝶蛾類的幼蟲，必須知道牠們所吃的是那一種植物的葉子，有沒有代替品，由於幼蟲的食量都很驚人，所以能不能供應充足的葉子給所飼養的幼蟲，是考慮的要點。飼養肉食性的昆蟲需要餵食活體，這些供作食物的活體來源，也是必須考慮的。

❸清潔與責任問題。避免對家中其他的成員造成困擾。許多昆蟲的行為只有在親自餵食的觀察中才能發現，如果要飼養觀察這些昆蟲，那就得自己獨立完成，才能有完整的紀錄。

以下將可飼養的昆蟲分成幾個類別，並介紹如何佈置飼養的環境。

飼養水生昆蟲

器材：細砂、水草、磚塊、泥土、紗網、樹枝（竹筷）、打氣機（飼養用鰓呼吸的昆蟲，例如水蠆、黃緣螢的幼蟲等）。

飼養箱佈置的方法：於箱底鋪約

甲蟲類幼蟲的飼養配置

4~5公分厚的細砂，並且將打氣的幫浦裝置好。種植一些水草供昆蟲攀爬，如果所飼養的昆蟲是蜻蛉目的稚蟲，必須將一些長樹枝（竹筷）插在砂中，讓一部份露出水面，這樣子水蠆成熟後才能攀在枝條上羽化。龍蝨及牙蟲等水棲性甲蟲的幼蟲在成熟時會鑽入土中化蛹，所以要爲牠們準備一個化蛹的地方，可用幾塊磚塊疊起與水面等高，再將培養土堆在磚塊上，如此水就不會讓土弄得混濁。最適合作爲水生昆蟲食餌的種類是蝌蚪，不同大小的蝌蚪可以餵食不同的種類。飼養水生的螢火蟲時，必須提供螺類給牠們。

飼養甲蟲類幼蟲

器材：有機土（腐植土）、朽木、紗網、飼養容器。

飼養箱佈置的方法：將飼養容器盛裝約45公分深的腐植土，將朽木半埋在土中即可。腐植土需經常維持一定的濕度，大約是用手觸摸時可感覺潮濕但無法擠出水份的程度。許多金龜類、鍬形蟲、獨角仙的幼蟲都可以使用這種方法。

飼養甲蟲類成蟲

器材：木屑、粗樹枝、紗網、飼養箱。

飼養箱佈置的方法：飼養箱底部鋪約10公分厚的腐植土、木屑等混

甲蟲類成蟲的飼養配置

合物，再將粗樹枝置入供其攀爬即可。

飼養蝶蛾類幼蟲、竹節蟲

器材：食草、紗網、飼養箱。

飼養箱佈置的方法：最簡單的方式是將食草的葉片剪下置入飼養箱。也可以將食草的枝條插在水瓶中再放入飼養箱。

蝶蛾類幼蟲、竹節蟲的飼養配置

附錄4

昆蟲攝影的基本要領

攝影是記錄影像的一門科學，也是影像創作的藝術，透過攝影不但可以記錄昆蟲的美麗形態，也可以展現昆蟲在大自然裡活躍的生命力。

在野外觀察昆蟲時，攝影是一個重要的紀錄工具，然而由於昆蟲的體型微小、行動迅速，所以想爲昆蟲拍照，除了要具備一般的攝影器材外，還需要一套特殊的近距離攝影器材和學習近接攝影的技術。

【使用器材】

初級昆蟲攝影的裝備：135單眼相機、60mm(1:1)近攝鏡頭、近攝鏡片、環形閃光燈、普通相機背包。

進階昆蟲攝影的裝備：135單眼相機、60mm(1:1)近攝鏡頭、200mm IF近攝鏡頭或105mm 近攝鏡頭、近攝環、三腳架、兩個TTL閃光燈、可裝置兩個閃光燈的閃光燈架、登山式相機背包。

在昆蟲攝影的領域裏，有一個非常重要的名詞──放大倍率，放大倍率是物體影像在底片上的大小與實際的大小之比值，昆蟲攝影的工

昆蟲攝影的裝備：135單眼相機和近攝鏡頭、200mm近攝鏡頭、105mm 近攝鏡頭、近攝鏡片、近攝環、環形閃光燈、普通閃光燈、可裝置兩個閃光燈的閃光燈架等。

環形閃光燈的操作非常方便，光質柔和而無陰影，非常適合初學者使用。

作，常常需要能拍到大於1：4(1/4 X)放大倍率的機會，而一般鏡頭的最近對焦點，大約僅能獲得1：10 (1/10X) 的放大倍率，所以我們必須借助以下的器材，來得到一個更大的放大倍率，這樣才能把一個微小的主題拍得夠清楚。

近攝鏡頭

近攝鏡頭是昆蟲攝影中最簡單方便、品質最好的器材，由於它的調焦範圍可以從無限遠到 1:1的放大倍率，因此它一方面可以拍攝像蜜蜂般大小的昆蟲，一方面也可以當成一般的鏡頭來拍攝。如果對1x的放大倍率仍嫌不夠時，它也可以加上近攝環以獲得更大的放大倍率。

近攝鏡頭也有不同的焦距長度，例如Nikon有 55mm、60mm、105mm、200mmIF四種近攝鏡頭，它們可以達到1:2或1:1的放大倍率。焦距不同的近攝鏡頭，可以讓我們在不同的距離拍到同樣倍率的主題。

近攝環

近攝環是一種方便和便宜的工具。它是由一組套環連結起來，加在鏡頭與機身之間，用以增長鏡頭

當使用105mm或 200mm長焦距鏡頭時，可以普通閃光燈直接架在相機上，拍攝較遠距離的蝴蝶。

到底片間的距離，而達到近攝放大的目的。

使用近攝環拍攝不但可以獲得好的畫質，而且它的質量輕、體積小、價錢便宜，非常適合野外攝影使用。它可以與不同焦距的鏡頭連接使用，運用範圍非常廣泛；此外，組合不同長度的近攝環可獲得不同的放大倍率，而最重要的是使用近攝環時，鏡頭可以保持光圈與機身連動的功能，此功能使我們能在光圈全開的條件下，很容易地取景與對焦。

近攝鏡片

近攝鏡片是一個外型像濾色片的放大鏡片，可以很方便地鎖在鏡頭前面作近接攝影。近攝鏡片的優點是價錢便宜、體積又輕巧，當它與變焦鏡頭共同使用時，還可以在固定的拍攝距離，以改變鏡頭焦距的方法來改變鏡頭放大的倍率，同時在高倍的放大倍率攝影時，也不會損失太多的光線。相對於近攝鏡頭，近攝鏡片的最大問題在於畫面四周的影像會比較模糊不清，但是最近的一些產品，像Canon250D、Canon500D和Nikon3T、4T、5T、6T 的近攝鏡片品質已做得相當好，使得拍出的畫質已有職業的水準。

閃光燈

自然光是昆蟲攝影中最美的光源，但是在拍攝昆蟲的時候，常常會遇到昆蟲棲息的環境光線不足、畫面容易晃動，以及爲了獲得長景深而縮小光圈等問題，因此我們必須藉著閃光燈的使用，才能克服這些問題。

環形閃光燈

環形閃光燈是一種可以直接鎖定在鏡頭前端，操作方便的閃光燈，它的光質柔和，可以接近昆蟲來拍攝，非常適合初學者使用，但由於它的光線角度永遠是正面光，所以昆蟲的造型常顯得平板，而且當遇到會反光的被攝物時，常常會產生

以兩個閃光燈搭配60mm 近攝鏡頭，可以拍攝如瓢蟲大小的昆蟲，是最能表現昆蟲美麗質感的燈光。

一些圓形的反射光圈。

閃光燈架

無論是使用一個閃光燈或是兩個閃光燈來打光，都需要藉助閃光燈架來固定這些閃光燈；因爲如果直接把閃光燈架在相機上，光線會因爲鏡頭的遮擋而無法照射到昆蟲，所以必須把閃光燈從相機分離出來，而以TTL閃光燈延長線（Nikon爲SC-17）連結機身與閃光燈，以維持閃光燈TTL的功能而達到補光效果。

【昆蟲攝影的技術問題】

對焦與振動問題的克服

由於昆蟲攝影的對焦點近、景深淺，所以對焦位置就相對得重要了。一般而言，理想的焦點位置是擺在昆蟲的眼睛或頭部，有清晰的眼神，動物才會有生命與光彩，而對於一些型態比較平板的昆蟲，我們應善用焦點平面的功能，即保持主題與機背的平行，那麼主題便可以全部都在景深範圍內。

至於克服振動方面，則是以使用高速閃光燈爲最有效的方法，當然拍攝時能夠穩定地掌控相機也是很重要的事。如果拍攝時遇到有風的時候，則可以利用風停息的間隙來拍攝，或是以手握持住昆蟲所停棲的植物，或是以身體、衣物遮擋風，這些都是克服風的影響所常用之技巧。

選擇一個適當的鏡頭

不同焦距的鏡頭適合拍攝不同的主題。對於一些較不怕人的動物，我們可以用60mm近攝鏡頭來拍攝。鏡頭焦距短的鏡頭比鏡頭焦距長的鏡頭品質要好，而且也較容易製造側面光與閃光燈高速瞬間閃光的效果，但是對於一些比較活潑的小昆蟲，如胡蜂、蝴蝶等，就需要用焦距較長的近攝鏡頭，以增長拍攝的距離。

以廣角鏡頭與近攝環連結來拍攝一些小主題時，會使得四周環境展現得相當寬闊，這對於表現生物與其生活環境的關係，效果非常不錯。不過應注意的是廣角鏡的對焦距離很近，所以所連結的近攝環不

拍攝昆蟲不僅是攝影技巧的問題，還必須對昆蟲的生態及活動方式有相當認識，才能掌握最好的畫面。

昆蟲的飛行速度頗快，拍攝時必須藉助良好的器材與技術，才能掌握清晰生動的畫面。

宜太長。

TTL閃光燈的運用

昆蟲攝影使用閃光燈時，可以使用單盞閃光燈或兩個閃光燈來打光，使用一個閃光燈的優點是方便輕巧、容易操作，但是常會有很深的陰影出現。我們也可以使用兩個閃光燈來拍攝昆蟲，在拍攝之前應先找到可以表現主題特徵的主燈位置，然後再以輔燈淡化主燈所產生的陰影，主燈與輔燈的光線強度比值爲2：1或3：2。

如何控制閃光燈的曝光量

使用 TTL閃光燈來控制閃光燈的曝光量，是最簡單而且準確的方法。TTL閃光燈的自動曝光原理，是計算光線到達底片時的強度，所以不論鏡頭前加了多少濾光片或是近攝環等，或是閃光燈電容器是否達到飽和，都不必考慮曝光補償的問題，而達到自動曝光的目的。

當拍攝一些色調特殊的昆蟲時，需要調整TTL的閃光燈曝光量。例如拍攝白色的粉蝶時，要減少曝光值（即調整曝光補償鈕至－1），而拍攝黑色的鳳蝶時，則要增加曝光值（即調整曝光補償鈕至＋1）。另外，還有一些特殊的構圖，像是主題很小而且背景又很遠的時候，也需要減少曝光值，如此才可以避免畫面的曝光過度。

拍攝蝴蝶的要點

蝴蝶是大自然的舞姬，在花叢中我們常常可以看見姿態優雅的舞蝶。蝴蝶因為有兩對色彩鮮豔、圖案美麗的翅，所以成為攝影者最有興趣的題材。在拍攝蝴蝶時，除了盡量以側面光來表現其美麗的翅紋理外，對於鏡頭角度的選取與蝴蝶展翅姿勢的掌握，也非常重要。

如果要表現蝴蝶翅背面的美，我們可以在蝴蝶雙翅平伸時，由上而下以俯角拍攝，而若想表現蝴蝶翅內側的形態，不妨從蝴蝶的側面角度拍攝，並且注意其翅張合的動作過程，以尋求最佳的姿勢按下快門。

如何拍攝水生昆蟲

拍攝水生昆蟲的第一件工作，就是需要一個小水族缸作為水中的攝影棚。在野外的溪流、湖泊邊進行拍攝工作時，可以將小昆蟲放置於我們隨身攜帶的小水族缸中，拍攝前要先把小水族缸的內外側玻璃都擦拭乾靜，同時利用隔板來限制昆蟲的活動範圍，即可拍到牠們在水底活動的畫面。

閃光燈是拍攝水生昆蟲時非常重要的設備，由於透過玻璃打光極易造成反光的問題，所以拍攝時必須非常小心地控制閃光燈與玻璃的角度在45度角，即可以避免這個問題，而頂光也是一個相當自然的燈光角度。

如何拍攝昆蟲飛行的美姿

拍攝昆蟲飛行的鏡頭是每一位自然攝影工作者所嚮往的事。但是由於昆蟲飛行的速度相當快，有些昆蟲翅之拍動頻率，更可高達每秒鐘數千次之多，因此想要利用人的眼睛、大腦與手的反應，在動物飛過的一剎那間按下快門，往往會對焦失敗，而使用一般的攝影裝備和技術，也是很難清晰地凝結這樣高速運動的畫面 。

英國的生態攝影大師道爾頓，在十幾年前即發展出一套專門拍攝動物飛行的裝備而突破了拍攝動物飛行的瓶頸，這套裝備包括了紅外線感應器、電子快門與高速閃光燈三個重要的組合。

紅外線感應器為一紅外線的發射與接收的設備，拍攝前先對焦於紅外線的位置，一旦迎面飛來的昆蟲觸及紅外線時，便能觸動相機馬達、電子快門與閃光燈同時動作，如此方法即可以逸代勞，而不必拿著相機去追逐飛行中的昆蟲了。

作者後記

從小就喜歡在住家附近的水池中抓青蛙、撿田螺，那時的敦化南路還都是一片水田，夏天的晚上螢火蟲滿天都是，你相信嗎？我還曾經學古人把螢火蟲裝在塑膠袋裡看書呢！而蜻蜓、豆娘更是隨處可見，在學校裡還找得到星天牛，這樣有小動物為伴的日子一直到小學三年級，漸漸地水田變成了馬路，路邊蓋起了樓房，兒時的玩伴也漸漸地消失了。

大學聯考在選塡志願卡的時候，因為物理的成績太爛，只能選擇第四類組，看著一排排的系別，正想著要如何塡志願時，突然看到昆蟲系，想想應該還蠻好玩的，就塡昆蟲系為第一志願。在大學的四年裡，除了四處採集就是打球，那時班上還有各人的「領地」，也就是每個人喜歡的採集地，而我最喜歡去惠蓀林場，四年下來大概去了兩、三百次。

昆蟲系畢業後，進入兒童補習班教孩子們自然科學，從此便一直在各地的自然科學班、才藝班以及幼教的師資培訓班教昆蟲。接觸孩子及一般中小學的老師們久了，發現他們對於昆蟲所能獲得的資訊太少，而市面販賣的錄影帶及書籍有許多都是從日本翻譯來的，這些資料中有許多錯誤的翻譯以及不正確的內容。這次有機會為這本『台灣昆蟲記』撰文，希望能對大部份的人提供一些最基本、最直接的資料。

由於本身的能力有限，為了能盡量提供完整正確的資訊，只有拜託幾位正在進行研究的朋友及同好提供標本並代為鑑定，其中有專門研究天牛的周文一，這個人為了天牛一年到頭往山上跑，甚至還跑到日本比對他所作的分類群——姬花天牛的標本，他也可以一天之內騎著機車跑900公里，只為了採集所需要的天牛標本，所以此人的外號自然也就成了「天牛」。此外，還有愛蝶成痴的林春吉，吉兄從小開始與蝴蝶為伍，為了蝴蝶在拉拉山上作了好幾年農夫，只因能在山上看到那些翩翩彩蝶。另外，進行蛾類研究的羅四維、曾兆祥，還有熱愛大自然的白德欣、木生昆蟲館的余麗霞余大姐，中興大學昆蟲系的楊仲圖老師、楊正澤老師、杜武俊老師、唐立正老師以及路光暉老師也都給予極大的協助，尤其是唐老師更提供了許多的標本。要是沒有這些助力，本書也就沒辦法如此順利地完成。

本書第三章的圖鑑部份，其中有許多的種類沒有中文名，也沒有種名，只能將牠們的科別介紹給讀者，因爲在台灣研究昆蟲的學者並不是很多，而昆蟲的種類又太龐大了，所以有很多的科別還未能作分類的工作。只能將較爲常見的科之其中的部份種類略爲介紹，希望至少能讓讀者對常見的各科有些基本的認識。若本書能吸引更多人走進昆蟲研究的領域，那也是我們由衷的企盼。

本書的製作特別感謝

（依姓名筆畫順序排列）

白德欣　杜武俊　何健鎔　余麗霞
吳文哲　林鼎祥　林春吉　林斯正
周文一　唐立正　陳麒文　曾兆祥
楊仲圖　楊正澤　路光暉　楊曼妙
趙榮台　謝東佑　羅四維

內容部份更新要特別感謝中山大學生物研究所顏聖紘先生及台中縣太平市傅建明老師的建議及寶貴意見，在此一併致謝。

參考書目

台灣區蝶類生態大圖鑑	濱野榮次著	牛頓出版社
幻蝶	林春吉著	三隻小豬國際有限公司
台灣蛾類圖說（1~5）	張保信著	台灣省立博物館
普通昆蟲學	貢穀紳著	國立中興大學
昆蟲分類學	蔡邦華著	科學出版社
植食性金龜	余清金著	木生昆蟲館
台灣的天牛	余清金著	木生昆蟲館
台灣社會性昆蟲	石達愷著	自然科學博物館
地棲蟋蟀與棲所保育	楊正澤著	台灣省政府農林廳
蜻蛉篇	張永仁、汪良仲著	陽明山國家公園
世界的鍬形蟲大圖鑑（日）	水沼哲郎著	昆蟲社
原色日本昆蟲圖鑑（上、下）		學研出版社
原色日本甲蟲圖鑑（1~4）		學研出版社
A FIELD GUIDE TO THE INSECTS OF AMERICA NORTH OF MEXICO		Donald J.Borror & Richard E.White Houghtom Mifflin Company
INSECTS		D.K.

自然生活情報系列9

台灣昆蟲記

～賞蟲大圖鑑～

1999年 **3**月**31**日 初版第一刷印行
2001年 **10**月**10**日 初版第八刷印行

策劃・攝影……潘建宏
撰文……廖智安
標本攝影……郭雅萍
審訂……楊正澤
發行人……張蕙芬

出版者大樹文化事業股份有限公司
台北市信義路四段137號2樓之3
讀者服務專線◎02-27031881　傳真◎02-23250254
郵政劃撥帳號◎1689062-0　大樹文化事業股份有限公司
http://www.bigtrees.com.tw

總編輯……張蕙芬
主編……張碧員
企劃兼讀者服務……楊烽平
美術設計……徐偉
製版印刷……佑發彩色印刷

行政院新聞局局版台業字第5698號

ISBN 957-8792-47-6
定價900元

國家圖書館出版品預行編目資料

台灣昆蟲記：賞蟲大圖鑑／廖智安撰文；潘建宏攝影—初版．—台北市：大樹文化，1999【民88】

面；　公分．—（自然生活情報系列：9）

ISBN 957-8792-47-6（精裝）

1. 昆蟲－台灣

387.712　　88002745